BASTEI
LÜBBE

BASTEI LÜBBE LINDA LAEL MILLER IM TASCHENBUCH-PROGRAMM:

18 100 Wer das Paradies nur finden will ...
18 101 Wer ein Lächeln des Glücks einfängt ...
18 102 Wer dem Zauber der Liebe verfällt ...
18 103 Wer dem Weg des Herzens folgt ...
18 104 Wie der Glanz des silbernen Mondes ...
18 105 Wie das helle Feuer der Sterne ...
18 106 Lily und der Major
18 108 Emma und der Rebell
18 110 Caroline und der Bandit
18 112 Bis ans Ende meines Lebens ...
18 113 Bis die Liebe dich bezwingt ...
18 114 Bis du deinem Herzen folgst ...
18 115 Eine widerspenstige Geliebte
18 116 Ein sündiger Engel
18 117 Eine ungezähmte Braut
18 119 Verzaubert von deinen Augen
18 123 Goldene Sonne, die dich verbrennt
18 127 Silbernes Mondlicht, das dich streichelt
18 138 Und liebe dich ein ganzes Leben
18 142 Ein heller Stern brennt in der Nacht
18 150 Süße Annie, wildes Herz
18 154 Ein anderes Leben, ein anderes Glück
18 162 Im dunklen Rausch der Nacht
18 168 Dein für alle Ewigkeit

Linda Lael Miller

Wie ein Streicheln auf der Haut

Roman

Ins Deutsche übertragen
von Katharina Braun

BASTEI
LÜBBE

BASTEI LÜBBE TASCHENBUCH
Band 18 173

Erste Auflage: Januar 1998

Deutsche Lizenzausgabe 1998 by
Bastei-Verlag Gustav H. Lübbe GmbH & Co.,
Bergisch Gladbach
Originaltitel: Tonight and Always
Lektorat: Katharina Woicke
Titelbild: L. Pellegrino / Agentur Schlück
Umschlaggestaltung: QuadroGrafik, Bensberg
Satz: KCS GmbH, Buchholz/Hamburg
Druck und Verarbeitung:
Brodard & Taupin, La Flèche, Frankreich
Printed in France
ISBN 3-404-18173-5

Der Preis dieses Bandes versteht sich einschließlich der gesetzlichen Mehrwertsteuer

PROLOG

London, Winter 1872

Die neue Gouvernante beugte sich zu dem Kind herab – aus großer Höhe, wie ihm schien – und lächelte. Sie war recht hübsch mit ihrem kastanienroten Haar und den funkelnden grünen Augen, und sicherlich auch klug, denn sonst hätte Mummy sie bestimmt nicht eingestellt. Und dennoch … eine Fremde blieb eine Fremde.

»Kristina Tremayne-Holbrook, nicht?« fragte Miss Phillips in einem Ton, der keinen Widerspruch duldete. »Ein großer Name für ein so kleines Mädchen.«

Kristina, die sich hinter den umfangreichen Röcken ihres Kindermädchens verborgen hielt, wagte sich nun hervor, um den offensichtlich falschen Eindruck dieses Neuankömmlings zu berichtigen. »Ich bin gar nicht mehr so klein«, antwortete sie. »Ich bin fünf – im April werde ich sechs – und kann schon lesen und bis hundert zählen. Ihr könnt jetzt ruhig wieder gehen – wir brauchen Euch nicht, weil ich alles, was ich wissen muß, von Mama, Papa und Valerian lernen werde.«

Mrs. Eldridge, die korpulente Kinderschwester, mit der Kristina die meiste Zeit verbrachte, legte zärtlich und ermunternd eine Hand auf das Köpfchen ihres Schützlings. »Sei still, Kind«, schalt sie gutmütig, bevor sie sich an die Gouvernante wandte. »Nehmt es unserer Kristina nicht übel. Sie ist viel zu klug für ihr Alter, und das macht sie ein bißchen vorlaut, aber sie ist ein gutes Mädchen, durch und durch.« Sie unterbrach sich, um einen tiefempfundenen Seufzer auszustoßen. »Kommt und wärmt Euch am Ofen im Salon, Miss Phillips. Macht es Euch bequem. Es ist sehr schlechtes Wetter draußen, und ich wage zu behaupten, daß eine heiße Tasse Tee Euch guttun würde.«

»Danke, Mrs. Eldridge«, erwiderte Miss Phillips, während sie ihre schäbige Haube und den schneebedeckten Umhang abnahm und beides Delia überreichte, dem hübschen Hausmädchen, dessen Pflicht es war, Gäste zu begrüßen, sie anzukündigen und ihre Mäntel aufzuhängen. Delia hob auch Miss Phillips' verschlissene alte Reisetasche auf, die feuchte Flecken auf dem Perserteppich hinterließ, und trug sie mit Cape und Haube fort.

Kristina folgte Mrs. Eldridge und Miss Phillips langsam, als sie, Arm in Arm und miteinander tuschelnd, in den Salon hinübergingen. Vor den Doppeltüren blieb sie stehen, halb verborgen hinter einem Marmorsockel mit einer Büste von Sokrates, während Miss Phillips an dem gußeisernen Ofen Platz nahm, in dem ein warmes Kohlenfeuer brannte.

Als Mrs. Eldridge hinausging, um Tee bringen zu lassen, legte Miss Phillips die kleinen Füße in den abgetragenen schwarzen Stiefeletten auf die Chromleiste des Ofens und seufzte voller Zufriedenheit.

»Ich wärme mir gern die Zehen an einem kalten Wintertag«, sagte sie vergnügt. »Du nicht, Kristina?«

Kristina hatte sich für unsichtbar gehalten, verborgen hinter Sokrates und seinem Sockel, und war verärgert und zugleich erfreut, als ihre neue Lehrerin von ihr Notiz nahm. Mama und Papa waren beide liebevoll und aufmerksam, aber sie waren nie tagsüber zu Hause, und beide waren sehr beschäftigt. Papa arbeitete in seinem Labor im Keller, und Mama war Königin von irgend etwas, obwohl Kristina nicht genau wußte, wovon eigentlich.

»Ja«, meinte sie schüchtern, weil sie sich auf unwiderstehliche Weise zu der jungen Frau mit dem leuchtendroten Haar, den schäbigen Kleidern und der sanften Stimme hingezogen fühlte.

»Möchtest du dich nicht zu mir an den Ofen setzen? Ich fühle mich ein bißchen einsam, so ganz allein hier.«

Kristina wußte nur zu gut, was Einsamkeit war, obwohl sie erst fünf war. Es war ein eigenartiger Schmerz in einer Ecke ihres Herzens, der sie stets begleitete, selbst wenn Mama, Papa oder Valerian oder Mrs. Eldridge bei ihr waren. Die meisten Zeit kam es ihr so vor, als sei sie irgend jemandem verlorengegangen, den sie noch nicht kannte, und sie müsse diesen Menschen erst finden, um wirklich glücklich sein zu können. Angesichts ihres Alters und der Tatsache, daß sie nicht weiter als bis zur Außenmauer des Gartens gehen durfte, wenn niemand bei ihr war, erschien es ihr ein äußerst verführerisches Vorhaben.

Sie trat näher an den Ofen und legte einen Arm auf Papas großen Lehnstuhl. Miss Phillips saß lächelnd auf dem anderen, der Mama gehörte. Diese kleine Annäherung genügte für den Augenblick als Zugeständnis – Kristina sagte nichts.

Miss Phillips strich ihre Röcke glatt, die sauber waren, aber ausgefranst am Saum und an mindestens zwei Stellen geflickt. »Ich kann mir nicht vorstellen, daß du wirklich so schüchtern bist, wie du dich gibst«, sagte sie. »Hast du Angst vor mir, Kristina?«

»Nein«, erwiderte Kristina mit fester Stimme. »Jetzt nicht mehr. Aber im ersten Moment habe ich mich ein bißchen gefürchtet.«

»Warum?«

»Weil ich Euch nicht kenne«, entgegnete Kristina. »Ich darf nicht mit Fremden reden. Meine Eltern haben es mir verboten.«

»Das ist klug und weise«, stimmte Miss Phillips zu. »Wir werden schnell Freunde werden, du und ich, ebenso wie Schülerin und Lehrerin. Ich denke, du wirst sehr gerne lernen, und es gibt viel, was ich dich lehren kann. Ich würde unsere Beziehung gern mit einem Ausflug morgen nachmittag nach St. Regent's Lecture Hall beginnen. Wir werden uns dort einen Vortrag über die Mythologie des antiken Griechenlands anhören.«

Kristinas Augen wurden groß. Sie verließ das Haus nur selten, außer mit Mrs. Eldridge für Kutschenfahrten durch den Park bei gutem Wetter, und Kristina liebte alles, was es in dieser wunderbaren Stadt zu sehen gab.

»Ich weiß gar nichts über Griechenland«, gestand sie ernst. »Und auch nichts über Mi … stologie.«

»Ein Grund mehr, um den Vortrag zu besuchen«, entgegnete Miss Phillips und unterdrückte ein Lächeln.

In jener Nacht, nachdem Mrs. Eldridge, Miss Phillips und Kristina ihr Abendessen am Ofen im Kinderzimmer eingenommen hatten, zogen die Kinderfrau und die Gouvernante sich in ihre eigenen Unterkünfte zurück, und Mama kam zu Kristina, um sie zu Bett zu bringen.

Es war Kristinas liebste Zeit des Tages, denn Mama war schön und wußte viele Geschichten zu erzählen. Sie beherrschte auch die wunderbarsten Zaubertricks und konnte die Puppen miteinander tanzen oder echten Schnee von der Decke fallen lassen. Sie betrat den Raum auch niemals auf normale Weise, sondern war ganz plötzlich da, um dann genauso plötzlich wieder zu verschwinden. Kristina fragte sich – wenn sie sich die Zeit zu solchen Fragen nahm –, warum Mrs. Eldridge und die Dienstmädchen sich nicht auch auf diese Weise fortbewegten, anstatt sich mit Treppensteigen, Türenöffnen und ähnlich lästigen alltäglichen Dingen zu belasten.

»Ich besuche morgen mit Miss Phillips einen Vortrag über das antike Griechenland!« platzte Kristina heraus, so aufgeregt, daß sie auf ihrem Federbett herumhüpfte und die Arme schwenkte.

Mama lachte, als sie Kristina das warme Flanellnachthemd über den Kopf und die Haare zog, die dunkel wie ihre eigenen waren. »Donnerwetter!« sagte sie. »Ich will alles über dieses Abenteuer hören.« Sie hielt inne, um Kristinas seidenweiches Haar zu streicheln. »Du magst Miss Phillips, Liebes?«

»O ja! Sie ist wunderbar.« Kristinas Freude verblaßte ein wenig, als sie eine Möglichkeit bedachte, die ihr bisher nicht in den Sinn gekommen war. »Wird Mrs. Eldridge uns verlassen, jetzt, wo ich groß genug für eine Gouvernante bin?«

Mama küßte ihre Stirn, und ihre blauen Augen leuchteten vor Liebe, als sie ihre Tochter in die Arme nahm. »Nein, Liebes, sie wird bleiben. Da Papa und ich tagsüber nicht bei dir sein können, ist es sehr wichtig, daß Mrs. Eldridge sich um dich kümmert.«

Kristina war erleichtert, denn die Kinderfrau war ihre

ständige Begleiterin gewesen, solange sie sich zurückentsinnen konnte, und es wäre schrecklich gewesen, wenn sie fortgegangen wäre. »Warum ist das so, Mama?« wagte sie zu fragen. »Warum sehe ich dich und Papa nie, bevor es dunkel wird?«

Mama zögerte und antwortete dann mit leiser, ein wenig wehmütiger Stimme: »Das werde ich dir erklären, wenn du ein bißchen älter bist. Bis dahin mußt du geduldig sein.«

Nach einem ernsten Nicken setzte Kristina sich aufs Bett und zog die warme Decke über ihre Brust. »Na gut«, meinte sie. »Aber ich möchte es *sofort* wissen, wenn ich alt genug bin.«

Wieder lachte ihre Mutter, und Kristina fiel aufs neue auf, wie schön sie war, sie war ein zauberhaftes Geschöpf mit ihrer hellen, makellosen Haut, dem lockigen, ebenholzschwarzen Haar und dem fließenden weißen Gewand. »Ich verspreche dir, daß du alle Familiengeheimnisse erfahren wirst, sobald du bereit bist, sie zu hören«, antwortete sie.

Kristina kuschelte sich tiefer in die Kissen, entschlossen, die Zeit mit Mama zu nutzen, obwohl ihr die Augen bereits zufielen. »Laß die Marionetten eine Geschichte erzählen«, wisperte sie. »Bitte, Mama.«

Mama zog einen Stuhl an Kristinas Bett, setzte sich und deutete mit einer gebieterischen Handbewegung auf das Puppentheater auf dem Fenstersims, ein Geschenk von Kristinas Onkel Valerian. Sofort überflutete Licht die kleine Bühne, und die farbenfrohen Marionetten erwachten klappernd zum Leben und begannen ihren Auftritt.

Kristina schlief schon, bevor der erste Akt geendet hatte.

Der Vortrag handelte von Göttern und Göttinnen, Stiermenschen und Labyrinthen. Kristina war so fasziniert, daß sie die ganze Zeit gespannt auf der Kante ihres Stuhls hockte, und obwohl sie von dem Gesagten nicht viel verstand, verließ sie den Saal mit einer Flut aufregender, seltsamer Bilder vor ihrem inneren Auge, die ihr keine Ruhe ließen.

Als sie und Miss Phillips in der Kutsche heimfuhren, eine dicke Steppdecke über den Knien und warme Backsteine unter ihren Füßen, plauderten sie aufregt über alles, was sie gehört hatten.

Es war an jenem Abend, nachdem Papa ins Kinderzimmer gekommen war, um ihr mit seiner tiefen, beruhigenden Stimme ein Kapitel aus einem Roman von Mark Twain vorzulesen, daß Kristina zum erstenmal begriff, daß sie anders war als andere Kinder.

Sie hatte geschlafen und von Athen geträumt, der Stadt, über die in dem Vortrag so viel gesprochen worden war, als die Wärme ihres Betts plötzlich einer Kälte wich, die ihr bis in die Knochen drang. Als sie erstaunt die Augen öffnete, sah sie, daß sie mitten in einem riesigen Marmorpavillon stand, an einem unheimlichen Ort, den der silberne Mond beschien und in dem absolute Stille herrschte.

Es war kein Traum, erkannte sie. Der kühle Stein unter ihren nackten Füßen war so solide und real wie die verfallenen Säulen und zerbrochenen Statuen, die überall um sie herum aufragten. Dies war ganz gewiß nicht London, und Kristina wußte nicht, wie sie nach Hause finden sollte.

In ihrer Angst und Panik schrie sie auf.

Sofort erschien Mama bei ihr und kniete nieder, um das zitternde Mädchen zu umarmen. »Es ist alles gut, Liebes«, sagte sie. »Du brauchst keine Angst zu haben.«

Kristina klammerte sich an ihre Mutter. »Wie bin ich hierhergekommen?« flüsterte sie verwirrt. »Wo sind wir hier?«

Mama nahm Kristinas Gesicht in ihre kühlen, glatten Hände und schaute ihr in die Augen. »In Griechenland, mein Liebling. Davon hast du doch geträumt, nicht wahr? Deine Gedanken haben dich hierher versetzt.«

»Meine Gedanken?«

Mama lächelte und zog Kristina noch einmal an sich, bevor sie sich erhob und ihre Tochter an die Hand nahm.

»Ja. Aber jetzt komm und laß uns heimkehren ... Du brauchst nur an dein Zimmer und dein Spielzeug zu denken, Liebes, dann sind wir sofort da.«

Und so geschah es, genau wie Mama gesagt hatte – einen Herzschlag später befanden sich die beiden wieder in der Sicherheit des Kinderzimmers, und Griechenland war weit, weit fort, wo es auch hingehörte.

»Die Zeit, über Magie und Mysterien zu sprechen, ist schneller gekommen, als ich dachte«, begann Mama, als sie sich an den warmen Ofen setzte und Kristina auf den Schoß zog. Eine Welle wiegte sie sie schweigend in den Armen, und Kristinas Kopf sank an die Schulter ihrer Mutter. »Vor langer, langer Zeit«, begann sie dann, »gab es zwei kleine Kinder – deinen Onkel Aidan und mich. Eines Tages brachte unsere Mutter uns zu einer Zigeunerin und ließ uns unsere Zukunft voraussagen ...«

KAPITEL
1

Seattle, Washington
Gegenwart

Kristina fand das Päckchen Briefe in einem kleinen Zedernholzkasten in einer fernen Ecke ihres Dachbodens, als sie nach der kürbisförmigen Keramiklampe suchte, die sie Halloween zu Ehren auf der Veranda aufhängen wollte. Der Feiertag der Hexen war sogleich vergessen, der bloße Anblick jener schweren Pergamentkuverts mit den verblaßten Stempeln gab ihr einen bittersüßen Stich ins Herz. Seit über fünfzig Jahren hatte sie nicht mehr an ihre geliebte Lehrerin gedacht, Miss Eudocia Phillips.

Jetzt, in diesem überfüllten, schmuddeligen Raum, in dem sie Reste und Fragmente ihrer Vergangenheit aufbewahrte, wurde Kristina plötzlich von Erinnerungen überwältigt. Sie setzte sich auf den staubigen Deckel einer alten Schiffstruhe, ohne sich Gedanken um ihre weißen Hosen zu machen, und empfand nur milde Überraschung, als sie die mit Seidenband verschnürten Briefe in ihren Händen sah. Sie erinnerte sich nicht, sie aufgehoben zu haben.

Lange Zeit saß sie einfach da, hielt die Briefe und erinnerte sich. Sie brauchte die Worte nicht zu lesen, von denen einige in ihrer eigenen Schrift waren und andere in Miss Phillips' verschnörkelter viktorianischer Handschrift ... Allein das Papier zu berühren genügte schon, um jene aufregenden, glücklichen und oft auch qualvollen Tage mit atemberaubender Klarheit heraufzubeschwören. Mit einer solchen Klarheit, daß es Kristina die Tränen in die Augen trieb und ihr den Atem raubte.

Irgendwann schaute sie auf, blinzelte und sah ihr Abbild in dem halbblinden Glas des großen antiken Spiegels, den sie einst aus Hongkong mitgebracht hatte. Sie sah aus, wie sie schon seit mehr als hundert Jahren aussah, bis auf ihr dunkles Haar, das sie im Gegensatz zur herrschenden

Mode schon vor 1920 kurz getragen hatte. Ihre Haut war noch immer faltenlos, ihr Körper schlank und biegsam.

Nicht schlecht für eine Frau meines Alters, dachte sie mit einem schwachen und ein wenig wehmütigem Lächeln.

Kristina richtete den Blick von ihrem eigenen Bild auf den unfaßbar häßlichen Rahmen des Spiegels und drückte eine Hand an ihre Wange. Sie war nach dem Tod ihres Mannes Michael 1890 auf Reisen gegangen, war rastlos durch die Welt gestreift und nie lange an einem Ort geblieben. Eines grauen und regnerischen Nachmittags hatte sie den Spiegel in einem obskuren Laden in Hongkong gefunden und gekauft.

Bis heute verstand Kristina nicht, warum sie dieses Ungetüm erstanden hatte. Sie hatte einige seltsame Dinge nach Michaels Tod getan – und viele ihrer Erfahrungen und Gefühle waren, in allen Einzelheiten, in den Briefen festgehalten, die sie in den Händen hielt. Miss Phillips' private Krankenschwester, die Kristina eingestellt hatte, hatte ihr die Briefe zurückgegeben, nachdem die alte Dame 1934 einer Lungenentzündung erlegen war.

Ein anderer Gedanke kam Kristina plötzlich: Eigentlich könnte sie den Spiegel reinigen und ihn in ihrem exklusiven kleinen Antiquitätenladen in der Western Avenue verkaufen. Der Plunder *einer* Frau erwies sich immer wieder als Kostbarkeit für eine andere, wie der Erfolg von Kristinas Geschäft bewies.

Ihr Interesse wandte sich wieder der Korrespondenz in ihren Händen zu, und mit ungewöhnlich ungelenken Fingern öffnete sie den ersten Umschlag. Das brüchige alte Pergament drohte zu Staub zu zerfallen, und Kristina ging sehr vorsichtig damit um. Ehrfürchtig beinahe.

Ein schwacher Duft nach Bergamotte, das damals ihr bevorzugtes Parfum gewesen war, stieg von dem Pergament auf und weckte Erinnerungen, die Kristina in eine andere, längst vergangene Zeit zurückversetzten …

Cheltingham Castle, Somerset
14. Juni 1897

Meine liebste Phillie!
Ich nehme an, daß Du inzwischen von Michaels Tod erfahren hast, aber ich möchte Dir alles noch einmal genauestens erzählen, weil ich mit Dir reden kann wie mit niemandem sonst, um ein bißchen von der Bürde loszuwerden. Der Tod eines Sterblichen ist bedeutungslos für meine Eltern, obwohl ich zugeben muß, daß sie meinen Schmerz und meine Trauer respektierten und alles taten, was in ihrer Macht stand, um mir Trost zu spenden. Aber ihr Entgegenkommen reichte nicht tief genug, um die Wunden zu heilen, die meine Seele davongetragen hatte. Was Valerian betrifft – der, wie Du sehr wohl weißt, mein Vertrauter und mein Freund ist –, genügt es wohl zu sagen, daß er im stillen offenbar der Überzeugung ist, ich sei ohne Michael besser dran. Er war schon immer der Meinung, mein Mann sei schwach und meiner Zuneigung daher nicht würdig. Aber so, wie er mir zugetan ist, glaubt er das natürlich auch von jedem anderen.

Valerian hat nie wie Du verstanden, liebste Phillie – daß man gar nicht besonders wertvoll sein muß, um von einem anderen verehrt zu werden. Manchmal ereignet *Liebe sich ganz einfach, ganz von allein, wie ein Erdbeben oder eine Grippeerkrankung, und es wäre sinnlos zu versuchen, sich einen Reim darauf machen oder einen Grund für ein solches Vorkommnis zu finden. So war es schließlich auch bei Michael und bei mir.*

Aber ich muß ganz von vorn beginnen, wenn ich die Geschichte richtig erzählen soll …

Meine Erinnerungen bedrängen mich von allen Seiten, Phillie, anschaulich und lebendig, qualvoll, freudenreich und mit all den Emotionen, die dazwischenliegen. Das Leben ist, wie Du schon immer sagtest, voller Gegensätze.

Ich war bereits zweiundzwanzig, als ich Michael Bradford begegnete, eine alte Jungfer nach landläufiger Meinung. Du warst schon lange fortgezogen, um bei Deiner Schwester zu leben, im fernen Boston, und ich hatte meine konventionelle Erziehung in der Schweiz und in London abgeschlossen. Ich habe Dich manchmal besucht, aber immer darauf achtgegeben, nicht von Dir bemerkt zu werden, aus Furcht, daß Du erschrecken könntest. In jenen Tagen hatte ich noch nicht gelernt, meiner Magie zu vertrauen, und selbst heute gibt es noch Momente, in denen ich an ihr zweifle.

Aber ich weiche ab.

Ich war bis auf die Dienerschaft allein auf Refuge, *dem Landsitz meiner Eltern in der Nähe von Cheltingham Castle, und es hatte den ganzen Morgen lang geregnet. Das Haus, obwohl groß und hell, erschien mir eng und düster, und ich war ungewöhnlich ruhelos und angespannt. Kurz nach dem Mittagessen kam die Sonne endlich durch, und ich bat einen der Stallburschen, Pan, meinen Hengst, zu satteln, weil ich hoffte, daß ein Ausritt die Verwirrung lindern würde, die in meinen Gedanken herrschte.*

Pan, wie Du Dich vielleicht erinnern wirst, war ein verflixtes Biest, aus irgendeiner Ecke der Hölle zweifellos, in die nicht einmal der Teufel selbst vordrang, und wir waren noch keine Meile geritten, als er mich kopfüber in den Graben neben der Straße warf. Ich war nicht verletzt, aber mein liebstes Reitkostüm, eine wunderschöne graue Samtjacke mit passendem Hosenrock dazu, war restlos zerrissen und zerfetzt.

Ich war außer mir vor Zorn und vermochte kaum der Versuchung zu widerstehen, diese hassenswerte Kreatur in einen Baumstumpf zu verwandeln, als Pan zu den Ställen von Refuge *zurückrannte, wo die Stallburschen ihn mit Hafer und vielleicht sogar einem Stück Zucker für seine Bosheit zweifellos auch noch belohnen würden. So sind Stallburschen eben; sie lieben Pferde mehr als Menschen, dachte ich wütend, als ich schmutzbedeckt und mit aufgelöstem Haar im tiefen Schlamm stand, in dem mein neuer Hut gelandet war.*

Natürlich hätte ich mich mit einem bloßen Blinzeln nach Hause versetzen oder meine verdorbenen Kleider wechseln können, aber selbst damals schon erledigte ich die Dinge lieber wie eine ganz normale Sterbliche, wann immer es sich machen ließ. Das ist es, was Du mich gelehrt hast, Phillie – daß ich mehr Mensch als Ungeheuer bin –, und möge der liebe Himmel Dich dafür belohnen! (Und für so viele andere Nettigkeiten, daß ich nicht einmal beginnen könnte, sie aufzuzählen.)

Michael kam um eine Biegung in der Straße, auf einem spektakulären grauen Apfelschimmel, Sekunden nur, nachdem ich dem davongaloppierenden Pan eine ganz besonders unfeine Verwünschung nachgeschrien hatte. Ich hatte Michael als Grobian und Tyrann erlebt, als wir Kinder waren – er war der zweite Sohn des Duke of Cheltingham, und sein Neid auf die besseren Zukunftsaussichten seines älteren Bruders Gilbert hatten einen ziemlich scheußlichen Charakter in ihm geprägt –, aber es war nicht abzustreiten, daß er sich geändert hatte.

Oder zumindest dachte ich das in meiner Naivität. Obwohl ich damals schon eine erwachsene Frau war, hatte ich ein sehr behütetes Leben geführt, wie Dir bekannt ist, Phillie, und es gab sehr vieles, was ich noch nicht wußte.

Michael war zu einem umwerfend gutaussehenden Mann herangewachsen, mit blondem Haar und sehr hellen, grünen Augen – von der gleichen Farbe wie der schattige Teich hinter unserem Haus, Phillie. Er gab eine imponierende Figur im Sattel ab, da er, wie die meisten jungen Männer seiner Gesellschaftsklasse, seit frühester Kindheit buchstäblich jede freie Minute im Sattel verbracht hatte und ein ausgezeichneter Reiter war. Ich wußte vom Klatsch der Dienerschaft, daß er jedes Rennen gewann, an dem er sich beteiligte, daß er wie der Teufel trank und spielte und wegen ungehörigen Benehmens von mehreren Schulen verwiesen worden war.

Ja, er hatte viele Fehler, mein Michael – das ist nicht abzustreiten. Da all diese Unzulänglichkeiten mir damals schon bewußt waren, hätte ich machen sollen, daß ich fortkam, und mir damit sehr viel Leid erspart. Aber eigenartig, wie wir Frauen nun mal sind, erwachte statt dessen ein jähes, ungestümes Interesse für diesen gutaussehenden jungen Mann in mir. Obwohl ich ja ansonsten recht intelligent bin, wie Valerian seit damals häufig feststellt – immer mit Betonung auf ansonsten.

Michael zügelte sein Pferd im letzten Augenblick, bevor es mich niedertrampeln konnte, und lächelte nachsichtig, als er den bedauernswerten Zustand meiner Kleidung sah. »Seid Ihr verletzt?« erkundigte er sich in einem Ton, der eine völlig unpassende Belustigung erkennen ließ. Angesichts dieses Tonfalls und seiner ganzen Haltung war ich sicher, daß es ihm nicht das geringste ausgemacht hätte, wenn ich mir sämtliche Knochen bei dem Sturz gebrochen hätte, und das empörte mich so sehr, daß mir die Zornesröte in die Wangen stieg. Ein paar Wochen als Kröte, dachte ich gehässig, würden sich bestimmt sehr positiv auf seinen Charakter auswirken!

»Nein«, erwiderte ich mit einem vernichtenden Blick auf ihn. »Mir geht es gut, obwohl ich es nicht Euch zu verdanken habe, daß ich nicht totgetrampelt wurde! Wie könnt Ihr es wagen, auf derart rücksichtslose Weise auf mich zuzupreschen?«

Michael lachte, und sein Hengst begann nervös zu tänzeln, aber er beherrschte das riesige Tier mit nicht mehr bewußter Anstrengung, als er für das Atmen oder das Schlagen seines Herzens aufwandte. »Ihr wart keine Sekunde lang in Gefahr vor mir, Miss Holbrook. Ich bin ein geübter Reiter.« Er beugte sich vor, und das kostbare Leder seines Sattels ächzte, als er mir die Hand reichte. »Kommt, ich bringe Euch sicher heim.«

»Ich kann mich selbst heimbringen«, beharrte ich, noch immer über und über rot vor Zorn. Mein Herz pochte wie *die Hufe eines Pferdes auf hartem Grund, und ich dachte schon, ich müsse mich übergeben, hier, mitten auf der Straße. Und doch, trotz allem, erfaßte mich eine jähe, heiße Freude bei dem Gedanken, aufzusitzen und meinen Körper ganz fest an seinen zu pressen …*

Ich gab ihm meine Hand, nachdem ich sie hastig am Rock abgewischt hatte – ich kann jetzt Deine Stimme hören, Phillie, wie sie sagt, Das Leben ist paradox, Kristina –, *und muß gestehen, daß ich schließlich doch ein Quentchen Magie benutzte, um hinter Michael aufzusitzen, und ihm damit erlaubte, sich einzubilden, er habe mich durch bloße Manneskraft zu sich aufs Pferd gehoben. Es erfordert sehr wenig, habe ich entdeckt, um das männliche Ego zu bestärken – aber jetzt weiche ich schon wieder ab.*

Wir ritten also zurück nach Refuge *– meine Arme lagen um Michaels schlanke Taille, und dieser unschuldige Kontakt erweckte in mir die unfaßbarsten Sehnsüchte, Gefühle und Wünsche, von denen ich bis dahin nur gelesen hatte. Und dann … Dann, oh, Phillie, begann ich mich zu verlieben, leider Gottes, obwohl ich es wirklich besser hätte wissen müssen …*

»Nicht gerade einer deiner hervorstechendsten Momente«, bemerkte eine Männerstimme, was Kristina aus ihrer Versunkenheit riß und sie in die staubigen Dachkammer zurückversetzte.

Aufschauend sah sie Valerian, der zwischen ihr und dem Spiegel stand, und richtete dann den Blick auf das kleine Dachfenster. Natürlich – es war längst dunkel, ohne daß es ihr aufgefallen war. Wo war die Zeit geblieben?

Der Vampir sah majestätisch aus wie immer in seinem Magierumhang und dem eleganten Smoking. In der Hand trug er einen Spazierstock, den er als Zauberstab benutzte, wenn er auf der Bühne stand. Seine Show in Las Vegas war immer ein Jahr im voraus ausverkauft, und offenbar hatte er auch an diesem Abend die Absicht, aufzutreten. Ein Sterblicher wäre jetzt mit Recht besorgt gewesen, wenn er so kurz vor Beginn der Show noch in Seattle gewesen wäre, aber für Valerian war die Distanz nicht schwieriger zu bewältigen als ein Blinzeln seiner saphirblauen Augen.

»Dich in Michael zu verlieben, meine ich«, fügte er hinzu, als Kristina auf seine ursprüngliche Bemerkung nichts erwiderte. »Es ist mir unverständlich, wo du deine sonst doch so beachtliche Intelligenz gelassen hattest.«

»Ein Glück«, versetzte Kristina trocken, »daß ich damals deine Erlaubnis ebensowenig wie heute brauchte, Valerian.«

Der Vampir lächelte; sein etwas zu langes, kastanienbraunes Haar schimmerte im Mondschein. »Es erleichtert mich ungemein, dich unverändert starrköpfig und respektlos anzutreffen. Ich wüßte wirklich nicht, wie ich reagieren sollte, wenn du auch nur das kleinste bißchen Vernunft entwickeln würdest.«

Behutsam faltete Kristina den Brief, den sie gelesen hatte, und schob ihn in das Kuvert zurück. Sie legte das Päckchen jedoch nicht beiseite, sondern hielt es auf dem Schoß fest, als befürchtete sie, daß ihr mächtiger Freund es ihr entreißen könnte.

»Ich bin all diese vielen Jahre gut zurechtgekommen«, bemerkte sie, »trotz meiner Unbeholfenheit.«

»Ich habe nicht gesagt, daß du unbeholfen bist«, entgegnete Valerian und drehte den Spazierstock zwischen seinen langen, schlanken Fingern. »Das würde ich nie behaupten. Du weißt sehr gut, Kristina, daß ich dich nicht mehr bewundern könnte, wenn du mein eigenes Kind wärst.«

Sie stand auf und verspürte plötzlich einen seltsamen, unbekannten Schmerz in ihren Knien. Fing sie endlich an zu altern wie eine ganz normale Frau? Sie wagte nicht zu hoffen, daß es so sein könnte; sie hatte sich seit ihrem dreißigsten Lebensjahr kaum verändert.

Sie war nur einsamer geworden.

»Was bringt dich her?« fragte sie, während sie zur Treppe ging.

Hinter ihr murmelte und brummelte Valerian ärgerlich vor sich hin. Er, ihre Mutter – und nicht einmal ihr etwas nüchternerer Vater – verstanden einfach nicht, warum Kristina ihre Fähigkeit, sich kraft ihrer Gedanken von einem Ort an einen anderen zu versetzen, so selten nutzte. Sich Sterblichkeit zu wünschen war ihnen unbegreiflich, das wußte sie, obwohl ihr Onkel Aidan sicherlich mehr Verständnis für sie aufgebracht hätte.

»Ich spürte, daß du in melancholischer Stimmung warst«, erwiderte er, »und wollte sehen, was ich daran ändern konnte. Du bist sehr einsam, nicht wahr, Kristina?«

Sie spürte, wie sie die Schultern hängen ließ, trotz ihrer Bemühungen, sich stark zu geben. Valerian hatte erst kürzlich seine Lebensgefährtin gefunden, eine Sterbliche namens Daisy Chandler, und die Erfahrung hatte ihn zu einem Romantiker gemacht. »Warum sollte ich es abstreiten?« entgegnete sie, als sie die Hintertreppe erreichte, die zur Küche hinunterführte. »Du kennst mich besser als ich mich selbst. Sag mir, o weiser Valerian – was rätst du mir?«

Valerian folgte ihr in die Küche und lehnte sich dort an den Tisch, nachdenklich, gebieterisch und leicht verstimmt, als Kristina einen Topf aus dem Schrank nahm und ihn mit Wasser füllte, um Pasta aufzusetzen. »Such dir einen netten Sterblichen und werde seßhaft«, sagte er schließlich.

Kristina lachte, obwohl das Herz ihr weh tat. »Ich bin selbst eine *nette Sterbliche*, und seßhaft bin ich schon sehr lange. Sieh dich um«, sagte sie mit einer Handbewegung durch den Raum. »Ich besitze ein Haus voller Antiquitäten und Kunstwerke und führe ein florierendes Geschäft.«

»Du bist keine Sterbliche«, widersprach Valerian leise, ohne auf ihre anderen Bemerkungen einzugehen.

Kristina fühlte, wie ihr wieder die Tränen kamen. »Was bin ich dann, bitte? Kannst du mir das sagen? Kein Vampir und keine Frau. Keine Hexe und kein Engel, weder Fisch noch Fleisch ...«

Der Magier aller Magier durchquerte den Raum auf seine übliche Art und Weise, schneller als das Licht, und nahm Kristina in die Arme. Weinend barg sie das Gesicht an den Rüschen seines weißen Hemds. »Du bist einzigartig, Kristina«, sagte er zärtlich. »Es gibt niemanden wie dich.«

»Aber ich möchte eine ganz normale Frau sein!« schluchzte sie und legte den Kopf zurück, um zu Valerians aristokratischen Zügen aufzusehen. »Ich möchte lieben und geliebt werden, möchte heiraten und ein Baby haben, dick werden und über Zellulitis klagen. Ich möchte mit einem geliebten Menschen alt werden, sterben, wenn meine Zeit gekommen ist, und von Kindern, Enkeln und Urenkeln betrauert werden!«

»Ich weiß«, erwiderte Valerian, und diesmal klang eine leise Trauer in seiner Stimme mit. Wahrscheinlich dachte er an Kristinas Onkel, Aidan Tremayne, den er leidenschaftlich geliebt hatte. Aidan, der im achtzehnten Jahrhundert gegen seinen Willen in einen Vampir verwandelt worden war, hatte sich nichts so sehr gewünscht, wie wieder ein Mensch aus Fleisch und Blut zu sein. Seine Rücktransformation hatte ihn für immer von jenen getrennt, die ihn als Ungeheuer gekannt hatten, denn er hatte keine Erinnerungen mehr an seine frühere Existenz.

Kristina nahm sich rasch zusammen, wischte ihre Tränen ab und löste sich aus Valerians väterlicher Umarmung. Er konnte nichts tun, um ihre Situation zu ändern, und es war nicht nur falsch, sondern auch grausam, ihn mit ihrer Schwermut zu belasten.

»Es tut mir leid«, sagte sie.

Valerian schwieg sehr lange. Dann tat er, als seufzte er – als Unsterblicher besaß er keinen Atem –, und meinte: »Eines Tages wirst du jemandem begegnen. Sei nur vorsichtiger diesmal, wenn es dir nichts ausmacht. Ich werde keinen weiteren nichtsnutzigen Hurenbock wie diesen Michael Bradford dulden.«

Kristina war froh über den Zorn, der sie erfaßte. Ihr war klar, daß Valerian ihn ganz bewußt geweckt hatte, als Mittel, um ihre düstere Stimmung zu vertreiben, und wenn auch nur für eine kurze Weile. »Niemand verlangt von *dir*, jemanden zu dulden«, entgegnete sie, während sie eine Handvoll Tortellini in das kochende Wasser gab und den Deckel auf den Topf knallte. »Mein Liebesleben, so jämmerlich es auch sein mag, geht dich überhaupt nichts an!«

Der Vampir drohte ihr gebieterisch mit dem Finger, aber sie sah, daß seine Augen vor Belustigung funkelten. »Das hättest du wohl gern«, versetzte er streng. »Und laß dich auch ja nicht mit diesem Hexer Dathan ein!«

»Fahr zur Hölle!« schrie Kristina gellend.

»Dort war ich schon!« brüllte Valerian, seine Nase nur Zentimeter von ihrer entfernt. »Sie wird erheblich überschätzt, und man kann nicht einmal mit American Express bezahlen. Auf Wiedersehen!«

Und damit verschwand er.

Wie immer war es ein beeindruckender Abgang, als er sich in einer jähen Rauchwolke auflöste.

Kristina lächelte, schüttelte den Kopf und wandte sich wieder ihren Tortellini zu. Heute abend, dachte sie, werde ich eine Ausnahme machen und Pesto zu der Pasta essen statt der üblichen Tomatensauce.

Das ist ganz ohne Zweifel das scheußlichste, geschmackloseste Möbelstück, das ich je gesehen habe, dachte Max Kilcarragh, als er sich den antiken Spiegel noch einmal genau anschaute. Es war genau das richtige.

Er griff nach dem Preisschildchen, drehte es um und fuhr zusammen.

Eine Frau kam aus einem Hinterzimmer in den Laden, und Max stockte der Atem, als er ihr Bild in dem glänzend polierten Spiegel sah. Sie war eine echte Schönheit mit ihrem kurzen, ebenholzschwarzen Haar und den klugen, silbergrauen Augen, und ihm kam der Gedanke, daß ihr Bild den gräßlichen Spiegel in etwas Schönes und Kostbares verwandelt hatte.

Er lächelte, als sie sich näherte. Attraktiv war sie, ganz entschieden, aber nicht sein Typ. Er mochte natürliche, sportliche Frauen, und diese hier strahlte Eleganz und Klasse aus.

»Kann ich Ihnen helfen?« fragte sie. Ihre Stimme erinnerte ihn an die winzigen Silberglöckchen, die Sandy in einer Ecke des Kinderzimmers aufgehängt hatte, nur wenige Wochen bevor sie starb. Musikalisch, zart und irgendwie betörend.

Max räusperte sich. *Nimm dich zusammen,* rief er sich zur Ordnung. *Selbst wenn sie dein Typ wäre, was nicht der Fall ist, würde eine Frau wie sie sich gewiß nicht für einen High-School-Footballtrainer interessieren.*

»Ich glaube, mir kann keiner helfen«, gestand er. »Wer auch nur halbwegs ernsthaft in Betracht zöge, diesen Spiegel hier zu kaufen, müßte als hoffnungsloser Fall bezeichnet werden.«

Sie zog eine dunkle Braue hoch, und er sah den Schatten eines Lächelns um ihre wohlgeformten Lippen spielen. »So? *Ich* habe ihn gekauft, vor langer Zeit, und ich halte mich keineswegs für einen hoffnungslosen Fall.«

Seltsam verwirrt, strich Max mit einer Hand sein braunes Haar zurück. Es ist einfach lächerlich, dachte er gereizt, so verdammt nervös zu werden. Schließlich würde er diese Frau nach heute niemals wiedersehen.

»Es ist ein Rachegeschenk«, sagte er.

»Wie bitte?«

Max grinste, er kam sich linkisch und sogar noch größer vor als seine einssechsundneunzig. »Der Spiegel, meine ich. Ich würde ihn gern meiner Schwester Gweneth zum Geburtstag schenken. Um ihr den mottenzerfressenen Elchkopf heimzuzahlen, den sie mir zu Weihnachten geschenkt hat.«

Jetzt unterdrückte sie ihr Lächeln nicht mehr, und Max hatte das Gefühl, mit dem Kopf gegen einen Torpfosten geprallt zu sein. »Ich verstehe. Bei festlichen Gelegenheiten versuchen Sie beide, den anderen mit einem noch häßlicheren Geschenk zu übertrumpfen.«

Plötzlich erschien ihm die Tradition kindisch, obwohl die Antiquitätenhändlerin das in keiner Weise angedeutet hatte. »Ja«, erwiderte Max verlegen und wünschte, er wäre woanders hingegangen, um einzukaufen, in den Laden etwas weiter unten an der Straße beispielsweise, mit den Gummischlangen und billigen Souvenirs im Schaufenster. Ein kitschiger Aschenbecher in Form des Staates Washington wäre genau das richtige gewesen, oder vielleicht auch einer dieser Plastikaugäpfel.

Sie lachte, und der Ton löste einen eigenartigen Schmerz in Max' Magengegend aus. »Das ist wunderbar«, sagte sie. »Ich mache Ihnen einen Vorschlag. Was den Spiegel betrifft, so bin ich ganz Ihrer Meinung, obwohl er sehr alt und auch sehr ungewöhnlich ist. Ich wäre bereit, ihn Ihnen mit einer sehr geringen Gewinnspanne zu verkaufen.«

»Wie gering?« fragte Max. Er hätte gern ihren Namen gewußt und ob sie verheiratet oder anderweitig gebunden war, ob sie chinesisches Essen liebte, alte Filme und das Weihnachtsfest. Aber er fragte nicht. Wenn es eins gab, worauf Max außer seinen Töchtern stolz war, dann war es seine Selbstbeherrschung.

Sie nannte einen Preis, und er stimmte zu und gab ihr eine Kreditkarte.

Während sie die Rechnung ausstellte und die Lieferung arrangierte, nahm Max eine Visitenkarte aus einem kleinen Bronzeständer auf der Theke: *Kristina's – Antiquitäten und Kunsthandwerk für Kenner. Kristina Holbrook. Eigent.* Darauf folgten Adresse und Telefonnummer des Geschäfts, und zufrieden über diese Informationen schob Max die Karte in die Tasche seines braunen Sportjackets.

»Max Kilcarragh«, las Miss Holbrook von seiner Visa-Karte vor. »Das ist ein ungewöhnlicher Familienname. Ich glaube nicht, daß ich ihn je zuvor gehört habe.«

Versuchte sie, die Unterhaltung zu verlängern?

Nein, soviel Glück konnte er nicht haben.

»Es ist ein irischer Name«, erklärte er und kam sich augenblicklich dumm vor. Jeder mit einem *bißchen* Grips im Kopf hätte sich das denken können. Er hoffte nur, daß er nicht errötete wie ein pickliger, verliebter Zweitkläßler.

Sie lächelte. »Ja«, sagte sie und gab ihm die Karte zusammen mit dem Beleg zurück. »Ich werde den Spiegel heute nachmittag zum Haus Ihrer Schwester bringen lassen, wenn es Ihnen recht ist. Der Himmel möge der armen Frau beistehen.«

Der Scherz erlöste Max aus seiner Verlegenheit, doch nun fühlte er sich beschwipst, als wenn er einen Sechserpack Corona in einem Zug hinabgestürzt hätte. Er grinste wie ein Tölpel und lehnte sich an die Theke, und seine großen Hände hinterließen Flecken auf dem polierten Glas.

»Kann ich sonst noch etwas für Sie tun?« fragte Kristina Holbrook.

Max räusperte und merkte, daß er schwitzte. »Nein«, sagte er rauh und schickte sich an, den Laden zu verlassen.

»Danke«, rief Miss Holbrook ihm nach, und ihr leises Lachen klang wie ein Chor von fernen Harfen. »Kommen Sie bald wieder.«

Kommen Sie bald wieder. Harmlose, alltägliche Worte, wie Händler sie täglich zu ihren Kunden sagten. Vor allem zu jenen, die dumm genug waren, ihr gutes Geld für einen Spiegel auszugeben, der so häßlich war, daß nicht einmal Dornröschens Stiefmutter ein Wort von dem geglaubt hätte, was er ihr sagte.

Max ging zur Tür, zog sie auf und spürte, wie der kalte Oktoberwind, der vom Bürgersteig hereinwehte, seinen Schweiß zu Eis erstarren ließ. Die kleine Bronzeglocke an der Tür bimmelte vergnügt, um anzuzeigen, daß der große, dumme Kerl jetzt endlich ging. Aber Max blieb stehen.

Kristina war bei ihm, bevor er Zeit gehabt hatte, sich zu sagen, daß er ein Idiot war.

»Alles in Ordnung?« fragte sie. Es kümmerte sie, sie wollte es wirklich wissen, das konnte er sehen. Und er war so gerührt von diesem kleinen Sympathiebeweis, daß ihm die Tränen kamen.

»Ja«, erwiderte er und schloß die Tür. »Nein. Ich weiß es nicht.«

Kristina berührte seinen Arm, und er glaubte ihre Fingerspitzen sogar durch den Stoff seines Hemds und seines Jacketts zu spüren. »Vielleicht sollten Sie sich lieber ein paar Minuten hinsetzen. Oder soll ich jemanden anrufen – Ihre Frau vielleicht?«

Das Wort *Frau* traf Max wie ein aus nächster Nähe abgeschossener Pfeil aus einer Armbrust. Es war zwei Jahre her, und er hatte seine Trauer überwunden. Wann, fragte er sich, würde er endlich aufhören, so sentimental zu sein?

»Sandy ist tot«, sagte er, als teilte er Kristina mit, daß es Regen geben würde.

»Das tut mir leid«, erwiderte sie.

»Mir auch«, meinte er und öffnete erneut die Tür, trat über die Schwelle und schlenderte den Bürgersteig hinab.

Er war noch keinen Block weit gegangen, als er sich wieder umwandte, um zu Kristinas Geschäft zurückzukehren. Vor der Tür zögerte er einen Moment, dann trat er ein.

»Ich bin wieder da«, erklärte er.

»Gut«, sagte Kristina mit einem Lächeln, das ihm zu Herzen ging. »Ich hatte Sie schon fast erwartet.«

Er schaute sich um, kam sich fehl am Platze vor und wollte doch nirgendwo anders sein als hier. »Haben Sie einen Mann?« fragte er ganz offen, weil es nicht seine Art war, wie die sprichwörtliche Katze um den heißen Brei herumzuschleichen. »Oder einen Freund?«

»Weder noch«, erwiderte Kristina und deutete einladend auf einen zierlichen Lehnstuhl, der mit dunkelrotem Samt bezogen war. »Nehmen Sie Platz. Ich werde Tee aufbrühen – oder hätten Sie lieber Kaffee?«

Wieder kam Max sich wie der Elefant im Porzellanladen vor, er war ein großer Mann, breitschultrig und muskulös, und er hatte Angst, die spindeldürren Beine des Sessels zu zerbrechen. »Ich bleibe lieber stehen, wenn es Sie nicht stört«, sagte er.

Na großartig, Max, verhöhnte er sich im stillen. *Du führst dich auf wie ein High-School-Anfänger, der versucht, sich an einen Cheerleader heranzumachen.*

»Falls Sie Angst haben, den Sessel zu zerbrechen«, sagte Kristina von der Tür her, die in den hinteren Teil des Ladens führte, »können Sie ganz beruhigt sein. So stabil werden sie heute nicht mehr gebaut, wie man so schön sagt. Das Ding würde selbst das Gewicht eines Sumo-Ringers aushalten.«

Max konnte sich nur vorstellen, daß sie seine Gedanken erraten hatte, und setzte sich vorsichtig auf das antike Möbelstück, das vermutlich mehr kostete, als er in einem ganzen Monat heimbrachte. Er war angenehm überrascht, als es sein Gewicht ertrug, ohne auch nur ein Ächzen von sich zu geben.

»Ich nehme Kaffee«, beantwortete er etwas verspätet ihre Frage. »Bitte.«

Sie lächelte und ließ ihn allein mit Bildern, Sesseln, Tischen und Porzellanfiguren.

Er kam sich unbeholfen vor, linkisch, als hätte er Einladungen zum Abschlußball der Schule in der Tasche haben müssen und einen verwelkenden Blumenstrauß in seiner Hand. Es war verrückt; nicht einmal Sandy hatte eine solche Wirkung auf ihn gehabt, und er hatte sie geliebt, wie ein Mann seine Frau nur lieben konnte. Selbst heute noch, zwei Jahre nach ihrem Tod, hätte er freudig sein eigenes Leben dafür gegeben, wenn es sie zurückgebracht hätte.

Als Kristina wiederkam, brachte sie ein Tablett mit zwei dampfenden Tassen mit, das sie auf einem Schemel mit feiner Petitpointstickerei absetzte. Sie reichte Max seinen Kaffee und nippte an ihrem eigenen, während sie ihn aus ihren bemerkenswerten, silbergrauen Augen musterte.

Er kostete den Kaffee und war verblüfft, daß er genau die richtige Menge Zucker und Milch enthielt. »Woher wußten Sie, wie ich meinen Kaffee trinke?« fragte er.

Sie nahm sich Zeit für ihre Antwort und hörte nicht auf, ihn mit unaufdringlicher Neugier zu beobachten. »Ich habe es erraten«, erwiderte sie schließlich, und er verspürte den merkwürdigen und völlig unbegründeten Verdacht, daß sie alle seine Geheimnisse kannte. Daß sie sogar wußte, daß er seinen Ehering an einer Kette um den Hals trug, verborgen unter seinem Hemd.

»Sie sind sehr freundlich.« Max trank noch mehr Kaffee und war fast wieder ganz der alte.

Kristinas Augen funkelten. »Es war das mindeste, was ich tun konnte, nachdem Sie mir diesen gräßlichen Spiegel abgenommen haben. Ihre Schwester kann ihn aber gern zurückbringen, falls sie ihn zu scheußlich findet.«

Max strahlte. »Das wird sie«, sagte er. »Ihn scheußlich finden, meine ich. Aber sie wird ihn nicht zurückbringen, weil das gegen die Regeln wäre. Der einzig korrekte Weg, ein Rachegeschenk loszuwerden, ist, jemanden zu finden, der es wirklich haben will, und es ihm zu schenken.«

»Das dürfte ein unlösbares Problem in diesem Fall sein«, meinte Kristina lächelnd.

»Ich bin den Elchkopf auch losgeworden«, brüstete sich Max mit einem Grinsen.

Kristina beugte sich leicht vor, und Max sonnte sich schamlos in ihrer Wärme und femininen Ausstrahlung und atmete tief den blumigen Duft ihres Haars und ihrer Haut ein. »Wer kann so etwas gewollt haben?« fragte sie, während ihre Augen sich verengten und ihr Haar wie Onyx im schwachen Licht des Ladens schimmerte.

Max konnte sich beim besten Willen nicht daran erinnern.

KAPITEL 2

Kristina trainierte gerade an ihrem Fitneßgerät im Wohnzimmer, als Daisy Chandler am nächsten Morgen kam, in Jeans, abgetragenen Turnschuhen, einem rosa-weiß gestreiften Hemd und einer viel zu großen Lederjacke. Ihr schönes rotblondes Haar hatte sie unter ihrer blauen Baseballkappe zu einem Pferdeschwanz zusammengebunden.

»Du bist verrückt«, sagte sie zu Kristina, die schwitzend ihre Übungen fortsetzte. »Du würdest selbst dann nicht dick werden, wenn du dir die größte Mühe gäbst. Warum also die Gymnastik?«

Kristina hatte sich diese Frage auch schon gestellt, aber sie machte tapfer weiter. »Du weißt, warum. Weil ich wie ein ganz normaler Mensch sein will.«

Daisy breitete kopfschüttelnd die Arme aus. Wenn man sie in diesem verrückten Aufzug sah, fiel es schwer, zu glauben, daß sie den Mittelpunkt im Leben eines gewissen Vampirs darstellte, der berühmt für seinen Stil und seine Eleganz war. »Was ist normal?« entgegnete sie achselzuckend. »Ich bin bisher noch niemandem begegnet, auf den dieses Wort zutrifft.«

Kristina war nicht in der Stimmung, über ihre Vorliebe, alles so zu tun, wie ein gewöhnlicher Mensch es tat, zu diskutieren. Seit sie Max Kilcarragh am Tag zuvor im Geschäft begegnet war, hatte sie beständig an ihn denken müssen, und die Versuchung, ihre einzigartige Macht zu nutzen, um jeden Winkel und jede Ecke seines Lebens und seiner Psyche zu erforschen, war fast überwältigend gewesen.

»Ich kenne jemanden«, erwiderte sie lächelnd. Mr. Kilcarragh war *wunderbar* normal, gediegen, solide, stabil und aufrichtig, aber auch stark und ungeheuer männlich.

Nachdem sie sich ein weißes Handtuch um den Nacken gelegt hatte, setzte Kristina ihr Training fort und wechselte das Thema. Daisy war ihre beste Freundin, aber sie war noch nicht bereit, mit irgend jemandem über Max zu reden, weil es zuviel – und überhaupt nichts – zu sagen gab. »Ich vermute, daß Mrs. Prine dich hereingelassen hat«, sagte sie. »Oder hast du das Schloß geknackt?«

Daisy, die Polizeibeamtin gewesen war, führte jetzt eine erfolgreiche private Ermittlungsagentur. Sie lachte, legte ihre Secondhand-Lederjacke ab und warf sie auf die Couch. Die Baseballkappe folgte ihr. »Ich versuche es noch zu lernen. In diesem Fall ist deine Haushälterin die Schuldige.« Sie ging zum Kühlschrank in der kleinen Küchenecke und nahm sich eine Flasche Mineralwasser. »Ich habe mindestens zehnmal geklingelt«, sagte sie stirnrunzelnd. »Läuft Prine immer mit ihrem Walkman im Haus herum?«

»Ja.« Die Zeituhr an Kristinas Fitneßgerät klingelte, und erleichtert stellte sie die Maschine ab. Mrs. Prines Name paßte nicht zu ihr, sie war keine dicke, gemütliche Haushälterin, wie man sie sich mit diesem Namen vielleicht vorgestellt hätte. Sie war Ende Vierzig, besaß eine Figur wie Jane Fonda, trug spitze Cowboystiefel und Gürtel mit Riesenschnallen, zu einer Auswahl abgetragener Jeans und bunter T-Shirts, und auf ihrem rechten Arm prangte eine Tätowierung mit der Aufschrift: *Garth Forever*. Sie bleichte ihr Haar und hatte, wenn es hoch kam, in den fünf Jahren, seit sie bei ihr beschäftigt war, ein halbes Dutzend Worte mit Kristina gewechselt.

Daisy sah Kristina zu, als sie sich abtrocknete, und schüttelte in offensichtlicher Verwunderung den Kopf. »Wirst du denn gar nicht fragen, warum ich hergekommen bin?« fragte sie, während sie mit ihrer Flasche Wasser zu dem mit Kissen überladenen Sofa ging.

Kristina zuckte die Schultern. »Du bist meine beste Freundin. Freunde besuchen sich.« Seufzend hängte sie das Handtuch über eine Stuhllehne. »Aber da es dir wichtig zu sein scheint, frage ich. Warum bist du hergekommen, Daisy?«

»Heute nacht ist Halloween«, antwortete Daisy, »und ich habe beschlossen, eine Party für einige der Kinder aus unserer Nachbarschaft zu geben.«

Daisys Nachbarschaft gehörte zu Seattles vornehmsten; sie und Valerian bewohnten eine wunderschöne, wenn auch etwas unheimliche alte Villa mit sieben Giebeln und mindestens ebenso vielen geheimen Zimmern. Der Besitz mit seinen gepflegten Gärten und Springbrunnen war von einer hohen Mauer umgeben, doch das schüchterte die Kinder nicht ein, die aus der gesamten Umgebung kamen, um durch das hohe Tor zu spähen, in der Hoffnung, Daisy oder Valerian zu sehen. Sie fütterten mit ihren Lunchbroten Barrabas, den weißen Wolf, und steckten mit Buntstiften geschriebene Briefchen in den schmiedeeisernen Briefkasten vor dem Tor.

Welch köstliche Ironie des Schicksals, dachte Kristina. Der Vampir und seine Dame gedachten eine Halloweenparty für eine Horde kleiner Sterblicher zu geben. »Es ist eine großartige Idee«, erwiderte sie aufrichtig. »Ich nehme an, daß Valerian einen Sarg im Salon aufstellen und sich dort auf angemessene Weise präsentieren wird?«

Daisy verzog das Gesicht. »Das war mein Vorschlag, und fast hätte er mir den Kopf dafür abgebissen, wenn du mir den Ausdruck verzeihen willst. Nachdem ich die Sache gründlich durchdacht hatte, mußte ich dann allerdings auch zugeben, daß ein Sarg mit einem echten Vampir vielleicht doch ein bißchen zu beängstigend gewesen wäre.«

»Ein bißchen«, pflichtete Kristina ihr schmunzelnd bei. »Ich muß jetzt duschen und dann den Laden öffnen. Könnten wir also bitte ohne weitere Umschweife zu dem Punkt kommen, der etwas mit mir zu tun hat?«

Daisy griff nach ihrer Baseballkappe und ihrer Lederjacke. »Ich möchte, daß du kommst, das ist alles«, erwiderte sie vergnügt.

»Um was zu tun?«

Daisy biß sich auf die Lippen. »Du sollst in einem großen Hexenkessel rühren. Und es wäre hilfreich, wenn du etwas Langes, Schwarzes tragen würdest …«

»Ich könnte mir etwas von Morticia Adams ausborgen«, scherzte Kristina. »Aber wo soll ich einen Kessel mit stinkender Hexenbrühe herbekommen?«

»Ich dachte, du könntest einen herbeizaubern«, sagte Daisy, während sie ihre Jacke anzog.

»Du weißt, wie ich über diese Dinge denke.«

»Ach komm, Kristina – du brauchst nicht so phantasielos zu sein, bloß weil du schon so alt bist.«

»Vielen Dank.«

»Wirst du es tun?«

»Ich muß den Verstand verloren haben«, meinte Kristina und nickte zustimmend. Daisy war ein Mensch, dem man nur sehr schwer etwas abschlagen konnte.

»Wunderbar!« rief Daisy, setzte ihre Baseballkappe auf und umarmte ihre Freundin rasch. »Komm um halb fünf, wenn du kannst. Bis dahin ist es dunkel.«

Kristina versprach, rechtzeitig dazusein, der Gelegenheit entsprechend angezogen und in Begleitung eines riesigen Eisenkessels, aus dem grüner Dampf aufstieg. Als Daisy fort war, fragte sie sich, warum sie nicht Halloween allein verbrachte, wie die meisten anderen Vampire, Hexer und übernatürlichen Geschöpfe, die sie kannte.

Als sie zehn Minuten später unter die heiße Dusche trat, beantwortete sie sich ihre Frage selbst. Sie nahm an den Feiertagen der Sterblichen aus den gleichen Gründen teil, aus denen sie Gymnastik machte, Auto fuhr, sich ihr eigenes Essen kochte und ihre Kleider in Geschäften kaufte. Wenn sie diese Dinge tat, konnte sie sich einreden, ein ganz normaler Mensch zu sein.

Der alte Tarringtonbesitz ist wie geschaffen für eine Halloweenparty, dachte Max, als er seine kleinen Töchter in ihren Masken und Kostümen durch die offenen Tore und über die breite Einfahrt zum Haus geleitete. Die siebenjährige Eliette, die als Prinzessin Jasmin verkleidet war, plauderte munter über dies und jenes. Die als Clown verkleidete vierjährige Sabrina – besser bekannt als *Bree* – war jedoch ungewöhnlich schweigsam.

»Alles in Ordnung, Kleines?« fragte Max, als sie vor der

Eingangstreppe standen, und bückte sich, um Bree in die rote Plastiknase zu zwicken.

Bree blickte nervös in eine Richtung und dann in eine andere. »Sie haben einen großen Hund«, flüsterte sie. *»Ich glaube, es ist ein Wolf.«*

»Ach, das ist bloß Barrabas«, meinte Eliette, die weder Mensch noch Tier fürchtete. Ihre bedenkenlose Akzeptanz von allem und jedem beunruhigte Max; aus verständlichen Gründen wünschte er, sie möge nicht ganz so mutig sein.

»Hör zu«, sagte er und schaute seiner jüngeren Tochter in die Augen. »Wenn du Angst hast, bringe ich dich nach Hause. Du kannst Tante Elaine helfen, Süßigkeiten auszuteilen, während deine Schwester, die Partylöwin, und ich Äpfel fangen und heißen Punsch trinken.«

Der kleine Clown trat von einem orangefarbenen Schuh auf den anderen und warf einen sehnsüchtigen Blick auf die elegante Veranda, die mit mindestens zwei Dutzend Kürbisköpfen erleuchtet war. »Äpfel fangen?« fragte die Kleine verständnislos.

»Das ist ein Spiel, du Dummchen«, brummte Eliette, die es eilig hatte, ins Haus zu kommen. Eine verwirrende Mischung aus Stöhnen, Geschrei und verrücktem Gelächter drang aus den dicken alten Mauern – doch nichts von all dem schien Eliette einschüchtern zu können.

»Sag nicht so etwas«, hielt Max seiner älteren Tochter vor. »Deine Schwester ist nicht dumm.«

»Entschuldige«, sagte Eliette ohne große Überzeugung.

»Ich glaube, ich will hineingehen«, erklärte Bree. »Aber wenn wir den Hund sehen …«

Eliette war vorausgelaufen und stürmte bereits die Eingangsstufen hinauf. »Ich habe dir doch schon gesagt, daß Barrabas dir nichts tun wird«, rief sie kopfschüttelnd.

Bree schob ihre kleine Hand in Max' große und schaute mit Sandys ernsten braunen Augen zu ihm auf. »Du wirst mich retten, wenn der Wolf kommt, nicht, Daddy? Du wirst nicht zulassen, daß er mich auffrißt?«

Max schluckte, und obwohl er sich bemühte, ruhig und

gelassen zu erscheinen, klang seine Stimme heiser. »Verlaß dich darauf, Liebes«, sagte er. »Du bist bei mir in Sicherheit.«

Während Eliette die Türklingel betätigte, dachte er, daß Barrabas ein sehr merkwürdiger Name für einen Haushund war.

Eine der riesigen Doppeltüren schwang mit einem theatralischen Ächzen auf, und da stand sie plötzlich vor ihm – Kristina Holbrook, die Frau, an die er seit gestern fast ununterbrochen dachte.

Selbst mit der grünen Farbe auf Händen und Gesicht war sie elegant, und ihre grauen Augen funkelten vor Überraschung und Belustigung, als sie Max erkannte.

»Kommen Sie hereeeiiin«, sagte sie mit einer richtigen Hexenstimme. Eliette schoß an ihr vorbei, begierig, sich zu ihren Freunden zu gesellen, aber Bree blieb bei Max und schaute ehrfürchtig zu Kristina auf.

»Sie können zaubern«, sagte das Kind ohne die geringste Spur von Angst.

»Ja«, erwiderte Kristina schlicht, und Max hatte das seltsame Gefühl, daß sie nicht scherzte. »Möchtest du nicht hereinkommen?«

Bree löste ihre feuchte Hand aus dem Griff ihres Vaters und ging an Kristina vorbei in die düstere Eingangshalle.

Die schöne Hexe lächelte und forderte Max mit einer Geste auf, einzutreten. »Hallo«, sagte sie lächelnd. »Fand Ihre Schwester den Spiegel wirklich so scheußlich, wie Sie gehofft hatten?«

Max grinste, nachdem er den ersten Schock über das unverhoffte Wiedersehen mit ihr überwunden hatte, und fragte sich, wie er es schon seit vierundzwanzig Stunden tat, was sie wohl sagen würde, wenn er sie zum Dinner einlud. »Gweneth war entsetzt«, erwiderte er. »Sie hat mir bittere Rache geschworen.«

Kristina lachte. »Dann würde ich auf der Hut sein an Ihrer Stelle«, sagte sie. »Schließlich ist heute Halloween. Vielleicht findet sie ja eine Möglichkeit, Sie zu verhexen.«

Max beschloß, es zu riskieren. »Das hat jemand anderes

bereits getan«, entgegnete er ruhig. »Sie haben einen verzauberten Mann vor sich.«

Vielleicht errötete sie – das konnte er wegen des schwachen Lichts und des grünen Make-ups nicht sehen –, aber sie schlug für einen Moment die Augen nieder. »Gefällt es Ihnen?« fragte sie so leise, daß er es kaum verstand. »Verzaubert zu sein, meine ich?«

»Ja«, antwortete Max. »Was allerdings nicht bedeutet, daß es mir keine Angst einjagt.«

Bevor Kristina noch etwas erwidern konnte, klingelte es erneut, und sie schlüpfte wieder in ihre Hexenrolle und begrüßte die Gäste. Max blieb noch eine Weile stehen, um ihr zuzusehen, dann gesellte er sich zu einer Gruppe von Erwachsenen in einem anderen Raum, wo eine Horde lärmender, entzückter Kinder der Aufführung eines Zauberers zusah.

Nachdem Max sich etwas von den Hors d'œuvres und ein Glas Wein genommen hatte, plauderte er mit einigen Nachbarn und ging dann zur Tür zum Salon, um die Darbietungen des Zauberers zu verfolgen. Doch die ganze Zeit konnte er an nichts anderes als Kristina denken – an ihren Duft, ihre Stimme, ihren wohlgeformten schlanken Körper.

Die Gastgeber haben keine Kosten gescheut, dachte er, während er den Magier beobachtete. Dies war kein Hobbyzauberer oder Collegeboy, der sich etwas dazuverdiente; dieser Mann war ein professioneller Zauberkünstler. Sein Smoking war maßgeschneidert und mußte ungefähr soviel gekostet haben wie ein Mittelklassewagen. Darüber trug er ein schwarzes Seidencape, abgesetzt mit schimmerndem rotem Satin, und seine Haut war von einem eigenartigen Perlmutton, wie Max ihn noch nie zuvor gesehen hatte. Sein Haar war braun und eine Spur zu lang, was ihm ein etwas altmodisches Aussehen verlieh, als gehörte er in Wirklichkeit in eine andere Zeit und sei nur zu Besuch in der Gegenwart.

Während Max zusah, deutete der Magier mit seinen weißbehandschuhten Händen auf eine hohe Vase aus geschnitzter Jade, die gewiß unschätzbar kostbar war. Ein funkelndes Licht umgab die Vase, die mitten im Salon stand, und wurde heller und heller, bis es die Augen blendete. Die Kinder – Max hatte Eliette und Bree längst in der Schar entdeckt – waren mucksmäuschenstill und wie verzaubert. Was an sich schon eine beachtliche Leistung ist, dachte Max belustigt.

Der seltsame Lichtnebel verflüchtigte sich, und ein kleiner Affe in einem roten Turban und einer passenden Weste hockte jetzt dort, wo die Vase eben noch gestanden hatte.

Die Kinder kreischten und klatschten vor Entzücken. Sie glaubten, daß es Zauber war, akzeptierten das Gesehene.

Max runzelte die Stirn. Keine Falltür, kein Tisch, kein doppelter Boden. Wie, zum Teufel, hatte er das bloß angestellt?

»Es ist eine Nacht für Magie«, bemerkte eine weibliche Stimme neben ihm, und er sah, daß Kristina neben ihm erschienen war.

»Wer ist das?« flüsterte Max ihr zu, als der Lichtnebel zurückkehrte und die Vase wieder zu erkennen war. Der Affe war – natürlich – nirgendwo zu sehen.

»Sein Name ist Valerian«, antwortete Kristina, während sie den Magier mit einer Mischung aus Stolz und Zuneigung betrachtete.

»Er ist verdammt gut«, gestand Max ihr zu, obwohl er plötzlich leicht verärgert war. Vor allem, als sämtliche Kinder sich zu ihm umwandten und ihm Zeichen machten, still zu sein.

Kristina nahm seinen Arm und zog ihn fort in die Eingangshalle. Hier stand ihr Hexenkessel, in dem es blubberte und brodelte. »Ich wußte nicht, daß Sie in dieser Gegend wohnen«, sagte sie.

Eine wilde, fast trunkene Freude erfaßte Max ganz plötzlich. Gott, es war pathetisch, wenn ein fünfunddreißigjähriger Mann dermaßen dankbar war, bloß weil eine attraktive Frau sich dazu herabließ, mit ihm zu plaudern! Er sollte öfter ausgehen!

»Unser Haus ist nicht so imposant wie dieses hier«, erwiderte er. »Es ist nur ein ganz normales Haus mit grünen Fensterläden und einem fächerförmigen Oberlicht über der Tür.«

»Ihrer Frau muß es gefallen haben«, meinte sie verträumt. Dann legte sie eine Hand an ihre wohlgeformte Brust, ganz offenbar verlegen, und stieß einen Seufzer aus. »Es tut mir leid. Ich weiß nicht, warum ich das gesagt habe.«

Max hätte sie gern beruhigt und noch viel mehr. Er wollte reißende Flüsse überqueren und hohe Gipfel für sie erklimmen, Drachen für sie töten und ihr goldene Städte bauen, über die sie herrschen konnte.

Nimm dich zusammen, schalt er sich. »Schon gut«, sagte er laut. »Sandy hat das Haus nie gesehen – wir lebten in einem Apartment in Queen Anne Hill, als sie ums Leben kam. Danach … nun ja, Eliette und ich stolperten andauernd über irgendwelche Erinnerungen, wenn wir uns umdrehten, und das linderte nicht gerade unsere Trauer, und deshalb kaufte ich das Haus hier …« Er brach ab, zutiefst beschämt, und wünschte, er könne irgendwo sein Glas auffüllen. Nicht einmal seinen Eltern, seinen engsten Freunden oder Gweneth hatte er je soviel über den Umzug erzählt. »Ich habe wohl mehr gesagt, als Sie wissen wollten.«

Sie berührte seinen Arm mit sanften, wenn auch grünen Fingern, und lächelte. »Nein«, meinte sie leise und fuhr nach einer kurzen Pause fort: »Eliette ist ein schöner Name. Ich glaube, ich habe ihn noch nie gehört.«

»Mein Schwiegervater war im diplomatischen Dienst, und die Familie hat lange Zeit in Frankreich gelebt. Sandy sprach fließend Französisch und liebte alles, was mit dem Land zu tun hatte – die Menschen, das Essen, die Musik, die Kunst. Wir wollten im nächsten Sommer nach Paris fahren …«

Verdammt, jetzt tat er es schon wieder.

»Schon gut«, meinte Kristina. »Wie heißt Ihre andere Tochter – die kleinere?«

Max lächelte. »Das ist Sabrina – wir nennen sie Bree«, sagte er. »Sie glaubt, Sie könnten zaubern.«

»Vielleicht kann ich das ja auch«, erwiderte Kristina lächelnd. »Im Gegensatz zu den meisten Erwachsenen erkennen Kinder Magie, wenn sie sie sehen. Die Glücklichen müssen erst noch von Mißtrauen geblendet werden – sie vertrauen noch sich selbst.«

Max räusperte sich und hob das Glas, um einen Schluck Wein zu trinken, bis ihm einfiel, daß es leer war. »Ich mag Sie«, platzte er heraus und fragte sich, ob es so etwas wie Unterricht für den Umgang mit attraktiven Frauen gab. »Ich meine ... «

Sie lachte dieses wundervolle, klingende Lachen. »Ich mag Sie auch, Max«, antwortete sie und schwieg abwartend, mit funkelnden Augen und grünem Make-up, das bereits verlief. Unter der grünen Schminke war ihre Haut so hell und makellos wie Elfenbein.

»Ich dachte, vielleicht könnten wir einmal zusammen zum Dinner ausgehen. Morgen abend, meine ich«, fügte er rasch hinzu und hielt gespannt den Atem an.

»Sehr gern«, sagte sie. »Freitags halte ich das Geschäft bis sieben Uhr geöffnet. Würden Sie mich gern dort abholen, oder sollen wir uns im Restaurant treffen?«

Max war so begeistert, daß er am liebsten hinausgerannt wäre, um einen Freudentanz auf dem Rasen aufzuführen, wie ein Kind im ersten Schnee. Doch zum Glück gelang es ihm, diesen Impuls zu beherrschen. »Ich bin ein altmodischer Mann«, sagte er. »Ich hole Sie im Laden ab.«

»Das wußte ich.«

»Daß ich Sie im Laden abholen würde?«

»Nein«, meinte sie augenzwinkernd. »Daß Sie ein altmodischer Mann sind.«

Es klang wie ein Kompliment, und Max beschloß, es auch als solches aufzufassen.

Kristina winkte ihm mit fleckigen Fingern nach, als Max einige Zeit später die Party verließ, die kleine Bree in einem seiner Arme. Seine freie Hand ruhte liebevoll auf Eliettes Kopf, als er Kristina zunickte, und sie verspürte einen leisen Schmerz, ganz tief in ihrem Innersten, körperlich sowie emotional.

Daisy, alias Marie Antoinette, stand neben ihr und hielt ihren Kopf in der Beuge ihres Arms. Ihre grünen Augen spähten aus dem Gummibusen der französischen Königin, über dem der Stumpf eines Halses aufragte.

»Ein gutaussehender Mann«, bemerkte Daisy.

Kristina seufzte. Sie wußte nicht, warum sie sich gestattete, von einem Rendezvous mit Max zu träumen, ganz zu schweigen davon, ihn zu heiraten und Kinder mit ihm zu zeugen. Er war ein Sterblicher, und sie war Gott-weißwas. Es konnte niemals zwischen ihnen klappen.

»Ja«, sagte sie bedrückt. »Er sieht gut aus. Und anständig, nett und lustig ist er auch.«

Daisy schob den Plastikkopf von einem Arm in den anderen und verlagerte unbehaglich ihr Gewicht. Marie Antoinettes zierliche Satinschuhe drückten offensichtlich. »Soll ich ihn einmal für dich überprüfen? Du weißt schon – um festzustellen, ob er schlechte Angewohnheiten hat oder mehr als eine Frau und so.«

»Wage es bloß nicht«, erwiderte Kristina warnend und stieß stirnrunzelnd mit dem Finger an den blutigen Nacken Ihrer Majestät. »Max und ich werden bloß zusammen essen gehen und nicht heiraten. Falls er irgendwelche schlechten Angewohnheiten hat – was ich sehr bezweifeln möchte –, will ich nichts darüber wissen.«

Zu Kristinas Erleichterung nahm Daisy den oberen Teil ihres Kostüms ab, so daß ihr eigener unversehrter Kopf wieder zu sehen war, und warf den Plastikkopf auf einen nahen Tisch. »Liest du keine Psychologiebestseller und siehst du keine Talkshows?« fragte sie. Ihr kupferfarbenes Haar war wild zerzaust, und der Blick ihrer grünen Augen verriet, daß sie es völlig ernst meinte. »Man kann schlechte Angewohnheiten bei einem Mann nicht einfach ignorieren! Das wäre ja Verleugnung!«

Das Haus war leer bis auf die beiden Frauen und Barabas, der sich irgendwo im ersten Stock unter einem Bett verkrochen hatte, um zu schlafen. Auch Valerian war längst verschwunden, er würde noch auf Nahrungssuche gehen, bevor er in seiner Garderobe im Venetian Hotel in Las Vegas auftauchte, um sich auf den Auftritt vorzubereiten. Deshalb konnte Kristina frei sprechen. »Rede du nicht von Verleugnung, liebste Freundin«, sagte sie munter, während sie ihren Mantel und ihre Tasche aus dem Dielenschrank nahm. »Oder hast du vergessen, daß deine große Liebe ein richtiger, echter *Vampir* ist, der Leute in den Hals beißt und sich von ihrem Blut ernährt? Und du sprichst von schlechten Angewohnheiten!«

Daisy strich ihr Haar zurück und grinste. Es war offenbar sehr heiß gewesen in dem Kostüm, denn ihr Gesicht glitzerte vor Schweiß. »Ich habe nie behauptet, nicht pervers zu sein«, antwortete sie, und beide lachten.

»Gute Nacht«, wünschte ihr Kristina kurz darauf, als sie ihren Mantel anzog und in ihrer Tasche nach den Wagenschlüsseln suchte. »Und vielen Dank für die sensationelle Party.«

»Ich habe dir zu danken«, entgegnete Daisy. »Du warst eine wirklich tolle Hexe. Aber ...« Sie schaute sich nach dem Kessel um. »Was soll ich mit der Brühe tun? Ist sie giftig, oder kann ich sie in die Toilette schütten?«

»Keine Sorge.« Kristina schaute den Kessel an, schnippte mit den Fingern, und er verschwand.

Daisy lächelte. »Du hättest gute Aussichten bei den Umweltschützern«, sagte sie, als sie Kristina auf die Veranda folgte, wo die grinsenden Gesichter der Kürbislaternen noch immer die Nacht erhellten. »Könntest du nicht für den Anfang sämtliche Giftmüllhalden verschwinden lassen?«

Kristina drohte ihrer Freundin mit dem Finger und ging rückwärts, als sie sprach. »Du kennst die Regeln, Daisy. Keine Eingriffe in den Verlauf der Geschichte.«

Daisy lehnte sich an eine der Säulen, die das Verandadach trugen. »Zumindest ist deine Einstellung besser als Valerians – wenn ich ihm solche Fragen stelle, sagt er immer bloß: ›Ihr Menschen macht euch euer Bett, also könnt ihr auch darin liegen.‹ Wer bestimmt eigentlich diese Regeln?«

Kristina, die neben ihrem Wagen stand, einem weißen Mercedes 450 SL, zuckte mit den Schultern und steckte den Schlüssel in das Wagenschloß. »Ich habe keine Ahnung«, rief sie. »Ich kann dir nur sagen, daß ich von Geburt an gelernt habe, sie zu befolgen. Gute Nacht, Daisy, und bis bald.«

»Erzähl mir, wie es bei eurem Dinner war«, rief Daisy ihr lachend nach und winkte.

Als Kristina den Wagen über die Einfahrt lenkte und dabei in den Rückspiegel schaute, sah sie den weißen Wolf zu Daisy auf die Veranda kommen. Sein Fell schimmerte im fahlen Mondlicht, als die Halloweenlaternen langsam eine nach der anderen erloschen.

Die Mädchen hatten brav ihre Gesichter gewaschen, sich die Zähne geputzt und ihre Gebete gesprochen, und nun schliefen sie. Wahrscheinlich träumen sie von diesem Zauberer, dachte Max, als er die Tür zum Kinderzimmer schloß und sich abwandte, um zur Treppe am Ende des Korridors zurückzugehen.

Elaine, Sandys Schwester, stand in Schal und Mantel an der Eingangstür, als Max die Treppe hinunterkam.

»Danke«, sagte er. »Daß du die Stellung gehalten hast, als wir heute bei den Nachbarn waren, meine ich. Waren viele Kinder wegen Süßigkeiten hier?«

Elaine ähnelte ihrer verstorbenen Schwester, aber nur rein äußerlich. Sie war scheu und unsicher, während Sandy ein wahrer Dynamo gewesen war, voller Ideen und eigener Ansichten, mit denen sie nie hinter dem Berg zurückhielt. »Nicht so viele«, antwortete sie und zog den Wollschal wie eine Mütze über den Kopf. »Ich denke, die meisten Kinder waren auf der Party.«

Max nickte. Er fühlte sich immer ein wenig schuldbewußt in Elaines Nähe, als müsse er etwas sagen, tun oder bemerken – irgend etwas, was sich seiner Aufmerksamkeit entzog. »Ich begleite dich zu deinem Wagen«, sagte er.

Elaine lächelte, und einen Moment lang war sie beinahe hübsch. »Er steht in der Einfahrt. Du kannst auf der Veranda bleiben, wenn du willst ...«

Max öffnete die Tür und nahm Elaines Arm. Obwohl sie gesagt hatte, es sei nicht nötig, führte er sie zu dem Toyota, der hinter seinem Jeep stand, und wartete, bis sie die Türen verriegelt, den Motor gestartet hatte und abgefahren war. Es war eine friedliche Nachbarschaft, aber die Verbrechen nahmen in Seattle genauso bedenklich zu wie in allen anderen großen Städten.

Als Max sich umwandte, um ins Haus zurückzugehen, sah er einen schlanken, silbrigweißen Hund über den Rasen des Nachbarhauses laufen. Sekunden später sprang er über den Gartenzaun, trottete zu Max hinüber und setzte sich in der Einfahrt auf die Hinterbeine.

Max, der ganz still stand, aber mehr aus Interesse als aus Angst, sah, daß das Tier kein Hund, sondern ein Wolf war. Seine Augen waren von einem unheimlichen Blau und strahlten eine beunruhigende Intelligenz aus.

»Wenn du nicht der berüchtigte Barrabas bist«, meinte Max und schob die Hände in die Taschen seiner braunen Kordhosen, »dann hast du den ersten Preis für das beste Halloween-Kostüm verdient.«

Ein schriller Pfiff zerriß die Nacht, und Barrabas stellte lauschend seine spitzen Ohren auf.

»Verdammt, Barrabas«, rief eine Frauenstimme, »willst du im Teich enden?«

Barrabas gab ein wimmerndes Geräusch von sich und bellte pflichtbewußt, und eine attraktive Frau in Jeans und einer karierten Flanelljacke erschien auf dem Bürgersteig vor Max' Haus. Er erkannte sie sogleich als seine Nachbarin, die Gastgeberin der Kinderparty, und war froh, sie zu sehen. Und erleichtert.

Der Wolf trottete zu ihr, setzte mit einem anmutigen Sprung über den Zaun und begann eine der Hände der Frau zu lecken.

»Ich bin Daisy Chandler«, stellte sie sich vor und streckte die andere Hand über den Zaun. »Ich habe Sie heute abend auf der Party gesehen, aber leider hatten wir keine Gelegenheit, uns zu unterhalten.«

Max ging zum Tor und schüttelte ihr die Hand. »Max Kilcarragh«, sagte er. »Es war eine tolle Veranstaltung – ganz besonders die Hexe hat mir gut gefallen.« Ganz plötzlich geriet er in Verlegenheit und befürchtete, daß er zuviel verraten hatte über sein Interesse für Kristina. »Der Zauberkünstler war auch nicht schlecht.«

Daisy lachte. »Das ist wahrscheinlich Ansichtssache«, meinte sie. »Tut mir leid, daß Barrabas über den Zaun gesprungen ist. Ich hoffe, er hat Sie nicht erschreckt.«

Jetzt, wo der weiße Wolf auf der anderen Seite des Zaunes stand und sich hingebungsvoll seinem Frauchen widmete, vermochte Max der Situation sogar einen gewissen Humor abzugewinnen. »Es ist das erste Mal, daß ich einem Wolf gegenüberstehe«, erwiderte er. Er dachte an die erst kürzlich veröffentlichten Schlagzeilen über Wölfe, die als Haustiere gehalten wurden, und an Brees Angst vor diesem Tier, und sein Lächeln verblaßte wieder. »Vielleicht ist es nicht ratsam … Nun ja, ich meine, es könnte doch gefährlich sein, ein wildes Tier in einem Wohnviertel zu halten.«

»Oh, Barrabas ist überhaupt nicht wild«, entgegnete Miss Chandler mit ruhiger Entschiedenheit. »Er würde nie jemanden beißen – es sei denn, derjenige hätte es verdient.«

Eliette hatte vorher etwas Ähnliches gesagt, erinnerte sich Max. Er fragte sich, was seine Tochter – und Miss Chandler – so sicher machte, daß der Wolf zahm und ungefährlich war. »Trotzdem weiß ich nicht …«

»Glauben Sie mir, es ist in Ordnung«, unterbrach Miss Chandler so heiter und gelassen wie zuvor, und Max stellte fest, daß er ihr gern geglaubt hätte. Irgendein uralter Instinkt, von einem Vorfahren übernommen und durch Generationen weitervererbt, verriet ihm, daß er diese Frau als Freund betrachten konnte. »Barrabas liebt Kinder«, fügte sie lächelnd hinzu.

Max grinste ganz unwillkürlich. »Das hatte ich schon

fast befürchtet«, antwortete er. Aber in Wirklichkeit machte er sich gar keine Sorgen mehr um den Wolf. Vielleicht hatte irgendeine vorübergehende Hexe ihn verzaubert. »Meinen Töchtern hat die Party sehr gefallen und mir auch. Vielen Dank, daß Sie uns eingeladen haben.«

»Es war schön, daß Sie gekommen sind«, erwiderte sie. »Es war wirklich nett, nicht wahr? Ich wäre sehr enttäuscht gewesen, wenn niemand gekommen wäre.« Wieder schenkte sie ihm ein Lächeln. »Ich glaube, Barrabas und ich sollten jetzt lieber heimgehen. Bis bald, Mr. Kilcarragh.«

»Max«, berichtigte er sie und wandte sich ab, um zum Haus zurückzugehen. Mit einem echten Wolf als Begleiter bestand kein Grund zur Sorge, daß Miss Chandler nicht sicher heimgelangen würde.

»Daisy«, antwortete sie, bevor sie sich auf den Weg machte, gefolgt vom Hund von Baskerville, der ihr gehorsam wie ein Welpe nachtrabte.

Max trat ein und ging ins Wohnzimmer, das er in heilloser Unordnung zurückgelassen hatte, als sie früher an diesem Abend zu der Party aufgebrochen waren. Dank Elaine war jetzt alles blitzsauber und aufgeräumt wie das Wohnzimmer einer alten Jungfer – bis auf die Halloweenlaterne.

Die Fratze, die er eine Woche zuvor unter Anleitung von Eliette und Bree geschnitzt hatte, saß verloren auf dem Couchtisch, wo sie langsam in sich zusammensackte und nach dem roch, was sie war – ein verkohlter Kürbis.

Max nahm ihn in beide Hände, trug ihn in die Küche und warf ihn in den Abfalleimer. »Tut mir leid«, sagte er zu dem ausrangierten Gemüse, als er sich die Hände in der Spüle wusch, »aber so ist das Leben nun einmal. Frag den Tannenbaum vom letzten Weihnachten.«

»Mit wem redest du, Daddy?«

Max drehte sich um zu Bree, die in der Tür stand und ihre ›Schmusedecke‹ in der Hand hielt. »Mit mir selbst«, erwiderte er, während er das Kind aufhob und es an sich drückte. »Und was machst du hier unten? Es ist schon spät. Du solltest längst im Bett sein.«

»Ich konnte nicht einschlafen, weil ich an die Hexe denken mußte«, antwortete Bree und rieb sich mit einer Hand über die Augen. »Die hübsche Dame, die wir in dem Haus sahen, wo der weiße Wolf lebt. Glaubst du, daß sie überall am Körper grün ist?«

Max ging zur Treppe und begann seine kleine Tochter die Stufen hinaufzutragen. »Nein«, erwiderte er und verbarg ein Lächeln. »Sie ist nirgendwo grün, Liebes. Sie ist eine ganz normale Frau und keine Hexe. Ihr Name ist Kristina, und sie ist sehr, sehr nett.«

Bree legte den Kopf auf Max' Schulter und seufzte müde. »Kann sein, daß sie nicht grün ist, und vielleicht ist sie ja auch wirklich nett und eine ganz normale Frau … Aber eine Hexe ist sie trotzdem.«

Max küßte seine Tochter auf das seidenweiche Haar an ihrer Schläfe. »Nein, Liebes. Sie hat nur so getan, als wäre sie eine Hexe. Weil Halloween war.«

Bree gähnte und tätschelte ihm mitfühlend die Wange. »Erwachsene«, meinte sie mit einem weiteren Seufzer. Und dann war sie auch schon eingeschlafen.

KAPITEL 3

Nachdem Kristina ihr Kostüm ins Nichts zurückgezaubert hatte, aus dem es gekommen war, und die grüne Schminke unter der Dusche abgewaschen hatte, brühte sie sich eine Tasse Kräutertee auf. Eingehüllt in ihren liebsten Bademantel aus pinkfarbenem Frotteesamt mit tiefen Taschen und einem Reißverschluß, saß sie in ihrem dunklen Wohnzimmer und betrachtete den Mond durch die großen bleiverglasten Fenster, die fast die gesamte Wand einnahmen.

»Prost«, sagte sie lächelnd und hob ihre Teetasse in

einem freundschaftlichen Gruß an die riesige, blaßgelbe Scheibe, die direkt hinter dem Glas zu stehen schien, als erhoffe sie sich eine Einladung zum Tee.

Bestürmt von Bildern von Max und seinen reizenden kleinen Töchtern, lehnte Kristina sich in ihrem Sessel zurück und schloß die Augen. Ihre Sehnsucht, sterblich zu sein, war in diesem Moment so überwältigend, so tief in ihrem Innersten verwurzelt, daß ihre Seele zu zerbrechen drohte.

Falls ich eine Seele *habe*, dachte Kristina, während eine Träne über ihre Wange rollte.

»Deprimiert, mein Liebling?«

Kristina fuhr zusammen, und als sie verblüfft die Augen öffnete, sah sie Dathan, den blonden Hexer, am Kamin stehen. In letzter Zeit hatte er sich angewöhnt, in Smoking und Cape zu erscheinen, à la Valerian, obwohl die beiden einander zutiefst verachteten.

»Nenn mich nicht ›Liebling‹«, wies Kristina ihn scharf zurecht und stieß fast ihren Tee um, als sie zornig auffuhr. »Und ich dulde es auch nicht, daß du so mir nichts, dir nichts in meinem Haus erscheinst. Es ist schlimm genug, daß meine Mutter und Valerian es tun.«

Dathans charmantes Lächeln verriet ein bißchen Wehmut und hätte einem fast zu Herzen gehen können – falls man nicht wußte, was für ein raffinierter Schuft er war. Trotz seiner sanften, unschuldigen braunen Augen, die ihm das Aussehen eines Chorknaben verliehen, war er zu Teufeleien fähig, die sich sogar mit Valerians messen konnten. »Tut mir leid«, sagte er. »Ich kam gerade vorbei und ...«

»Du meinst wohl, du bist über den Mond geflogen«, unterbrach Kristina ihn verärgert. Sie hatte sich wieder in ihrem Sessel niedergelassen und hielt die Teetasse jetzt in beiden Händen, um ihren Inhalt nicht über ihren Bademantel zu verschütten.

Mit gekränkter Miene preßte Dathan eine Hand auf seine Brust und spreizte die langen, schlanken Finger. »Du beleidigst mich«, sagte er. »Ich bin nur aus Sorge um dich hier, Kristina.«

»Klar.«

»Und schließlich ist es Halloween. Da wird man einer Freundin doch wohl einen Besuch abstatten dürfen«, fuhr er fort und schlenderte zu einem Marmortisch, den Kristina 1921 bei Sothebys ersteigert hatte, um sich eine Handvoll Bonbons aus einer Kristallschüssel darauf zu nehmen.

»Du bist nicht mein Freund«, wies Kristina ihn kühl zurecht. »Ich hoffe, die Bonbons genügen dir als Leckerbissen. Die toten Ratten und Fliegenbeine sind uns nämlich leider ausgegangen.«

»Ein zweiter Schlag!« rief Dathan mit vollem Mund und schlug sich von neuem an die Brust. »Und noch verletzender als der erste!« Er schluckte dramatisch. »Ich bin extra hergekommen, um dich vor einem furchtbaren Fehler zu bewahren, und wie belohnst du mich dafür? Mit bösen Worten und Beleidigungen!«

Kristina seufzte ungeduldig. »Bitte füg deinen anderen Verbrechen nicht auch noch schlechte Schauspielerei hinzu«, erwiderte sie. »Sag mir, was du willst, und dann sieh zu, daß du verschwindest.«

Mit einem belustigten Augenzwinkern verbeugte Dathan sich vor ihr, bevor er mit langen, majestätischen Schritten das Zimmer zu durchqueren begann, seinen Umhang schwingen ließ und sich bei jedem Schritt ein Bonbon in den Mund steckte. »Du solltest wissen, daß ich eine Vampirbraut suche«, meinte er kauend. »Stell dir nur die Möglichkeiten vor, die Macht, die sich ergeben könnte, wenn ein Hexer und eine Bluttrinkerin ein Paar würden!«

Kristina rieb sich die Schläfen. »Dazu kann ich dir nur sagen, daß du bei mir an der falschen Adresse bist«, erwiderte sie mit einer müden Handbewegung. »Denn trotz meiner illustren Abstammung bin ich ganz entschieden kein Vampir. Und selbst wenn ich einer wäre … «

»Warte!« unterbrach er sie mit einer gebieterischen Handbewegung und blieb mitten im Zimmer vor ihr stehen. »Du hast mir bereits deutlich genug zu verstehen gegeben, daß du meinen romantischen Vorstellungen kein

Interesse entgegenbringst. Ich meinte nicht, daß wir uns zusammentun sollten, sondern hatte eigentlich nur gehofft, du hättest vielleicht eine Freundin …«

»Aha«, sagte Kristina, deren Kopfschmerzen allmählich unerträglich wurden. »Du willst also, daß ich dich verkuppele. Ich dachte, du warst mit Roxanne Havermail zusammen? Wie geht es der Familie eigentlich?«

Eine ärgerliche Röte stieg in Dathans Wangen. »Tu mir bitte den Gefallen und erwähne diese Kreatur nie wieder! Und ihre gräßlichen Kinder auch nicht!«

Kristina lächelte, als sie an Benecia und Canaan Havermail dachte, Roxannes fünfhundert Jahre alte Töchter, die auch Vampire waren und mit ihrer puppenhaften Kleinmädchenschönheit höchstens noch schauriger wirkten. »Valerian wird sehr enttäuscht sein, daß es mit Roxanne nicht geklappt hat«, bemerkte Kristina spöttisch. »Seit Avery Havermail vor einigen Jahren mit dieser Nachwuchsvampirin durchgebrannt ist, scheinen Roxanne und die Mädchen sich sehr einsam und verloren zu fühlen.«

Dathan schwieg eine Zeitlang aufgebracht, doch dann nahm er sich zusammen und beherrschte seinen Ärger. »Kristina«, begann er noch einmal in ruhigem, schon fast zuvorkommendem Ton. »Kennst du nicht irgendwelche ungebundenen Vampire?«

Sie konnte es nicht verhindern – sie mußte lachen. Seine Wortwahl war unglücklich, aber illustrativ gewesen. »Nein«, sagte sie, als sie sich von ihrem Lachanfall erholt hatte. »Außer meiner Mutter – die leidenschaftlich verliebt in meinen Vater ist und es in alle Ewigkeit sein wird – und den Havermails kenne ich keine weiblichen Vampire.« Ihr Tee war inzwischen kalt geworden, aber sie trank trotzdem einen Schluck davon. »Und jetzt, bevor du gehst, erklär mir bitte, was du mit deiner Bemerkung vorhin meintest … Daß du mich davor bewahren wolltest, einen schrecklichen Fehler zu begehen?«

Der Hexer sah so verzweifelt und enttäuscht aus, daß er Kristina beinahe leid tat. Aber nur beinahe. Sie war alt genug, um einen erstklassigen Schauspieler zu durchschauen, wenn sie einen vor sich hatte. »Du solltest dich nicht mit einem Sterblichen einlassen«, sagte Dathan. »Mit diesem Max Kilcarragh, meine ich.«

Kristina versteifte sich. Valerian, ihre Eltern, die Havermails – sie alle konnten sich gegen den Hexer wehren, falls es nötig war – aber bei Max war das natürlich anders. Er besaß keine magischen Kräfte und wäre daher jemandem wie Dathan nicht gewachsen. »Was weißt du von Max?« fragte sie alarmiert.

Der attraktive Hexer spielte mit einem der Smaragde, die an seinen Manschetten glitzerten. »Genug«, entgegnete er schroff, »und hör auf, dir Sorgen zu machen. Ich stelle keine Bedrohung für ihn oder seine Kinder dar. Was ich dir sagen will, ist nur, daß er dir nicht sein Herz schenken kann – weil er es mit seiner toten Frau begraben hat. Du solltest wissen, daß er sie *angebetet* hat, Kristina.«

Kristinas Augen brannten, und sie blinzelte, um die Tränen zurückzudrängen, die sich hinter ihren Lidern sammelten. »Halte dich von Max Kilcarragh fern«, sagte sie mit ruhiger Bestimmtheit. »Denn falls du es wagen solltest, ihn in irgendeiner Weise zu belästigen ...«

Dathan hob beide Hände, die in makellosen weißen Handschuhen steckten, um Kristina zum Schweigen zu bringen. »Ich gebe dir mein Wort darauf. Ich habe nicht die Absicht, diesem Kilcarragh irgend etwas anzutun.«

»Valerian hat mir gesagt, was ich vom Wort eines Hexers zu halten habe!«

Das schöne, anmutige Geschöpf stieß einen leidgeprüften Seufzer aus. »Von deinem Freund, dem Vampir, können wir Hexer ja wohl kaum Objektivität erwarten, oder? Versuch einmal, gerecht zu sein, Kristina – was habe ich je getan, um deinen Groll zu verdienen – außer dich zu bewundern und mich deinetwegen zum Narren zu machen?«

Kristina war nicht nachtragend, vor allem nicht Geschöpfen gegenüber – seien sie nun menschlicher oder nichtmenschlicher Natur –, die ihr nie etwas getan hatten. Sie ließ Dathans vorwurfsvolle Frage jedoch unbeantwortet und entgegnete: »Woher willst du wissen, was in Max Kilcarraghs Herz vorgeht?«

Der Hexer zuckte mit den Schultern. »Ich habe dich vorhin mit ihm gesehen und im Geiste einige Akten durchgeblättert, das ist alles. Der arme Max. Er würde sein eigenes Leben freudig opfern, selbst nach zwei Jahren noch, wenn es seine Sandy wieder zurückbringen würde.«

Kristina litt, weil sie Max' Schmerz verstand und vor langer Zeit selbst etwas Ähnliches erlitten hatte. Weit davon entfernt, sie zu entmutigen, steigerte Max' unwandelbare Zuneigung zu seiner verstorbenen Frau höchstens noch seinen Reiz für sie. Abgesehen von all seinen anderen guten Eigenschaften war er zudem noch treu.

»Ja«, sagte sie leise, »ich bin sicher, daß er das tun würde. Das ist ein Teil dessen, was ihn zu dem macht, was er ist. Und jetzt, wenn es dir nichts ausmacht ... «

Dathan stieß einen weiteren Seufzer aus, zog sein Cape über der Brust zusammen und verschwand.

Kristina trug ihre Teetasse in die Küche und stellte sie auf die Spüle. Dann stieg sie die Hintertreppe hinauf und ging über den Korridor zu ihrem Schlafzimmer. Auf dem Weg kam sie an einem ihrer liebsten Möbelstücke vorbei, einer kleinen, handbemalten Truhe, die sie vor vielen Jahren in Florenz erstanden hatte, und ließ ihre Finger leicht über die glattpolierte Oberfläche gleiten.

Das dicke Päckchen Briefe aus der Dachkammer wartete in dem Zedernholzkästchen auf dem Nachttisch neben Kristinas Bett, und sie brauchte sie nicht zu öffnen, ja nicht einmal das trockene, brüchige Papier zu berühren, um sich den Inhalt der Briefe ins Gedächtnis zu rufen, Wort für Wort ...

... und Du kannst Dir wahrscheinlich vorstellen, liebste Phillie, wie meine geliebten Eltern auf die Neuigkeiten reagierten, daß ich mich in Michael Bradford verliebt hatte. Sie waren fast so empört darüber wie Valerian – er war wochenlang in Rage, und als er seinen Zorn endlich überwunden hatte, blieb er noch lange Zeit untröstlich.

Aber ich greife schon wieder vor. Ich fürchte, diese Angewohnheit werde ich mir niemals abgewöhnen können, trotz meiner Bemühungen, Geduld zu üben und eins nach dem anderen zu tun.

Es begann wieder zu regnen an jenem Nachmittag, als Michael mich heimbrachte nach meinem Sturz vom Pferd, und wir waren bis auf die Haut durchnäßt, als wir die Stallungen erreichten. Natürlich bot ich ihm die Gastfreundschaft unseres warmen Hauses an, wo im Salon ein Feuer im Kamin brannte und heißer Tee und Kuchen schon bereitstanden, und Michael nahm meine Einladung dankbar an.

Ich erinnere mich noch heute an die Mischung der verschiedensten, aber nicht unangenehmen Gerüche aus feuchter Wolle, Brandy, Pferdeschweiß und irgendeinem herben Eau de Cologne, als der Feind aus meiner Kindheit vor dem Kamin stand und auf mich herablächelte, während er seine Kleider und sein Haar am Feuer trocknete.

»Ihr seid zu einer sehr schönen jungen Frau herangewachsen, Kristina«, sagte er.

Mein Herz überschlug sich fast bei seinen Worten, und meine Atemzüge wurden schneller. Ich fragte mich, wie schön ich sein konnte, mit zerrissenen Kleidern, naß und schlammbedeckt und mit wirrem Haar, das mir aufgelöst bis auf die Schultern hing. Erst da kam mir der Gedanke, daß ich besser in mein Zimmer gegangen wäre, um mich zu waschen, umzuziehen und etwas mit meinem Haar zu unternehmen, bevor ich mich mit einem Gentleman zum Tee hinsetzte.

Ich fürchte, die gesellschaftlichen Umgangsformen wurden in unserem Hause kaum noch beachtet, nachdem Deine Zeit bei uns beendet war. Mama hätte es als erniedrigend für eine Frau betrachtet, sich für einen Mann herauszuputzen und zu schmücken, und Papa interessierte sich ausschließlich für Mama, damals so wie heute, und für seine endlosen wissenschaftlichen Experimente. Gesellschaftliche Konventionen erschienen ihm wahrscheinlich lächerlich, vermute ich.

Aber Michael hatte mir ein Kompliment gemacht, und ich war entzückt und selbst damals schon ein bißchen verliebt in ihn. Ich mußte meinen Tee beiseitestellen, weil ich Angst hatte, ihn zu verschütten, und mein Gesicht war viel zu heiß, wenn man die Entfernung zwischen mir und dem Kamin bedenkt.

»Danke«, sagte ich, wie Du mich gelehrt hattest, und hielt den Blick gesenkt.

»Ihr seid ganz allein hier in diesem großen Haus?«

Ich zwang mich, Michael anzusehen, und erwiderte: »Nein, nicht wirklich. Die Dienstboten sind hier, und so groß ist das Haus gar nicht. Jedenfalls nicht wie Cheltingham.«

»Ach, dieses alte Spukschloß«, entgegnete Michael geringschätzig und tat Jahrhunderte nobler Geschichte mit einer gleichgültigen Handbewegung ab. »Es ist ein kaltes, zugiges Verlies, voller Staub und Spinnweben und Gespenster, und ich hasse es.«

Das Wort Gespenster *erweckte nicht meine Neugierde, wie es bei jedem anderen Mädchen vielleicht der Fall gewesen wäre, denn mit derartigen Phänomenen kannte ich mich natürlich aus und fand sie so alltäglich, daß sie mir langweilig erschienen. »Aber Cheltingham ist dein Zuhause«, protestierte ich. »Deine Familie lebt schließlich dort.«*

Zu spät erinnerte ich mich an Michaels Abneigung gegen seinen älteren Bruder Gilbert, den zukünftigen Duke of Cheltingham. Er wandte sich rasch ab, als faszinierte ihn eine kleine Porzellanfigur auf dem Kaminsims, aber nicht, bevor ich den Ausdruck tiefster Bekümmerung wie dunkle Flammen in seinen Augen hatte aufflackern sehen. »Das tun sie allerdings«, antwortete er und versuchte, vollkommen uninteressiert zu klingen, was ihm jedoch ganz und gar mißlang.

Ich erhob mich von meinem Sessel und ging zu ihm, legte eine Hand auf seinen Arm und flüsterte seinen Namen, um ihm ein bißchen Trost zu schenken.

Ganz unvermittelt wandte er sich um, nahm mich in die Arme und zog mich fest an sich, aber mehr aus stiller Verzweiflung als aus Leidenschaft. Ich fühlte, wie er zitterte, als er mit seinen Emotionen kämpfte, und obwohl es mich beschämt, es eingestehen zu müssen, wollte ich, daß er mich für immer und ewig so in seinen Armen hielt.

Doch leider kam Michael sehr schnell wieder zur Besinnung und gab mich sofort wieder frei. Ich stand am Kamin, bebend sprachlos und errötend, während er zurücktrat und sich mit einer Hand durch das regenfeuchte Haar strich. »Es tut mir leid, Kristina«, sagte er. »Ich hatte nicht das Recht, mir solche Freiheiten herauszunehmen.«

Ich erwiderte nichts; ich hätte kein Wort herausgebracht, weil mein dummes kleines Herz in meiner Kehle saß und in meinen Augen die Tränen einer verliebten Jungfer schimmerten. Was natürlich genau das war, was ich damals war.

Er bat noch einmal um Verzeihung und verabschiedete sich prompt, und ich blieb allein zurück, um mich in hoffnungsloser Einsamkeit nach ihm zu verzehren, wie ich es in Zukunft noch so oft tun sollte. Aber damals wußte ich noch nichts von Herzweh, Leid und Liebesqualen.

Ich war ja so naiv.

Am Tag darauf, Phillie, kam er wieder – Michael, meine ich –, um mir ein blaues Seidenband zu schenken und mich zu einem Ausritt einzuladen. Ich nahm glücklich an und schickte eine Magd zu den Stallungen, um mit einem Stallburschen zu sprechen. Ich würde Pan nicht mehr reiten, hatte ich beschlossen. Wenn es nach mir ging, konnte das bösartige Biest in seinem Stall versauern, bis er lernte, sich anständig zu benehmen. Und wenn er bis dahin an Altersschwäche starb, dann sollte es mir auch recht sein.

Eine edle Palominostute wurde mir zur Prüfung vorgeführt – Mama hatte sie bestimmt für eins ihrer Abenteuer erworben –, und ich war überaus entzückt über das sanftmütige Tier. Endlich ein Pferd, das mich nicht beschämen würde.

Ich erlaubte Michael, mir in den Sattel zu helfen – in Gegenwart eines Gentlemans ritt ich nicht mit gespreizten Beinen, wie ich es normalerweise tat, sondern setzte mich bescheiden auf den Damensattel und hoffte, daß ich hübsch und anmutig wirkte.

Ich war unglaublich dumm in jenen Tagen, aber heute stört es mich nicht mehr – mich daran zu erinnern, meine ich. Weißt Du, Phillie, ich war auf absurde Weise glücklich, und der strahlende Sonnenschein jenes schönen Tages wird mir stets das Herz wärmen, wann immer ich daran zurückdenke, wie es war.

Michael kam sehr oft in den Wochen und Monaten, die darauf folgten, und wenn er mit anderen Dingen beschäftigt war und nicht kam, vermißte ich ihn so schrecklich, daß ich weder essen noch schlafen konnte. Ich wäre vielleicht zu ihm gegangen, kraft meiner magischen Talente, aber auch damals schon war ich fest entschlossen, meine Macht niemals unfairerweise und zu meinem eigenen Vorteil anzuwenden.

Seit damals, wie Du Dir wahrscheinlich vorstellen kannst, wenn Du die ganze Geschichte gehört hast, habe ich mir oft gewünscht, ich wäre nicht so edelmütig gewesen.

Genau acht Wochen nach unserer ersten verregneten Begegnung auf der Straße zwischen Refuge und Cheltingham bat Michael mich um meine Hand, und ich gewährte sie ihm freudig.

Ich brauchte mich nicht auf die Suche nach Mama und Papa zu begeben, um ihnen die frohen Neuigkeiten mitzuteilen; sie erschienen noch in derselben Nacht im Wohnzimmer, wo ich bei einer Tasse Tee saß und für die Schneiderin im Dorf Zeichnungen von Brautkleidern entwarf.

»Kristina Holbrook!« sagte Mama so streng, daß ich entsetzt zusammenzuckte. Bis sie sprach, hatte ich nicht bemerkt, daß meine Eltern im Raum erschienen waren, denn im allgemeinen pflegten sie auf die dramatischen Auftritte und Abgänge zu verzichten, die Valerian und viele andere Vampire so sehr liebten.

»Was soll dieser Unfug, den jüngeren Sohn des Duke of Cheltingham zu heiraten?« fragte Papa in einem Ton, der verriet, daß er sehr ungehalten war.

Ich hob meine Hand, um ihnen den Verlobungsring zu zeigen – ein eindrucksvoller Saphir aus irgendeinem weit entfernten Land, den Michaels Urgroßmutter einst getragen hatte –, und lächelte meine Eltern glücklich an. Ich war so froh, meine Mutter und meinen Vater zu sehen, daß ihr offenbares Mißvergnügen mich nicht im geringsten einzuschüchtern vermochte. »Sein Name ist Michael«, sagte ich, und es war mir sehr wohl bewußt, wie meine Augen bei der Erwähnung des geliebten Namens strahlen mußten. »Und ich liebe ihn sehr.«

»Aus dieser Ehe wird nichts!« herrschte mich mein sonst so sanftmütiger Vater an. »Der Junge ist ein Nichtsnutz – Cheltingham droht schon seit Jahren, ihn zu verstoßen!«

»Ich werde seine Rettung sein«, entgegnete ich unbeeindruckt.

Ich erinnere mich, daß meine schöne Mutter bei dieser Ankündigung ihre indigoblauen Augen verdrehte. »Alles, was der arme Mann braucht, ist eine gute Frau«, murmelte sie mit unverhohlener Verachtung.

»Das stimmt! So ist es!« rief ich und sprang von meinem Sessel auf.

Papa verschränkte die Arme vor der Brust. »Kristina, ich verbiete dir, diesen jungen Mann wiederzusehen«, sagte er. »Hast du verstanden? Ich verbiete es dir.«

»Sei nicht albern, Calder«, wandte Mama ein und stieß ihn sanft mit dem Ellbogen in die Rippen. »Kristina ist eine erwachsene Frau. Du kannst ihr nichts verbieten.« Sie kam zu mir und legte beruhigend ihre kühlen weißen Hände an meine Wangen. »Du bist verliebt in diesen jungen Mann, Kristina«, gab sie zu bedenken. »Aber das wird mit der Zeit vergehen, das versichere ich dir. Und bis dahin solltest du nichts Überstürztes tun.«

In den darauffolgenden Jahren sollte ich noch oft an diesen weisen Ratschlag meiner Mutter denken, aber damals dachte ich, sie wolle mir bloß den Spaß verderben und mich für immer und ewig dazu verdammen, eine alte Jungfer zu bleiben.

»Ich bin es leid, allein zu sein«, sagte ich verbittert, während ich mich ihr entzog, um ein bißchen Distanz zwischen mich und diese beiden bemerkenswerten Vampire zu bringen, die mich so voller Liebe aufgezogen hatten. »Großer Gott, ich bin bereits älter als die meisten Mädchen, wenn sie heiraten!« meinte ich empört.

»Wir sagen ja nicht, daß du dir keinen Gefährten nehmen sollst, mein Kind«, entgegnete Mama sanft. Papa musterte mich derweil stirnrunzelnd, die Hände in den Hosentaschen, die Ärmel wie immer aufgerollt für seine Arbeit im Labor. »Das Problem ist nur, daß Michael …«

»Sterblich ist?« fiel ich ihr grob ins Wort. »Darf ich dich daran erinnern, Mama, daß Papa auch ein Mensch war, als ich gezeugt wurde?«

»Kristina«, warnte mein Vater in ruhigem Ton, dem zu gehorchen ich längst gelernt habe. »Hüte deine Zunge. Niemand, nicht einmal du, darf deiner Mutter den Respekt verweigern.«

Ich schluckte, den Tränen näher jetzt als einem Wutanfall. »Es tut mir leid, Mama. Aber ich liebe Michael, und ich möchte mein eigenes Leben führen. Ich habe lange genug darauf gewartet.«

Wir führten die gleiche Unterhaltung unzählige Male in den darauffolgenden Wochen, aber ich war nicht umzustimmen. Schließlich, aus lauter Verzweiflung, gaben meine Eltern es auf, mich von einer Heirat mit Michael Bradford abbringen zu wollen, und sagten mir traurig, daß sie mich liebten und ich sie nur zu rufen brauchte, falls ich irgend etwas brauchte.

Sie nahmen nicht an der Hochzeit teil, und auch Valerian kam nicht, den ich schon als sehr kleines Mädchen als Onkel adoptiert hatte. Ich vergoß im geheimen viele Tränen, vor und nach der Trauung, weil meine geliebte Familie sich weigerte, an meiner Freude teilzuhaben.

Ich gestehe, Phillie, daß ich soweit ging, mir falsche Eltern zuzulegen, mit Valerians Hilfe, damit ich mich vor der Verwandtschaft meines Bräutigams nicht zu schämen brauchte. Ja, ich weiß, das war eine billige und sogar schändliche Täuschung, aber was hätte ich sonst tun können, liebe Freundin? Hätte ich dem alternden Herzog und der Herzogin, dem Erben des Titels und meinem stolzen jungen Bräutigam sowie allen ihren Freunden und Verwandten vielleicht sagen sollen, daß meine Mutter und mein Vater sich während der Tagesstunden niemals sehen ließen, weil sie Vampire waren?

Natürlich konnte ich das nicht. Und ich muß diesen Brief jetzt schließen, Phillie, weil er sonst zu dick für seinen Umschlag wird. Ich werde jedoch bald wieder schreiben, und ich warne Dich, Phillie – ich werde nichts auslassen. Du solltest Dich für einige sehr häßliche Erkenntnisse wappnen. In Liebe,

Deine Kristina.

Max blieb Punkt sieben Uhr am nächsten Abend vor Kristinas Laden stehen, lockerte seine Krawatte, die sich wie ein Galgenstrick anfühlte, und fragte sich, was ihn auf die Idee gebracht hatte, er könne irgend etwas mit dieser Frau gemeinsam haben. Er war ein großartiger Vater, ein guter

Footballtrainer, ein loyaler Amerikaner und ein durch und durch normaler Mann, aber an Kristina Holbrook reichte er nicht heran. Er war nicht einmal sicher, was er zu ihr sagen sollte.

Er zwang sich, den Laden zu betreten, und als er über die Schwelle trat, vibrierte das Bimmeln der kleinen Bronzeglocke, das seine Ankunft ankündigte, in seinem Kopf wie der Schlag eines riesigen Gongs.

Kristina stand hinter der Theke und packte für eine elegant gekleidete Kundin mit silbergrau getöntem Haar eine exquisite Spieldose aus feinstem Rosenholz ein. Während Max sie dabei beobachtete, kam ihm der alberne Gedanke, daß Bree sich freuen würde, wenn sie hörte, daß Kristina nicht mehr grün war.

»Hi, Max«, rief sie lächelnd und winkte ihm freundlich zu. »Ich bin gleich bei Ihnen.«

»Lassen Sie sich Zeit«, erwiderte er und wandte sich ab, um sich umzusehen, während Kristina sich um ihre Kundin kümmerte.

Er betrachtete gerade einen geradezu grotesk häßlichen Bronzeaffen, als Kristina zu ihm kam.

»Das wäre ein perfektes Geschenk für meine Schwester«, bemerkte er nachdenklich. »Weihnachten ist schließlich nicht mehr weit entfernt.«

Zu seiner Verblüffung riß Kristina ihm das kleine Ungeheuer aus der Hand und trug es in das Hinterzimmer. Sie war leichenblaß, als sie zurückkam, und ein grimmiger Zug lag um ihr Kinn.

»Das Ding ist nicht zu verkaufen«, sagte sie knapp.

»Warum nicht?« fragte Max verwirrt. Er kannte Kristina nicht sehr gut – dazu war noch keine Zeit gewesen –, aber er hatte bereits erkannt, daß sie nicht zu brüsken Stimmungswechseln neigte.

»Weil es böse ist, deshalb«, erwiderte Kristina und wandte abrupt den Blick ab, als bereute sie, überhaupt etwas erklärt zu haben.

»Böse?«

»Vergessen Sie es, Max«, sagte sie, und ihre silbergrauen Augen verdüsterten sich mit einem alten Kummer, als sie seinen Arm nahm. »Es ist spät, ich bin hungrig und möchte den Laden abschließen und gehen.«

Er lächelte auf sie herab, sah die Trauer in ihren schönen Zügen und fragte sich, was er tun oder sagen konnte, um sie zu vertreiben. »Ich bin manchmal zu neugierig«, sagte er. »Kommen Sie, lassen Sie uns etwas essen gehen.«

Er führte sie zu seinem Lieblingsrestaurant in einer Nebenstraße des Pioneer Square, wo an den Wochenenden eine Jazzband spielte und es scharf gewürzte kreolische Gerichte gab. Es herrschte ein lautes Getümmel von Kellnern und Gästen, da das Lokal fast immer voll besetzt war. Die hölzernen Böden waren uneben, die Rohre in den Waschräumen unverputzt, und man mußte an den Vorratsschränken vorbeigehen, um die Toiletten überhaupt zu finden.

Als sie einer Bedienung durch die Menge folgten, beschlichen Max auf einmal Zweifel. Was hatte er sich bloß dabei gedacht, eine Frau wie Kristina an einen solchen Ort zu bringen? Sie war bestimmt an ruhige, elegante Restaurants gewöhnt, mit herrlichem Ausblick und handgeschriebenen Speisekarten ohne Preise.

Er schaute auf ihr Gesicht herab, und sein Herz machte einen Sprung der Erleichterung, als er ihr strahlendes Lächeln sah. Ihr *gefielen* der Lärm, die vielen Menschen, die altersschwachen Tische und die Plastikstühle.

Dem Himmel sei Dank dafür!

Max legte eine Hand auf Kristinas Rücken; seine Berührung war leicht, aber ganz entschieden fürsorglich. Vielleicht sogar eine Spur besitzergreifend.

Er wünschte zu Gott, er wüßte, wie er sich verhalten sollte.

Kristina lächelte noch immer, als sie endlich ihren Tisch erhielten. Obwohl viele gutangezogene Leute im Lokal waren, sowie die übliche Gruppe der Jeans- und T-Shirtträger, war sie eine auffallende Erscheinung in ihrem enganliegenden Kleid aus schimmerndem grauem Samt. Ihr Haar war wie polierter Onyx, in dem sich das Licht fing, und Max hätte es am liebsten angefaßt, um herauszufinden, ob es so seidenweich war, wie es aussah.

»Phantastisch!« rief sie ihm zu, als sie die Speisekarte aufschlug.

»Ich freue mich, daß es Ihnen gefällt!« schrie Max zurück und lächelte, obwohl ihn die Musik ein wenig störte, weil sie so laut war, daß sie seine inneren Organe erschütterte. Warum hatte er das früher nie bemerkt, wenn er mit den Kindern hier gewesen war, mit Gweneth oder seinen Freunden aus der Schule und vom Sport? Er nahm seine eigene Karte in die Hand und tat, als suchte er sich etwas aus, obwohl er immer die gegrillten Meeresfrüchte nahm.

Kristina bestellte als erste und wählte die Krebspastete nach Art des Hauses. Es war unmöglich, bei all dem Krach zu reden, und Max fragte sich, ob er sich nicht unbewußt genau aus diesem Grund für das Lokal entschieden hatte. Er war von keiner Frau mehr so fasziniert gewesen, seit er und Sandy sich begegnet waren und sich verliebt hatten, als sie auf dem College waren, und er fürchtete sich ein wenig, weil die Tiefe seiner Gefühle etwas ganz Neues, Unbekanntes für ihn war. Und weil er nichts sagen wollte, was ihn in Kristinas Augen dumm erscheinen ließ.

Sie aßen; Kristina lächelte und bewegte ihren Kopf zum Rhythmus der Musik, und Max dachte: *Selbst wenn dies alles ist, genügt es. Laß es bloß so bleiben.*

Aber so war es natürlich nicht. Als sie ihre Mahlzeit beendet hatten, zahlte Max, und sie verließen das Restaurant und bahnten sich einen Weg durch die Menge neuer Gäste, die sich vor dem Eingang drängten.

»Ein schöner Abend«, meinte Max.

Kristina zog den Gürtel ihres Kamelhaarmantels fester an und lachte. »Ich wollte gerade sagen, daß es unverschämt kalt ist, selbst für Anfang November, finde ich.«

Max kämpfte mit sich selbst. Sollte er einen Arm um sie legen, oder war es noch zu früh, sie zu berühren? »Nun ja«, fuhr er fort in seinem Dilemma, dem Gespräch eine positive Note zu verleihen, »zumindest sind die Sterne zu sehen.«

»Sie sind ein Optimist, Max Kilcarragh«, entgegnete Kristina, als er schließlich doch ihre Hand nahm und sie über die Straße zog, zwischen hupenden Taxis, stinkenden Dieselfahrzeugen mit undichtem Auspuff und auf Hochglanz polierten BMWs hindurch.

Sie erreichten sicher den gegenüberliegenden Bürgersteig, aber auch dort ließ Max Kristinas Hand nicht los. Es sind sicher eine Menge Taschendiebe unterwegs, sagte er sich, und obwohl die meisten dieser armen Teufel harmlos waren, konnte man heutzutage nicht vorsichtig genug sein.

Es war ironisch, daß er solche Gedanken hegte, nachdem Kristina ihn gerade erst als Optimist bezeichnet hatte. »Was ist so schlimm daran, ins Licht zu blicken statt in die Finsternis?« fragte er, als sie sich dem Parkplatz näherten, wo er seinen Jeep geparkt hatte.

Kristinas Gesicht war ernst im Schein der Straßenlaternen und Neonleuchten auf dem Pioneer Square. »Weil es so hell sein kann, daß man daran erblindet«, antwortete sie.

Stirnrunzelnd öffnete Max die Beifahrertür, half Kristina einzusteigen und ging zur anderen Seite. Er saß schon hinter dem Steuer und hatte den Motor gestartet, als er wieder sprach. »Und woher kommt dieses Gefühl?« fragte er.

Sie lehnte sich auf dem Sitz zurück und seufzte so tief und schwer, daß Max am liebsten den Arm um sie gelegt hätte. Er wünschte es sich jetzt fast noch mehr als vorher schon. »Ich habe vor ein paar Tagen alte Briefe auf dem Dachboden gefunden«, sagte sie. »Ich glaube, sie haben Gefühle zurückgebracht, die ich bereits überwunden glaubte.«

»Ja, die Vergangenheit kann einen Menschen einholen«, stimmte Max ihr zu, während er die Scheinwerfer einschaltete und sich in den zähfließenden Feierabendverkehr einreihte. »Manchmal ist es gar nicht leicht, sich auf die Gegenwart zu beschränken.«

»Ja«, pflichtete Kristina ihm bei, wandte den Kopf und schaute ihn mit diesen außergewöhnlich schönen, silbergrauen Augen an. Sie erinnerten Max an die Wunderkerzen, die er seinen Töchtern immer am vierten Juli kaufte. »Sie sind ein netter Mann, Max.«

»Danke«, erwiderte er mit einer Spur von Bedauern in der Stimme. »Es wäre mir allerdings lieber, wenn eine Frau mir einmal sagen würde … «

»Was?« fragte sie lächelnd, als sie auf eine von Seattles vielen Einbahnstraßen einbogen.

»Daß ich gefährlich bin«, gestand er schmunzelnd. »Ich fände es schön, wenn Mütter ihren Töchtern sagen würden: ›Seid vorsichtig bei dem da. Er bedeutet Ärger.‹«

Kristinas helles Lachen perlte durch den Wagen wie das Klingeln feiner Silberglöckchen. »Nein, das fänden Sie gar nicht schön«, widersprach sie, als sie sich wieder beruhigt hatte. »Sie sind nett und stark und gut, und *Ärger*, mein Freund, ist ganz bestimmt kein Ausdruck, der auf Sie zutrifft.«

Max war leicht gekränkt. »Das klingt, als wäre ich ein Schwächling.«

Sie berührte seinen Arm, und Max verspürte den sprichwörtlichen elektrischen Schock durch seine Adern zischen und in seinem Brustkorb explodieren. »Nicht Sie«, entgegnete sie ruhig. »Verstehen Sie es nicht, Max? Sie sind das genaue Gegenteil eines Schwächlings. Sie sind ein richtiger Mann, reif und erwachsen, der sich seiner Männlichkeit absolut sicher ist.«

Er war froh, daß es dunkel war im Jeep, weil er errötete. So hatte er nicht mehr reagiert seit dem Anfang seiner Teenagerzeit, als seine Hormone erwacht waren und verrückt gespielt hatten.

»Max?« Sie ließ ihm keine Zeit, sich eine schlagfertige Antwort auszudenken, was vielleicht auch besser war, weil er wahrscheinlich den Rest seines Lebens dazu gebraucht hätte.

Er räusperte sich. »Ja?«

Kristinas Finger berühren seine Wange, ganz sachte und so flüchtig, daß er glaubte, es nur geträumt zu haben. »Ich bin nicht das, wofür Sie mich halten.«

Max wandte den Kopf und lächelte sie nicht nur mit seinem Mund, sondern auch mit seinen Augen an. »Sie waren früher ein Mann«, scherzte er. »Sie kommen von einem anderen Planeten.« Er schnippte mit den Fingern, als hätte er plötzlich eine Eingebung. »Nein, jetzt hab' ich's. Bree hatte recht – Sie sind eine Hexe.«

Kristinas silbergraue Augen schimmerten, und als sie antwortete, war ihre Stimme kaum mehr als ein Wispern. »Jetzt kommen Sie der Sache schon viel näher, Max«, erwiderte sie. »Sie haben es fast erraten.«

KAPITEL 4

Kristina drehte sich auf dem Beifahrersitz und betrachtete Max mit ernster Miene, damit er sah, daß es kein Scherz war, als sie antwortete, falls er glaubte, daß sie eine Hexe sei, käme er der Sache schon viel näher. Der kurze Abend mit ihm nähert sich seinem Ende, dachte sie betrübt, und sobald Max hört, was ich ihm zu sagen habe, wird es keine weiteren Verabredungen mehr geben.

Der Gedanke löste eine unerträgliche Traurigkeit in Kristina aus. Wie war es nur dazu gekommen, daß sie sich soviel von diesem Mann erhoffte – so bald, so schnell?

Er warf ihr einen Blick zu, während er mit geübter Hand den Wagen lenkte. Er war ein guter Fahrer, was eine weitere Eigenschaft an ihm war, die Kristina Bewunderung abrang, denn sie selbst hatte sich nie mit Automobilen anfreunden können. Wahrscheinlich war es auf ihre Anfänge im neunzehnten Jahrhundert zurückzuführen, daß sie sich noch immer nach Kutschen und temperamentvollen Reitpferden sehnte.

»Was ist?« fragte Max mit sanfter Stimme.

Kristina seufzte. »Ich bin anders«, entgegnete sie.

Max fuhr weiter, aber es war offensichtlich, daß er zuhörte und darauf wartete, daß sie weiterredete. Sein Interesse hatte etwas sehr Ermutigendes, etwas, was Kristina sich ihr ganzes Erwachsenenleben lang gewünscht hatte, ohne sich dessen jedoch bisher bewußt zu sein.

Sie verschränkte die Arme und biß sich auf die Unterlippe. »Ein Auto ist nicht der richtige Ort, um so etwas zu besprechen«, bemerkte sie und sprach damit eigentlich mehr ihre Gedanken aus, als sich bewußt an Max zu wenden. »Könnten wir nicht auf eine Tasse Kaffee zu mir gehen?«

»Gern«, erwiderte Max schlicht, ohne der Einladung eine andere Bedeutung zuzuschreiben, wie viele Männer es getan hätten. Ein weiterer Punkt zu seinen Gunsten: Er schien nicht zu glauben, daß eine Einladung zum Abendessen ihn dazu berechtigte, den Rest der Nacht in Kristinas Bett zu verbringen.

Sie gab ihm ihre Adresse, und bald schon hielten sie vor der Einfahrt ihres Hauses. Ohne darüber nachzudenken, schaltete sie kraft ihrer Gedanken die Innen- und Außenbeleuchtung des Hauses ein. Trotz ihrer ungewöhnlichen Herkunft – oder vielleicht gerade deswegen – liebte Kristina keine Dunkelheit.

Helles Licht verbreitete sich und drang aus praktisch jedem Fenster ihres Hauses. Max, der Kristina gerade beim Aussteigen behilflich war, grinste nur. »Diese elektronischen Bewegungsmelder sind phantastisch, nicht?«

Kristina nickte nur statt einer Antwort. Ihr Entschluß, ihn über alles aufzuklären, verflüchtigte sich bereits. Die unbeschreibliche Einsamkeit, die sie seit ihrer verhängnisvollen Ehe mit Michael plagte, würde unweigerlich zurückkehren, sobald Max endgültig fortgegangen war, und sie fürchtete sich vor diesem leeren, hohlen Schmerz, wie Sterbliche sich vor dem Tode fürchteten.

Normalerweise schloß sie ihre Eingangstür nicht ab; Vampire und andere unsterbliche Wesen waren durch solch schlichte Maßnahmen nicht zurückzuhalten, und kein gewöhnlicher Krimineller hätte ihr, Kristina, etwas anhaben können. Einen flüchtigen Moment lang dachte sie an einen gewissen Türstopper, der im Laden ausgestellt war, einen häßlichen Bronzeaffen, der vor nicht allzu langer Zeit ein lebender, atmender Mann gewesen war – ein Dieb und potentieller Vergewaltiger. Eines Nachts, als sie länger geblieben war, um ihre Buchhaltung zu erledigen, war er in ihren Laden eingebrochen und hatte sie mit einem Messer bedroht. Und deshalb – und um ihn zu bestrafen – war sie gebührend mit ihm verfahren.

Eines Tages, das war ihr klar, würde sie ihn natürlich wieder zurückverwandeln müssen, um ihn der Polizei zu übergeben. Für eine Weile jedoch sollte er ruhig noch ein Bronzeaffe bleiben, um an seinem Platz in ihrem Geschäft in aller Ruhe über seine Missetaten nachzudenken.

Michael zuliebe tat Kristina so, als benutzte sie den Hausschlüssel, und ging dann voran in die Eingangshalle. »Hier entlang«, sagte sie und wandte sich in Richtung Küche.

Max folgte ihr. »Was für ein schönes Haus«, bemerkte er, als sie durch das geräumige Wohnzimmer mit seinen kostbaren, schon etwas abgetretenen Orientteppichen und den antiken französischen Möbeln gingen.

»Danke«, erwiderte Kristina, stolz auf ihr Eigentum, das sie in fast einem Jahrhundert der Reisen aus der ganzen Welt zusammengetragen hatte. »Dieser Sekretär dort drüben am Kamin gehörte einmal Marie Antoinette.« Natürlich verzichtete sie darauf, hinzuzufügen, daß Valerian, den Max bisher nur als Nachbarn und Zauberkünstler kannte, ein persönlicher Bekannter der Königin und ein Mitglied ihres Hofs gewesen war, bis er – wie es unvermeidlich bei ihm schien – sie so verärgert hatte, daß sie ihn von dort verbannte.

Max stieß einen anerkennenden Pfiff aus und blieb stehen, um die kunstvolle Schreinerarbeit gebührend zu bewundern, bevor er in die Küche weiterging, wo Neonleuchten glühten und ein riesiger Kühlschrank mit einer glänzenden Tür aus rostfreiem Stahl leise vor sich hinsummte.

»Nehmen Sie doch Platz«, bat Kristina und deutete auf die hohen Stühle an der Küchenbar, die sich an ein kleineres, gemütlicheres Wohnzimmer anschloß. Hier machte sie ihre Gymnastik, las und sah sich gelegentlich einen Film im Fernsehen an. »Was hätten Sie lieber – Kaffee oder Tee?«

Max hockte sich auf einen der Stühle und wirkte ein bißchen linkisch wegen seiner Größe, obwohl er eigentlich kein ungeschickter Mann war.

»Kaffee hört sich sehr verlockend an«, erwiderte er ruhig und beobachtete sie. Wahrscheinlich wartete er darauf, daß sie ihm anvertraute, was sie vorhin angedeutet hatte, aber er versuchte nicht, sie zu bedrängen. Er strahlte eine unfaßbare Ruhe und Gelassenheit aus. Bei Max, dachte Kristina, wird es keine Spielchen geben, keine Ausflüchte und keine Geheimnisse. Er war genauso, wie er zu sein schien.

Sie seufzte innerlich und beneidete ihn ein wenig. Wenn sie selbst so offen wie er gewesen wäre, hätte ihr Leben sich innerhalb kürzester Zeit in einen Zirkus verwandelt. »Normalen Kaffee oder koffeinfrei?« fragte sie, nur um etwas zu sagen, obwohl das Schweigen zwischen ihnen ganz und gar nicht unangenehm war, als sie Schränke öffnete und klappernd Teller und Tassen auf die Küchenbar stellte.

»Mit Koffein«, antwortete er eine Spur belustigt. »Es gibt nichts, was imstande wäre, mir den Schlaf zu rauben.«

Ein Bild erschien vor Kristinas innerem Auge, unverhofft und ungeheuer eindringlich: Sie sah sich und Max, wie sie sich liebten, und die Vorstellung löste eine träge Hitze in ihr aus, die tief in ihrem Innersten begann und mit Macht zur Oberfläche drängte. Sie war froh, daß sie Max den Rücken zukehrte, so daß er weder ihre heißen Wangen noch ihre zitternden Hände sah. »Dann können Sie sich glücklich schätzen«, meinte sie und hoffte, wenigstens halbwegs normal zu klingen.

»Kristina«, sagte er ruhig, aber fest, was sie veranlaßte,

sich zu ihm umzudrehen, bevor ihr bewußt wurde, was sie tat. »Was ist Ihr schreckliches Geheimnis?«

Sie zögerte und stellte sich vor, wie sie ihm sagte: »Meine Eltern sind beide Vampire, Max. Ich bin hundertdreißig Jahre alt und verfüge über magische Kräfte. Abgesehen von diesen Kleinigkeiten bin ich jedoch ganz normal.«

Ihr außerordentlicher Mut verließ sie im selben Augenblick, und sie sagte das erste, was ihr in den Sinn kam: »Ich war schon einmal verheiratet.«

Wohl kaum ein schockierendes Geständnis in dieser Zeit und meinem Alter, dachte sie und wünschte, etwas Aufregenderes gesagt zu haben.

Max zuckte mit den Schultern, seine Hände ruhten noch immer auf der Küchenbar, und er wirkte nach wie vor gelassen. »Das war ich auch«, erwiderte er.

Die Kaffeemaschine begann zu zischen. »Ich weiß«, antwortete Kristina und dachte an seine reizenden Kinder, die kleinen Mädchen, die sie auf Daisys und Valerians Halloweenparty gesehen hatte. »Erzählen Sie mir von ihr, Max.«

»Ich dachte, wir wollten über *Sie* reden.« Es war nichts als eine bloße Feststellung, die keine verborgene Bedeutung und weder einen Vorwurf noch Kritik enthielt.

»Das werden wir«, versprach Kristina. Sie schämte sich, weil sie nicht sicher war, daß es ihr gelingen würde, vollkommen aufrichtig zu diesem Mann zu sein. Nicht, wenn es bedeutete, ihn damit zu vertreiben.

»Ihr Name war Sandy«, begann Max, und ein leiser Schmerz erschien in seinem Blick, als schaute er nach innen, in sich hinein, und sähe etwas Tragisches – was ganz sicher auch der Fall war. »Sie starb vor zwei Jahren, kurz vor Weihnachten, bei einem Autounfall.«

Kristina konnte seinen Schmerz nachempfinden, machte ihn zu ihrem eigenen und stützte sich, indem sie an die Frühstücksbar trat und mit beiden Händen ihre Kante umklammerte. »Sie haben sie geliebt«, sagte sie. Es war weder eine Frage noch eine Anklage oder ein Protest. Nichts als die bloße Feststellung einer Tatsache.

»Ja«, antwortete Max. »Wir waren sehr glücklich miteinander. Ich lernte Sandy auf dem College kennen, und von da an waren wir zusammen.«

Der Kaffee war fertig aufgebrüht, aber Kristina machte keine Anstalten, ihn einzuschenken. »Es tut mir leid«, meinte sie und errötete von neuem. »Nicht, daß Sie so glücklich waren natürlich, sondern ... Ich wollte damit nur sagen ...«

Max lächelte und streckte die Hand aus, um ihre Finger zu berühren. »Beruhigen Sie sich, Kristina«, erwiderte er. »Ich weiß schon, was Sie meinen.«

Nachdenklich richtete sie den Blick auf seine Hand, die leicht auf ihrer lag, und wunderte sich, daß ein solch harmloser Kontakt derart stürmische Gefühle in ihr entfachen konnte. Ihre Nervenenden prickelten in allen Fasern ihres Körpers, als habe ein Blitz sie getroffen, und ihr Herz erschien ihr wie ein glatter Stein, der über einen vereisten Boden schlitterte.

»Es ist nur ... nun ja ... ich wollte nichts Falsches sagen«, gab sie zu. Das zumindest war die Wahrheit. Kristina konnte sich nicht entsinnen, wann es ihr je so wichtig gewesen war, einen guten Eindruck auf jemanden zu machen.

»Ich glaube, das könnten Sie gar nicht«, entgegnete er ernst. »Sie sind die kultivierteste, wortgewandteste Frau, der ich je begegnet bin.« Damit stand er auf, kam um die Frühstücksbar herum und nahm Kristinas Arm. Als er sie zum Tisch im Wohnzimmer geführt hatte, kehrte er in die Küche zurück, schenkte Kaffee in die beiden Tassen ein, die Kristina bereitgestellt hatte, und setzte sich zu ihr aufs Sofa.

Diese kleinen, alltäglichen Aufmerksamkeiten entzückten sie in einem geradezu lächerlichen Maß, nicht anders als sein Kompliment. In ihrem ganzen langen Leben hatte Kristina keinen Mann wie Max Kilcarragh gekannt. Sie dankte ihm dafür, daß er den Kaffee gebracht hatte, und senkte den Blick, weil Schüchternheit sie plötzlich übermannte und sie sich ungeschickt und alles andere als wortgewandt vorkam.

»Ich würde Sie gern wiedersehen, Kristina«, sagte Max

und beendete damit das lange, aber keineswegs unbehagliche Schweigen zwischen ihnen.

Kristina erhob den Blick zu ihm und schluckte. *Sag es ihm,* befahl ihr eine innere Stimme, aber sie konnte sich nicht dazu überwinden, zu gehorchen. »Ich bin eine ziemlich gute Köchin«, meinte sie. »Würden Sie gern morgen abend mit Ihren Töchtern zum Abendessen kommen?«

Max lächelte erfreut. »Sie brauchen mir nur zu sagen, wann wir hier sein sollen.«

»Halb acht?« schlug Kristina vor, während sie sich im stillen eine unverbesserliche Närrin schimpfte. Es war schlimm genug, ihr eigenes Herz aufs Spiel zu setzen, aber sie riskierte noch erheblich mehr als das. Durch sie würden Max und seine Kinder Kreaturen ausgesetzt sein, von denen sie nicht die geringste Vorstellung besaßen – Vampiren und Hexern mit Gewißheit, und bestimmt auch noch anderen Ungeheuern. Sie hatte nicht das Recht, derartige Kräfte zu entfesseln, das war ihr klar, und doch konnte sie sich einfach nicht dazu überwinden, eine solche Entwicklung zu verhindern.

»Halb acht«, bestätigte Max. Dann, nach einem Blick auf seine Uhr, seufzte er und erhob sich. »Ich mache mich jetzt besser auf den Weg. Die Mädchen haben morgen Schule, und ich möchte den Babysitter nicht zu lange in Anspruch nehmen.«

Auch Kristina stand auf und begleitete ihn zur Tür. Dort küßte er sie auf die Stirn, wünschte eine gute Nacht und ging hinaus. Sie schaute ihm nach, bis er in seinen Jeep gestiegen war und die Einfahrt hinunterfuhr, und die widersprüchlichsten Gefühle beherrschten sie – Schuldbewußtsein, Trauer, aber auch eine leise Hoffnung.

Als Max fort war, stieg sie die Treppe zu ihrem Schlafzimmer hinauf und nahm das Päckchen mit ihren alten Briefen an Phillie, ihre Gouvernante, aus der Schublade ihres Nachttisches. Dann, nachdem sie kraft ihrer Gedanken alle Lichter im Haus, bis auf die Lampe neben ihrer chintzbezogenen Chaiselongue, gelöscht hatte setzte sie sich und begann zu lesen …

Meine liebste Phillie!
Ich bin sicher, daß mein letzter Brief Dir beträchtliche Sorge bereitet haben muß, und würde es sehr bedauern, wenn das Warten auf meinen nächsten Brief Dir Angst und Unruhe verursacht haben sollte.

Michael und ich heirateten in der Familienkapelle in Cheltingham, unter einem Regen von Farben aus den wundervollen mittelalterlichen Buntglasfenstern, die die Wand hinter dem Altar schmücken. Meine falschen »Eltern«, die Valerian engagiert hatte (weil ich ihn weinend darum anflehte, bis er nachgab), saßen auf der Brautseite der Kapelle, zusammen mit der Dienerschaft aus Refuge und einigen sterblichen Freunden, die ich im Laufe der Jahre gewonnen hatte. Sie waren gut gekleidet und benahmen sich sehr manierlich, diese Eltern, die ich für die Hochzeit angeheuert hatte, aber eingedenk der Kreise, in denen Valerian sich bewegt, schaudert es mich noch heute beim Gedanken, wer – oder was – sie gewesen sein mochten.

Aber das ist nebensächlich. Wir tauschten unsere Gelübde aus, und dann gab es Musik und eine große Feier auf der Südseite des Parks von Cheltingham, meines neuen Heims, wo Seidenpavillons für die Gelegenheit aufgestellt worden waren. Seit der Zeit der alten Römer hatte es nicht mehr soviel Essen und Wein an einem Ort gegeben. Wir tanzten und lachten, und ich fühlte mich willkommen und begehrt, trotz der Tatsache, daß die meisten der Hochzeitsgäste von Michaels Eltern eingeladen worden waren. Ich begann tatsächlich zu glauben, daß ich endlich irgendwo dazugehörte.

Als die Sonne unterging, begann ich mich nach Mama, Papa und Valerian umzusehen, obwohl ich wußte, daß keiner von ihnen in Cheltingham erscheinen würde. Sie waren nicht mit dieser Ehe einverstanden, und außerdem waren sie so auffallend anders als die übrigen Hochzeitsgäste, daß sie unerwünschte Aufmerksamkeit erregt hätten.

Dennoch war ich zutiefst enttäuscht.

Michaels Bruder Gilbert, Lord Cheltingham, ließ ein Feuerwerk veranstalten. Als das letzte Tageslicht verblaßte und nur noch die Sterne und die bunten chinesischen Laternen, die an Drähten um den Rasen herum aufgehängt waren, Licht verbrei-

teten, gab Gilbert den Befehl, die Feuerwerkskörper zu entzünden.

O Phillie, es war einfach wunderbar! Der Himmel war schwarz und wolkenlos, und plötzlich explodierten grelle Farbblitze vor dem dunklen Hintergrund und nahmen Formen an, die mich an riesige Blumensträuße erinnerten. Ich war zutiefst beeindruckt, als ich, Arm in Arm mit Michael, wie alle anderen staunend zu diesem unglaublichen Spektakel aufschaute.

Michael war zu diesem Zeitpunkt schon ein wenig angeheitert, weil er und seine Freunde seit dem Ende der Trauungszeremonie unablässig miteinander angestoßen hatten, aber ich dachte mir in diesem Augenblick nicht viel dabei. Ich hatte nur eine Sorge, wie ich bereits sagte, und das war die spürbare Abwesenheit meiner wahren, eigenen Familie.

Das Feuerwerk endete irgendwann, und Michael schlenderte davon und ließ mich allein zwischen den anderen Gästen stehen. Bevor ich wußte, was ich davon halten sollte – es war schließlich unsere Hochzeitsnacht, und ich hatte mich darauf gefreut, in die körperliche Liebe eingeführt zu werden, obwohl ich zugeben muß, daß es mich auch ein wenig beängstigte –, brach ein Streit zwischen meinem Bräutigam und einem seiner Gäste aus.

Ich konnte damals nicht wissen, welch ernste Folgen das, was mir in jenem Moment wie eine schlichte Meinungsverschiedenheit erschien, nach sich ziehen würde. Gilbert beendete die lautstarke Auseinandersetzung, bevor sie zu einem Streit ausarten konnte, und schob seinen jüngeren Bruder diskret in meine Richtung. Ich denke, es mag ein wenig ungehörig sein, von dem zu sprechen, was danach geschah, aber ich muß es tun, wenn ich die Geschichte auf akkurate Weise wiedergeben will. Michael schlang seinen Arm um meine Taille und führte mich auf das dunkle Schloß zu, und nur eine einzige Kerze, die er im Vorbeigehen aus einer der chinesischen Laternen entfernt hatte, beleuchtete unsere Schritte.

Ich bebte vor Erregung und der leisen Angst, die wohl alle Bräute in der Hochzeitsnacht empfinden, und als wir das Schloß betreten hatten und Michaels Schlafzimmer im ersten Stock erreichten, war mein frischgebackener Ehemann schon beträchtlich nüchterner.

Angesichts der zukünftigen Ereignisse wäre es gewiß verständlicher gewesen, wenn der Abend mir Enttäuschungen und Qual verursacht hätte, aber so war es nicht. Ich liebte Michael sehr, und ich glaube, er empfand für mich das gleiche, sofern er überhaupt zu solch zärtlichen Gefühlen imstande war. Er war ungewöhnlich sanft, als er mir das Brautkleid und all die lästigen Unterkleider auszog, eins nach dem anderen und sich alle Zeit der Welt nehmend. Er streichelte mich und flüsterte mir hübsche Worte zu, und obwohl es ein bißchen schmerzte, als er mich schließlich nahm, so wie ein Gatte seine Frau besitzt, erwachte schon kurz darauf eine ungestüme Lust in mir. Bin ich deshalb lasterhaft, Phillie? Es gefiel mir sehr, was Michael mit mir in jener Nacht tat – ich wand und krümmte mich, stöhnte, als er jene eigenartig süße Befriedigung versprach, die ich mir ersehnte, ohne mir dessen bewußt zu sein, und schrie auf, als er sie mir endlich gewährte.

Nach dieser Einführung in die Ehe verstand ich endlich die ungestüme Leidenschaft, die meine Eltern einander entgegenbrachten, eine Liebe, die über Zeit und Raum hinausging und in einer Dimension ihrer eigenen Schaffung existierte. Tatsächlich glaubte ich sogar in meiner Naivität, daß eine solche Liebe auch Michael und mich verband.

Als ich erwachte, war mein Bräutigam verschwunden, obwohl es noch nicht Tag geworden war. Ich hatte meine magischen Kräfte vernachlässigt in meinem Wunsch, wie ein ganz normaler Mensch zu leben, aber an jenem Morgen ließ meine Intuition sich nicht mehr ignorieren. Von einem jähen, furchtbaren Entsetzen erfaßt, schlug ich die Decken zurück, stand auf und zog meinen seidenen Morgenmantel an. Vielleicht hätte ich mich jetzt kraft meiner Gedanken zu ihm versetzt, all meiner Bemühungen zum Trotz, meine magischen Kräfte zu verbergen, wenn ich in diesem Augenblick nicht den Schuß gehört hätte, der die stille Morgenluft zerriß.

Ich erstarrte in dem Schlafzimmer, das ich mit meinem Gatten teilen sollte, als die ganze furchtbare Szene sich vor meinen Augen entfaltete, so klar und deutlich, als sei ich draußen auf jenem nebelumwobenen Hügel dabeigewesen, um die Tragödie zu bezeugen …

»Und trotzdem war der Schuft nicht tot«, ertönte eine gebieterische Männerstimme und riß Kristina aus ihren düsteren Betrachtungen. »Schade drum.«

Kristina faltete das brüchige alte Papier sehr sorgfältig und legte es auf den Lampentisch. Ihr Vater, Calder Holbrook, stand am Fuß der Chaiselongue, eine imponierende und zugleich unglückliche Erscheinung in formeller Abendkleidung. Er zupfte an einem seiner diamantenen Manschettenknöpfe – ein Geschenk von Kristinas Mutter offensichtlich, da er solchen ›Schnickschnack‹ niemals selbst gekauft oder herbeigezaubert hätte – und starrte ärgerlich auf seine Tochter herab.

»Mutter erscheint oft unangemeldet«, sagte Kristina mit einem schwachen, aber liebevollen Lächeln, als Calder den Zylinder und sein schweres, seidenes Cape abnahm. »Valerian auch. Aber bei dir bin ich das nicht gewohnt, Papa. Ist irgend etwas nicht in Ordnung?«

Er kam zu ihr, bückte sich und küßte sie zur Begrüßung auf den Scheitel. »Ich wollte nur kurz bei dir hereinschauen, das ist alles«, sagte er und zog sich einen Sessel heran, um sich zu ihr zu setzen. Dabei warf er einen unbehaglichen Blick auf den Brief, in den Kristina vertieft gewesen war, als er in Erscheinung trat. »Ich wollte dich nicht stören, aber deine Gedanken waren so klar und deutlich, als hättest du sie laut ausgesprochen.«

Kristina lächelte. Sie wollte nicht über den Brief sprechen. »Wie geht es Mama? Oder sollte ich lieber fragen, wo ist Mama?«

Calder seufzte und zuckte in stiller Resignation die Schultern. »Heute abend findet ein Ball zu Ehren Dimitys statt. Ich habe deiner Mutter versprochen, sie zu begleiten, obwohl die Aussicht auf eine weitere dieser langweiligen Gesellschaften meine Geduld auf eine harte Probe stellt.«

Seine Tochter lachte. »Wenn Mama nicht wäre«, gab sie zu bedenken, »würdest du dein Labor wohl nie verlassen, außer um auf Nahrungssuche zu gehen, natürlich. Sag mir, Papa – hast du schon gefunden, was du all diese Jahre suchtest?«

Bei der Erwähnung seines einzigartigen Projekts – die Erfindung eines Mittels, das Vampirismus heilen würde, ohne die magischen Kräfte dieser Wesen zu beeinträchtigen – strahlte Calder Holbrook, und Kristina dachte bewundernd, wie gut er aussah mit seinem dunklen Haar und seinen aristokratischen Gesichtszügen. Er war in seinem Leben als Sterblicher ein Arzt gewesen, ein ausgezeichneter sogar, und hatte im amerikanischen Bürgerkrieg gedient. Er war Vampir geworden, weil er die einzigartigen Fähigkeiten der Bluttrinker hatte erforschen wollen, um sie – falls es möglich war – zum Nutzen der von ihm so geliebten Menschen anzuwenden. Kristina wußte jedoch, daß das nur zum Teil der Grund gewesen war; Calder betete Maeve an und hätte es nicht ertragen, von ihr getrennt zu werden.

»Ich mache Fortschritte«, antwortete er.

Kristina dachte an Max und seine Kinder und an die Babys, die sie sich so wünschte und vermutlich niemals haben würde. »Falls du je ein Mittel findest, mich wieder in einen ganz normalen Menschen zu verwandeln, wirst du es mir doch sagen, nicht?«

Calders Lächeln wich einem Ausdruck tiefster Beunruhigung. »Normal?« echote er. »Ausgerechnet du, Kristina, solltest doch am besten wissen, daß ein solch glücklicher Zustand gar nicht existiert.« Er beugte sich vor und betrachtete sie prüfend. »Du hast jemanden kennengelernt. Einen Sterblichen.«

Es abzustreiten wäre sinnlos gewesen. Vampire waren sehr einfühlsame Wesen, und ihre übersinnlichen Kräfte befähigten sie, Gedanken zu lesen. »Ja«, gab Kristina also zu und wappnete sich für die gleiche Art von Kritik, wie sie sie erfahren hatte, als sie sich, fast ein ganzes Jahrhundert zuvor, in Michael verliebt hatte. »Er heißt Max Kilcarragh«, sagte sie mit einem Anflug von Trotz, »und er ist Footballtrainer an der High-School.«

Zu ihrer Verblüffung sah Calder plötzlich sehr aufgeregt und beinahe glücklich aus. »Das ist ja wunderbar!« rief er. »Warte, bis ich es deiner Mutter erzählt habe!«

»Was willst du ihrer Mutter erzählen?« fragte Maeve Tremayne-Holbrook, als sie in der für sie typischen Art und Weise aus dem Nichts heraus erschien. Auch sie war für Dimitys Ball gekleidet und sah hinreißend aus in ihrem weißen Abendkleid, das mit Tausenden winziger Diamanten besetzt war. Ihr schwarzes Haar, das noch keinerlei Anzeichen von Grau zeigte, fiel in schimmernden Locken auf ihren Rücken, und sie hielt sich majestätisch gerade, wie immer, und stützte ihre Hände in die Hüften.

»Kristina hat sich verliebt«, berichtete Calder, bevor seine Tochter ihre Mutter auch nur begrüßen konnte. Er selbst war bereits aufgestanden, so blitzartig, wie es Vampiren eigen war, und schaute seine Frau nun mit liebevollem Triumph in seinen Augen an.

Die Königin der Vampire wandte leicht den Kopf, um ihre Tochter aus nachdenklichen, tintenblauen Augen zu betrachten. Im Bruchteil einer Sekunde hatte sie die komplette Geschichte in Kristinas Gehirn gelesen, genau wie Calder kurz zuvor.

Kristina liebte ihre Eltern über alle Maßen, aber nahm ihnen den Mangel an Privatsphäre übel, den sie ihr mit ihren magischen Kräften auferlegten. Nachdem sie sich von ihrer Chaiselongue erhoben hatte, trat sie vor ihre Mutter und nahm eine Haltung ein, die auf ihre Weise so gebieterisch war wie Maeves. »Ich hoffe nur, daß keiner von euch beiden auf den Gedanken kommt, sich einzumischen«, sagte sie.

Als ob sie irgend etwas dagegen unternehmen könnte, falls diese beiden beeindruckenden Ungeheuer beschließen sollten, ihr ganzes Leben auf den Kopf zu stellen! Ihre eigene Magie, die an menschlichen Maßstäben gemessen zwar sehr beträchtlich war, war nichts im Vergleich zu den Kräften, über die ihre Eltern verfügten. Sie besaßen, unter anderem, die Möglichkeit, durch die Zeit zu reisen, was bedeutete, daß sie die Gegenwart nachdrücklich verändern konnten, und das war noch die geringste ihrer Fähigkeiten.

Maeve richtete sich auf und straffte ihre Schultern, was

sie königlicher als je zuvor erscheinen ließ. »Wenn wir uns nicht eingemischt haben, als du diesen nichtsnutzigen Michael geheiratet hast«, entgegnete sie kühl, »wie kommst du dann darauf, daß wir uns in irgendeiner Form mit dieser neuen Romanze beschäftigen würden?«

»Es ist keine Romanze«, sagte Kristina müde.

Calder räusperte sich, um die Aufmerksamkeit seiner Frau zu erregen, und bot ihr auf jene altmodische, galante Weise, die in modernen Zeiten so selten anzutreffen war, den Arm. »Wir kommen zu spät zum Ball, Liebling«, warnte er Maeve lächelnd.

Die Spannung war gebrochen, denn sowohl Maeve wie auch Kristina wußten, daß er nicht den Wunsch hegte, an dem Ereignis teilzunehmen, und beide lachten.

Maeve legte ihre blasse Hand auf Calders Arm. »Das ist wahr, mein Lieber«, sagte sie und lächelte in zärtlicher Verehrung zu ihm auf. Einen Moment später glitt ihr Blick jedoch wieder zu Kristina. »Das war noch nicht das Ende unserer Unterhaltung über diese neue Situation«, warnte sie. Und dann, einen Wimpernschlag später, waren die beiden Vampire aus dem Raum verschwanden.

Kristina fühlte sich einsamer denn je. Sie war weder Vampir noch Mensch, und in gewisser Weise blieben beide Welten ihr deshalb verschlossen.

Sie schaute zu dem Brief hinüber, den sie vor der Ankunft ihres Vaters gelesen hatte, war jedoch plötzlich zu deprimiert, um ihn noch einmal zur Hand zu nehmen. Sie hatte sich etwas vorgemacht, als sie Max und seine Töchter zum Dinner einlud, als sie ihr Herz wandern ließ, wohin es wollte, und Träume träumte, die sich nie erfüllen würden.

Was hatte sie sich nur dabei gedacht? Ihr Interesse für Max Kilcarragh konnte ihr bestenfalls nur Ärger einbringen und sich im schlimmsten Fall zu einer Katastrophe für sie alle auswirken.

Morgen, nahm sich Kristina vor, würde sie sich eine Ausrede ausdenken und Max anrufen, um die ganze Sache abzusagen, bevor irgendwer zu Schaden kam.

Das Problem war nur, daß sie den Verdacht hegte, es sei bereits zu spät.

»Daddy?«

Max stand vor dem Kamin in seinem Wohnzimmer und starrte eine gerahmte Fotografie von Sandy, den Kindern und sich selbst an. Beim Klang der Stimme seiner jüngsten Tochter wandte er sich um. Bree stand in der Tür, in ihrem pinkfarbenen Pyjama, mit zerzaustem Haar und ihren geliebten Teddy fest an die Brust gedrückt.

»Was ist, Liebes?« fragte er. »Hast du einen bösen Traum gehabt?«

Bree schüttelte den Kopf »Wie lange ist es noch bis Weihnachten?«

Ein wenig gereizt fuhr Max sich mit der Hand durchs Haar. Halloween war kaum vorbei und Thanksgiving noch fast einen Monat weit entfernt, aber die Werbespots im Fernsehen priesen schon bei jeder Gelegenheit Spielzeug an. »Es dauert noch eine Weile«, antwortete er und ging zu Bree, um sie hochzuheben. »Warum fragst du?«

»Ich muß unbedingt den Weihnachtsmann erreichen«, sagte Bree mit der ganzen Entschiedenheit einer Vierjährigen. »Glaubst du, wir könnten ihm ein Fax schicken?«

Max grinste und wandte sich bereits zur Treppe, Bree samt Teddybär in seinen Armen. »Als ich ein Kind war«, sagte er, »genügte es vollauf, dem alten Jungen einen Brief zu schreiben.«

»Ein Fax ist schneller«, hielt Bree dagegen. »Außerdem ist es ein Notfall.«

Er fragte sich unwillkürlich, wo sie ein Wort wie ›Notfall‹ aufgeschnappt haben mochte. Nun ja, Bree war ein aufgewecktes Kind, wie ihre Schwester, und verbrachte die meiste Zeit mit Erwachsenen. »Na schön«, meinte er. »Du sagst mir, was du ihm schreiben willst, und ich gebe gleich morgen früh als erstes eine Nachricht an den Nordpol weiter. In meinem Büro in der Schule habe ich ein Faxgerät.«

Sie hatten jetzt den Korridor im ersten Stock erreicht, und Bree gähnte und legte müde den Kopf an Max' Schulter. »Sag Santa Claus bitte, daß er Mommy zurückbringen soll«, murmelte sie und gähnte aufs neue. »Hast du seine Faxnummer?«

Max brachte kaum ein Wort über die Lippen. Seine Emotionen bestürmten ihn von allen Seiten; seine Kehle war wie zugeschnürt, und seine Augen brannten von Tränen, die er nicht vergießen wollte. Wie war Bree auf die Idee gekommen, sich etwas Derartiges zu wünschen? Sie war kaum zwei Jahre alt gewesen, als der Unfall sich ereignet hatte, und konnte sich unmöglich so klar an Sandy erinnern, wie Eliette es tat. »Natürlich«, erwiderte er schroff. »Ich kenne seine Nummer. Aber es dürfte trotzdem ein Problem sein, Kleines.«

Bree hob den Kopf und schaute ihn mit Sandys Augen an. »Wieso?«

Max schluckte hart und blinzelte. »Niemand kann Mommy zu uns zurückbringen, Liebes. Nicht einmal der Weihnachtsmann.«

»Oh«, meinte Bree nur.

»Psst«, flüsterte er und trug das Kind in das Zimmer, das sie mit ihrer Schwester teilte, legte sie sanft ins Bett, deckte sie zu und küßte ihre Stirn. »Du möchtest doch bestimmt nicht deine Schwester wecken?«

Bree schüttelte den Kopf. »Was wirst du dir von Santa Claus zu Weihnachten wünschen, Daddy?« fragte sie so leise, daß er die Worte kaum verstehen konnte.

Max dachte an Kristina Holbrook. So sehr er sich auch bemühte, er konnte sich einfach nicht vorstellen, daß sie einmal in diesem zwar geräumigen, aber ansonsten ziemlich schlichten Haus wohnen würde, sein Leben teilte und ihm half, seine beiden kleinen Mädchen aufzuziehen. Und erst recht natürlich nicht, daß sie ihn zu High-School-Footballspielen und gesellschaftlichen Veranstaltungen seiner Kollegen von der Schule begleiten würde.

»Ich habe alles, was ich will«, antwortete er. »Und jetzt schlaf, Bree.«

Gehorsam schloß die Kleine ihre Augen und kuschelte sich seufzend in die Kissen. Max sah noch rasch nach Eliette, die fest zu schlafen schien, und schlüpfte dann aus dem Zimmer und zog leise die Tür hinter sich zu.

In der Diele blieb er stehen, um sich einen Moment zu sammeln. Er hatte Bree gesagt, er habe alles, was er wolle – zwei phantastische kleine Mädchen nannten ihn Daddy, er verfügte über eine ausgezeichnete Gesundheit, seine zahlreiche Familie liebte ihn, und er arbeitete in einem Job, der ihm großen Spaß bereitete ... Trotz allem jedoch mußte er sich eingestehen, daß er nicht ganz aufrichtig gewesen war. Ein ganzes Jahr lang nach dem Unfall hatte er sich ausschließlich darauf konzentriert, die Tage und Nächte zu überstehen, ohne unter der Last seiner Trauer zusammenzubrechen. Dann, auf Bestreben seiner Freunde hin, hatte er angefangen, wieder auszugehen.

Gott, war das anfangs schwer gewesen! Er hatte sich unbehaglich dabei gefühlt und in irgendeiner Form auch schuldbewußt, als betröge er Sandy. Mit der Zeit dann, nach und nach, war es ihm leichter gefallen, sich mit Frauen zu verabreden, und dann hatte es begonnen, ihm wieder Spaß zu machen. Er hätte jedoch nie gedacht, daß er jemals wieder ernsthaft etwas für irgendeine Frau empfinden würde, sondern geglaubt, die Fähigkeit zu einer solch leidenschaftlichen, romantischen Liebe, wie sie ihn und Sandy verbunden hatte, verloren zu haben.

Doch jetzt, nach einem einzigen Abend mit Kristina Holbrook, fragte er sich, ob er sich darin nicht vielleicht geirrt hatte.

Langsam ging er zu seinem eigenen Zimmer weiter. Sie waren kurz nach Sandys Beerdigung in dieses Haus gezogen, als die Erinnerungen in der alten Wohnung zuviel für ihn und Eliette geworden waren, und niemand hatte je in diesem neuen Bett geschlafen außer ihm. Er war nun froh und dankbar, daß dort keine Erinnerungen lauerten, denn an diesem Abend war es nicht Sandy, die seine Gedanken beherrschte, sondern Kristina.

Max zog seinen Pullover aus und schleuderte ihn auf

einen Sessel. Er war Sandy immer treu gewesen, vom Tag ihrer ersten Begegnung an, und obwohl er im letzten Jahr mit verschiedenen Frauen ausgegangen war, hatte er mit keiner von ihnen geschlafen. Doch nun begehrte er jemanden, und sich mit dieser Tatsache auseinanderzusetzen war nicht leicht für ihn, und noch schwerer fiel es ihm, seine eigenen Prinzipien umzustoßen.

Er zog auch den Rest seiner Sachen aus und ging ins Bad, wo er nach dem Duschhahn griff. Nach sekundenlangem Zögern nur drehte er das kalte Wasser auf und trat unter den eisigen Strahl.

Am nächsten Morgen, trotz einer unruhigen Nacht voller verwirrender Träume, war Kristina nicht mehr ganz so niedergeschlagen wie am Tag zuvor. Sie würde schließlich bloß ein Essen für Max und seine Töchter kochen, würde ihn nicht heiraten und hatte nicht versprochen, seine Kinder aufzuziehen; sie machte einfach zuviel Aufhebens von der ganzen Sache. Und es drohte auch gewiß keine Gefahr aus der Welt des Übernatürlichen – die meisten Sterblichen begegneten in ihrem ganzen Leben nichts anderem als ganz normalen menschlichen Wesen, wie sie selbst es waren.

In ruhiger Gelassenheit, während sie sich bereitmachte, in den Laden zu gehen, überlegte Kristina, was sie an diesem Abend zubereiten sollte.

Pasta, dachte sie, während sie ein weitgeschnittenes Kleid aus rosafarbener Seide überstreifte, das sie auf einer Reise in den Orient erstanden hatte. Nachdem sie im Badezimmerspiegel ihr Aussehen überprüft hatte, legte sie eine lange Perlenkette an und trug ein bißchen rosa Lippenstift auf. *Man muß die Dinge nur in der richtigen Perspektive sehen, das ist alles*, dachte sie. Max war ein gutaussehender Mann, und es war nicht abzustreiten, daß sie sich zu ihm hingezogen fühlte, aber im Grunde genommen hatten sie nicht viel gemeinsam und würden nach einigen weiteren Verabredungen bestimmt das Interesse aneinander verlieren.

Eine halbe Stunde später betrat Kristina ihr Geschäft. Das Wetter war kalt, aber ungewöhnlich klar für Seattle im November, und als sie die Ladenkasse öffnete, fiel ein Sonnenstrahl auf den Türstopper.

Kristina runzelte die Stirn. Valerian hatte sie gewarnt, daß solche extravaganten Zaubersprüche sich als unberechenbar erweisen konnten; er hatte gesagt, der häßliche Bronzeaffe könne sich zu einem ungünstigen Zeitpunkt wieder in einen Kriminellen zurückverwandeln. *Angenommen, das geschieht*, hatte er gefragt, *und deine Magie läßt dich im Stich, wie es bei Magie vorkommen kann, und ausgerechnet dann, wenn du sie am meisten brauchst?*

Sie nahm sich einen Moment Zeit, um über die Mängel des Justizsystems nachzudenken, das den Mann vermutlich auf freien Fuß setzen würde, damit er anderen, hilfloseren Menschen schaden konnte, verbannte die ganze Angelegenheit dann jedoch aus ihren Gedanken.

Das Geschäft lief gut an diesem Morgen, da Weihnachten nicht mehr so weit entfernt war, und gegen Mittag hatte Kristina eine Garnitur Silberkämme verkauft, ein chinesisches Lacktischchen aus dem achtzehnten Jahrhundert und ein Gemälde von zwei jungen Mädchen in gerüschten Kleidern, die in einem viktorianischen Garten Blumenkränze flochten.

Sie begann gerade zu überlegen, wo sie ihren Lunch einnehmen sollte, als Daisy hereinkam, wie üblich in Jeans, einer viel zu großen Lederjacke, T-Shirt, Turnschuhen und Baseballkappe. Es belustigte Kristina immer wieder, daß Valerian, trotz seiner Welterfahrenheit und ungeheuren Macht, ausgerechnet diese Frau liebte. Jedesmal, wenn sie darüber nachdachte, gab sie ihm in Gedanken Pluspunkte für seine gute Menschenkenntnis.

»Ich hoffe, da ist etwas zu essen drin«, sagte Kristina und deutete auf die große, fettige Tüte, die Daisy in den Händen hielt.

Daisy lächelte. »Fisch und Chips«, sagte sie. »Mit einer Extraportion Remouladensauce.«

»Wunderbar!« rief Kristina entzückt, hängte ein Schild

Geschlossen an die Tür, schloß ab und ging voran ins Hinterzimmer, wo ein zierlicher alter Tisch stand, umgeben von Kisten und Kartons.

»Ich nehme es dir sehr übel, daß du so etwas essen kannst, ohne dich um den Kaloriengehalt sorgen zu müssen«, sagte Daisy kurz darauf und hielt als Beweisstück eine Fritte hoch. »Wir gewöhnlichen Menschen setzen nämlich leider Fett an, wenn wir nicht darauf achten.«

Kristina lachte nicht, wie sie es in einem anderen Moment vielleicht getan hätte. Ihre Gedanken hatten wieder eine ernste Richtung eingeschlagen, weil Essen sie daran erinnerte, daß Max und seine Töchter an diesem Abend zu ihr zum Dinner kamen. »Du und Valerian, ihr scheint eine großartige Beziehung zu führen«, sagte sie nachdenklich, während sie ein Stückchen fritierten Fisch in die Remouladensauce tunkte. »Obwohl er unsterblich ist und du ein Mensch.«

Daisy machte große Augen, als sei sie überrascht. »Na, das ist aber ein abrupter Themawechsel«, meinte sie, um dann auf eine Art zu seufzen, die tiefe Befriedigung verriet und Kristina einen Stich des Neids versetzte. Daisys Lächeln war verträumt und eine Spur durchtrieben. »Ja«, fuhr sie nach einem kurzen Moment stiller Überlegung fort. »Unsere Beziehung klappt hervorragend.«

»Wie kommt das?« beharrte Kristina. »Ihr seid so verschieden.«

»Das ist die größte Untertreibung, die ich je gehört habe. Du kennst unsere Geschichte, Kris«, erwiderte Daisy freundlich. »Es war das Schicksal. Valerian und ich waren schon früher zusammen, in anderen Leben – anderen Reinkarnationen und so weiter.« Sie hielt inne und grinste vielsagend. »Aber natürlich hilft es sehr, daß der Sex phantastisch ist.«

Kristina errötete. »So genau wollte ich es gar nicht wissen, also erzähl mir nichts.«

Daisy lachte. »Na schön, dann lasse ich es.«

»Es stört dich nicht, daß er … ein Vampir ist?«

»Ich betrachte es als eine Mischehe«, erwiderte Daisy

augenzwinkernd. »Und was die Sache mit dem Nicht-in-die-Sonne-Gehen angeht, na ja, da erzähle ich den Leuten einfach, daß mein Mann nachts arbeitet und tagsüber schlafen muß.«

Kristina dachte wieder an Max – eigentlich hatte sie den ganzen Morgen an nichts anderes gedacht – und versuchte, sich ein Leben mit ihm vorzustellen. Es schien unmöglich angesichts der Tatsache, daß er ein durch und durch realistischer Mensch war, der vermutlich gar nicht glauben würde, daß Vampire und anderer solcher Kreaturen existierten, außer in Büchern oder in Filmen. Einem solchen Wesen zu begegnen, was nicht zu vermeiden sein würde, wenn er viel Zeit mit ihr verbrachte, würde ihn wahrscheinlich auf direktem Weg zum nächsten Psychiater treiben.

Und ganz gewiß würde er nicht wollen, daß seine Kinder solche Ungeheuer kennenlernten.

Tränen traten in Kristinas Augen, sie schlug die Hände vors Gesicht und weinte.

»Was hast du?« fragte Daisy erschrocken. »Was ist los, Kris?«

Kristina versuchte, sich zusammenzunehmen, aber es gelang ihr nicht. »Das denkbar Schlimmste ist passiert«, schluchzte sie. »Ich habe einen wunderbaren Mann kennengelernt, und ich glaube, daß ich im Begriff bin, mich in ihn zu verlieben!«

In gespieltem Entsetzen zog Daisy die Augenbrauen hoch. »Das ist ja *schrecklich*«, scherzte sie. Dann ging sie zum Eisschrank, füllte ein Glas mit kühlem Wasser und brachte es Kristina. »Trink das, Kindchen«, meinte sie. »Es gibt kein ›Ich glaube, ich habe mich verliebt‹. Du bist verrückt nach dem Mann, wer immer er auch sein mag. Und dazu kann ich dir nur sagen, daß es auch langsam Zeit, höchste Zeit wird!«

KAPITEL
5

Max betrachtete seine High-School-Mannschaft voller Stolz, als die Jungen ihr tägliches Training beendeten und über das Feld zu den Umkleideräumen hinüberschlenderten. Keiner von ihnen würde jemals Collegefootball spielen oder gar ein Stipendium wegen hervorragender sportlicher Leistungen bekommen, aber sie waren gute Jungen, die sich Ziele zu setzen wußten, ihre Beine zu gebrauchen verstanden und Mannschaftsgeist besaßen. Solche Eigenschaften in seinen Schülern zu erwecken war für Max das Wichtigste an seinem Job. Zu gewinnen kam für ihn an zweiter Stelle, aber kämpferisch und engagiert, wie die Jungen waren, hatten sie mehr als ihren Teil an Siegen aufzuweisen.

Max selbst war den ganzen Tag lang ziemlich abgelenkt gewesen – seit er Eliette und Bree in der Schule und im Kindergarten abgesetzt hatte, waren seine Gedanken beständig zu Kristina Holbrook abgeschweift. Obwohl er seine Kinder mehr liebte als sein eigenes Leben, merkte er plötzlich, daß es ihm lieber gewesen wäre, wenn sie heute abend nicht mit ihm zum Dinner eingeladen wären.

Es war keinesfalls so, als schämte er sich seiner Töchter oder befürchtete, sie könnten sich danebenbenehmen. Nein, es war purer Egoismus, was ihn zu diesen Überlegungen veranlaßte. Er wollte Kristina für sich allein haben, ohne Ablenkungen, um sich ganz sich darauf zu konzentrieren, sie besser kennenzulernen.

In den Umkleideräumen bemühte er sich, den Lärm zu ignorieren, das Rauschen der Duschen und die gutmütigen Debatten seiner Schüler, als er weiterging in sein Büro. Ein rosa Zettel mit einer Nachricht lag auf seinem Schreibtisch zwischen dem allgemeinen Durcheinander aus Diagrammen möglicher Spiele, Bewertungsformularen, Zeitschriften und Post.

Max hob die Nachricht auf, und eine leise Furcht

beschlich ihn. Seit dem Unfall und Sandys Tod war er sich der Zerbrechlichkeit des menschlichen Lebens sehr bewußt. In gewisser Weise war er stets auf das Schlimmste vorbereitet und wußte, daß es aus allen möglichen Richtungen kommen konnte. Selbst eine schlichte Telefonnotiz vermochte ihn bereits zu erschüttern.

»Dr. Kwo hat angerufen«, hatte eine der Sekretärinnen der High-School aufgeschrieben. »Vergessen Sie nicht Ihren Termin bei ihm.«

Max merkte jetzt, daß er ihn tatsächlich vergessen hatte, wahrscheinlich, weil er den ganzen Tag an nichts anderes als an Kristina hatte denken können. Er schaute auf die Uhr und zog einen Moment lang in Betracht, den Besuch bei seinem Chiropraktiker auf einen anderen Tag zu verschieben, weil er noch die Mädchen abholen und dafür sorgen mußte, daß sie sich zum Essen bei Kristina umzogen. Dann dachte er an den Schmerz in seinem Nacken und den Schultern – Nachwirkungen des Autounfalls, nach dem er über einen Monat im Krankenhaus gelegen hatte – und suchte unter dem Durcheinander auf dem Schreibtisch nach dem Telefon.

Zum Glück traf er seine Mutter, die im dritten Semester Jura an der Universität von Washington studierte, zufällig zu Hause an. Sie erklärte sich bereit, Bree und Eliette abzuholen, sie heimzufahren und bei ihnen zu warten, bis Max nach Hause kam.

Er dankte ihr von Herzen – wenn seine Mutter, Gweneth und Elaine, Sandys Schwester, nicht gewesen wären, hätte seine Umstellung zum alleinerziehenden Vater sich als noch erheblich schwieriger erwiesen, als sie ohnehin schon war.

Als er die Praxis seines Masseurs erreichte, wartete Stan Kwo bereits auf ihn. Sie waren alte Freunde und zusammen auf dem College gewesen, und Max kam seit dem Unfall regelmäßig in Stans Praxis. Kwos Behandlungen, die er ›Sitzungen‹ nannte, hatten es Max ermöglicht, sich von seinen Beschwerden zu erholen, ohne eine gefährliche Abhängigkeit von Schmerzmitteln zu entwickeln. Er hatte mit drei Sitzungen pro Woche angefangen, doch inzwischen genügte es, wenn er Dr. Kwo zweimal im Monat aufsuchte.

»Es scheint dir gutzugehen«, bemerkte Stan, als er Max durch die Gläser seiner Hornbrille betrachtete. »Die letzten Jahre waren hart für dich, aber mir scheint, allmählich fängst du an, dich wieder auf die helleren Seiten des Lebens zu besinnen.«

Max seufzte und dachte an Brees Bitte, dem Weihnachtsmann ein Fax zu schicken, damit er Sandy zurückbrachte. »Ja, manchmal kommt es mir so vor«, stimmte er zu. »Und dann wiederum ...« Er zuckte die Schultern. »Wer weiß? Vielleicht überwindet man es nie ganz.«

»Vielleicht nicht«, räumte Stan ein. »Aber ich sehe etwas Neues in dir, alter Freund. Es ist ein Strahlen in deinen Augen, das nicht mehr da war, seit Sandy starb.«

Wegen Kristina, dachte Max, aber er war noch nicht bereit, von ihr zu sprechen, nicht einmal mit einem guten Freund wie Stan. Dazu war die Bekanntschaft noch zu neu, noch zu zerbrechlich, und auch in Kristina spürte er ein Widerstreben, ihre Schutzmechanismen aufzugeben, das seinen eigenen Bedenken ähnelte oder vielleicht sogar noch größer war.

»Nach und nach fühle ich mich besser, Schritt für Schritt, obwohl es natürlich immer wieder Rückschläge geben kann«, antwortete er.

Stan klopfte ihm auf die Schulter. »Wir sehen uns in zwei Wochen wieder. Ich lasse Doreen anrufen, damit Sie dich an den Termin erinnert. Und wie wäre es mit einem Tennismatch an irgendeinem der nächsten Abende?«

Max lächelte. »Klingt gut«, sagte er und verließ die Praxis.

Es herrschte reger Verkehr, da es Hauptverkehrszeit war, aber Max hatte keine Eile. Von seinem Mobiltelefon hatte er zu Hause angerufen, kaum daß er in seinen Jeep gestiegen war, und die Kinder waren schon da und tranken Milch und aßen Obst mit ihrer Großmutter Alison Kilcarragh, der zukünftigen Rechtsanwältin.

Als Max in die Einfahrt bog, stürzte Bree aus dem Haus und rannte freudestrahlend auf ihn zu. Er hob sie auf die Arme und wirbelte sie einmal herum, bevor er einen Kuß auf ihre Stirn drückte. »Hi, mein kleines Äffchen«, sagte er. »Wie geht es meinem Mädchen?«

Bree schlang die Arme um seinen Nacken und klammerte sich an ihm fest. »Ich war sehr, sehr brav«, sagte sie. »Weil Santa Claus zu unserem Haus kommt!«

Max hoffte, daß dies kein Auftakt zu einer Unterhaltung war, wie sie sie am Abend zuvor geführt hatten, er glaubte nicht, daß er es ertragen hätte, ihr noch einmal erklären zu müssen, daß kein Weihnachtsmann Sandy zu ihnen zurückbringen konnte. »Ich bin ziemlich sicher, daß er kommt«, antwortete er. »Aber Weihnachten ist noch lange hin. Warum denken wir nicht zunächst einmal an Thanksgiving? Malt ihr keine Truthähne oder Pilger in eurem Kindergarten?«

Sie hatten inzwischen die offene Eingangstür erreicht, wo Eliette stand, ernst und zurückhaltend. Max vermutete, daß seine ältere Tochter über die Täuschung mit dem Weihnachtsmann bereits Bescheid wußte, und hoffte, daß sie ihrer kleinen Schwester nicht die Freude daran verdarb. Kinder verlieren sowieso viel zu früh ihre Illusionen, dachte er, und der Gedanke betrübte ihn. Vielleicht würde er ein, zwei Wochen nach Thanksgiving in einen Videoshop gehen, um eine Kopie von ›Das Wunder der 34sten Straße‹ auszuleihen ...

»Können wir heute abend Pizza essen gehen?« fragte Eliette, als sie das Haus betraten.

Max strich ihr über das lockige braune Haar. »Tut mir leid, Liebes«, erwiderte er, »aber wir sind heute abend bei einer Freundin von mir zum Essen eingeladen.«

Eliette rümpfte ihre sommersprossige Nase. »Bei wem?«

Max' Mutter erschien in der Tür zum Eßzimmer. Ihr kinnlanges, silbergraues Haar war frisch gefönt, und sie trug einen beigefarbenen Wollrock, einen langen braunen Pullover und hohe Lederstiefel. Ihre Arme waren über der Brust verschränkt, und ihre braunen Augen funkelten.

»Ja, das wüßte ich auch gern«, sagte sie mit einem interessierten Lächeln. »Bei wem?«

»Sie heißt Kristina Holbrook«, erklärte Max, während er Bree absetzte und sein Jackett auszog. Dann wandte er sich zu Eliette um, die ihn prüfend musterte. »Du hast sie bei der Halloweenparty gesehen«, meinte er lächelnd. »Sie war als Hexe verkleidet.«

»Die grüne Dame!« rief Bree in offensichtlicher Entzückung.

Eliette sagte nichts, runzelte nur nachdenklich die Stirn. Sie war ein sehr aufgewecktes Kind und manchmal ungeheuer scharfsinnig. Max vermutete, daß sie sich schon schlimme Szenen mit einer bösen Stiefmutter ausmalte.

»Grün wird sie doch wohl nur sein, wenn sie als Hexe verkleidet ist?« fragte Alison ihren Sohn, während sie einen Arm um Eliette legte und das Kind einen Moment lang an sich zog. Intelligenz und Scharfsinn waren Eigenschaften, die in der Familie lagen, zumindest bei den Frauen.

Max warf seiner Mutter statt einer Antwort einen Blick zu und rieb sich mit einer Hand den Nacken. Wieder wünschte er, einen Babysitter bestellt oder wenigstens arrangiert zu haben, daß die Mädchen den Abend bei Gweneth oder Elaine verbrachten. Alison hatte Vorlesungen heute abend und bestimmt schon ihre Bücher mitgebracht, damit sie von hier aus direkt zur Uni fahren konnte.

»Ich will nicht mitgehen«, erklärte Eliette. »Zu diesem Abendessen, meine ich.«

Hier bot sich ein geschickter Ausweg an, aber Max' Instinkt riet ihm, ihn nicht zu nutzen. Seiner Erfahrung nach entwickelten sich Dinge, die anfangs völlig einfach aussahen, später oft zu großen Hindernissen. Und so erstickte er Brees beginnenden Protest, indem er sanft eine Hand auf ihren Scheitel legte und sich an seine ältere Tochter wandte.

»Warum nicht?«

»Weil ich Bauchschmerzen habe.«

Max warf Alison einen Blick zu, aber ihr Gesichtsausdruck besagte: *Damit mußt du allein zurechtkommen.*

»Ist es wirklich wahr«, begann er, »oder willst du dich nur vor dem Dinner bei Miss Holbrook drücken?«

Eliette senkte für einen Moment den Blick. Sie war ein aufrichtiges Kind, das nicht zum Lügen neigte, und Max kam den Dingen fast immer auf den Grund, wenn er einfach ein paar direkte Fragen stellte. Mit dieser Absicht setzte er sich nun auf die unterste Treppenstufe und rückte beiseite, um Platz für Eliette zu machen. Alison nahm Bree an der Hand und zog sie mit sich in die Küche.

Max legte einen Arm um seine Tochter. »Bist du nur aufgeregt wegen des Abendessens, oder glaubst du, daß du krank bist?«

Eliette rückte ein bißchen näher zu ihrem Vater und schaute aus großen, besorgten Augen zu ihm auf »Ich weiß es nicht«, gestand sie aufrichtig.

Max schlang einen Arm um ihre Schulter und drückte sie beruhigend an sich. »Schön, daß du die Wahrheit sagst«, erwiderte er. »Miss Holbrook ist eine sehr nette junge Dame, weißt du. Es besteht kein Grund, sich vor ihr zu fürchten.«

»Sie ist nicht Mommy«, wandte Eliette ein.

Ihre Worte versetzten Max einen schmerzhaften Stich, und das Schuldbewußtsein, das ihn erfaßte, zerriß ihm fast das Herz. »Nein«, sagte er schroff, »Mommy ist fort, und es wird nie wieder jemanden wie sie geben.«

»Wirst du Miss Holbrook heiraten?«

Max runzelte die Stirn. Kristina war keineswegs die erste Frau, mit der er ausging, aber Eliette hatte ihm diese Frage noch nie gestellt. »Ich weiß es nicht«, erwiderte er nach kurzem Schweigen. »Warum?«

»Marcy Hilcrests Dad hat letzten Sommer neu geheiratet. Jetzt darf Marcy ihn nicht mehr so oft besuchen wie früher, weil er immer sehr beschäftigt ist. Sie sagt, daß er sie nicht mehr liebt – er liebte nur noch seine neue Frau.«

»Ah«, sagte Max und verstand nun endlich. »Du scheinst dir Sorgen zu machen, daß ich dich und deine

Schwester weniger lieben werde, falls ich wieder heirate.«

Eliette schluckte und nickte dann stumm.

»Das wird nicht geschehen, Liebes. Ob ich nun je wieder heirate oder nicht.«

Das Mädchen lächelte zurückhaltend. »Marcys Vater ist ein Schuft«, erklärte sie.

»Ja«, stimmte Max ihr zu. »Da hast du wahrscheinlich recht. Aber verrat Marcy nicht, daß ich das gesagt habe, hörst du? Das würde sie nur noch trauriger stimmen.«

Eliette lehnte sich an seine Schulter und flüsterte: »Ich sage nichts.«

Max küßte ihre Stirn. »Ich gebe dir einen Dollar«, versprach er genauso leise, »wenn du deine Schwester dazu überreden kannst, daß sie ein Bad nimmt und ein Kleid anzieht.«

Entzückt, zu der Verschwörung zu gehören, nickte Eliette und sprang auf »Bree!« schrie sie und rannte auf die Küche zu.

Beide Mädchen waren oben, als Alison sich von Max in den Mantel helfen ließ und ihre Tasche, ihr Notebook und ihre Bücher nahm.

»Du bist ein guter Vater, Max«, lobte sie, als sie in der Küchentür noch einmal stehenblieb.

Max strich sich durch das Haar und seufzte. »Danke.«

»Gweneth hat mir den Spiegel gezeigt, den du ihr geschenkt hast«, bemerkte Alison schmunzelnd. »Er ist wirklich scheußlich. Ich denke, du solltest wissen, daß deine Schwester Rache geschworen hat.«

Er lachte. »Hat sie schon jemanden gefunden, dem sie das Ding anhängen kann?«

Alison schüttelte den Kopf. »Die kleine Regel, daß die andere Person den Gegenstand *wirklich* haben wollen muß, steht ihr dabei im Weg«, antwortete sie. »Ich wünsche dir noch einen schönen Abend, Max.«

Er ging zu ihr und küßte ihre Stirn. »Vielen Dank, Mom. Für alles.«

Sie streichelte seine Wange. »Ich glaube, es wäre wunderbar, wenn du dich in die geheimnisvolle grüne Dame verlieben würdest«, sagte sie und ging, ihre Bücher und ihr Notebook unter den Arm geklemmt, hinaus. Max schaute ihr durch das Küchenfenster nach, bis er sie in ihren silbergrauen Volvo steigen und aus der Einfahrt biegen sah.

Zum tausendsten Mal vielleicht an diesem Tag erschien Kristinas Bild vor Max' innerem Auge. Er konnte es kaum erwarten, sie wiederzusehen.

Die letzte Kundin dieses Tages betrat das Geschäft um sechzehn Uhr fünfundvierzig, genau eine Viertelstunde vor Ladenschluß. Kristina, die noch zum Pike Place Market fahren wollte, um frische Pasta, Gemüse und Blumen einzukaufen, wünschte, sie hätte heute früher geschlossen, wie sie eigentlich versucht gewesen war.

Die Frau war gut gekleidet, etwa vierzig Jahre alt und hatte blondes Haar und kluge dunkle Augen. Kristina brauchte ihre Magie nicht, um zu erraten, daß die Kundin mit Max verwandt war, trotz der Unterschiede in Haarfarbe und Körpergröße war die Ähnlichkeit unübersehbar.

»Was kann ich für Sie tun?« fragte Kristina zuvorkommend. Verwandtschaftsbeziehungen und -ähnlichkeiten hatten sie schon immer fasziniert. Als einziges Kind übernatürlicher Eltern war sie den größten Teil ihres Lebens sehr einsam gewesen, obwohl Maeve und Calder ihr all die Liebe und Fürsorge geboten hatten, die man sich nur wünschen könnte.

»Mein Name ist Gweneth Peterson«, sagte die Frau und reichte Kristina freundlich die Hand. Ihr Tuchmantel war elegant geschnitten, und ihre allgemeine Erscheinung deutete auf eine akademischen Beschäftigung hin wie Ärztin, Juristin oder Lehrerin. »Ich bin Max Kilcarraghs Schwester. Ich glaube, er hat diesen gräßlichen Spiegel bei Ihnen gekauft, nicht wahr?«

Kristina konnte ein Lächeln nicht unterdrücken, obwohl

sie vermutete, daß Miss Peterson gekommen war, um ihr einen Umtausch vorzuschlagen, wenn nicht sogar, ihr das Geld für den Spiegel zurückzuerstatten. »Ja«, antwortete sie, »er sagte mir schon, daß Sie ihn hassen würden.«

Gweneth lachte. »Und damit hatte er natürlich recht.«

»Vielleicht würden Sie sich gern etwas anderes aussuchen«, bot Kristina an und deutete auf ihren umfangreichen Bestand an Antiquitäten.

Gweneth seufzte, aber ihre Augen hatten ihr vergnügtes Funkeln nicht verloren. »Das ist leider Gottes gegen die Regeln. Ich kam her, um etwas ähnlich Abscheuliches zu suchen – ein Geschenk für meinen lieben Bruder selbstverständlich. Was haben Sie in dieser Richtung?«

Kristina mußte lachen, Max hatte es nicht anders verdient, nachdem er seiner Schwester dieses Ungetüm von Spiegel aufgehalst hatte. »Ob Sie es glauben oder nicht, Mrs. Peterson, aber ich bin nicht auf Scheußlichkeiten spezialisiert.«

»Nennen Sie mich doch bitte Gwen.«

»Und ich bin Kristina.«

Gwen schaute sich im Laden um, und eine nachdenkliche Falte erschien auf ihrer glatten Stirn. Dann, wie das Pech es wollte, fiel ihr Blick auf den kleinen Bronzeaffen, das einzige Objekt im ganzen Laden, das Kristina nie verkauft hätte.

»Perfekt!« rief Gwen und bückte sich, um den Türstopper vom Boden aufzuheben und ihn dann behutsam auf die Theke zu stellen, um ihn zu betrachten. »Also, das ist wirklich *häßlich*, nicht?« sagte sie entzückt. »Was veranlaßt die Leute nur, etwas derart Scheußliches zu produzieren?«

Kristina dachte an den jungen Mann, der in ihren Laden eingebrochen war, um sie zu berauben, zu vergewaltigen und vielleicht sogar zu töten. »Sie wären überrascht«, erwiderte sie unbehaglich. Valerian war ein Panikmacher, der es genoß, über das Undenkbare nachzudenken, aber er hatte recht mit seiner Warnung, dieses Ding könne eines Tages ganz unverhofft wieder zum Leben erwachen ...

»Ich fürchte, der Türstopper ist nicht zu verkaufen«, sagte Kristina zögernd. »Ich … habe ihn bereits einer anderen Kundin versprochen.«

Das nächste Mal, wenn sie Valerian sah, würde sie ihn bitten, den Bronzeaffen zu vernichten, ganz gleich, auf welche Art.

Gwen wirkte enttäuscht, aber das trübte ihre gute Laune nicht. »Wollen Sie damit sagen, es gibt noch andere Leute auf dieser Welt, die das gleiche Spiel wie Max und ich treiben? Es kann doch unmöglich jemanden geben, der so etwas *besitzen* will!«

»Über Geschmack läßt sich nicht streiten«, antwortete Kristina, während sie das schwere Bronzeteil ins Hinterzimmer trug. War es nur Einbildung, oder fühlte das Ding sich tatsächlich ein bißchen warm in ihren Händen an? Als sie in den Laden zurückkehrte, war Gwen noch da und betrachtete eine Vase, die ein Bild eines Karussells aus Coney Island auf einer Seite trug. Nach einer Weile schüttelte Max' Schwester den Kopf und drehte sich wieder zu Kristina um.

»Ich sehe schon, daß es mich große Mühe kosten wird, den Spiegel, den Max mir geschenkt hat, zu übertreffen«, sagte sie.

Kristina lächelte. »Ich glaube, Sie sind der Herausforderung gewachsen«, erwiderte sie. »Max hat mir von dem mottenzerfressenen Elchkopf erzählt, den Sie ihm beim letzten Mal geschenkt haben. Wie hat denn dieser sonderbare Wettbewerb begonnen?«

»Es war Max' Idee«, antwortete Gwen, während sie ihre Handschuhe anzog und den Mantel ihres Kragens gegen die Kälte draußen aufstellte. Ihr Lächeln war ungekünstelt und voller glücklicher Erinnerungen. »Als er elf war und ich fünfzehn wurde, schenkte er mir zum Geburtstag ein Neonreklameschild für Bier, das er auf einem Flohmarkt aufgetrieben hatte. Ich war schon im Begriff, es fortzuwerfen – oder besser gesagt, es ihm über den Kopf zu schlagen –, aber Mom und Dad erlaubten es mir nicht. Sie sagten, ein Geschenk sei ein Geschenk, und ich müsse jemanden finden, der es haben wollte. Das gelang mir auch, obwohl es nicht einfach war. Und danach durchstöberte ich sämtliche Trödelläden und Souvenirgeschäfte, eine Frau mit einem Vorsatz. Ich rächte mich zu Weihnachten mit der Bronzestatue einer Hulatänzerin mit einer Uhr im Bauch. Und von da an wurde unser kleiner Wettbewerb zu einer Familientradition.«

Wieder verspürte Kristina leisen Neid, tief in der fernsten Ecke ihres Herzens. Doch dann nahm sie sich beschämt zusammen. Ihre eigene Kindheit mochte zwar unkonventionell gewesen sein, um das Mindeste zu sagen, aber sie hatte sehr viel Liebe erfahren und alles bekommen, was sie brauchte, und auch beinahe alles, was sie wollte.

Fast hätte sie Gwen erzählt, daß sie an diesem Abend mit Max und seinen Töchtern essen würde, aber zum guten Schluß verzichtete sie darauf und sagte nichts. Ihre Beziehung zu Max war noch zu zerbrechlich, und sie wollte sie nicht durch zu viele Worte, zu viele Erwartungen gefährden.

Gwen nahm eine Visitenkarte aus ihrer Handtasche und legte sie auf die Glastheke. »Hier ist meine Telefonnummer«, sagte sie. »Bitte rufen Sie mich sofort an, wenn Sie irgend etwas hereinbekommen, was mich interessieren könnte.« Sehnsüchtig schaute sie in Richtung Lagerraum. »Oder falls diese fehlgeleitete Seele, die den Bronzeaffen gekauft hat, nicht zurückkommt, um ihn abzuholen.«

Kristina unterdrückte nur mit Mühe ein Schaudern, als sie nach der Karte griff. »Nein, das halte ich für ausgeschlossen. Diese Kundin ist sehr zuverlässig«, erwiderte sie. »Aber ich werde die Augen offenhalten, falls ich etwas anderes hereinbekomme, was Sie interessieren könnte.«

Gwen lächelte und hob eine Hand zum Gruß, bevor sie das Geschäft verließ.

Kristina schaute auf die Uhr im Regal hinter der Registrierkasse – Viertel nach fünf schon. Sie mußte noch am Markt vorbeifahren, und es war gut möglich, daß sie auf dem Heimweg im Berufsverkehr in einen Stau geriet. Um sich zu beruhigen, holte sie tief Atem und stieß ihn langsam wieder aus. Es war lächerlich, derart in Aufregung zu geraten wegen eines simplen Abendessens.

Rasch legte sie das Schild *Geschlossen* vor und schloß den Laden ab. Nachdem sie die Tageseinnahmen und Schecks in ihre Handtasche gesteckt hatte, nahm sie ihren Mantel von dem Haken im Lagerraum und stolperte fast über den Bronzeaffen, als sie daran vorbeiging. Ja, es wurde wirklich langsam Zeit, dieses widerliche Ding ein für allemal loszuwerden.

Sie würde so bald wie möglich mit Valerian reden.

»Sie sind heute gar nicht grün geschminkt«, bemerkte die kleinere von Max' Töchtern, sobald Kristina ihren Gästen die Tür geöffnet hatte. Es klingt fast ein bißchen enttäuscht, dachte Kristina.

Nachdem sie einen belustigten Blick mit Max gewechselt hatte, trat sie zurück, um die Kilcarraghs einzulassen und in ihr warmes Wohnzimmer zu führen. Es war kalt draußen heute nacht, obwohl der Himmel klar und sogar einige Sterne durch den Smog und die Lichter der Stadt zu erkennen waren. Sobald die Tür geschlossen war, bückte Kristina sich und reichte dem kleineren der beiden Mädchen ihre Hand, wobei sie darauf achtete, sie wie eine Erwachsene anzusprechen.

»Ich fürchte, die grüne Schminke ist mir ausgegangen«, gestand sie lächelnd, als vertraute sie der Kleinen ein wichtiges Geheimnis an – das die ältere der beiden Schwestern genausosehr zu interessieren schien, obwohl sie nicht so schnell bereit war zu vertrauen. »Ich habe es an Halloween aufgebraucht.«

»Also, ich finde, Sie sehen bezaubernd aus, sogar ohne diese grüne Schminke«, bemerkte Max, als Kristina sich wieder aufrichtete und verlegen am Saum ihres weißen Angorapullovers zupfte. Die weißen Wollhosen, die sie dazu trug, saßen ausgezeichnet, und ihr einziger Schmuck war ein schimmerndes Medaillon aus Silber, das sie an einer langen Kette um den Hals trug.

»Danke«, sagte sie errötend. Es war nur ein kleines, unbedeutendes Kompliment, und dennoch war sie gerührt, als sei er vor ihr auf die Knie gefallen wie ein Ritter, der seiner Königin ewige Treue schwört. »Habt ihr Hunger?«

Die Mädchen nickten schüchtern, und Max half ihnen, ihre Mäntel abzulegen. Kristina rief sich ihre Namen in Erinnerung – die jüngere war Bree, Kurzform für Sabrina, und die ältere hieß Eliette.

Kristina hatte den Glastisch neben der Küchenbar gedeckt, statt des formelleren Tisches im Eßzimmer. Es lag ihr nichts daran, Max und seine Kinder zu beeindrucken; sie sollten sich bei ihr wohl fühlen.

Bree und Eliette waren sehr manierlich während des Essens, obwohl schon bald klar zu erkennen war, daß Tortellini in Pestosauce nicht ihr Lieblingsgericht war. Max drängte sie nicht zu essen, aber Kristina mußte sich sehr zusammennehmen, um ihnen nicht Pudding, Pizza oder Hamburger anzubieten. Was immer Kinder gerne aßen – sie hatte nicht genug Erfahrung mit ihnen, um es zu wissen.

Max schien ihre Sorge zu spüren; irgendwann, als sie über die neuesten Entwicklungen in der Lokalpolitik sprachen, berührte er leicht ihren Arm und sagte: »Beruhigen Sie sich, Kristina. Sie werden nicht verhungern.«

Die Bemerkung löste den Druck ein wenig; Kristina stieß in Gedanken einen Seufzer aus und entspannte sich. Max hatte recht, seine Töchter waren gut ernährt und würden zweifellos auch diese karge Mahlzeit überstehen.

»Dürfen wir jetzt aufstehen, bitte?« fragte Eliette, während sie Kristina und ihren Vater mit nachdenklichen Blicken musterte.

Max deutete mit einer leichten Verneigung seines Kopfs auf ihre Gastgeberin.

»Natürlich«, antwortete Kristina.

»Setzt euch ruhig hin«, trug Max seinen Töchtern auf und deutete in Richtung Wohnzimmer. »Sollte es irgendeinen Anlaß zu Beschwerden geben, schicke ich Santa Claus gleich morgen früh ein Fax.«

Eliette lächelte nur über diese Drohung, aber Bree schien sehr beeindruckt.

Kristina und Max beendeten ihr Essen in aller Ruhe, plauderten noch eine Weile und räumten dann gemeinsam das Geschirr ab. Nachdem sie Max überzeugt hatte, daß das Geschirr bis morgen warten konnte, ging sie zu den beiden kleinen Mädchen, die brav nebeneinander auf der Couch saßen. Eliette blätterte in einem Reisemagazin, während Bree aufmerksam über ihre Schulter spähte.

»Ich habe etwas, das ich euch zeigen möchte«, sagte Kristina.

Beide Kinder schauten neugierig auf.

»Zauberkunststücke?« fragte Bree entzückt.

»Sei nicht albern«, schalt Eliette.

Kristina hörte Max' stummen Seufzer mehr, als daß sie ihn fühlte. Er sagte jedoch nichts, sondern wartete nur schweigend ab.

»Ich glaube, die Zauberkunststücke heben wir für ein andermal auf«, erwiderte Kristina. »Kommt mit, dann zeige ich euch die Sachen, mit denen ich gespielt habe, als ich in eurem Alter war.«

Sowohl Bree wie Eliette gehorchten eifrig, und Max folgte ihnen etwas langsamer. Als Kristina sich einmal nach ihm umsah, als sie alle die Treppe zum ersten Stock hinaufstiegen, begegneten sich für einen Moment ihre Blicke, und Kristina verspürte eine jähe Freude in sich erwachen.

Oben öffnete sie die Tür des dachbodenartigen Raums, in dem sie die unschätzbar kostbaren Andenken an ihre Kindheit aufbewahrte. Hier gab es Dutzende von Puppen, die meisten von ihnen mit handbemalten Porzellanköpfen und stilgerechten Kleidern, und es fehlte auch nicht an winzigen Möbeln aus feinstem Kunsthandwerk. Ein Ende des Raums beherrschte das prächtige Puppenhaus, das Valerian ihr zum siebten Geburtstag geschenkt hatte – eine exakte Wiedergabe des Versailler Palasts, komplett mit einem Spiegelsaal und dem luxuriösen Boudoir der Königin. Das Puppenhaus, das etwa zwei Meter fünfzig breit und einen Meter achtzig hoch war, ließ das kunstvoll geschnitzte Marionettentheater, das daneben stand, fast unbedeutend klein erscheinen.

Bree und Eliette waren hingerissen, aber Kristina bereute plötzlich ihre Entscheidung, ihnen ihre Schätze zeigen. Es war ziemlich makaber für eine erwachsene Frau, einen ganzen Raum voller Spielzeuge zu besitzen, ganz gleich, wie kostbar sie auch sein mochten. Mit einem Mal erschienen ihr all diese Dinge mehr wie Artefakte aus einem Museum oder einer antiken Grabstätte statt wie die harmlosen Spielzeuge, die ihr als kleines Mädchen soviel Freude bereitet hatten.

»Wow!« sagte Max bewundernd.

»Dürfen wir die Sachen anfassen?« rief Bree, die ganz außer Atem war vor Aufregung.

»Dürfen wir, Miss Holbrook? Bitte«, fügte Eliette in leisem, ehrfürchtigem Ton hinzu.

»Die Sachen sind sehr solide und haltbar«, erwiderte Kristina, »speziell dafür gemacht, angefaßt und bewegt zu werden.« Ihre Stimme klang ein wenig unsicher, zumindest in ihren eigenen Ohren – sie hatte all diese Dinge als ihre eigenen bezeichnet und sogar erwähnt, als Kind damit gespielt zu haben. Wie sollte sie jetzt die unübersehbare Tatsache erklären, daß alles, was sich in diesem Raum befand, unschätzbar kostbare Antiquitäten waren?

Max bückte sich, um in das riesige Puppenhaus mit seinen Gemälden, Marmorkaminen und samtverhangenen Fenstern hineinzuschauen. Bree nahm eine Babypuppe aus Porzellan aus seiner handgeschnitzten Wiege und hielt sie so behutsam wie ein Neugeborenes, während Eliette sich bückte, um mit großen, staunenden Augen das Puppentheater zu betrachten.

»Woher haben Sie das?« fragte Eliette und berührte den winzigen Bühnenvorhang aus schwerem blauem Samt, den goldene Fransen zierten.

»Es war ein Geschenk meiner Mutter. Ich hatte die Masern und durfte mein Kinderzimmer nicht verlassen, und deshalb hat sie Marionettentheater für mich aufgeführt.« Kristina verzichtete natürlich darauf, hinzuzufügen, daß Maeve die Puppen sprechen und tanzen lassen konnte, ohne sie auch nur zu berühren.

»Unsere Mommy ist gestorben«, vertraute Bree ihr an und drückte die Babypuppe in ihrem prächtig bestickten weißen Taufkleidchen und passenden Häubchen fest an ihre Brust. »Ich kann mich nicht an ihr Gesicht erinnern«, fügte die Kleine betrübt hinzu.

Kristinas Kehle wurde eng, ihre Augen brannten. »Ich … Es tut mir leid«, gelang es ihr zu sagen.

Max, der hinter ihr stand, legte beruhigend eine Hand auf ihre Schulter.

»Du brauchst dir bloß Mommys Foto anzusehen, um dich zu erinnern, wie sie aussah, Dummchen«, meinte Eliette, die noch immer in die Betrachtung des Marionettentheaters vertieft war. Aber ihre Worte klangen liebevoll und enthielten keinen Vorwurf.

»Ist Ihre Mommy noch lebendig?« fragte Bree, die dicht neben Kristina stand, die Puppe noch immer in den Armen. Neugierig schaute die Kleine zu ihr auf.

Wenn die Situation nicht so ergreifend gewesen wäre, hätte Kristina vielleicht über die Ironie der Frage gelächelt. *Lebendig* war sicherlich nicht der richtige Ausdruck, um die Königin der Vampire zu beschreiben, aber er kam der Sache nahe, schloß Kristina.

»Ja«, erwiderte sie schlicht.

»Diese Sachen sind sehr alt«, bemerkte Eliette. Es lag keine Kritik in ihrem Ton, sie hatte lediglich eine Feststellung gemacht. Eine sehr intelligente, für so ein kleines Mädchen. »Man bekommt diese Sachen nicht bei *Toys R Us*.«

Darüber mußten Kristina wie Max lachen, und Kristinas Spannung lockerte sich ein wenig.

»Manche Leute mögen alte Sachen lieber als neue«, klärte Max seine Tochter auf »Und ich glaube, es wird Zeit, daß ihr beiden Schlauberger ins Bett kommt«, fügte er hinzu, worauf beide Mädchen wie aus einem Munde einstimmten: »Denn morgen habt ihr schließlich Schule.«

Wieder lachte Kristina und fragte sich, warum sie den Tränen so gefährlich nahe war. Es war ein wundervoller

Abend gewesen, selbst wenn er so früh endete. Für eine kleine Weile war sie sich wie ein Mitglied einer ganz normalen sterblichen Familie vorgekommen, und das Gefühl war unendlich warm und tröstlich.

»Ich habe zwei Naseweise aufgezogen«, vertraute Max ihr zum Entzücken seiner Töchter an.

Als Kristina nach unten voranging, blinzelte sie mehrmals und zog diskret die Nase hoch, damit Max nicht merkte, was für ein sentimentaler Narr sie war. »Es tut mir leid, daß ihr schon so früh geht«, sagte sie in der Eingangshalle, während Max Bree in den Mantel half. Eliette hätte eine solche Unterstützung sicher abgelehnt, dachte Kristina – sie gab sich sehr viel Mühe, wie ein großes Mädchen zu erscheinen.

»Es war ein sehr schöner Abend«, sagte Max, als er sich aufrichtete und vor Kristina stehenblieb, um ihr in die Augen zu schauen. »Ich würde Sie sehr gern wiedersehen – ohne das Gefolge.«

»Damit meint er uns«, erklärte Eliette.

Max verdrehte die Augen, und Kristina stellte fest, daß sie schon wieder lachen mußte. Sie erinnerte sich nicht, wann sie das letzte Mal innerhalb so kurzer Zeit so viele verschiedenartige Emotionen erfahren hatte.

Bree zupfte an der Lederjacke ihres Vaters. »Ich möchte, daß Santa Claus mir eine Puppe wie die da oben bringt«, bettelte sie. »*Genau* wie die da oben!«

»Na wunderbar«, murmelte Max, aber sein Blick war nicht von Kristinas Gesicht gewichen. Es lag etwas sehr Entschiedenes und zugleich unendlich Zärtliches in seinem Blick. Was für eine Art von Mann war das, der imstande war, mit soviel Liebe und Geschicklichkeit zwei kleine Mädchen aufzuziehen? Kristina war mit einem Sterblichen verheiratet gewesen und mit einigen anderen ausgegangen, über einen sehr langen Zeitraum, aber Max Kilcarragh war anders als sie alle. Offensichtlich fühlte er sich seiner Männlichkeit so sicher, daß er sie nicht bei jeder Gelegenheit hervorzukehren brauchte.

Charmant, dachte Kristina, neugieriger als je zuvor.

Max erstaunte sie, als er sich vorbeugte und ihre Lippen mit den seinen streifte. Die Mädchen, die schon hinausgelaufen waren zu Max' Jeep, der in der Einfahrt parkte, tuschelten miteinander und beachteten sie nicht.

»Danke«, sagte Max sehr leise. »Darf ich Sie anrufen?«

Kristina fragte sich, ob Sterne in ihren Augen funkeln mochten. »Wenn nicht«, erwiderte sie lächelnd, »rufe ich Sie an.«

Er grinste und wandte sich ab, um Bree und Eliette zu folgen, die inzwischen über die Frage, wer vorne sitzen durfte, in Streit geraten waren.

»Die Antwort ist: niemand außer mir«, erklärte Max im gewichtigen Tonfall eines Showmasters.

Kristina schaute lächelnd zu, bis er beide Kinder auf dem Rücksitz untergebracht und dafür gesorgt hatte, daß sie angeschnallt waren. Dann, nach einem kurzen Winken in ihre Richtung, stieg Max in seinen Wagen und fuhr ab.

Plötzlich hallte das große Haus vor Einsamkeit und Leere wider. In diesem Augenblick, als sie die Tür schloß, hätte Kristina mit Freuden all ihren Besitz und das beträchtliche Vermögen, das sie über die Jahrzehnte angesammelt hatte, für eine eigene Familie aufgegeben.

Sie erlaubte sich, ein wenig zu träumen, als sie den Schlußlichtern des Jeeps nachsah.

Wie wunderbar wäre es, Kinder ins Bett zu bringen, ihnen etwas vorzulesen und sich zu vergewissern, daß sie ihre Zähne geputzt, sich gewaschen und ihre Gebete gesprochen hatten ... Und dann, wenn sie schliefen, ein ruhiges Gespräch mit einem Mann wie Max zu führen, mit ihm über die Ereignisse des Tages sprechen und sich dabei in seine Arme schmiegen zu können ...

»Hör auf«, wisperte Kristina traurig, als sie dort in der Dunkelheit stand, allein, wie sie es immer sein würde. Es war weder Platz für sie in der Welt der Sterblichen noch im Reich der übernatürlichen Wesen, weil sie weder das eine noch das andere war. Es wäre nicht nur dumm, sondern auch gefährlich gewesen, sich in dieser Hinsicht etwas vorzumachen.

KAPITEL 6

Der Alptraum beschlich Max wie ein Ungeheuer, das im Dunkeln lauerte und nur darauf wartete, anzugreifen, sobald er eingeschlafen war. Er wußte, daß er nicht wach war, und doch war der Traum ungemein lebendig, in Farbe, Dimension und Ton. Er kämpfte, um sich seinen Klauen zu entziehen, um aufzusteigen an die Oberfläche des Bewußtseins, aber er war gefangen, gefesselt wie ein Taucher, der sich in einer Algenbank verfangen hatte …

Er saß auf dem Beifahrersitz des brandneuen Kombis, den er und Sandy erst vor kurzem gekauft hatten, um ihre wachsende Familie unterzubringen. Es war ein Samstag Mitte Dezember, gegen sieben Uhr abends. Sie hatten den Tag in einem der großen Einkaufszentren verbracht, der Wagen war vollgeladen mit Geschenken für das bevorstehende Weihnachtsfest. Das meiste davon waren Spielzeug und Kleider für Bree und Eliette, die an diesem Wochenende bei Sandys Eltern waren.

Max und Sandy waren müde, aber sehr, sehr glücklich. Sie waren vom Glück gesegnet; sie wußten es und waren dankbar. Sie hatten einander, die Kinder, ihre Berufspläne und persönlichen Ziele und ihr Zuhause. Und in sechs Monaten würde Sandy ein weiteres Kind zur Welt bringen.

Max hoffte, daß es ein Junge war.

Sie hatten in ihrem bevorzugten mexikanischen Restaurant gegessen, nachdem sie stundenlang durch die überfüllten Geschäfte gelaufen waren, und Max, dem ungewöhnlich feierlich zumute war, hatte zwei große Margaritas zu den Enchiladas getrunken. Nach dem Essen hatten sie überlegt, ob sie sich noch einen Film anschauen sollten, waren schließlich jedoch zu dem Entschluß gelangt, daß sie statt dessen lieber einen romantischen Abend zu Hause verbringen wollten.

Obwohl Max sich nicht betrunken fühlte, stimmten er

und Sandy darin überein, daß es besser war, wenn sie den Wagen fuhr, und sie hatte das Steuer übernommen. Er erinnerte sich, daß sie zuerst den Fahrersitz verschoben und den Rückspiegel eingestellt hatte, bevor sie ihren Sicherheitsgurt befestigte.

Das war Sandy – verantwortungsbewußt, vorsichtig und tüchtig. Die beste Ehefrau, die beste Mutter – eine Frau, die ihre Pflichten nicht auf die leichte Schulter nahm. Obwohl sie sich einige Jahre von ihrer Arbeit als Grundschullehrerin hatte beurlauben lassen, als das erste Kind kam, achtete sie darauf, über jede neue Entwicklung auf dem Gebiet der Pädagogik informiert zu sein. Denn wenn die Zeit kam, in der sie ihre Arbeit wieder aufnehmen würde, wollte sie bereit sein. Max hatte Sandy nicht nur geliebt, sondern auch bewundert.

Wieder versuchte er, aufzuwachen, dem Traum zu entkommen. Wieder schaffte er es nicht. Sandy war im Begriff zu sterben, und es gab nichts, womit er es verhindern konnte. Er konnte sie nicht warnen, ja, sich nicht einmal von ihr verabschieden …

Gefangen in seinem lächelnden, träumenden Ich, versuchte er, sich ihr Aussehen in Erinnerung zu rufen – sie war groß und schlank gewesen, mit lachenden Augen und lockigem braunem Haar –, ihren sauberen, frischen Duft und den süßen, melodischen Klang ihrer hellen Stimme.

Sie verließen den Parkplatz des Restaurants, durchquerten die Stadt und bogen auf den Freeway ein. Es herrschte ziemlich starker Verkehr, und die Wagen bewegten sich im Schneckentempo.

Sandy zwinkerte ihm zu und warf einen Blick in den Rückspiegel, bevor sie den Blinker betätigte und die Fahrspur wechselte. Kein Regen fiel, kein Nebel behinderte die Sicht, kein Eis machte die Straße glatt.

Es hätte vollkommen ungefährlich sein müssen.

Sein müssen.

Ob er nun wach war oder schlief, Max kamen die Tränen bei der Erinnerung an die Gelassenheit in Sandys Zügen in jenen letzten Momenten ihrer Existenz, ihres gemeinsamen Lebens. Sie sah so glücklich aus, so vertrauensvoll. Sie hatte keinen Grund zu der Vermutung, daß ihre Zukunft im Begriff zu enden war.

Der kleine Lkw, beladen mit Weihnachtsbäumen, tauchte neben ihnen auf, ganz plötzlich, und schoß dann vor, um sie zu überholen. Im nächsten Augenblick ertönte ein furchtbares metallisches Kreischen, die einzige Warnung, die ihnen zuteil wurde, gefolgt von einem kurzen Intervall, sekundenlang höchstens, in dem ihnen alles wie Zeitlupe erschien. Diese pulsierende Stille wurde gebrochen von einem erschütternden Zusammenstoß, einem solch heftigen Aufprall und schwindelerregendem Gefühl, daß Max nicht einmal genügend Luft bekam, um aufzuschreien.

Und dann Dunkelheit. Dunkelheit und Schmerz.

Stimmen – entsetzt, beruhigend. Körperlos.

Sandy.

Die Trauer und das Entsetzen gaben Max die Kraft, die er benötigte: Er riß sich von dem Alptraum los, keuchend, zitternd und in kaltem Schweiß gebadet. Im Dunkeln nach dem Schalter tastend, knipste er die Nachttischlampe an und blieb nach Atem ringend eine Weile liegen, bis der Schock nachließ. Dann, als er nicht mehr zitterte, als er sich von den letzten Bruchstücken des Traums befreit hatte, stand er auf, griff nach seinem Morgenmantel und zog ihn an.

Er hatte diesen Alptraum seit Monaten nicht mehr gehabt, aber daß er zurückgekehrt war, war nicht überraschend, wie er fand, als er die Treppe hinunterging, die in die Küche führte. Max brauchte keinen Psychiater, der ihm die Situation erklärte – er fühlte sich sehr stark zu Kristina Holbrook hingezogen, und das löste Konflikte in ihm aus.

Er schaltete das Licht über der Spüle ein, schenkte sich ein Glas Milch ein und lehnte sich an die Frühstücksbar. Er spürte noch immer die eisigen Klauen seines Alptraums, und ein bohrender Schmerz verweilte in seinem Magen. Sein stärkster Impuls war, die Erinnerungen aus seinem Gedächtnis zu verdrängen, doch statt dessen zwang er sich, sie eine nach der anderen durchzugehen.

Max war vier Tage nach dem Zusammenstoß auf der Intensivstation eines Krankenhauses in Seattle aufgewacht. Seine Eltern waren bei ihm gewesen, als er die Augen aufschlug, seine Mutter auf der einen Seite seines Betts, sein Vater auf der anderen. Und die Trauer, die er in ihren Gesichtern erkannt hatte, war viel schlimmer gewesen als der erbarmungslose Schmerz in seinem Körper.

Er hatte gewußt, bevor einer von ihnen sprach, daß Sandy nicht mehr lebte. Sein Vater hatte sich seiner Tränen nicht geschämt, als er die grimmigen Umstände des Unfalls beschrieb. Sandy war auf der Stelle tot gewesen.

Max hatte eine kleine Ewigkeit in dem Krankenhaus verbracht – so war es ihm jedenfalls erschienen, wenn er unablässig an die Decke starrte, seine Schmerzen erduldete und im Rollstuhl zu irgendwelchen Therapien gefahren wurde. Er war nicht bei Sandys Beerdigung gewesen und hatte Weihnachten verpaßt, und als er endlich entlassen wurde, benötigte er Krücken, um zu laufen. Es wäre leichter gewesen, sich einfach fallenzulassen, körperlich wie seelisch, in jenen dunklen Tagen und noch dunkleren Nächten – wenn seine Töchter nicht gewesen wären. Eliette, die zu jener Zeit erst fünf gewesen war, aber schon ungewöhnlich klug, war verwirrt, dumpf und empfindungslos gewesen. Bree, die damals noch ein Baby war, noch keine zwei, hatte nachts weinend nach Sandy verlangt und tagsüber Zimmer und Schränke des Apartments nach ihr abgesucht, als hoffte sie, es sei nichts weiter als ein Spiel. Anscheinend erwartete sie, daß ihre Mutter aus irgendeinem Versteck auftauchte und »Buh!« rief, wie sie es früher so oft getan hatte, wenn sie spielten.

Auch Max hatte damals viel geweint, wenn auch immer nur im geheimen, damit die Kinder es nicht sahen oder hörten. Auch ihm war es oft erschienen, als *könne* Sandy gar nicht tot sein – als müsse sie eines Morgens oder Abends einfach hereinkommen und sagen, es sei ein Irrtum gewesen, und alles durch ihre bloße Gegenwart wieder in Ordnung bringen.

Er trank die Milch aus und stellte das Glas in die Spüle,

aber er nahm die geräumige Küche um sich gar nicht richtig wahr. Statt dessen sah er, wie er Sandys Sachen durchging, unterstützt von Elaine, Gweneth und seiner Mutter, sah sich Dinge weggeben und andere behalten für die Mädchen, wenn sie älter waren. Das Apartment hatte er zum Schluß verkauft, als er sich sowohl im Herzen wie verstandesmäßig damit abgefunden hatte, daß Sandy niemals heimkehren würde. Es war einfach zu qualvoll gewesen, noch weiter in der Wohnung zu bleiben, in der er mit ihr gelebt hatte. Selbst jetzt, als er sich erinnerte, wurde seine Kehle eng, und seine Augen brannten. Wenn es ihm schwerfiel, einzuordnen, was er für Kristina empfand, nach allem, was ihn mit Sandy verbunden hatte, war es seine eigene Schuld. Hätte seine Frau noch gelebt, so wären sie zusammen alt geworden, dessen war Max ganz sicher, denn ihre Beziehung war von dieser Art gewesen. Aber Sandy war nicht mehr, und er wußte, daß sie gewollt hätte, daß er jemand anderen fand.

»Du bist nicht dazu geschaffen, allein zu sein, Max«, erinnerte er sich, sie eines Abends sagen gehört zu haben, als sie frisch verheiratet gewesen waren und zusammen vor dem Kamin in ihrer ersten Wohnung gesessen hatten. Keiner von ihnen hatte damals geahnt, wie kurz ihre gemeinsame Zeit sein würde. »Du brauchst jemanden, den du lieben und beschützen kannst.«

Max schaltete das Licht aus. Es stand außer Zweifel, daß er Sandy geliebt hatte, und doch war er, als es darauf ankam, nicht imstande gewesen, sie oder ihr ungeborenes Kind zu schützen. Langsam stieg er die Stufen hinauf. Wenn er selbst gefahren wäre in der Nacht des Unfalls, statt Sandy das Steuer zu überlassen, hätte sie vielleicht überlebt. Er wäre gern an ihrer Stelle gestorben.

Auf der Schwelle seines leeren Schlafzimmers hielt Max inne, seufzte und strich sich mit der Hand durchs Haar. Er hatte tausendmal über die Tragödie nachgedacht, hatte versucht, sich auszurechnen, ob es anders hätte verlaufen können, und sich mit den unvermeidlichen Gewissensbissen gequält – wenn er doch bloß auf die Margaritas zum Essen verzichtet hätte, hätte er am Steuer gesessen, als der Unfall passierte. Wenn sie doch nur fünf Minuten länger im Restaurant geblieben oder ins Kino gefahren wären, anstatt unverzüglich heimzufahren …

Wenn, wenn, wenn.

Als Max ins Bett zurückkehrte und die Hand ausstreckte, um das Licht zu löschen, stellte er fest, daß er wieder an Kristina dachte, und fragte sich, ob er bereit war für all die Gefühle, die sie in ihm erweckte.

Als Max und die Kinder das Haus verlassen hatten, erschien es Kristina leerer als je zuvor. Obwohl sie ihr stilvolles Heim liebte, verspürte sie plötzlich das Bedürfnis, es zu verlassen, und wenn auch nur für eine kurze Weile.

Sie konzentrierte ihre Gedanken auf den Londoner Wohnsitz ihrer Eltern, auf das stattliche Herrenhaus, in dem sie den größten Teil ihrer Kindheit verbracht hatte, und traf dort den Bruchteil einer Sekunde später ein. Es war gegen fünf Uhr morgens in England, und bald würde der Tag anbrechen.

Kristina hielt es für möglich, daß ihre Mutter noch auf Jagd war, aber ihr Vater, das wußte sie, hatte bestimmt schon früher Nahrung aufgenommen, um soviel Zeit wie möglich im Labor zu verbringen.

Nachdem sie sich in der Küche, die zu dieser frühen Stunde noch leer war, vergegenwärtigt hatte, kehrte Kristina zu ihren menschlichen Gewohnheiten zurück, ging zur Kellertür und stieg die steilen Steinstufen hinab. Hier waren Gitter vor den Fenstern, die nur knapp über Bodenhöhe lagen, und den Räumen haftete nichts Gespenstisches an, wie eine phantasievollere Seele vielleicht erwartet hätte. Keine Spinnweben, keine Särge, keine Kandelaber oder staubbedeckten Möbel.

»Papa?« Kristina klopfte an die Tür von Calders Laboratorium, während sie ihn rief. Höchstens ihre Mutter und vielleicht noch Valerian hätten gewagt, unangekündigt einzutreten.

Die schwere Holztür öffnete sich auf gutgeölten Scharnieren, und Dr. Holbrook erschien auf der Schwelle, in seinem Laborkittel und mit wirrem Haar. Er war sichtlich überrascht, seine Tochter zu erblicken, was wiederum Kristina überraschte, weil Vampire eigentlich sehr scharfsichtige Wesen waren, die sich selten überrumpeln ließen.

»Hallo, Liebes«, meinte Calder, und ein frohes Lächeln erhellte seine gutaussehenden Züge, als er Kristinas Hand nahm und sie in sein Heiligtum zog. Dort küßte er sie auf die Stirn. »Was tust du hier, Kind?«

»Ich konnte nicht schlafen«, sagte sie.

Calder schaute auf die Uhr, die er rasch aus seiner Westentasche zog, und runzelte die Stirn. In Wahrheit brauchte er einen solchen Mechanismus nicht, um zu wissen, welche Zeit es war, denn als Bluttrinker war ihm rein gefühlsmäßig bewußt, wann der Morgen graute. Dr. Holbrook praktizierte noch immer viele menschliche Rituale, aber Kristina hätte nicht sagen können, ob aus Angewohnheit oder weil es ihm so lieber war. »Was würde ich nicht geben für den Luxus, keinen Schlaf zu finden«, sagte er, und ein freudloses Lächeln ersetzte einen Moment lang seinen ernsten Ausdruck. »Ich könnte soviel erreichen, wenn ich keinen Schlaf brauchte.«

Kristina richtete sich auf die Zehenspitzen auf, um ihren Vater auf die Wange zu küssen. Er war nicht gealtert, seit er mit Mitte Dreißig ein Vampir geworden war, und sah nicht viel älter aus als seine Tochter. »Du arbeitest zu hart«, entgegnete sie mit sanftem Vorwurf. »Warum kannst du nicht so ichbezogen wie Valerian sein? Oder abenteuerlustig wie Mama?«

Calder lachte und schüttelte den Kopf. Er brachte dem Vampir, den Kristina als ihren Onkel ansah, wenig Sympathie entgegen, obwohl er derjenige gewesen war, der Calder vor mehr als einem Jahrhundert in einen Unsterblichen verwandelt hatte. »Der Himmel möge verhüten«, erwiderte er, »daß ich je wie Valerian werde, obwohl er ein wirklich charmantes Ungeheuer ist. Und was die Abenteuerlust betrifft – durch das Leben mit Maeve Tremayne bekomme ich davon, so viel ich brauche.«

Kristina sah, daß Calder von Minute zu Minute müder wurde, als der Morgen nahte, er sprach langsamer und erschien ihr ungewöhnlich geistesabwesend. Sie lächelte. »Du mußt jetzt ruhen«, sagte sie, »deshalb möchte ich dich nicht vom Schlafen abhalten. Es ist doch in Ordnung, wenn ich ein bißchen hier bei euch bleibe?«

Er drückte ihre Schultern leicht. »Natürlich, Kind – es ist schließlich dein Zuhause.« Unaufdringlich führte er sie zur Tür. »Vielleicht bist du bei Sonnenuntergang noch hier, dann können wir uns weiter unterhalten.«

Aus der privaten Domäne ihres Vaters verbannt, hob sie die Hand, um ihm noch einmal zuzuwinken. »Schlaf gut, Papa«, sagte sie und versetzte sich wieder in die Küche.

Mrs. Fullywub, die Haushälterin, war da und stand vor der offenen Tür des Kühlschranks. Sie trug einen gelben Morgenrock aus Chenille, und ihr graues Haar war im Nacken zu einem altmodischen Knoten zusammengefaßt.

»Großer Gott, Kind«, protestierte sie und legte eine Hand aufs Herz, »was hast du mich erschreckt!«

Kristina liebte diese Frau; obwohl sie sterblich war, lebte Mrs. Fullywub schon seit vielen Jahren bei der Familie und wußte genau Bescheid über diesen unkonventionellen Haushalt. »Man sollte meinen, Sie hätten sich inzwischen an das Erscheinen und Verschwinden der Leute hier gewöhnt«, bemerkte sie. Der Kühlschrank stand noch offen, und so griff sie an der Haushälterin vorbei und nahm sich eine Flasche Mineralwasser. »Wobei ich das Wort *Leute* natürlich nur im weitläufigen Sinn gebrauche.«

Mrs. Fullywub nahm Päckchen mit Schnittkäse und Aufschnitt aus dem Kühlschrank und trug sie zur Anrichte, wo sie anfing, ein Sandwich zu belegen. »Es ist schön, Sie wiederzusehen, Miss Kristina«, sagte die alte Frau herzlich. »Ich hoffe, ich habe Ihnen nicht das Gefühl gegeben, hier nicht willkommen zu sein.«

Kristina nippte an ihrem Wasser, zog sich einen Stuhl an die Küchenbar heran und setzte sich. »Ich könnte mich hier gar nicht unwillkommen fühlen«, erwiderte sie. »Und es tut mir leid, daß ich Sie erschreckt habe.«

Mrs. Fullywub verdrehte die Augen. »Ich werde allmählich zu alt für diese Stellung«, bekannte sie, noch immer mit der Zubereitung ihres Snacks beschäftigt. »Man weiß hier nie, wen – oder was – man auf dem Korridor antreffen wird.«

Kristina lachte. »Valerian zum Beispiel?«

»Ach, der«, murmelte Mrs. Fullywub und tat einen der mächtigsten existierenden Vampire mit einer bloßen Handbewegung ab. »Er ist sanft wie ein Lamm, wenn man weiß, wie man ihn behandeln muß.« Sie hielt inne und erschauderte. »Es sind Kreaturen wie diese widerlichen Havermailkinder – Benecia und Kanaan heißen sie, glaube ich –, die mir Angst einjagen.«

Kristinas Belustigung verblaßte; sie verspürte einen Anflug von Beunruhigung. Benecia und Kanaan waren wohl kaum noch Kinder, da beide schon seit über fünfhundert Jahren als Vampire lebten. »Sie waren hier?« fragte sie Mrs. Fullywub verblüfft.

»Allerdings«, antwortete die Haushälterin. »Haben Sie Hunger, Miss Kristina? Ich kann noch gar nicht richtig wach sein – mir fällt erst jetzt ein, daß Sie vielleicht auch gern etwas essen würden.«

»Nein, vielen Dank«, erwiderte sie automatisch, in Gedanken noch bei den Havermails – zwei Monster, die ihrer niedlichen Erscheinung wegen noch viel verabscheuenswürdiger waren. Sie sahen aus wie kleine Mädchen, wie zwei bildhübsche kleine Mädchen sogar, weil sie als Kinder verwandelt worden waren. »Wann waren Benecia und Kanaan hier?«

Ihren Teller mit dem Sandwich in der Hand, ging Mrs. Fullywub durch die Küche und setzte sich an den Tisch, nur wenige Schritte von Kristinas Platz entfernt. »Vor einigen Nächten, Liebes«, antwortete sie, nachdem sie eine Weile nachgedacht hatte. »Aber machen Sie sich keine Sorgen – sie kamen, weil Ihre Mutter sie herbefohlen hatte. Ich bezweifle, daß sie es gewagt hätten, ihre abscheulichen kleinen Gesichter unter diesem Dach zu zeigen, wenn Maeve sie nicht eingeladen hätte – obwohl ich zugeben muß, daß ich fast einen Herzanfall bekam, als ich den beiden zufällig begegnete.«

Kristina war alles andere als beruhigt. Benecia und Kanaan mochten Maeve, die anerkannte Königin aller Bluttrinker, zwar fürchten, aber ganz bestimmt nicht einen Mischling aus Vampir und Sterblichem wie sie. Angenommen, ihr tödliches Interesse würde durch Kristina auf Max, Bree und Eliette gelenkt? Der bloße Gedanke daran veranlaßte Kristina, in einem Ausdruck stummen Entsetzens eine Hand vor ihren Mund zu schlagen.

»O Gott«, regte Mrs. Fullywub sich auf und schob ihren Teller weg. »Sie dürfen sich nicht ängstigen, Kristina – obwohl sie wahrhaft gräßlich sind, würden diese Kreaturen es nicht wagen, Sie zu belästigen. Sie wissen, daß Ihre Mutter sie vernichten würde – und dazu müßte sie die kleinen Teufel als erste erwischen, bevor Valerian sie findet!«

Kristina schluckte, und ihre Augen brannten vor heißen, jähen Tränen. »Wenn es bloß so einfach wäre«, murmelte sie und dachte, daß sie dringend mit ihrer Mutter sprechen mußte. Aber inzwischen war die Sonne aufgegangen, und Maeve schlief bereits, höchstwahrscheinlich Seite an Seite mit Calder in der geheimen, verborgenen Gruft unter diesem großen Haus. »Ich habe keine Angst um mich, Mrs. Fullywub. Es gibt … Es geht um Menschen, die ich liebgewonnen habe. Und durch diese Zuneigung habe ich sie verwundbar gemacht.«

Die alte Frau erhob sich und ging zu Kristina, um mit kühlen Fingern ihre Hand zu tätscheln. »Beruhigen Sie sich, Kind. Sterbliche sind ihr ganzes Leben lang verwundbar. Ich weiß, es ist möglich, daß Ihre Liebe diese Menschen, von denen Sie sprechen, in Gefahr bringt, aber Sie befinden sich obendrein in der beneidenswerten Position, sie zu beschützen. Sie dürfen Ihre eigenen Kräfte nicht vergessen.«

»Ich habe meine Magie vernachlässigt«, gestand Kristina, die noch immer den Tränen nahe war. »Weil ich all diese Zeit so sehr ein richtiger Mensch sein wollte, daß ich alles tat, um auch so zu erscheinen …«

»Dann müssen Sie wieder stark werden. Sie müssen sein, was Sie sind, Kristina, und aufhören, gegen Ihre eigene Natur zu rebellieren.«

Kristina nickte. »Ja«, meinte sie nach einem langen, nachdenklichen Schweigen. »Sie haben recht, Mrs. Fullywub. Es wird Zeit, daß ich meine Macht erforsche und herausfinde, was ich tun kann und was nicht.«

»Ihre Mutter wird Ihnen dabei helfen«, pflichtete die Haushälterin ihr freundlich bei. »Und ich bin sicher, daß auch Valerian Sie in dieser Angelegenheit beraten kann.«

Valerian. Es war acht Stunden früher im Westen der Vereinigten Staaten. Er würde noch wach sein, wenn er sich nicht ins Ausland begeben hatte, um auf die Jagd zu gehen.

Ja, Valerian war ganz entschieden der Vampir der Stunde. Kristina stand auf, trat zurück von Mrs. Fullywub und der Küchenbar, lächelte und nickte der alten Frau zum Abschied zu.

Ihre Gedanken versetzten sie nicht nach Seattle, wie sie erwartet hatte, oder nach Las Vegas ins Venetian Hotel, wo Valerian noch immer viermal in der Woche die Menschen mit seiner Magie bezauberte. Statt dessen fand sie sich auf einer mondbeschienenen Straße und in einem tropischen Klima wieder. Die Pflastersteine waren zerbrochen und bedeckt mit Unrat, die Häuser baufällig und dicht aneinandergedrängt. Der Geruch des Abfalls auf der Straße vermischte sich mit dem Gestank offener Abwässerkanäle, durch die eine trübe dunkle Brühe floß, und Kristina rümpfte ihre Nase.

Keine Spur von dem Vampir, und auch sonst war niemand hier zu sehen, obwohl Kristina die Anwesenheit der schlafenden Bewohner der morschen Hütten, die die Straße säumten, spürte. Sie hörte Ratten scharren in den Müllhaufen, die sich am Eingang schmaler Gassen und vor fast allen Hütten türmten. Irgendwo liebte sich ein Paar; aus einer anderen Richtung war das Geschrei eines hungrigen Babys zu vernehmen.

Wo bin ich hier gelandet? fragte sich Kristina, während sie reglos auf der Straße stand, wartete und auf ihre Intuition lauschte.

»Du bist in Rio«, antwortete eine vertraute Stimme. »Beim großen Zeus, Kristina – du bist aber wirklich eingerostet!«

Als sie sich umwandte, erblickte sie hinter sich Valerian, spektakulär und arrogant wie immer. Vielleicht, um seiner Erscheinung noch mehr Dramatik zu verleihen – denn die drückende Hitze spürte er natürlich nicht –, trug er einen seiner eleganten Smokings und ein weites schwarzes Cape, das mit blauem Satin gefüttert war.

»Das ist aber ein deprimierender Ort zum Jagen, falls es das war, was du hier getan hast«, sagte sie, in einem sinnlosen Versuch, ihn von der Vernachlässigung ihrer magischen Kräfte abzulenken.

»*Alle* Ort, an denen ich jage, sind deprimierend«, entgegnete Valerian, der jetzt so dicht vor sie getreten war, daß seine aristokratische Nase fast ihre berührte. »Glaubtest du etwa, ich ginge dazu nach Disneyland?«

Kristina fühlte sich unbehaglich, obwohl sie schon die ganze Welt bereist hatte, manchmal mit Hilfe eines Schiffs oder eines Flugzeugs, manchmal ohne. »Es gefällt mir hier nicht.«

»Die Antwort darauf ist so offensichtlich, daß ich mich nicht dazu überwinden kann, sie auszusprechen.«

Sie seufzte, doch dann kam ihr ein anderer Gedanke, und sie begann den bemerkenswerten Vampir aus schmalen Augen zu betrachten. »Ich warne dich, Valerian – falls du auf der Jagd nach irgend etwas anderem als Nahrung bist ...«

Er straffte die Schultern, was seine ohnehin schon imponierende Größe noch erhöhte, verschränkte die Arme vor der Brust und maß Kristina mit einem ärgerlichen Blick. »Hüte deine Zunge, Naseweis«, entgegnete er kühl. »Mich auf diese Weise – oder auf irgendeine andere – zu beleidigen ist äußerst unvorsichtig.«

»Bevor du Daisy kanntest, warst du ein notorischer Schürzenjäger«, rief Kristina ihm in Erinnerung.

»Das Schlüsselwort in dieser Feststellung«, erwiderte Valerian ruhig, was seinen Ton jedoch nicht weniger bedrohlich machte, »ist, *bevor* ich Daisy kannte. Ich bin hier, falls du es wirklich wissen mußt, weil es ein Kind gibt …«

Kristinas Augen weiteten sich vor Überraschung. »*Du* hast ein Kind gezeugt?«

Valerian fuhr zornig auf, glättete dann aber seine äußere Erscheinung durch pure Willenskraft, wie ein majestätischer Vogel, der sein zerrupftes Federkleid in Ordnung bringt. »Ich bitte dich!«, versetzte er ärgerlich.

»Nun, du kannst dir nicht einfach eins von der Straße nehmen«, entgegnete Kristina, die jetzt langsam ungeduldig wurde. »Auch Kinder sind Menschen und besitzen Rechte.«

Valerian zog eine Augenbraue hoch, was ihn, falls das überhaupt möglich war, noch einschüchternder erscheinen ließ. Dann, einen Moment später, entspannte er sich wieder, und Kristina erkannte so etwas wie tiefe Trauer in seinem schönen Gesicht. Er hätte eine Skulptur von Michelangelo sein können, eine von einem Engel zum Leben erweckte Statue, so perfekt waren seine Gesichtszüge, seine Gestalt, seine eleganten Bewegungen und Gesten. »Danke, daß du mich daran erinnerst«, sagte er, nahm dann aber Kristinas Hand und zog sie über die Straße, durch eine Gasse und verfallene Stufen hinauf, die zu einem halbverfallenen, dachbodenähnlichen Raum führten.

Die Hitze darin war unerträglich, die Luft schwül und erfüllt von einem widerwärtigen Gestank.

Auf dem Boden saß ein kleiner Junge, vielleicht drei oder vier Jahre alt, obwohl das schwer zu sagen war. Seine Kleider waren zerlumpt, er starrte vor Schmutz und schaute aus großen braunen Augen zu dem Vampir auf.

»Seine Mutter ist eine Prostituierte«, sagte Valerian zu Kristina, ohne seinen, Blick von dem Kind abzuwenden. »Heute abend, in einer Taverne nicht weit von hier, hat sie ihn verkauft – *ihren eigenen Sohn* – an einen Händler, der auf hübsche kleine Jungen spezialisiert ist. Sie werden jeden Augenblick kommen, um ihn abzuholen.«

Kristina wurde übel. Ihre eigenen Probleme waren vergessen, zumindest für den Augenblick. »Was willst du tun, Valerian?«

Er antwortete nicht, sondern ließ sich auf ein Knie nieder und begann in schnellem, fließendem Portugiesisch auf den Jungen einzureden. Das Kind streckte seine Ärmchen nach dem Vampir aus, wollte offensichtlich auf den Arm genommen werden. Er sprach in der gleichen Sprache mit Valerian, und obwohl Kristina sie nicht verstand, war ihr mehr oder weniger klar, worum es ging.

Valerian wollte den Jungen fortbringen, vielleicht sogar heim zu Daisy und nach Seattle, um ihn als seinen eigenen Sohn aufzuziehen.

Während Kristina zuschaute, nahm der eindrucksvolle Vampir den Kleinen auf den Arm und richtete sich auf.

»Er heißt Esteban«, sagte er zu Kristina, als das Kind den Kopf an Valerians breite Schulter legte und sein Gesicht an seinem Nacken barg. Mit einem Seufzer der Erleichterung schlief der kleine Junge ein.

Kristina war zutiefst gerührt von dem Anblick dieses Ungeheuers, das so unendlich sanft das verängstigte Kind in seinen Armen hielt. »Valerian«, wisperte sie, »er ist *sterblich*. Das ist sehr gefährlich …«

»Willst du damit sagen, ich könnte ihm etwas antun, diesem … diesem Baby?«

»Natürlich nicht«, entgegnete Kristina ungeduldig. Die Situation hatte sie an ihre eigene Sorge um Max und seine Töchter erinnert und an die Gefahren, die ihnen die Bekanntschaft mit ihr vielleicht brachte. »Aber du hast Feinde. *Sie* könnten ihm etwas antun.«

»Kannst du dir irgendein schlimmeres Schicksal vorstellen als das, was ihn hier erwartet und das ihm seine eigene

Mutter bestimmt hat?« Valerian tat, als seufzte er, obwohl er als Vampir gar keinen Atem besaß, um einen richtigen Seufzer zu erzeugen. »Er wird mein Sohn sein«, fügte er ruhig hinzu. »Wer es wagt, ihm auch nur ein Haar zu krümmen, kann mit einer Vergeltung rechnen, die im Vergleich dazu die Hölle als Erholungsort erscheinen läßt.«

Kristina hatte keine Antwort darauf, denn sie wußte, daß Esteban in einer Welt lebte, wo Kinder wie er wie Ungeziefer auf den Straßen erschossen werden konnten. Trotz der Gefahren, denen er vielleicht begegnen würde, selbst mit Valerian als Beschützer, würde er in Seattle ganz ohne Zweifel besser dran sein.

Ein Frauenlachen erklang von der Straße draußen, schrill und irgendwie gemein. Instinktiv trat Kristina einen Schritt näher zu Valerian und legte zärtlich und beschützend eine Hand auf das verfilzte schwarze Haar des Jungen.

Valerian warf ihr einen vielsagenden Blick zu, hüllte den Jungen in sein Cape und löste sich in Luft auf. Kristina blieb nichts anderes übrig, als dem Vampir zu folgen.

Fast gleichzeitig trafen sie in seiner Villa in Seattle ein, und Esteban schlief unbehelligt weiter, als Valerian ihn sanft auf das weiche Sofa des großen Wohnzimmers bettete. Ein Feuer prasselte in dem mit herrlichen Schnitzereien versehenen Kamin aus Marmor; Barrabas ruhte davor auf dem Teppich, die Schnauze auf den Pfoten, einen wachsamen Blick in den unheimlichen gelben Augen.

Daisy war nirgendwo zu sehen, aber es war ein großes Haus, und Valerian wie auch Kristina wußten, daß sie irgendwo in der Nähe sein mußte.

Kristina fühlte sich ein bißchen unbehaglich, weil sie sich wie ein Eindringling vorkam. Aber sie mußte mit Valerian sprechen.

»Was beunruhigt dich?« fragte der Vampir, ohne sie anzusehen, während er eine Kaschmirdecke über Estebans mageren kleinen Körper breitete. »Ich weiß, daß du einen bestimmten Grund hattest, um mich aufzusuchen.«

»Ich wollte mit dir reden, weil ich … Angst habe.«

Diese Bemerkung veranlaßte Valerian, sich nach ihr umzusehen. »Angst? Wovor?«

»Vor Benecia und Kanaan Havermail, um nur zwei von vielen anderen Ungeheuern zu erwähnen.«

Valerian zog die Brauen hoch, in dieser so typischen Geste für ihn, wenn er verärgert war. »Falls diese seelenlosen Kinder es gewagt haben sollten, dich zu bedrohen, werde ich ihnen einen Pfahl durch ihre abscheulichen toten Herzen treiben!«

Barrabas erhob sich von seinem warmen Platz am Feuer und trottete zur Couch hinüber, um das schmutzige Gesicht des kleinen Jungen zu beschnuppern. Kristina schüttelte den Kopf »Ich habe keine Angst um mich selbst«, erklärte sie. »Es ist wegen Max und seiner Töchter. Ohne es gewollt zu haben, habe ich sie verwundbar gemacht.«

»Ohne es gewollt zu haben?« wiederholte Valerian etwas skeptisch. »Komm, Kristina – du magst zwar deine magischen Kräfte in einem beunruhigenden Ausmaß vernachlässigt haben, aber du bist nicht dumm. Du mußt von Anfang an gewußt haben, vom ersten Augenblick deiner Begegnung mit diesem Mann, daß er ein Sterblicher und damit allen Arten von Gefahren ausgesetzt ist, menschlicher und anderer Natur.«

Kristina vermochte Valerians Erklärung nichts entgegenzusetzen. Es war egoistisch von ihr gewesen, an Max' und seiner Töchter Leben teilhaben zu wollen, aber sie hatte es nicht unwissentlich getan. »Na schön!« gestand sie hilflos. »Ich wußte es! Ich war einsam – und Max ist so nett und klug und … «

»Pst«, sagte Valerian und legte ihr die Hände auf die Schultern, wie auch ihr Vater es in London getan hatte. »Du brauchst dich nicht zu rechtfertigen für deine Gefühle, Liebes.«

»Aber die Gefahren … Es wäre meine Schuld, wenn Max und den Kindern etwas zustieße!«

»Es ist deine Aufgabe, jene zu beschützen, die du liebst,

Kristina. Und du besitzt die Möglichkeit dazu – du bist mit einem Großteil der Magie deiner Mutter auf die Welt gekommen.«

Bevor Kristina einwenden konnte, daß sie uralten Vampiren wie den Havermails nicht gewachsen war, kam Daisy herein, in einem blauweiß gestreiften Nachthemd und Plüschpantoffeln. Ihr Blick glitt sofort zu Esteban, wie magisch angezogen, und Kristina wunderte sich, daß ihr bisher nicht aufgefallen war, wie sehr ihre Freundin sich ein Kind wünschte.

»Wer ist das denn?« fragte Daisy leise, als sie vor der Couch niederkniete und dem kleinen Jungen unendlich sanft das schwarze Haar aus der Stirn strich. Er bewegte sich und gab ein furchtsames Wimmern von sich, aber er erwachte nicht.

Valerian beobachtete Daisy mit solch außerordentlicher Zärtlichkeit, daß es Kristina einen Stich versetzte. Sie wußte, daß sie keinen Augenblick länger bleiben konnte; es zu tun, wäre unverzeihlich aufdringlich gewesen.

Sich nach London zurückversetzen, widerstrebte ihr jedoch. Sie war genug gereist für einen Tag und wollte nur noch zu ihrem eigenen Haus zurückkehren.

Sie verzichtete allerdings darauf, ihre Magie anzuwenden, und beschloß, den kurzen Weg zu laufen. Als sie zu Hause war, sammelte sie die Briefe ein, die sie im Laufe der Jahre an ihre alte Gouvernante geschrieben hatte, setzte sich damit in den großen, bequemen Ledersessel am Kamin und begann zu lesen.

Am Nachmittag darauf betrat Max den Laden, einen großen Strauß schneeweißer Pfingstrosen in der Hand.

»Für Sie«, sagte er und legte die herrlichen Blumen auf die Theke vor Kristina. Es klang fast schüchtern, obwohl etwas in seinen Augen war – eine Einladung oder vielleicht auch ein Versprechen –, das Sehnsüchte in ihr weckte, von denen sie geglaubt hatte, sie nie wieder zu empfinden.

Kristina konnte den Pfingstrosen nicht widerstehen. Sie hob sie auf und hielt sie einen Moment an ihr Gesicht, um ihren Duft einzuatmen. »Danke«, sagte sie und ging ins Hinterzimmer, um eine Vase zu holen.

Max folgte ihr, schaute zu, wie sie die Vase am Wasserhahn füllte und dann die Blumen arrangierte. Sie waren atemberaubend schön in ihrer Schlichtheit und Makellosigkeit, und Kristina wurde von ihren Gefühlen übermannt, während sie sie betrachtete.

»Ich dachte, die Zeit der Pfingstrosen wäre schon vorbei«, sagte sie. Ihr ging so vieles durch den Kopf, aber sie brachte lediglich diesen banalen Satz heraus.

»Meine Schwester hat ein Treibhaus«, antwortete Max, der in der Tür stand und beide Hände auf den Rahmen stützte. Groß wie er war, wirkte er überhaupt nicht einschüchternd, sondern nur solide und stark. »Ich habe sie ihr gestohlen.«

»Wunderbar«, erwiderte Kristina lächelnd und hielt die Vase in beiden Händen, als sie auf Max zuging, mit der Absicht, in den Laden zurückzukehren.

Max trat nicht zurück, wie sie erwartet hatte. Statt dessen nahm er ihr die Blumen aus der Hand und stellte sie auf ein Regal. »Kristina, es gibt etwas, was ich Ihnen sagen muß«, erklärte er. »Das Problem ist, daß ich nicht sicher bin, ob Sie es hören wollen.«

Kristinas Herz setzte einen Schlag aus und überschlug sich dann beim nächsten. Da sie kein Wort über die Lippen gebracht hätte, nickte sie nur und schaute Max fragend in die Augen.

»Ich mag Sie sehr, Kristina«, sagte er ruhig und hielt ihrem Blick gelassen stand. »Ich weiß nicht, ob es Liebe ist, was ich empfinde, oder ob je so etwas daraus werden wird, aber das Gefühl ist da, und ich vermag es nicht zu ignorieren, obwohl ich es weiß Gott versucht habe.« Er hielt inne, wie um Mut zu sammeln, und fuhr dann fort. »Ich bin Footballtrainer an der High-School und liebe meine Arbeit, aber ich werde nie viel Geld damit verdienen. Ich habe zwei Töchter, von denen eine ihre Mutter noch immer sehr vermißt ... Nun ja, ich glaube, was ich mit all dem wirklich sagen will, ist – habe ich eine Chance bei Ihnen?«

Da war sie, ihre Gelegenheit, das Richtige zu tun und ihre möglicherweise gefährliche Romanze mit Max Kilcaragh zu beenden, bevor sie noch begonnen hatte. Doch Kristina trat einen Schritt näher, obwohl sie wußte, daß sie besser zurückgetreten wäre, und schlang die Arme um Max' Nacken.

»O ja«, antwortete sie. »Sie haben eine Chance. Eigentlich würde ich sogar sagen, Sie können sich Ihrer Sache schon sehr sicher sein.«

Er lächelte und senkte den Kopf, um sie zu küssen, zaghaft anfangs noch, dann ernsthafter. Und alle Gefühle, die so lange geruht hatten, erwachten nun in Kristina zu neuem Leben.

KAPITEL 7

Für Kristina war es wie eine kleine Ewigkeit, als Max sie küßte, während der sie zu einem neuen Geschöpf geboren wurde, um zu leben und zu sterben und den magischen Kreislauf wieder von vorne zu beginnen. Sie war außer Atem, als der intime Kontakt endete, und umklammerte mit beiden Händen Max' Oberarme, um nicht das Gleichgewicht zu verlieren. Ihr Herz pochte so ungestüm, als wolle es ihrer Brust entfliehen und sich zum Himmel aufschwingen, und da war ein Vibrieren in allen Fasern und Nerven ihres Körpers, ein warmes pulsierendes Gefühl breitete sich in ihr aus.

Sie hatte noch nie zuvor soviel empfunden, nicht einmal in ihren wildesten, hemmungslosesten Momenten mit Michael, und sie wußte nicht, was sie von dieser neuen

Fähigkeit und unvorhergesehenen Intensität ihrer Gefühle halten sollte. Wenn ein simpler Kuß sie derart erschüttern konnte, was würde dann erst geschehen, wenn – falls – sie und Max sich liebten? Der Gedanke war sowohl beunruhigend als auch verlockend, denn obwohl Kristina sich nach jener seelischen Verschmelzung sehnte, die Daisy und Valerian verband, fürchtete sie sich davor, nicht nur ihren Körper, sondern auch ihr ganzes Sein einem anderen Menschen zu offenbaren.

Max seufzte, seine braunen Augen funkelten vor Schalk und unverhohlenem Entzücken. »Wow!« meinte er und schlang seine Arme um ihre Taille, um sie an sich zu ziehen.

Kristina lehnte ihre Stirn an seine breite Schulter. Er trug ein Sportjackett aus braunem Kord, und der Stoff roch angenehm nach Eau de Cologne, Regen, Wind und Mann. Kristina war gerührt, fast überwältigt von der Erkenntnis, daß auch Max den Kuß als etwas Besonderes empfunden hatte.

Er legte die Fingerspitzen einer großen, aber unglaublich sanften Hand an ihren Nacken, was ein wohliges Erschauern in ihr auslöste. »Kristina«, murmelte er. Nicht mehr, nur ihren Namen, und doch erfüllte es sie mit einer Freude, als sei ihr ein Teil ihrer selbst, der lange vermißt gewesen war, zurückgegeben worden.

Sie kämpfte mit sich, um nicht vor lauter Glück und Staunen in Tränen auszubrechen, und schaute mit feuchten Augen zu Max auf. »O Max«, sagte sie leise, »es ist gefährlich, mich gernzuhaben – ich bin nicht, was du denkst ... «

Max nahm ihr Kinn in seine große Hand und strich mit dem Daumen über ihre Lippen, auf eine Art, die eine prickelnde Erregung in allen Teilen ihres Körpers auslöste. Aus seiner Stimme sprach Zärtlichkeit, aber seine Augen verdunkelten sich vor Leidenschaft – und da wußte Kristina, daß auch er keinen anderen Wunsch besaß, als sie zu lieben, hier und jetzt.

»Was bist du, Kristina Holbrook, außer einer schönen, intelligenten, faszinierenden jungen Frau?«

Sie wollte es ihm nicht sagen, weil sie den Gedanken an Entsetzen, seine Abwehr nicht ertrug, aber sie war bereits zu weit gegangen. »Du wirst mich für verrückt halten, wenn ich es dir sage«, antwortete sie. Sie kannte Max erst so kurze Zeit, und doch besaß er schon einen Platz in ihrem Leben, und wenn er ging, würde es ihr das Herz brechen.

Die Ladenglocke bimmelte, bevor Max etwas erwidern konnte; er schien verärgert und amüsiert zugleich.

»Ich werde … Ich kümmere mich um den Kunden, und dann schließe ich ab«, versprach Kristina. »Wir müssen reden, Max.«

Er sagte nichts darauf, doch das Funkeln in seinen Augen verriet, daß er mehr als ein Gespräch im Sinn hatte. Ganz offensichtlich rechnete er nicht damit, daß Kristinas bevorstehendes Geständnis etwas allzu Erschreckendes sein könnte.

Noch immer erschüttert von dem Kuß und gleichzeitig die Aufgabe fürchtend, die vor ihr lag, ließ Kristina Max im Hinterzimmer zurück und ging in den Laden.

Sie blieb wie angewurzelt stehen, als sie Dathan, den Hexer, sah, der in der Nähe der Theke stand. Er wirkte recht alltäglich, trotz seines umwerfend guten Aussehens; er hätte ein Anwalt, Buchhalter oder Lehrer sein können. Über einem dunklen Anzug trug er einen maßgeschneiderten Kamelhaarmantel, und er hielt einen Regenschirm und einen Aktenkoffer in der Hand. Seine treuherzigen Augen zwinkerten belustigt, als er Kristinas erstaunten Blick sah; er wußte, daß er sie überrascht hatte, und kostete diesen kleinen Triumph aus.

Kristina unterdrückte den Impuls, ihn in eine Nippesfigur zu verwandeln – er würde sich gewiß zur Wehr setzen, und seine Magie, im Gegensatz zu ihrer eigenen, war auf dem allerneuesten Stand.

»Was kann ich für Sie tun?« fragte sie, mehr wegen Max. Kraft ihrer Gedanken warnte sie den Hexer, keine Szene zu machen, wenn er sich nicht ihre ewige Feindschaft zuziehen wollte. »Wir wollten gerade schließen, aber falls Sie etwas Bestimmtes wünschen … «

Dathans Blick glitt an Kristina vorbei zur Tür des Hinterzimmers. Er lächelte vielsagend und hatte wahrscheinlich längst gewußt, daß Max hier war, bevor er diesen ungünstigen Zeitpunkt für sein Erscheinen wählte.

»Meine Karte«, sagte er und streckte eine seiner Hände aus, die in kostspieligen Lederhandschuhen steckten. »Ich hatte gehofft, eine silberne Schnupftabakdose zu finden, wie ich einmal in London eine sah. Sie war mit Einlegearbeiten aus Malachit und Perlmutt versehen, wie man es oft bei italienischem Marmor sieht.«

Kristina nahm die Karte aus schwerem Bütten, die er ihr gab, und runzelte die Stirn, als sie las, was darauf geschrieben stand. Natürlich hatte Dathan diese Worte für die Gelegenheit daraufgezaubert: *Ich muß unter vier Augen mit dir sprechen. Ich werde dich heute abend aufsuchen.*

Kristina schüttelte den Kopf. »Es tut mir leid«, sagte sie in so normalem Ton wie möglich. »Ich habe nichts in der Art, wie Sie es suchen.« Sie hatte sogar mehrere solcher Tabakdosen, aber das tat nichts zur Sache. »Ich gebe Ihnen Bescheid, falls ich etwas Derartiges hereinbekomme.«

Sie hoffte, daß die Botschaft klar war: *Rufe nicht an, ich melde mich bei dir.*

Dathan lächelte nur und neigte leicht den Kopf, um auf die Karte zu deuten, die Kristina noch immer in der Hand hielt. Die Worte hatten sich geändert. *Es handelt sich um eine ernste Angelegenheit. Ich komme gegen Mitternacht.*

Kristina stieß einen frustrierten Seufzer aus. Wenn Dathan darauf bestand, zur Geisterstunde bei ihr hereinzuschauen, gab es nicht viel, was sie dagegen unternehmen konnte. Dies war ein weiteres Hindernis zwischen ihr und einem einigermaßen normalen Leben, das sie vielleicht mit Max oder irgendeinem anderen sterblichen Mann hätte führen können – gesellschaftsuchende Hexer, die kein Nein als Antwort akzeptierten.

»Schade, daß Sie ausgerechnet zur Ladenschlußzeit kamen«, sagte sie liebenswürdig und schob Dathan zur Tür.

Seine Augen zwinkerten belustigt. »Ja, das ist wirklich schade«, stimmte er schmunzelnd zu und ging hinaus.

Kristina verschloß die Tür hinter ihm – eine sinnlosere Geste hatte es nie gegeben – und richtete den Blick noch einmal auf die Karte. *Sieh zu, daß du zu Hause bist*, stand dort.

Sie zerknüllte das Kärtchen und warf es in den Papierkorb, wo es sich mit einem Geräusch wie von zerbrechendem Kristall auflöste.

Angeber, dachte Kristina und schwor sich erneut, ihre Magie zu üben.

Max nippte an einer Tasse Kräutertee, als er aus dem Hinterzimmer kam. Sein bloßer Anblick weckte wieder all die sinnlichen Begierden, die sie empfunden hatte, als sie sich küßten. Ganz offenbar hatte ihre Beziehung – falls es wirklich eine Beziehung war – eine subtile, aber sehr bedeutende Veränderung erfahren.

Das Wissen erfüllte sie mit einer seltsamen Mischung aus Freude und Schuldbewußtsein. Es stand außer Frage, daß sie Max Kilcarragh liebte, aber es war eine egoistische Liebe, die für Kristina Erfüllung und vielleicht sogar Verzückung bedeuten würde, aber schreckliche Gefahren für Max und seine Töchter.

Ihr blieb keine andere Wahl, als ihn aufzugeben, das wußte sie, und bodenlose Trauer erfaßte sie bei dem Gedanken. Sobald er die Wahrheit erfuhr, würde er sie nicht länger wollen – das wahrscheinlichste war sogar, daß er voller Abscheu und Entsetzen vor ihr zurückschreckte.

Mit Tränen in den Augen schaute Kristina zu Max auf. Unwillkürlich dachte sie an ihren Onkel Aidan, den Zwillingsbruder ihrer Mutter, der gegen seinen Willen in einen Vampir verwandelt worden war und so verabscheut hatte, was er war, daß er sich einem wahrhaft qualvollen Prozeß unterzogen hatte, in der Hoffnung, wieder ein Mensch zu werden. Es war ihm gelungen, obwohl er fast dabei gestorben war, und er hatte sich ein Leben mit der Sterblichen geschaffen, die er liebte, aber er war für immer von Maeve getrennt, von Valerian und von Kristina. Sämtliche Erinnerungen an seine Existenz als Vampir waren für alle Zeiten aus seinem Gedächtnis ausgelöscht worden.

Kristina glaubte jetzt, da sie sich selbst eine vollkommene Vereinigung mit Max ersehnte, zu verstehen, warum Aidan Tremayne so willig, ja begierig gewesen war, ein solches Opfer darzubringen.

Sie nahm Max' Hand und führte ihn zu dem hübschen viktorianischen Sofa, das zusammen mit anderen Möbeln eine Saloneinrichtung aus dem neunzehnten Jahrhundert bildete. Es war eine abgeschiedene Ecke; hier konnten sie weder durch die Tür noch durch die Schaufenster gesehen werden.

Als Kristina Max ihre Hand entziehen wollte, um in einer nervösen Geste ihren leichten Wollrock glattzustreichen, ließ er sie nicht los. Die unerschöpfliche Geduld, die sein Gesicht verriet, brach ihr fast das Herz.

Sie atmete tief ein, stieß den Atem langsam wieder aus und begann: »Du erinnerst dich sicher an unsere erste Verabredung – ich versuchte damals schon, dir zu sagen, daß ich anders bin ...«

Max nickte nur. Das Ladentelefon klingelte, aber keiner von beiden schenkte ihm Beachtung; sie waren, für diesen kurzen Augenblick zumindest, in ihre eigene Welt vertieft.

Kristina zwang sich, fortzufahren, von einer fast unerträglichen Furcht vor seiner Reaktion beherrscht. Michael, erinnerte sie sich, hatte sie ausgelacht, als sie ihm zu guter Letzt ihr Geheimnis anvertraut hatte, und sie beschuldigt, zuviel Laudanum genommen zu haben.

»Ich habe mich noch nie so stark zu einem Mann hingezogen gefühlt wie zu dir«, sagte sie.

»Das ist erfreulich«, warf Max ruhig ein.

Kristina schüttelte den Kopf »Nein. Nein, das ist es nicht«, entgegnete sie. »Ich bin kein Mensch, Max – jedenfalls kein richtiger.«

Nun wirkte er besorgt. Es war kein weiter Weg von dieser Besorgnis bis zu unverhohlenem Abscheu, Spott oder – was am allerschlimmsten gewesen wäre – Mitleid. Seine Hand umklammerte die ihre ganz unbewußt ein wenig fester, als er schweigend darauf wartete, daß sie fortfuhr.

»Es ist alles viel zu unvorstellbar, als daß irgendein vernünftiger Mensch es glauben würde – das weiß ich –, aber es ist ungeheuer wichtig für mich, es dir zu sagen, weil ich … weil ich glaube, daß eine enge Bindung zu mir tödlich für dich sein könnte.« Sie hielt inne und schloß für einen Moment die Augen, um Mut zu sammeln. Als sie Max ansah, entdeckte sie jedoch nur Mitgefühl in seinen gutaussehenden Zügen, und grenzenlose Zärtlichkeit. »Mein Vater war ein Sterblicher, als ich gezeugt wurde, aber jetzt ist er wie meine Mutter … Er ist ein … ein …« Max drückte aufmunternd ihre Hand. »… ein Vampir.«

Max starrte sie an; seine Miene verriet Verblüffung, Erstaunen, aber keine andere Emotion. Keinen Abscheu, kein Entsetzen – noch nicht. »Ein Vampir?«

»Ich weiß, wie das klingt«, sagte sie unglücklich und hatte das Gefühl, innerlich zu zerbrechen, in tausend unwiderrufliche Teile zu zerfallen. »Lächerlich, unmöglich, verrückt sogar. Aber dennoch stimmt es, Max. Ich bin eine Art Mischling – ich besitze magische Kräfte, aber ich bin kein … Ich bin nicht wie meine Eltern …«

Er stieß einen tiefempfundenen Seufzer aus und fuhr sich mit der Hand durchs Haar. »Du hast recht, Kristina. Es ist ziemlich unvorstellbar. Du meinst, sie sind … *Vampire*?«

»Ja.« Sie wartete einen Herzschlag lang und kämpfte, um Haltung zu bewahren. »Ich weiß, daß die meisten Leute nicht an solche Wesen glauben, und im allgemeinen ist es den Vampiren auch lieber so. Aber es gibt sie wirklich, Max – sie sind real wie du und ich und vielleicht sogar noch viel realer.«

Max sprang nicht auf, um die Flucht zu ergreifen, und versuchte auch nicht, mit den Zeigefingern ein Kreuz zu bilden, wie andere es vielleicht getan hätten, aber er war ganz offenbar zutiefst verstört. Wahrscheinlich war er zu der Überzeugung gelangt, Kristina sei geistig verwirrt und müsse deshalb gemieden werden. Und was das letztere betraf, hatte er natürlich recht.

»Mein Gott«, sagte er nur.

»Du glaubst mir nicht«, erwiderte Kristina resigniert.

»Du mußt mich für verrückt halten. Manchmal wünschte ich sogar, ich wäre es, Max.«

Langsam schüttelte er den Kopf »Nein«, widersprach er ruhig und machte noch immer keine Anstalten, zu fliehen oder wenigstens Kristinas Hand loszulassen. »Nein, du bist nicht verrückter als ich auch. Aber trotzdem …«

Sie mußte ihm beweisen, daß sie die Wahrheit sprach; das war das mindeste, was sie unter diesen Umständen tun konnte. Den Blick auf eine kleine Dresdner Porzellanfigur gerichtet, die auf einem gehäkelten Spitzendeckchen auf dem Tisch vor ihnen stand, erhob sie sie kraft ihrer Gedanken mehrere Zentimeter von der grünen Marmorplatte, ließ sie einen Moment in der Luft hängen und senkte sie dann behutsam.

Max runzelte die Stirn und erhob den Blick zur Zimmerdecke, ganz offensichtlich auf der Suche nach einem transparenten Faden oder irgendeiner anderen Form von Zaubertrick. Kristina wußte, ohne in die Privatsphäre seiner Gedanken einzudringen, daß er an Valerians Magierauftritt auf der Halloweenparty dachte und anscheinend zu dem Schluß gelangte, daß sie einer Familie von Zauberkünstlern angehörte.

»Beeindruckend«, meinte er.

»Aber anscheinend nicht genug, um dich zu überzeugen«, entgegnete Kristina seufzend.

Er verschränkte seine Finger mit den ihren. »Ich bin Skeptiker«, gab er lächelnd zu.

»Dann mach dich auf etwas gefaßt«, murmelte sie. Und dann, kraft ihrer Gedanken, erhob sie Max etwa einen Meter von dem Sofa.

Zu sagen, er sei überrascht, wäre maßlos untertrieben, aber es sprach für ihn, daß er weder aufschrie noch Erschrecken zeigte, was unter diesen Umständen ganz normal gewesen wäre. Er schien zu wissen, daß Kristina ihm niemals Schaden zufügen würde – zumindest nicht absichtlich.

Sanft ließ sie ihn auf die weichen Polster des kleinen Sofas zurücksinken.

Er war blaß und verständlicherweise auch leicht verärgert. »Ich weiß, daß es eine dumme Frage ist, aber ich muß sie stellen. Wie, zum Teufel, hast du das geschafft?«

»Durch Zauberkraft, wie du es nennen würdest«, antwortete Kristina widerstrebend.

»Und wie würdest *du* es nennen?«

Kristina zuckte leicht die Schultern. »Derartige Dinge sind eigentlich ganz natürliche Funktionen des menschlichen Gehirns. Es ist nur so, daß die meisten Sterblichen nicht die Fähigkeit entwickelt haben, all ihre Möglichkeiten auszuschöpfen.«

Max' dunkle Brauen zogen sich zu einer steilen Falte zusammen. »Willst du damit sagen, daß du es kannst?«

Sie nickte. »Einige Menschen nutzen ihre geistigen Fähigkeiten natürlich mehr als andere – und können Dinge tun, die dem Durchschnittsmenschen wie Magie erscheinen. Die Russen beispielsweise hatten beträchtliche Fortschritte in der Erforschung bis dahin unbekannter Fähigkeiten des Gehirns gemacht, bis ihre politische Struktur schließlich zusammenbrach.«

Max betrachtete sie aus schmalen Augen. »Das ist wirklich phantastisch, was du mir da erzählst.«

»Du glaubst mir also?« Ein winziger Hoffnungsstrahl durchzuckte Kristina, bevor Logik ihn erstickte. »Durch deine Verbindung zu mir, Max«, zwang sie sich, fortzufahren, »wärt ihr, du und deine Töchter, in Gefahr vor anderen übernatürlichen Geschöpfen. Ich würde natürlich alles tun, was in meiner Macht stünde, um euch zu beschützen, aber ...«

Er brachte sie zum Schweigen, indem er sanft einen Finger an ihre Lippen legte. »Es ist nicht deine Aufgabe, Kristina, mich oder meine Töchter zu beschützen. Ich habe keine Ahnung, womit ich es lieber zu tun habe, aber aus persönlicher Erfahrung weiß ich, daß das Leben sehr zerbrechlich sein kann und daß alle menschlichen Wesen in ständiger Gefahr schweben. Aber das Böse ist nicht die einzige Macht auf dieser Welt – es gibt auch Gutes.«

Kristina wußte nicht, was sie dazu sagen sollte, und so

lehnte sie sich nur schweigend zurück und schaute Max abwartend an.

»Es ist offensichtlich«, begann er, »daß meine erste Sorge Eliettes und Brees Sicherheit zu gelten hat. Wir müssen diese Situation Schritt für Schritt angehen und zusehen, wie sie sich entwickelt. Aber mir liegt sehr viel an dir, Kristina, und ich bin nicht bereit, dich aufzugeben – dazu ist es längst zu spät.«

Kristinas Augen begannen zu brennen, aber sie weinte nicht. »Und was werden wir jetzt tun?« fragte sie und lehnte ihren Kopf an seine Schulter.

Er lachte leise. »Ich nehme an, du kannst dir vorstellen, was *ich* gern täte«, erwiderte er mit einem vielsagenden Lächeln. »Aber ich möchte dir keine Angst einjagen.«

Sie lachte über die Ironie dieser Bemerkung, aber ihr Herz erbebte und fühlte sich sehr, sehr zerbrechlich an, wie frischgeblasenes Glas, das noch zitterte und noch nicht erstarrt war. »Es gibt so vieles, was ich dir erklären muß«, sagte sie. »Zunächst einmal mein Alter ... Dann meine Ehe. Und meine Familie.«

»Ich glaube, meine Neuronen sind für heute bereits etwas überlastet«, entgegnete er grinsend. »Laß uns an irgendeinem netten, stillen Ort etwas zu Abend essen und über ganz normale Dinge sprechen, wenigstens für eine kleine Weile. Ich versuche noch immer, über meine erste persönliche Erfahrung mit Levitation hinwegzukommen.«

Sie schaute ihn an und staunte über ihr Glück, einen solchen Mann kennengelernt zu haben.

»Ich hoffe, es hat dich nicht allzusehr erschreckt«, bemerkte sie lächelnd.

»Verblüfft, würde ich eher sagen«, gab Max zu. »Es war ein ziemlich verrücktes Gefühl«, fügte er hinzu, stand auf und reichte Kristina eine Hand, um ihr aufzuhelfen.

Sie aßen in einem gemütlichen kleinen Restaurant, das in derselben Straße wie Kristinas Laden lag – Bree und Eliette verbrachten die Nacht bei ihrer Tante Gweneth –, und nach dem Kaffee fuhren sie in getrennten Wagen zu Kristinas Haus.

Nachdem sie den Gasofen im Kamin ihres kleinen Wohnzimmers angezündet und Max einen Platz angeboten hatte, ging sie nach oben, um die Briefe zu holen, die sie über eine Zeitspanne von fünfzig Jahren an Miss Phillips, ihre Gouvernante, geschrieben hatte. Sie zu lesen würde Max besser erklären, wer – und was – Kristina war, als irgend etwas, das sie ihm dazu hätte sagen können.

Als er das Datum auf dem ersten Brief bemerkte – und vermutlich auch den brüchigen Zustand des Papiers –, schaute Max Kristina an und grinste. »Mir scheint, daß zwischen uns ein kleiner Altersunterschied besteht«, sagte er.

»Ein ganzes Jahrhundert fast«, bestätigte Kristina, ohne jedoch zu lächeln.

»Das ist unglaublich«, murmelte Max und richtete den Blick wieder auf die Briefe vor ihm. Ohne mit der Wimper zu zucken, las er über ihre Begegnung mit Michael, über ihre Hochzeit und über ihre Hochzeitsnacht. Kristina war vor allem eine Passage fast schmerzhaft klar bewußt.

… Er war ungewöhnlich sanft, als er mir das Brautkleid und all die lästigen Unterkleider auszog, eins nach dem anderen und sich alle Zeit der Welt nehmend. Er streichelte mich und flüsterte mir hübsche Worte zu, und obwohl es ein bißchen schmerzte, als er mich schließlich nahm, so wie ein Gatte seine Frau besitzt, erwachte schon kurz darauf eine ungestüme Lust in mir. Bin ich deshalb lasterhaft, Phillie? Es gefiel mir sehr, was Michael mit mir in jener Nacht tat – ich wand und krümmte mich, stöhnte, als er mir jene eigenartig süße Befriedigung versprach, die ich mir ersehnte, ohne mir dessen bewußt zu sein, und schrie auf, als er sie mir endlich gewährte.

Endlich gelangte Max an die Stelle mit den Schüssen, und Kristina, die ihm gegenüber am Tisch saß, sah diese sauber geschriebenen Worte so klar, als schaute sie über Max' Schulter und läse mit …

... Während das Krachen des Pistolenschusses noch immer in meinen Ohren dröhnte, zog ich hastig ein schlichtes Hemd an, Pantoffeln und einen weiten Morgenrock – in diesem Augenblick konnte ich mich nicht mit Korsetts und dergleichen aufhalten – und stürzte auf den Korridor hinaus und zu der breiten Treppe.

Das große Haus hallte von entsetzten Rufen wider, denn offenbar hatten alle innerhalb dieser dicken, massiven Burgmauern den Schußwechsel gehört, obwohl es noch so früh war, daß die Sonne noch nicht aufgegangen war. Um diese Zeit hätten sich sogar die Dienstboten noch in ihren Quartieren aufgehalten, wenn diese furchtbaren, ominösen Schüsse nicht gewesen wären.

Ich begegnete Gilbert in der Eingangshalle – Lord und Lady Cheltingham, meine Schwiegereltern, waren nirgendwo zu sehen. Gilbert trug grobe Jagdkleidung, und sein braunes Haar war nicht zusammengebunden, sondern umrahmte offen sein Gesicht. Ich erkannte Mitleid in seinen Augen, als er mir einen Blick zuwarf, und Verzweiflung.

»Es hat ein Duell gegeben«, sagte ich und ergriff flehentlich seinen Arm, als glaubte ich, er könne die morgendliche Tragödie irgendwie wieder ungeschehen machen. Ich wußte natürlich, daß das ausgeschlossen war, denn schließlich hatte ich den Zwischenfall kraft meiner Magie mit eigenen Augen gesehen, noch bevor ich mein Schlafgemach verließ. »Michael ist verwundet ...«

Einen flüchtigen Moment lang erschien ein harter Zug um Gilberts Kinn, aber seine Gedanken blieben mir verborgen, ich konnte sie nicht entziffern. »Du bleibst hier, Kristina«, befahl er. »Es ist ungewöhnlich kalt heute morgen, und es regnet. Außerdem könnte es noch mehr Ärger geben.«

Damit wandte er sich ab und hastete hinaus, gefolgt von mehreren nur notdürftig bekleideten männlichen Hochzeitsgästen, die durch die Aufregung im Haus aus dem Schlaf gerissen worden waren.

Ich gehorchte meinem Schwager, aber nicht, weil ich seine Autorität anerkannte, sondern weil ich wußte, daß ich keine Hilfe sein würde, dort draußen auf dem Hügel hinter der Kirche, wo zwei blutende Männer im feuchten Gras lagen. Einen hatte eine Kugel direkt ins Herz getroffen; der andere, mein Michael, war ins rechte Knie geschossen worden.

Ich eilte wieder hinauf, keuchend vor Eile und Besorgnis, ging zu dem großen Schrank mit den Leinentüchern und begann Lady Cheltinghams feine, mit irischer und italienischer Spitze besetzte Laken herauszunehmen. Als ich genügend zerrissen hatte, um über einen ausreichenden Vorrat an Verbänden zu verfügen, trug ich sie in unser Schlafgemach und schickte eine jammernde Magd nach heißem Wasser, einer großen Schüssel und einer Flasche Whiskey aus dem Schrank in Gilberts Bibliothek im Erdgeschoß.

Während das Mädchen unterwegs war, zog ich die Laken von unserem Bett ab und ersetzte sie durch frische. Dann lief ich wieder hinunter, um draußen bei den Stallungen im strömenden Regen die Rückkehr der Männer zu erwarten.

Michael saß auf seinem Pferd, als sie erschienen, durchnäßt von Blut und Regen und der Ohnmacht nahe, schien es. Nachdem er seinen prächtigen Hengst gezügelt hatte, brach mein Mann zusammen und wäre im Schlamm des Stallhofes gelandet, wenn Gilbert und ein anderer Mann ihn nicht im letzten Augenblick aufgefangen hätten. Jemand holte eine Tragbahre aus einem der Ställe, und Michael, der inzwischen bewußtlos war und sich stöhnend vor Schmerzen von einer Seite auf die andere warf, wurde vorsichtig darauf gelegt.

Die Sorge um meinen schwerverwundeten Gatten war natürlich groß, doch das hinderte mich nicht daran, den anderen Mann zu bemerken, der quer über dem Sattel eines Pferdes lag, das einer der anderen Gäste am Zügel führte. Ein jäher Schmerz durchzuckte mich, als ich den Toten erkannte – er war der achtzehnjährige Cousin, der den weiten Weg aus London gekommen war, um der Hochzeit beizuwohnen, und mit dem Michael sich so heftig nach der Trauung gestritten hatte. Seine Schwester, die mit fünfzehn sogar noch jünger war, lief weinend durch den Regen, auf bloßen Füßen und in einem leichten Morgenrock, mit aufgelöstem, nassem Haar. Ihr hübsches Gesicht zu einer Maske unfaßbarer Qual verzogen. Sie warf sich auf den schmalen, leblosen Rücken ihres Bruders und klammerte sich schluchzend an ihn.

Sanft zog einer der anderen Männer sie von ihm fort, hob sie auf seine Arme und trug sie zurück zum Haus.

Ich wandte meine Aufmerksamkeit wieder Michael zu, der reglos auf seiner Bahre lag, aber ich wußte, daß ich nie vergessen würde, was ich gerade gesehen hatte. Ich glaube, meine Gefühle für meinen Mann begannen sich in diesem Augenblick schon zu verändern, Phillie, denn wie Du Dich sicher erinnern wirst, hatte ich die Auseinandersetzung zwischen den beiden Männern miterlebt, und mir war durchaus bewußt, daß Michael der Urheber all dieses Leids gewesen war.

Sie trugen ihn in unser Schlafgemach, wo Gilbert und ich ihm Mantel und Stiefel auszogen, sein schmutziges Hemd und seine blutverschmierten Hosen. Mein frischgebackener Gatte stöhnte, und obwohl noch keine Stunde verstrichen war, seit er unser Bett verlassen hatte und die Sonne eben erst am östlichen Horizont aufging, roch er schon nach Alkohol.

»Verdammter Narr«, sagte Gilbert zu seinem Bruder, als er eins der Tücher nahm, die ich aus den Laken gerissen hatte. Er tauchte es in das warme Wasser, das die Magd wie verlangt bereitgestellt hatte. Dann setzte er sich auf die Kante der weichen Federkernmatratze und begann behutsam die gräßliche Wunde an Michaels Knie zu reinigen. »Warum mußtest du den armen Justin umbringen? Aus welchem Grund? Und mir scheint, daß du mit deiner Narrheit nun auch noch einen Krüppel aus dir selbst gemacht hast.«

Ich empfand keinen Ärger Gilbert gegenüber, ob ich nun Grund dazu besessen hätte oder nicht. »Hat jemand den Doktor holen lassen?« fragte ich törichterweise – es war selbstverständlich, daß der Dorfarzt unverzüglich kommen würde – und ging zur anderen Seite des Betts, wo ich niederkniete und Michaels schmale Hand in meine nahm. Ich wünschte mir verzweifelt meinen Vater herbei in diesen schrecklichen Momenten, denn einen besseren Arzt gab es auf der ganzen Welt nicht, aber es war inzwischen hell geworden, und ich wußte, daß Papa sich in seine Gruft begeben hatte, um zu schlafen, wie es alle außer den allerältesten Vampiren tun …

Max hörte auf zu lesen und rieb sich mit Daumen und Zeigefinger seiner rechten Hand die Augen. Kristina, die frischen Kaffee aufgebrüht hatte, kam mit zwei Tassen aus der Küche und setzte sich wieder Max gegenüber an den Tisch. Es mußte tausend Fragen geben, die er stellen wollte; Kristina erkannte es an seinen ausdrucksvollen Augen, als er nachdachte und versuchte, eine gewisse Ordnung in all die Fragen zu bringen, die ihm durch den Kopf gingen.

»Wie war dein Mann?« wollte er schließlich wissen. Es wäre unsinnig gewesen, zu fragen, ob sie Michael geliebt hatte, denn es war offensichtlich, daß sie genauso zärtliche Gefühle für ihn gehegt hatte wie Max für Sandy, seine verstorbene Frau.

»Er war reich, attraktiv und sehr verwöhnt.« Insgeheim verglich Kristina die beiden Männer miteinander – Max sah auch sehr gut aus, aber auf eine natürliche und ausgesprochen männliche Art und Weise, während Michael ein eher jungenhafter Typ gewesen war, charmant, oberflächlich und ungeheuer egoistisch.

»Ich finde es erstaunlich, daß du dich für ihn interessiert hast«, sagte Max ohne Groll, bevor er an seinem heißen Kaffee nippte.

Kristina lächelte; die Reue mochte später kommen, aber im Moment war sie nur glücklich, weil Max ihr schreckliches Geheimnis kannte und noch immer bei ihr war. »Damals war ich jünger«, antwortete sie.

Max lachte. »Allerdings«, erwiderte er und schaute sie prüfend an. »Aber du hast dich gut gehalten.« Etwas von seiner Belustigung verblaßte. »Wirst du je altern, Kristina? Ich meine – und das ist natürlich nur eine hypothetische Frage – falls es dazu käme, daß wir beide heiraten, würdest du dann älter werden, so wie ich?«

»Ich weiß es nicht«, antwortete Kristina aufrichtig und fühlte sich den Tränen plötzlich wieder nahe. Um sich zu beruhigen, trank sie einen Schluck Kaffee. »Vampire sind – theoretisch jedenfalls – unsterblich. Ich … äh … jage nicht und scheue auch nicht das Tageslicht, und ich kann nicht durch die Zeit reisen wie meine Eltern und Valerian … «

Max hob eine Hand, um sie zu unterbrechen. »Moment mal. Valerian ist ein Vampir? Dieser Mann, der den Kindern auf der Halloweenparty Zauberkunststücke vorgeführt hat?«

Kristina holte tief Atem und ließ ihn langsam wieder aus. »Ja«, bestätigte sie leise und dachte an Esteban, den kleinen Jungen, den Valerian erst in der Nacht zuvor aus den gefährlichen Straßen von Rio gerettet hatte. Nie würde sie Valerians Anblick vergessen, wie er den verängstigten, schmutzigen kleinen Jungen zärtlich an seine Brust gedrückt hatte. »Aber du brauchst dir keine Sorgen zu machen – er würde Kindern niemals etwas antun.«

»Das hatte ich mir bereits gedacht«, gab Max zu. »Du scheinst ihn gern zu haben, und das genügt mir als Empfehlung. Aber zu wissen, was Valerian ist, erklärt natürlich, wie er all diese phantastischen Tricks bewerkstelligte, die er auf der Party vorgeführt hat.«

»Du bist jetzt in ein Geheimnis eingeweiht, über das sich die ganze Welt den Kopf zerbricht«, sagte Kristina, die sich jetzt etwas weniger müde fühlte und nicht mehr ganz so alt. Lächelnd beugte sie sich vor zu Max. »Aber du mußt schwören, es niemals zu verraten, schon dir selbst zuliebe nicht – denn niemand würde dir glauben, und wahrscheinlich würden sie dich sogar für verrückt erklären –, weil Zauberkünstler aus der ganzen Welt nach Las Vegas fliegen, um Valerians Show zu sehen und herauszufinden, wie er seine phantastischen Tricks zustandebringt. Es ist ein Teil seiner geheimnisumwobenen Persönlichkeit.«

Max runzelte die Stirn und betrachtete die Briefe, die in peinlich geordneter Reihenfolge vor ihm lagen. »Dies alles ist so persönlich ... Bist du sicher, daß du es mir anvertrauen willst?«

Abgesehen von ihren Gefühlen für Max, konnte Kristina sich nicht entsinnen, wann sie sich zum letzten Mal einer Sache so sicher gewesen war. »Es ist wichtig, daß du sie liest, weil sie dir das Verständnis für mich erleichtern werden«, erwiderte sie ruhig.

Max nickte nur statt einer Antwort und begann weiterzulesen, wo er aufgehört hatte.

... und obwohl ich sehr viele Tricks beherrschte, wie Levitation, die Form der Dinge zu verändern, Objekte und Menschen erscheinen und dann wieder verschwinden zu lassen, verstand ich nicht das geringste von der Kunst des Heilens.

Michael kam allmählich wieder zu sich, als der Arzt erschienen war und sich um seine Knieverletzung kümmerte. Gilbert, trotz seines Zorns auf seinen jüngeren Bruder, sah so aus, als hätte er am liebsten den Platz mit ihm getauscht und selbst den Schmerz ertragen. Ich weiß, daß ich es auch getan hätte, bin mir jedoch nicht sicher, ob es Großmut war, was mich dazu bewegte. Einen geliebten Menschen leiden zu sehen ist vermutlich die größere Qual und macht den Wunsch, ihm die Schmerzen abzunehmen, vielleicht eher zu einem Akt der Feigheit statt des Edelmuts. Es war kein Trost, daß Michael sein Leiden selbst verursacht hatte und vielleicht sogar verdiente, seine Qualen zu erdulden, nachdem er einen anderen Menschen auf solch sinnlose Weise getötet hatte.

Ich weiß es nicht.

Es war furchtbar, mitanzusehen, wie die Wunde verarztet wurde, und doch brachte ich es nicht über mich, meinen Platz an Michaels Seite zu verlassen. Jeder Schrei, jedes Stöhnen und jeder Fluch traf mich innerlich wie ein durchdringender Schlag, und als es endlich vorbei war und er in eine tiefe Ohnmacht sank, die einem Koma nahekam, wurde auch mir schwarz vor Augen.

Gilbert, der arme, bestürzte, entsetzte Gilbert, trug mich in ein anderes Zimmer, wo eine Magd sich um mich kümmern sollte. Ich war jedoch so erschöpft von Michaels Leiden, daß ich augenblicklich einschlief.

Aber hier muß ich für eine kleine Weile abbrechen, liebe Phillie, denn ich fürchte, ich habe schon zu viel geschrieben, und obwohl meine Geschichte zweifellos dramatisch ist, ist sie auch sehr grimmig. Ich möchte Dich nicht zu sehr erschöpfen, und deshalb werde ich etwa eine Woche warten, bevor ich einen weiteren Brief beginne.

Ich danke Dir, geliebte Freundin, für Dein verständnisvolles

Herz und Deine liebevollen Kommentare. Du ahnst gar nicht, welchen Trost mir Deine Briefe schenken.
In immerwährender Liebe,
Deine Kristina.

Max faltete die vergilbten Seiten sorgfältig, ehrfürchtig fast, und steckte sie in das dazugehörige Kuvert. Anstatt nach einem weiteren Brief zu greifen, blickte er Kristina an, als könne er in den entferntesten Winkel ihres leidgeprüften Herzens schauen, und sie wußte, daß er ihre Einsamkeit sah, ihre Qual, ihre Zweifel. Langsam schob er seinen Stuhl zurück.

»Komm her«, sagte er zärtlich. »Du siehst aus wie jemand, der umarmt werden möchte.«

Kristina brauchte keine zweite Aufforderung. Sie setzte sich auf Max' Schoß, die Arme um seinen Hals geschlungen, ihr Kopf an seiner Schulter, bevor ihr Herz seinen nächsten Schlag tun konnte.

Max hielt sie mit seinen starken Armen fest umfangen. Er roch so gut, und es war ganz wunderbar, wie er sich anfühlte – hart und stark und doch unendlich sanft und zärtlich. Obwohl Kristina ihn sehr begehrte, war sie ihm dankbar dafür, daß er in diesen Momenten nichts anderes tat, als sie liebevoll im Arm zu halten.

»Du bist zu gut, um wahr zu sein, Max Kilcarragh«, murmelte sie an seinem Nacken.

Er lachte leise. »Ich wünschte, ich könnte dich dazu bringen, für den Rest deines Lebens nichts anderes zu denken«, entgegnete er. Sein warmer Atem streifte ihre Schläfe, als er sprach, und weckte unzählige Sehnsüchte in ihr, die so lange Zeit geschlummert hatten. »Leider wird es nicht lange dauern, bis du die Wahrheit herausfindest. Ich bin jähzornig und rechthaberisch, vor allem in bezug auf Politik. Und irgendwo tief in meinem Innersten, muß ich gestehen, wäre es mir lieber, wenn die Frauen daheimblieben, um sich um den Haushalt zu kümmern, zu kochen und Kinder aufzuziehen. Genügt dir das als schockierendes Geständnis?«

Kristina lehnte sich ein wenig zurück, um Max anzuschauen, wenn auch widerstrebend nur. Kein Mann hatte sie je so liebevoll gehalten, ohne im Ausgleich etwas dafür zu erwarten oder gar zu fordern. »Im Vergleich zu meinen hundertdreißig Jahren und meiner Vampirverwandschaft, meinst du?«

Max seufzte schwer, aber seine Augen blickten warm und lächelten noch immer. »Ich glaube, das habe ich noch nicht ganz nachvollzogen«, gab er zu.

»Sobald du dir darüber im klaren bist«, prophezeite Kristina, die jetzt wieder traurig wurde, »wirst du mich nie wiedersehen wollen und mich auffordern, mich von dir und deinen reizenden Töchtern fernzuhalten.«

Er streifte ihren Mund mit seinen Lippen. »Es ist viel wahrscheinlicher, schöne Kristina, daß es dir eines Tages zu langweilig mit mir werden wird.«

Das laute Klatschen und das Schlagen der Uhr auf dem Kaminsims im Salon waren im selben Augenblick zu hören. Es war Mitternacht – wo war die Zeit geblieben? –, und Dathan, noch immer applaudierend, erschien in der Küchentür.

»Das ist eine Prophezeiung, die sich ganz bestimmt als wahr erweisen wird«, sagte der Hexer, ohne Kristinas mörderische Blicke zu beachten, »Denn was könnte langweiliger sein als ein Sterblicher?«

KAPITEL 8

Max, der stets seine Gelassenheit bewahrte, Kristinas Erfahrung nach zumindest, versteifte sich, als er den Hexer sah, und sprang ohne Zögern auf, um ihn anzugreifen. Kristina verhinderte es, indem sie Max am Arm zurückhielt. Es gab unzählige Möglichkeiten für einen

Unsterblichen, sich gegen ein menschliches Wesen zur Wehr zu setzen, ganz gleich, wie tapfer dieser Mensch sein mochte, und die meisten von ihnen waren unausdenkbar. Vor allem in bezug auf Max.

Dathan war charmant wie eh und je – aber auf eher ironische Art und Weise. »Ach du liebe Güte«, sagte er mit glitzernden Augen und einem tiefen Seufzer. »Hier haben wir die dümmste aller Gattungen – einen *tapferen* Sterblichen. Vielleicht war ich zu voreilig, Mr. Kilcarragh, als ich Sie als langweilig bezeichnete. Obwohl Sie als Langweiler erheblich besser dran wären statt als Märtyrer.«

»Das genügt!« sagte Kristina entschieden, ohne den Blick auch nur eine Sekunde lang von Dathan abzuwenden. Ihre Hand ruhte noch immer begütigend auf Max' Arm, als könne sie ihn so zurückhalten, falls er beschlösse, anzugreifen.

»Wer, zum Teufel, ist der Kerl?« fragte Max.

Dathan lachte. »Ja, wer wohl?«

Kristina seufzte ergeben. »Max Kilcarragh«, sagte sie ruhig, »darf ich dir Dathan vorstellen, den obersten Hexer aller Hexer?«

Max schien mehr ein unwilliges Interesse als Angst zu verspüren. Mit schmalen Augen betrachtete er das schöne Ungeheuer, das vor ihm stand; Dathans Haltung war fast so gebieterisch wie Valerians. »Ist das Ihre religiöse Überzeugung, oder sind Sie schon so geboren worden?«

Dathans täuschend sanfte braune Augen glitzerten vor Belustigung. »Religion hat nichts damit zu tun«, erwiderte er nach einer Weile. »Und ja, ich schätze, daß ich vermutlich schon als Hexer auf die Welt gekommen bin, obwohl ich nicht sagen kann, wann dieses bedeutende Ereignis stattgefunden hat. Ich habe es vergessen.«

»Vampire müssen erst verwandelt werden«, erklärte Kristina und warf Max über die Schulter einen Blick zu. Eine tiefe Trauer hatte sie erfaßt; das Verständnis, das er vorhin bewiesen hatte, würde nicht von langer Dauer sein, wenn er sich erst so richtig im klaren war über das gesamte Spektrum von Plagegeistern, denen er aufgrund seiner Beziehung zu Kristina vielleicht begegnen würde. »Von anderen Vampiren verwandelt, wollte ich damit sagen. Während Hexer«, sagte sie mit einem bösen Blick auf Dathan, »vermutlich *ausschlüpfen* wie Reptile.«

»Ich glaube, ich bekomme Kopfschmerzen«, meinte Max. Er sah aus, als sei jeder Muskel in seinem Körper so angespannt, daß er gleich einen Krampf bekäme. »Sag mir bloß eins, Kristina – ist dieser Kerl dir hier willkommen?«

»*Willkommen* ist wohl kaum das Wort, das ich benutzen würde«, antwortete Kristina, und Dathan tat, als kränkte ihre Bemerkung ihn. »Aber er ist ziemlich harmlos. In bezug auf mich zumindest.«

Max wirkte skeptisch und musterte Dathan nach wie vor mit unverhohlener Abneigung und Mißtrauen in den Augen. »Bist du sicher?«

Kristina sprach leichthin, und ihr Ton wie auch ihre Worte zielten darauf ab, den Hexer zu verärgern. »Dathan würde es nicht wagen, mir etwas anzutun«, sagte sie achselzuckend. »Denn wenn er es täte, würde er sich mit meiner Mutter auseinandersetzen müssen, ganz zu schweigen von Valerian.«

Dathan errötete empört. »Ich habe keine Angst vor diesem … diesem *Bühnen*zauberer!« versetzte er. Er und Valerian waren eingeschworene Feinde, schon seit Jahrhunderten, und konnten sich nicht ausstehen.

Kristina bemerkte, daß er nicht den gleichen Widerspruch in bezug auf Maeve erhoben hatte. Als Königin der Nachtwandler gehörte sie zu den mächtigsten Wesen dieser und verschiedener anderer Dimensionen. Dathan, obschon ein geübter Zauberer, war der legendären Vampirkönigin nicht gewachsen, und er war klug genug, sich darüber im klaren zu sein.

Beschwichtigend schob Kristina ihre Hand unter Max' Arm. »Es wäre besser, wenn du jetzt gehen würdest«, bat sie. »Ich bin nicht in Gefahr, und je eher ich mir anhöre, was Dathan mir zu sagen hat, desto schneller wird er mich in Ruhe lassen.«

Der Hexer richtete seine Manschettenknöpfe, aber

obwohl er leicht verärgert wirkte, gab er keinen Kommentar dazu.

»Bist du sicher?« fragte Max und schaute Kristina fragend in die Augen.

»Ganz sicher.« Sie nickte und richtete sich auf die Zehenspitzen auf, um ihn zärtlich auf den Mund zu küssen. »Wir reden morgen weiter«, versprach sie.

»Worauf du dich verlassen kannst«, erwiderte Max. Dann, mit sichtlichem Widerstreben, nahm er seinen Mantel von einem der Stühle am Eßtisch, maß Dathan noch einmal mit einem langen, unfreundlichen Blick und ging.

»Der hat vielleicht Nerven!« beschwerte Dathan sich, als Max fort war.

»Wage es nicht, dich ihm zu nähern«, antwortete Kristina ruhig. »Krümm ihm ein Haar auf seinem Kopf oder belästige ihn auf irgendeine andere Weise, und ich schwöre dir, daß ich Wege finden werde, dich zu vernichten, Dathan, und wenn es eine ganze Ewigkeit erfordern sollte. Nimm meine Warnung nicht auf die leichte Schulter und begeh nicht den Fehler zu glauben, meine Macht sei nur bescheiden, denn ich habe noch nicht einmal begonnen, meine magischen Kräfte auszuschöpfen.«

»Eine bewegende Rede«, meinte Dathan, während er mit einer anmutigen Geste sein weites Cape ablegte. »Aber leider völlig überflüssig. Du hast nichts von mir zu befürchten, Kristina – ich werde deinen Sterblichen nicht behelligen.«

»Was willst du dann?«

»Du hast den Grund für meinen Besuch gerade eben selbst erwähnt. Deine Magie ist eingerostet, und wehe dir, meine Liebe, falls du ihrer einmal bedürfen solltest, ohne deine Mutter, mich oder einen gewissen launenhaften Vampir in deiner unmittelbaren Nähe. Ich habe mich zu deinem Lehrer ernannt«, schloß er mit einem selbstzufriedenen Lächeln.

Die Idee war nicht ohne Reiz, obwohl Kristina seinen Vorschlag am liebsten unverzüglich und entschieden abgelehnt hätte. Aber die Wahrheit war, daß sie dringend ihre magischen Fähigkeiten aktivieren mußte. »Was hättest du davon?« erkundigte sie sich argwöhnisch. »Und sag jetzt nicht, du wärst bereit, mir aus bloßer Großzügigkeit beizustehen. Denn daß du keine Großmut kennst, das wissen wir beide.«

Dathan stieß einen leidgeprüften Seufzer aus. Im Gegensatz zu Valerians, die immer vorgetäuscht waren, weil Vampire nicht atmeten, waren Dathans echt. Denn Hexer, im Gegensatz zu ihren bluttrinkenden Gegenstücken, besaßen Herzen, die wie bei einem normalen Menschen schlugen, funktionierende Lungen und andere menschliche Organe.

»Ich möchte eine Gefährtin finden«, sagte er.

Kristina erinnerte sich, daß Dathan zu diesem Zweck einmal eine unheilige Allianz mit Valerian geschlossen hatte. Der Hexer wünschte keine Verbindung mit einer anderen Hexe oder gar mit einer Sterblichen, er wollte eine Vampirin als Gefährtin. Ein Teil der Abneigung zwischen den beiden war auf die unbestreitbare Tatsache zurückzuführen, daß Valerian Dathan damals betrogen hatte.

Die Erinnerung daran stimmte Kristina ein bißchen nachsichtiger dem Hexer gegenüber, weil sie wußte, wie es war, einsam zu sein und sich nach Liebe zu sehnen. »Ich wüßte nicht, wie ich dir in dieser Angelegenheit behilflich sein könnte«, erwiderte sie, nachdem sie eine Weile über Dathans Bitte nachgedacht hatte. »Es mag dir vielleicht entgangen sein, aber ich habe nicht viele Freunde – oder auch nur Bekannte – in der Welt der Nachtwandler. Und was mich betrifft, so ziehe ich es auch vor, es dabei zu belassen.«

»Du bist die Tochter deiner Mutter«, beharrte Dathan mit einem ruhigen Ernst, den Kristina nicht für Täuschung hielt. »Und als solcher stehen dir Türen offen, die mir verschlossen sind.«

Kristina wandte sich ab, ging zu dem Tisch, wo sie und Max die Briefe gelesen hatten, die sie vor solch langer Zeit über ihre Heirat mit Michael Bradford geschrieben hatte, und sammelte die vergilbten Umschläge und Blätter ein.

Sie war nervös und verspürte das Bedürfnis, sich auf irgendeine Weise zu beschäftigen.

»Warum nimmst du keine Hexe zur Gefährtin?« fragte sie, ohne sich nach Dathan umzudrehen.

»Hexen sind zu eigenständig«, antwortete er in leicht defensivem Ton. »Sie neigen dazu, intime Beziehungen als lästig zu empfinden.«

Kristina unterdrückte nur mit Mühe den Impuls, die Augen zu verdrehen. Sie war nicht ohne Verständnis – für den Standpunkt der weiblichen Mitglieder dieser Gattung jedenfalls. Falls Dathan ein Beispiel für den durchschnittlichen Hexer war, mußten sie ziemlich anstrengende Geschöpfe sein.

Aber das waren Vampire schließlich auch. Und Menschen.

»Was kannst du mich lehren?« fragte sie.

»Praktisch alles, mit Ausnahme vielleicht der Zeitreisen. Das ist ziemlich schwierig und erfordert entweder ein hohes Alter oder eine Umwandlung von Mensch zu Vampir, wie im Falle deiner Eltern beispielsweise.«

Kristina zog spöttisch die Brauen hoch und gestattete sich ein schwaches Lächeln. »Ich bin hundertdreißig Jahre alt«, sagte sie. »Ist das kein hohes Alter?«

»Nicht in dieser Gesellschaft«, erwiderte Dathan, während er die Arme über der Brust verschränkte. Sein Umhang lag auf solch nachlässige Weise auf der Couch, als hätte er ihn dort schon tausendmal hingeworfen. Was natürlich nicht der Fall war. »Sei so gut und spanne mich nicht länger auf die Folter, Kristina. Sind wir uns einig oder nicht?«

»Mit Einschränkungen«, erwiderte sie und blieb, das Päckchen Briefe in der Hand, vor ihm stehen, um ihn anzusehen. »Ich führe einen Antiquitätenhandel«, sagte sie ruhig, »keine Heiratsvermittlung für übersinnliche Geschöpfe. Ich werde mein Bestes tun, um dir zu helfen, aber ich kann dir keine Wunder versprechen.«

Mit einer geübten Bewegung seiner Hand hob Dathan seinen Umhang auf. »Ich glaube nicht, daß das so schwer sein dürfte«, erklärte er. »Schließlich bin ich weder häßlich noch auf irgendeine andere Weise anstößig.«

»Nein, häßlich bist du wirklich nicht«, stimmte Kristina zu, weil sie spürte, daß sie, wenigstens vorübergehend, die Oberhand besaß. »Ob man dich als anstößig bezeichnen könnte oder nicht, darüber könnte man allerdings diskutieren. Aber wenn es so einfach wäre, eine Gefährtin für dich zu finden, dann hättest du es sicher schon längst selbst geschafft, nicht wahr?«

Der Hexer warf sich das Cape in einer theatralischen Geste um die Schultern, die an Valerian erinnerte, obwohl Kristina wohlweislich darauf verzichtete, darauf hinzuweisen. »Wie dir bestimmt bekannt sein dürfte«, entgegnete er kühl, »pflegen Vampire und Hexer im allgemeinen keinen Umgang miteinander.«

»Das mag darauf zurückzuführen sein, daß das Blut von Hexern für Vampire giftig ist und so viele von ihnen mit einer List dazu gebracht wurden, es zu sich zu nehmen«, gab Kristina zu bedenken. »Warum bist du so versessen darauf, dich mit einer Vampirin einzulassen? Vampire sind eure ältesten und schlimmsten Feinde.«

»Das bräuchte aber nicht so zu sein«, erwiderte Dathan eine Spur gereizt. »Zusammen könnten wir eine neue Gattung von Lebewesen erschaffen.« Der fanatische Ernst in Dathans Stimme erinnerte ein wenig an einen Kreuzritter, was Kristina an ihren Vater denken ließ, der buchstäblich jede freie Minute in seinem Labor verbrachte und nach Möglichkeiten suchte, die positive Seite des Vampirismus zu bestärken und die negativen Aspekte zu eliminieren.

»Ich bin nicht sicher, ob ich mit einem derartigen Projekt etwas zu tun haben will«, sagte Kristina kopfschüttelnd.

»Denk gut über meinen Vorschlag nach«, riet Dathan. »Ich komme morgen wieder, damit du mir deine endgültige Entscheidung mitteilst.«

Kristina neigte stumm den Kopf, und Dathan verschwand augenblicklich.

Langsam stieg sie die Stufen in den ersten Stock hinauf,

die Briefe in der Hand, die sie in ihrem Schlafzimmer alle bis auf einen in die Schublade ihres Nachttischs legte. Sie hätte jetzt gern mit ihrer Mutter gesprochen, aber es war acht Stunden später in London, was bedeutete, daß Maeve längst Zuflucht in ihrer Gruft gesucht hatte.

Nachdem Kristina den Brief, der sich an den Bericht über das Duell, Michaels schreckliche Verwundung und den Tod des armen Justin anschloß, aufs Bett gelegt hatte, ging sie ins Badezimmer, um eine langes, entspannendes Bad zu nehmen.

Das heiße Wasser beruhigte sie und half ihr, Klarheit in ihren Gedanken zu schaffen. Dathans Vorschlag bedeutete ein Paradox für sie; auf der einen Seite würde sie besser imstande sein, Max und seine Kinder zu beschützen, ganz zu schweigen von sich selbst, wenn sie Unterricht von dem Hexer nahm. Auf der anderen Seite würde eben diese Ausbildung sie unweigerlich immer tiefer in jene Welt hineinziehen, die sie als so bedrohlich und abstoßend empfand.

Sie hätte natürlich auch ihre Mutter um Hilfe bitten können, oder sogar Valerian, aber Kristina hatte dreizehn Jahrzehnte gelebt, nicht dreizehn Jahre. Sie hatte geliebt und Verluste erfahren, die Welt bereist und ein angesehenes, gewinnbringendes Geschäft aufgebaut. Immerfort hatte sie ihr eigenes Schiff gesteuert, wenn auch nicht zu allen Zeiten so erfolgreich wie zu anderen, und deshalb war ihr der bloße Gedanke zuwider, einen Vampir zu bitten, sie durch die elementaren Stufen ihrer Magie zu leiten wie einen Backfisch bei seinen ersten Schritte in der Tanzschule.

Als sie aus der Badewanne stieg und ihren Körper und ihr Haar trocknete, gestattete Kristina sich den Luxus, ihre Gedanken zu Max abschweifen zu lassen. Er konnte nicht ahnen, was es für sie bedeutete, daß er bereit war, an sie zu glauben und an ihren Erinnerungen teilzuhaben, indem er ihre Briefe las. Während er zweifellos schockiert gewesen war über ihre Enthüllungen – wer wäre das nicht gewesen? –, hatte er sich dennoch die größte Mühe gegeben, zu verstehen. Viel wichtiger jedoch war, daß er weder Abscheu gezeigt noch in irgendeiner Form geurteilt hatte.

Nichts hatte Max wirklich erschüttern können, dachte sie, bis Dathan erschienen war. Und da war Max sofort bereit gewesen, sie zu verteidigen, was eine noble, wenn auch höchst unvorsichtige Geste von ihm gewesen war.

Obwohl die Erinnerung daran sie stark beunruhigte – die Möglichkeiten an gräßlichen Dingen, die Dathan ihm hätte antun können, waren praktisch unbeschränkt –, konnte Kristina nicht umhin, sich auch ein bißchen von Max' Galanterie geschmeichelt zu fühlen. Sie erinnerte sich an keine andere Gelegenheit in ihrem ganzen Erwachsenenleben, wo sie Gegenstand einer solch bedenkenlosen Ritterlichkeit gewesen war.

Sie zog ihren weißen Frotteebademantel an und fuhr mit dem Kamm durch ihr glattes dunkles Haar. Sie lächelte, als sie durch ihr Schlafzimmer zum Korridor ging, mit der Absicht, sich einen Kräutertee aufzubrühen.

Ihre Belustigung verblaßte, als sie an dem Raum vorbeikam, in den sie Max, Bree und Eliette geführt hatte, um ihnen die Spielzeuge aus ihrer Kinderzeit zu zeigen. Zwei ernüchternde Kleinmädchenstimmen drangen durch die Tür.

Kristina erstarrte und blieb wie angewurzelt stehen, zu erschrocken, um zu denken, ganz zu schweigen davon, zu handeln. Dann, ihre ganze armselige Macht aufbietend, griff sie nach dem Türknauf.

Das Schloß klickte, bevor ihre Hand sich um den bronzenen Türgriff schloß, und lautlos schwang die schwere Holztür auf. Der gespenstische Schein des Mondlichts erhellte den ansonsten dunklen Raum, aber Kristina sah nur allzu klar.

Sie blieb auf der Schwelle stehen, hin- und hergerissen zwischen Zorn und Entsetzen und, in diesem Moment zumindest, unfähig zu sprechen.

Benecia Havermail, das Vampirkind, in seiner ganzen goldblonden, blauäugigen Perfektion, mit seinen Löckchen und dem gerüschten Kleid, hockte auf den Kissen vor dem Fenster und hielt die Babypuppe im Arm, die Bree so gut gefallen hatte. Sie lächelte und führte winzige, perfekte weiße Zähne vor. Zähne, die imstande waren, einem Rhinozeros die Kehle aufzureißen.

»Hallo, Kristina«, rief sie.

Kanaan, das jüngere der beiden Ungeheuer, war dunkelhaarig und kleiner als seine Schwester, wenn auch von genauso exquisiter Schönheit. Und genauso tödlich. Sie saß mit untergeschlagenen Beinen auf dem Boden vor dem Puppentheater und ließ die Marionetten einen wilden, trunkenen Tanz aufführen. Das, genau wie Benecias Interesse für die Babypuppe, war nichts als eine subtile, aber wirkungsvolle Parodie auf Max Kilcarraghs Töchter, denn Eliette war von der kleinen Bühne mit ihren farbenfrohen, reglosen Marionetten fasziniert gewesen.

»Was macht ihr hier?« gelang es Kristina zu sagen, aber selbst in ihren eigenen Ohren klang ihre Stimme rauh und schroff. Sie wußte, daß es unklug war, Furcht zu zeigen – und Furcht war nicht präzise das, was sie empfand –, aber ihre Emotionen vor diesen beiden uralten Bluttrinkern zu verbergen war mehr, als ihr in diesem Augenblick gelingen wollte. »Was fällt euch ein?«

Benecia lächelte liebenswürdig, ohne sich jedoch von ihrem Platz auf der Fensterbank zu rühren. Sie hätte ein Mannequin sein können, ein zum Leben erwachtes Modell von Alice im Wunderland, dachte Kristina mit einem unbewußten Schaudern. So makellos waren ihre Züge. »Sie sollten nicht so unhöflich sein«, antwortete Benecia vorwurfsvoll mit ihrer melodischen Stimme und richtete den Blick auf die kostbaren Porzellanpuppen, die Kristina gesammelt hatte und in einem Schrank hinter Glastüren aufbewahrte.

Lautlos öffneten sich die Türen, und die Puppen begannen anmutig aus den Regalen zu steigen, wobei sie leise miteinander tuschelten.

»Hör auf damit!« befahl Kristina empört.

Ihre geliebten Puppen faßten sich an den Händen und formten einen Kreis, bevor sie sich in einer etwas ungelenkigen Karikatur eines Schulhofspiels zu drehen begannen. Ihre Stimmen vereinten sich zu einem schrillen Singsang, einem Sprechchor ähnlich, bei dessen Klang sich Kristinas Nackenhaare aufstellten.

»Hör auf!« befahl sie noch einmal. »Auf der Stelle!«

Canaan lachte nur, aber Benecia seufzte, und auf einen geistigen Befehl von ihr kehrten die Puppen zu ihren Fächern zurück, schlossen die Türen hinter sich und nahmen ihre vertrauten Posen ein. Ihre Stimmen jedoch schienen noch lange durch den Raum zu hallen.

»Wir wollten Sie nicht erschrecken«, behauptete Benecia mit einem liebenswürdigen Lächeln.

»Und ob ihr das wolltet!« versetzte Kristina aufgebracht. »Ich will, daß ihr aus meinem Haus verschwindet – unverzüglich! Und wagt es nicht, je wieder herzukommen!«

»Was wollen Sie denn tun – sich bei Valerian beschweren? Bei Ihrer Mutter? Oder bei Ihrem Vater, dem verrückten Wissenschaftler?«

Kristina ignorierte den Verweis auf Calder Holbrooks Faszination für geheimnisvolle Experimente, aber sie war empört über die Vorstellung, daß sie Valerian oder Maeve benötigte, um sich zu schützen. Selbst wenn es, in gewisser Weise, wahr war. »Valerian wartet bloß auf einen Vorwand, einen Pfahl durch eure verdorbenen kleinen Herzen zu treiben, und was meine Mutter angeht … «

Canaan stand auf. »Valerian wird keine Zeit für Sie haben, jetzt, wo er Daisy hat und diese schmutzige, widerliche kleine Göre, die er aus Brasilien mitgebracht hat«, antwortete sie. »Und Maeve ist momentan sehr beschäftigt, falls Sie das noch nicht gemerkt haben sollten. Eine weitere politische Krise hat sich entwickelt zwischen Vampiren und Engeln, und Ihre Majestät –« sie gab diesen letzten Worten eine spöttische Betonung – »verbringt jeden wachen Augenblick mit dem Versuch, diese Schwierigkeiten zu beenden.«

Ihre Worte flößten Kristina Gewissensbisse wie auch Besorgnis ein. Die Beziehungen zwischen den Reichen der

Finsternis und des Lichts waren stets sehr angespannt, wie es nicht anders zu erwarten war, aber ein ernsthafter Konflikt zwischen diesen Welten konnte verheerende Folgen haben und nach sich ziehen, was die Menschen als *Armageddon*, das Jüngste Gericht, bezeichneten. Kristina hatte nicht einmal gewußt, daß ihre Mutter sich mit einer solchen Krise auseinandersetzte. »Warum seid ihr hergekommen?« fragte sie. Wenn es ihr schon nicht gelang, die Panik aus ihrer Psyche fernzuhalten, dann vielleicht wenigstens aus ihrer Stimme. »Was wollt ihr?«

Wie üblich schwang Benecia, die ältere der beiden, sich zur Sprecherin dieses furchtbaren Duos auf. »Wir haben gehört, daß Dathan, der Hexer, eine Frau sucht. Eine Vampirin.«

Kristina drehte sich der Magen um. Das war unmöglich ... Nicht einmal solche Ungeheuer, solche Scheusale wie diese beiden hier würden – *konnten* – so etwas vorschlagen ...

»Ich würde mich gern selbst zur Verfügung stellen«, sagte Benecia.

Kristina hatte Mühe, ihr Abendessen bei sich zu behalten. »Du besitzt den Körper eines Kindes«, gab sie in einem, wie sie hoffte, einigermaßen vernünftigen Tonfall zu bedenken.

»Ich bin fast so alt wie Valerian«, widersprach die uralte Frau, die für immer und ewig im Körper eines kleinen Kindes gefangen war.

»Nein«, sagte Kristina und trat einen Schritt zurück.

»Weißt du, wie es ist, Kristina?« fragte Benecia bitter und trat mit zierlichen kleinen Schritten auf sie zu. »Kannst du dir vorstellen, wie es ist, für alle Ewigkeit im Körper eines Kindes gefangen zu sein? Wenn man mich in Frieden gelassen hätte, wäre ich aufgewachsen zu einer Frau, hätte geheiratet und gelebt, um irgendwann zu sterben und zu einem neuen Leben wiedergeboren zu werden. Doch statt dessen muß ich in alle Ewigkeit so weiter existieren!«

Kristina hörte auf, vor dem kleinen, aber ungeheuer

mächtigen Vampir zurückzuweichen. Dies war schließlich ihr Haus, verdammt. Aber bevor sie etwas sagen konnte, mischte Canaan sich in die Unterhaltung ein und wandte sich an ihre Schwester. Es war eine bekannte Tatsache unter den Unsterblichen und ihren Konsorten, daß die beiden Schwestern, obschon unentwegt zusammen, nicht immer einer Meinung waren.

»Hör auf, ein solches Theater deswegen aufzuführen, Benecia«, sagte Canaan ohne die geringste Spur von Zärtlichkeit oder gar Mitgefühl. »Es ist ja schließlich nicht so, als wärst du gegen deinen Willen in einen Vampir verwandelt worden, wie es dem armen Aidan Tremayne geschehen ist. Du hast Papa keine Ruhe gelassen, bis er dich verwandelte, und du wußtest damals schon sehr gut, was das bedeutete!«

Kristina rührte sich nicht, während sie fieberhaft nach einem Weg suchte, die Antipathie der Schwestern zu ihrer eigenen Verteidigung zu nutzen. »Ich habe keine Lust, mir die Havermailsche Familiengeschichte anzuhören«, erklärte sie mutig. »Ihr werdet jetzt dieses Haus verlassen und euch in Zukunft von ihm fernhalten.«

Benecia und Canaan schauten sich an und lachten. Es klang wie kristallene Glöckchen, die in einer sanften Brise tanzten, und das Geräusch verursachte Kristina eine Gänsehaut und ließ ihr den kalten Schweiß ausbrechen.

»Wenn Sie nicht tun, was ich verlange«, sagte Benecia so liebenswürdig und geduldig, als habe sie einem dummen Untertanen irgend etwas völlig Simples zu erklären, »werden Canaan und ich ganz einfach Freundschaft schließen mit diesen reizenden kleinen Mädchen – wie hießen sie doch noch? – o ja, Bree und Eliette. Ich bin sicher, daß es uns keine große Mühe bereiten wird, sie davon zu überzeugen, daß wir Engel sind ... Sterbliche sind so dumm, und wir haben diesen Trick in der Vergangenheit schon sehr häufig angewandt.«

Kristina war so empört, daß sie erblaßte. Benecias Worte brachten ihr aufs neue zu Bewußtsein, daß sie ihre magischen Fähigkeiten dringend auf den neuen Stand zu bringen hatte. »Dathan mag zwar ein Hexer sein«, antwortete sie, als sie endlich wieder etwas sagen konnte, ohne wütend ihre Stimme zu erheben, »aber er ist kein Psychopath. Wenn ich ihm etwas so Abscheuliches vorschlagen würde, wäre er genauso angewidert wie ich selbst.«

Benecia hatte anscheinend schon früher am Abend üppig gespeist, denn eine zarte Röte stieg unter ihrer blassen, fast durchsichtigen Haut auf. »Ich habe es Ihnen bereits gesagt. Ich bin kein Kind, ich bin eine Erwachsene!«

»Dann such dir jemand anderen, dessen Entwicklung auf ähnliche Weise unterbrochen wurde«, entgegnete Kristina. Sie wußte nicht, woher sie den Mut nahm, denn vor ihr stand ein Wesen, das imstande war, sie mit einem simplen Blick in rauchende Asche zu verwandeln. Und das wäre noch eine der gnädigeren Bestrafungen gewesen.

»Wir könnten einen kleinen Jungen verwandeln«, schlug Canaan vor.

»Närrin!« fuhr Benecia ihre Schwester an. »Ich besitze den Verstand einer reifen Frau. Ich will einen Erwachsenen, kein Kind! Außerdem verbieten Maeves Gesetze die Verwandlung in Vampire.«

Kristina schwieg und hoffte, daß der Streit ausarten und die Havermail-Schwestern in einem Anfall von Zorn oder Rivalität woandershin versetzen möge.

»Ich dachte, du hättest keine Angst vor Maeve«, entgegnete Canaan herausfordernd.

Nur weiter so, dachte Kristina.

»Weißt du, Canaan, manchmal wünschte ich, ich wäre ein Einzelkind.«

Unglücklicherweise lenkte das Wort *Einzelkind* ihre Aufmerksamkeit wieder auf Kristina. Sie betrachteten sie aus glitzernden Augen, die kalt wie Edelsteine wirkten.

»Das werde ich nicht vergessen, Kristina Holbrook«, versprach Benecia. »Mit Ihren Beleidigungen haben Sie sich einen Feind geschaffen.«

Kristina verzichtete auf die Entgegnung, daß sie schon sehr lange Feinde waren. Statt einer Antwort hob sie nur die Hand und deutete in einer stummen Aufforderung, ihr Haus zu verlassen, auf die Tür.

Im Bruchteil von Sekunden waren Benecia und Canaan verschwunden.

Wieder allein, gab Kristina alle Hoffnungen auf eine ungestörte Nachtruhe auf. Sie wußte, daß sie jetzt keinen Schlaf mehr finden würde, und so zog sie dunkle Jeans und einen passenden Rollkragenpullover an, über den sie eine lange, schwarze Jacke zog. Nach sekundenlangem Zögern nur versetzte sie sich kraft ihrer Gedanken in Max' Haus.

Sich unsichtbar zu machen, was ein relativ einfacher Trick im Vergleich zu vielen anderen war, gehörte noch zu Kristinas Repertoire. Die dunklen Kleider waren nur eine zusätzliche Sicherheitsvorkehrung, für den Fall, daß sie ihre Fähigkeiten überschätzt hatte.

Ihre Gründe für diesen späten, unangekündigten Besuch waren vollkommen uneigennützig – sie hatte vor, bei der kleinen Eliette und Bree zu wachen, bis der Morgen graute und die Havermails gezwungen waren, sich vor dem Sonnenlicht in ihre Unterschlüpfe zu verkriechen – aber trotzdem kam sie sich wie ein Eindringling vor, wie eine Art Voyeur sogar.

Vielleicht war es kein Zufall, oder kein bewußter jedenfalls, daß Kristina sich als erstes in Max' Schlafzimmer versetzte. Er lag schlafend auf dem großen Bett, sein athletischer nackter Körper nur teilweise mit einem Laken bedeckt. Sie betrachtete ihn lange Zeit bewundernd und hoffte, daß er angenehme Träume hatte, obwohl seine Rastlosigkeit auf etwas ganz anderes schließen ließ, und machte sich dann auf die Suche nach dem Zimmer, in dem seine Töchter schliefen.

Es war ein großer Raum, fast so groß wie Max' Schlafzimmer, mit zwei Himmelbetten in einem französisch-ländlichen Stil, der so beliebt bei kleinen Mädchen war, zwei passenden Nachttischen, einem Schreibtisch und einer kleinen Frisierkommode. Auf Brees Seite des Zimmers stand eine Truhe mit Spielzeug und den verschiedensten Barbiepuppen, Malbüchern und einem Kasten Buntstifte.

Eliettes Territorium hingegen, ihr Schreibtisch und die Frisierkommode, waren fast penibel sauber aufgeräumt, und selbst im Schlaf sah das kleine Mädchen so aus, als wappnete es sich für irgendeine Tragödie, die es zu erwarten schien. Kristina wußte, daß dieses Kind den Verlust seiner Mutter viel tiefer empfunden hatte als irgend jemand, einschließlich ihres eigenen Vaters, je vermutet hätte.

Eliettes Anblick ging Kristina so zu Herzen, daß sie sich fast wieder verkörperlicht hätte, so stark war das Bedürfnis, Eliettes Brauen mit den Fingerspitzen glattzustreichen, sie zu küssen und ihr zu sagen, daß alles in Ordnung war und sie nichts mehr zu befürchten hatte.

Aber das war ein Versprechen, das man guten Gewissens keinem Sterblichen auf Erden machen konnte, ganz gleich, wie sehr man diesen Menschen liebte, denn das glorreiche Wunder des Lebens umfaßte selbstverständlich auch die Gewißheit des unumgänglichen Todes.

Kristina trat neben Brees Bett und lächelte innerlich, als sie sah, daß das jüngere Kind vollkommen entspannt im Schlaf war und verletzlich und vertrauensvoll wie immer. Sie besaß nur tief verwurzelte, eher instinktive Erinnerungen an ihre verstorbene Mutter und ahnte noch nicht, daß Liebe auch sehr treulos sein konnte.

In jenen Momenten erwachte eine neue Art von Zuneigung in Kristina, wie sie sie noch nie zuvor erfahren hatte – die grenzenlose Hingabe und Liebe, die eine Mutter ihrem Kind entgegenbringt.

Es war lächerlich, anmaßend vielleicht sogar. Aber es war da. Sie brachte diesen kleinen Mädchen eine solch grenzenlose Zuneigung entgegen, daß sie bereitwillig ihr eigenes Leben für sie geopfert hätte.

Es war kein weiter Weg von dieser Erkenntnis bis zu der Einsicht, daß sie auch Max liebte – vollkommen, aufrichtig und mit einer Reife, die nichts gemein hatte mit der bedenkenlosen, oberflächlichen und irgendwie auch verhängnisvollen Zärtlichkeit, die Michael ihr damals vor all diesen Jahren eingeflößt hatte.

Kristina setzte sich, um ihre Wache zu beginnen, und dachte über all diese Dinge nach, während sie darauf wartete, daß der Morgen anbrach.

Eine Stunde war vielleicht verstrichen, als Bree erwachte, verschlafen ins Badezimmer tapste und wieder ins Bett zurückkehrte. Dort blieb sie einen Moment sitzen, mit zerzaustem Haar, das der Mondschein vergoldete, und lauschte, als spüre sie eine fremde Präsenz im Zimmer. Dann, nach einem ausgiebigen Gähnen, kuschelte sie sich wieder in die Kissen und sank in jenen tiefen Schlaf zurück, den Kristinas Meinung nach nur Vampire und sehr kleine Kinder erlangen konnten.

Der Rest der Nacht verging für Kristina wie im Fluge. Nach einem letzten verstohlenen Blick auf Max, der jetzt friedlich schlief, versetzte sie sich in ihr eigenes Haus und ihr eigenes Schlafzimmer zurück.

Der Brief, den sie in der Nacht zuvor hatte lesen wollen, lag noch auf ihrem Bett, wo sie ihn hingelegt hatte, bevor sie am Abend zuvor ein heißes Bad genommen hatte. Noch immer in den dunklen Kleidern, die sie nach der Begegnung mit Benecia und Canaan Havermail angezogen hatte, eilte sie über den Korridor. Auf der Schwelle zu der Dachkammer blieb sie stehen und warf einen prüfenden Blick durch den großen Raum. Die Puppen befanden sich in ihren Schränken, still und reglos, und nichts ließ mehr darauf schließen, daß die kleinen Vampire diesen Ort mit ihrer Anwesenheit je beschmutzt hatten.

»Benehmt euch«, sagte Kristina zu den Puppen, bevor sie die Tür schloß und in ihr Schlafzimmer zurückkehrte, um sich für die Arbeit anzuziehen.

Dathan wartete schon im Laden. Als sie aufschloß, hatte er es sich in einem Chippendale-Sessel bequem gemacht und las die neueste Ausgabe von *USA Today*. Er lächelte wohlwollend wie ein nachsichtiger Ehemann, dessen gehorsame Gattin das Frühstück auf einem Tablett hereinbrachte.

»Nun?« fragte er, während er die Zeitung beiseite legte und sich erhob. Er trug verblichene Jeans und einen braunen Rollkragenpullover, verbeugte sich jedoch auf eine so elegante Art und Weise, als trüge er Frack und Zylinder.

Kristina war mehr als verärgert über seine Anmaßung – er hätte zumindest warten können, bis sie selbst im Laden eintraf, anstatt dort wie ein gewöhnlicher Einbrecher einzudringen – aber sie beherrschte ihren Ärger. Der gestrige Besuch der Havermails hatte ihr nur allzu klar vor Augen geführt, daß sie Hilfe brauchte, und Dathan erschien ihr im Augenblick als der geeignetste Kandidat dafür.

»Ich bin mit deinem Vorschlag einverstanden«, sagte sie und streckte eine Hand aus, um das Abkommen mit dem Hexer zu besiegeln.

Dathan wirkte leicht verblüfft. »Du erklärst dich damit einverstanden? So schnell, so bald? Beim Großen Zeus, Kristina, ich muß gestehen, daß ich fast ein bißchen enttäuscht darüber bin!«

Er verdiente einen kleinen Stich, beschloß sie. »Man hat mir bereits ein Angebot für dich gemacht«, teilte sie ihm schmunzelnd mit. »Aber ich bezweifle sehr, daß du es als angemessen empfinden wirst.«

»War es eine Vampirin?«

»*Es* ist ganz entschieden das richtige Wort dafür, und ja, Benecia Havermail ist eine Vampirin.«

Dathan sah aus, als ob er sich erbrechen müsse. »Das ist ja widerlich – dieses Geschöpf ist doch noch ein kleines Kind!«

»Sie sieht nur so aus«, entgegnete Kristina. »Anscheinend ist sie zu der Ansicht gekommen, daß sie ein schlechtes Geschäft gemacht hat, als sie ein Vampir wurde, weil ihr damit die Chance genommen wurde, den normalen Kreislauf des Lebens zu erfahren. Hinzu kommt, daß sie sehr verliebt in dich zu sein scheint.«

Dathans Gesicht war eine Studie der Verachtung. »Ich brauche dir wohl nicht erst zu sagen, meine Liebe, daß dieses Ungeheuer nicht in Frage kommt.«

Kristina ging ins Hinterzimmer ihres Ladens, um ihren Mantel aufzuhängen, ihre Tasche ins Regal zu legen und einen Becher Wasser für Tee in den Mikrowellenherd zu stellen. Sie hatte sich keine Zeit zum Frühstücken genommen und begann jetzt einen nagenden Hunger zu verspüren. »Ich bin ganz deiner Meinung, daß Benecia völlig ungeeignet ist. Aber trotz allem möchte ich dich daran erinnern, daß sämtliche Vampire auf die eine oder andere Weise Ungeheuer sind.«

»Wie alle Hexen und alle Hexer«, stellte Dathan fest, obwohl er sehr schnell hinwegging über dieses Eingeständnis. Er warf Kristina einen vielsagenden Blick zu, als sie den Becher aus dem Mikrowellenherd nahm und einen Teebeutel durch das heiße Wasser schwenkte, bevor sie ihn in den Abfalleimer warf. »Lektion Nummer Eins, Miss Holbrook«, sagte er. »Warum brühst du dir Tee auf menschliche Weise auf, wie eine gewöhnliche Küchenmagd, obwohl du die Möglichkeit besitzt, ihn ganz einfach herbeizuzaubern?«

Kristina dachte an ihre langjährige Vorliebe, die Dinge auf menschliche Art, wie ganz gewöhnliche Sterbliche zu tun. »Ich wollte immer so normal wie möglich leben.«

»Normal für dich, Kristina? Oder normal für die Sterbliche, die du gerne wärst? ›Das wichtigste ist, sich selber treu zu bleiben‹, wie der Barde so weise sagte.«

»Ja, ich weiß schon, was du meinst«, erwiderte Kristina resigniert. »Ich mache mir schon viel zu lange etwas vor. Das Problem ist, daß ich nicht sicher bin, *was* ich eigentlich bin – ein Mensch bin ich ganz offensichtlich nicht, aber ich bin auch kein Vampir.«

»Du bist Kristina Holbrook«, meinte Dathan und berührte mit dem Zeigefinger ihre Nasenspitze, wie ihr Vater und Valerian es manchmal taten, wenn sie sie trösten wollten. »Du bist ganz und gar außergewöhnlich, und darüber solltest du dich freuen, solltest *dankbar* sein dafür, statt dich verrückt zu machen und so zu tun, als wärst du etwas anderes.«

Kristina wußte, daß er recht hatte, aber es zu wissen

hieß noch lange nicht, daß sie sich von heute auf morgen ändern konnte. Immerhin gab sie sich schon seit jenem längst vergangenen Tag, an dem ihr Pferd sie auf einer englischen Landstraße abgeworfen und sie sich in Michael Bradford verliebt hatte, als Sterbliche aus. Eine Angewohnheit abzulegen, die älter war als ein Jahrhundert, würde Zeit und Anstrengung erfordern.

»Na schön«, sagte sie seufzend. »Was soll ich als erstes tun? Wo fangen wir an?«

Dathan betrachtete sie sinnend. »Ich nehme an, die Grundkenntnisse besitzt du schon ... Du weißt, wie man sich an einen Ort versetzt und dann wieder verschwindet, wie man das Aussehen beliebiger Objekte verändern kann – und so weiter und so fort?«

Kristina errötete vor Empörung. »Ich bin doch kein Idiot«, erwiderte sie.

»Reg dich nicht gleich auf«, schalt Dathan und drohte ihr mit dem Zeigefinger. »Das wichtigste für einen guten Schüler ist Bescheidenheit. Um ein Meister werden zu können, sollte man sich zuerst die Einstellung eines Anfängers zu eigen machen.«

Kristinas Entrüstung wich einem bemerkenswerten Mangel an Begeisterung. »Das sind ja schöne Aussichten«, murmelte sie.

KAPITEL 9

Als Max Kilcarragh im Wagen die kurze Entfernung von Kristinas Haus zu seinem eigenen zurücklegte, begann er zum erstenmal in seinem Leben an seinem eigenen Verstand zu zweifeln. Er hatte sich in eine Frau verliebt, die behauptete, einhundertdreißig Jahre alt zu sein und von Vampiren abzustammen. Und in ihrem Haus hatte er einen echten Hexer erscheinen sehen wie eine Gestalt aus einem Horrorfilm …

Sehen ist glauben, hieß es. Er wußte nicht, was verrückter war – gesehen zu haben oder geglaubt zu haben. Und noch irrsinniger sogar war, daß er sich nicht auf der Stelle umgedreht und die Flucht ergriffen hatte, so schnell er konnte.

Er ging ein großes Risiko ein. Aber was noch wichtiger war – auch seine Kinder brachte er damit in Gefahr.

Und dennoch drängte ihn irgend etwas – ein Teil seiner selbst, den er noch nie erforscht hatte –, beharrlich zu sein und sich zu behaupten.

Sich zu behaupten? Wie sollte ein simpler Sterblicher, egal, wie athletisch er auch sein mochte, sich gegen Wesen behaupten, die über magische Kräfte verfügten? Vielleicht war es längst zu spät, um seine Töchter, sich selbst und Kristina zu beschützen.

Also *das* war nun wirklich eine grandiose Idee, daß er, ein High-School-Footballtrainer, der auf die Vierzig zuging, jemandem wie diesem Hexer, Dathan, oder irgendeinem anderen der Ungeheuer, die Kristina so widerstrebend beschrieben hatte, auch nur soviel wie ein Gebet entgegenzusetzen gehabt hätte.

Er war schon fast zu Hause, aber da tauchte sie plötzlich vor ihm auf – die Gemeindekirche, die er seit dem Unfall so gewissenhaft gemieden hatte. Obwohl er Bree und Eliette jede Woche zur Sonntagsschule schickte, weil er wußte, daß Sandy es so gewollt hätte, hatte er selbst keinen Fuß mehr in die Kirche gesetzt. Er dachte nicht daran, einem Gott zu huldigen, der jemanden wie Sandy aus dieser Welt genommen hatte, obwohl er einigermaßen sicher war, daß er noch immer glaubte. Wenn auch nur sehr unwillig.

Vielleicht, dachte er, als er den Wagen an den Straßenrand lenkte und zu dem dunklen Gebäude hinüberstarrte, war es besser, sich gar nicht mit der Frage aufzuhalten, warum er nicht mehr beten konnte. Denn vielleicht war ein Gebet jetzt *alles*, was ihm noch gegen diese Monster blieb …

Mit beiden Händen umklammerte er das Steuer und senkte den Kopf, wenn auch mehr aus Entmutigung als aus Ehrfurcht, bevor er leise zu beten begann: *Zeig mir, wie ich mich verhalten soll. Was mir passiert, ist mir egal, aber ich flehe Dich an, über Kristina und meine Töchter zu wachen. Bitte …*

Das war alles, was Max von Gott erbat; er hoffte, daß es genügen würde. Als Sandy starb, hatte er keine Zeit gehabt, den Allmächtigen um Hilfe anzurufen, dafür war alles viel zu schnell gegangen.

Er legte den ersten Gang ein, lenkte den Wagen wieder auf die Straße und fuhr nach Hause.

Elaine, die zum Babysitten da war, strahlte, als Max das Haus betrat. Er nickte ihr nur kurz zu und nahm sich weder die Zeit, den Mantel auszuziehen, noch nach den Kindern zu fragen, bevor er die Treppe hinaufstürmte. Er mußte seine Töchter selber sehen; ein Bericht seiner Schwägerin hätte ihm jetzt nicht genügt.

Sie waren sicher und wohlauf.

Bree lag unter zerwühlten Decken, obwohl der friedliche Ausdruck ihres kleinen Gesichts verriet, daß sie ruhig schlief. Eliette hingegen wirkte wachsam, selbst im Schlaf, aber das war normal bei ihr. Max' Herz tat weh, weil er ihr den Schmerz nicht nehmen, sie nicht entschädigen konnte für den Verlust, der sie so hart getroffen hatte.

Sie erwachte plötzlich, seine älteste Tochter, die den Tod ihrer Mutter nur allzu deutlich in Erinnerung bewahrte, und schaute ihn aus großen braunen Augen an. »Hi, Daddy«, flüsterte sie, um ihre Schwester nicht zu wecken. Eliette war zu ernst, zu verantwortungsbewußt für ihr Alter, aber Max wußte nicht, wie er ihr helfen sollte.

»Hi«, sagte er leise und ein wenig schroff.

»Ich bin froh, daß du zu Hause bist.«

»Ich auch. War alles in Ordnung heute abend?«

Eliette nickte ernst, und Max fragte sich, ob sie das gleiche denken mochte wie er selbst – wie alles in Ordnung sein konnte in einer Welt, in der eine Mutter ihren Kindern von einer Sekunde auf die andere fortgenommen werden konnte. »Du warst bei Kristina«, sagte sie.

Es war eine bloße Feststellung, weder eine Beschuldigung noch ein Protest.

Dennoch verspürte Max Gewissensbisse. Welches neue Leid mochte er Eliette und Bree auferlegt haben, als er sich mit Kristina Holbrook einließ?

»Ja«, erwiderte er.

»Bree sagt, sie würde jetzt unsere Mommy werden. Miss Holbrook, meine ich.«

Max deckte Eliette zärtlich zu, ähnlich, wie Sandy es früher stets getan hatte. »Einen Moment mal«, sagte er weich. »Eine Mommy gibt es nur einmal für ein Kind, und deine ist im Himmel. Miss Holbrook – falls ich sie wirklich heiraten würde, und glaub mir, soweit ist es noch nicht – wäre deine Stiefmutter.«

Eliette rümpfte ihre Nase. »Wie in *Aschenbrödel*?«

Das Wort Stiefmutter war eine schlechte Wahl gewesen, erkannte Max. Obwohl er tief in seinem Herzen wußte, daß Kristina nicht böse war, war sie auch ganz sicher keine Mary Poppins. »Nein«, sagte er rasch. »Kristina ist nicht böse.«

»Würde sie anfangen, mich zu schikanieren?«

Max unterdrückte ein Lächeln, obwohl er sich nach den Ereignissen dieses Abends fühlte, als wäre er fünf Meilen weit vor einem Schneepflug hergerannt und dann von ihm niedergewalzt worden. »Wenn du damit meinst, ob sie dir befehlen könnte, deine Hausaufgaben zu erledigen, deine Schwester nicht zu ärgern oder dein Zimmer aufzuräumen, dann ist die Antwort ja. Aber jetzt schlaf. Wir reden morgen früh darüber«, sagte er und küßte seine Tochter auf die Stirn, bevor er leise den Raum verließ.

Elaine hielt sich noch unten auf und nippte an einem Becher Kräutertee. Sie zögerte den Aufbruch stets hinaus, schien es, aber andererseits hätte Max sie auch nicht allein hinaus zum Auto gehen lassen. Sandys Schwester war für ihn eine gute Freundin, und seinen Töchtern war sie eine aufmerksame und liebevolle Tante, aber manchmal ging sie ihm trotz allem auf die Nerven.

Wie jetzt zum Beispiel. Sie schaute ihn aus großen, seelenvollen Augen an, und Max sah sich gezwungen, sich erneut mit einer Tatsache auseinanderzusetzen, die er im allgemeinen sehr geschickt verleugnete. Elaine wollte mehr von ihm, als er bereit war zu geben. Sie wollte in Sandys Fußstapfen treten, wollte seine Kinder erziehen und jede Nacht mit ihm das Bett teilen.

»Bree und Eliette waren brav wie immer«, berichtete Elaine.

Max fuhr sich mit der Hand durchs Haar, das schon recht zerzaust war, weil er die ganze Nacht nichts anderes getan hatte, und zwang sich, ein Lächeln aufzusetzen. »Ich bin dir wirklich dankbar, daß du gekommen bist, um dich um sie zu kümmern, obwohl ich dir erst so kurz vorher Bescheid gesagt hatte«, begann er. »Aber ich habe das Gefühl, daß es ein bißchen zuviel verlangt war, dich darum zu bitten. Das tut mir leid, Elaine – ich war nicht sehr rücksichtsvoll.«

Sie kam näher, und Max trat ganz unbewußt einen Schritt zurück.

Ihr Lächeln verriet Unsicherheit. Ihr Haar war wie Sandys, ihr Gesicht und ihr Körper ziemlich ähnlich. Es wäre so leicht gewesen, sich einzureden …

Und so unfair. Grausam.

Im übrigen war es Kristina, die in jenen Tagen seine Gedanken und sein Herz beschäftigte.

»Max«, sagte Elaine ruhig, als hielte sie eine Handvoll Körner einem Vogel hin, der im Begriff war fortzufliegen, »die Mädchen brauchen eine Mutter.«

Obwohl Max ihr im stillen recht gab, verspürte er doch einen leisen Ärger über die Bemerkung. In einer idealen Welt besäße jedes Kind zwei liebevolle, fürsorgliche Elternteile, aber dies hier war nun mal keine ideale Welt. Trotz all dieser widrigen Umstände jedoch hatte er sein Bestes getan und dafür gesorgt, daß Eliette und Bree sich darüber im klaren waren, daß er er für sie da sein würde, ganz gleich, was auch geschehen mochte. Wenn es etwas gab, dessen er sich völlig sicher war, in einer Welt voller Überraschungen, dann die Tatsache, daß er ein guter Vater war.

»Ich finde nicht, daß wir jetzt darüber reden sollten, Elaine«, erwiderte er seufzend. »Ich bin wirklich hundemüde …« *Und habe heute nacht entdeckt, daß Vampire und Hexer – um nur zwei aus einem großen Sortiment von Ungeheuern zu erwähnen – wirklich existieren. Aber das ist noch längst nicht alles – des weiteren habe ich herausgefunden, daß ich eine Frau liebe, die hundertdreißig Jahre alt ist.*

Elaine kam nicht weiter auf ihn zu, machte aber auch keine Anstalten, sich zu verabschieden, Max begann allmählich heftige Kopfschmerzen zu entwickeln, und er trug noch immer seinen Mantel. Der Raum erschien ihm heiß und stickig, obwohl er wußte, daß der Thermostat wie immer zweiundzwanzig Grad anzeigte.

»Ich war sehr geduldig«, fuhr Elaine fort.

Ein Frösteln durchzuckte Max. Geduldig? Ihre Schwester war eines gewaltsamen, jähen, tragischen Tods gestorben. Er verzichtete darauf, etwas zu erwidern, aber er ging zur Tür, in der Hoffnung, Elaine in diese Richtung zu bewegen. Ihr Mantel, ein schlichter grauer Tweed, hing am Kleiderhaken in der Diele. »Es ist schon spät, Elaine«, sagte er, während er den Mantel für sie hielt, damit sie in die Ärmel schlüpfen konnte.

Sie lächelte ein wenig traurig und zog den Mantel an. Max wünschte, er könnte sie lieben; es hätte alles soviel einfacher gemacht. Elaine sah aus wie Sandy. Sie liebte seine Töchter, und sie mochten sie sehr gern. Und soweit ihm bekannt war, gab es auch keine Vampire unter ihren Vorfahren, keine Hexer in dem kleinen Kreis ihrer kleinbürgerlichen Freunde.

»Ich habe dich beobachtet«, fuhr sie fort, ihm noch immer den Rücken zuwendend und damit beschäftigt, ihren Mantel zuzuknüpfen. »Zuerst hast du natürlich sehr getrauert, wie wir alle. Aber dann fingst du an, auszugehen …«

Max schloß gequält die Augen. *Verdammt. Sie würde keine Ruhe geben.*

»Elaine …« begann er widerstrebend und verlegen.

Langsam wandte sie sich um und legte lächelnd einen

Finger auf seine Lippen. Aber ihre Augen schimmerten von Tränen, und ihr Kinn zitterte ein wenig. »Sag nichts, hör mir nur zu«, bat sie. »Ich habe dich immer geliebt, Max – selbst damals schon, als du anfingst, mit Sandy auszugehen. Ich habe abgewartet und gehofft. Aber dann hast du sie geheiratet.«

Max hatte Elaine aus jener Zeit als schüchternen, mageren Teenager in Erinnerung. Bei ihrer Trauung war sie Brautjungfer gewesen, und Sandy hatte ihr den Brautstrauß zugeworfen. Er erinnerte sich, daß Elaine zuviel Champagner beim Empfang getrunken und geweint und eine Szene gemacht hatte, als er und Sandy zu ihren Flitterwochen aufgebrochen waren.

Sie hatte ihm damals leid getan, weil er ihr Verhalten der Aufregung und dem Champagner zugeschrieben hatte, den sie und einige ihrer Cousins den ganzen Nachmittag lang heimlich getrunken hatten. Aber Sandy hatte ihn am Arm zurückgehalten und den Kopf geschüttelt, als Zeichen, daß sie nicht über die Angelegenheit diskutieren wollte.

»Nicht«, sagte er jetzt im Eingang seines Hauses. »Bitte nicht, Elaine.«

Sie ignorierte seine Bitte. »Ich könnte dich sehr glücklich machen, Max.«

Er stieß einen tiefen, rauhen Seufzer aus und legte eine Hand auf ihren Rücken, schob sie zur Tür und öffnete sie entschieden. »Komm«, bat er, als hätte sie nichts gesagt. »Ich bringe dich zu deinem Wagen.«

»Max.«

Er schob sie nicht über die Schwelle, aber er zog sie mit sich und verstärkte ein wenig den Druck seiner Hand auf ihrem Rücken. »Nein, Elaine«, entgegnete er mit einem müden Seufzer. »Ich will nicht mit dir darüber reden. Weder heute abend noch überhaupt irgendwann.«

»Könntest du nicht einfach so tun, als wäre ich Sandy?«

Sie standen inzwischen schon im Vorgarten, nur noch wenige Schritte entfernt von ihrem Wagen.

»Großer Gott«, murmelte Max, während er die Wagentür öffnete, sie aufhielt und darauf wartete, daß seine Schwägerin endlich einstieg. »Ich werde vergessen, was du mir gerade vorgeschlagen hast. Du kannst nicht ernst gemeint haben, was du gesagt hast.« Ihm war, als müßte er eine Erklärung, eine Entschuldigung für ihr Verhalten suchen. »Es ist die Trauer, die dich diese Dinge sagen läßt. Du bist über Sandys Verlust noch nicht hinweggekommen.«

Sie stieg ein, aber Max konnte die Tür nicht schließen, weil sie die Beine noch nicht in den Wagen gehoben hatte. »Du glaubst, ich hätte sie nicht geliebt, nicht wahr? Aber das stimmt nicht. Ich habe sie sogar sehr geliebt. Und ich vermisse sie genauso sehr wie du.«

Max fröstelte, aber er war ziemlich sicher, daß es nichts mit dem kalten Novemberwind zu tun hatte, der an seinen Kleidern zerrte und sogar durch seinen warmen Mantel drang. »Ich weiß, daß du sie liebtest«, sagte er geduldig, nachsichtig. »Wir alle haben sie geliebt.«

»Es ist das, was Sandy will, Max«, fuhr Elaine unbeeindruckt fort. »Sie will, daß wir zusammen sind. Daß wir eine Familie bilden. Sie hat es mir selbst gesagt.«

Max sagte nichts. Er hätte nichts darauf zu erwidern gewußt.

»Ich weiß es aus meinen Träumen«, behauptete Elaine, die jetzt endlich ganz im Wagen saß und den Motor startete. »In meinen Träumen kommt sie zu mir. Sandy, meine ich. Sie erscheint, um mit mir zu reden. Und dann sagt sie mir, was sie will.«

Max erwiderte noch immer nichts. Er war zu pragmatisch, um zu glauben, daß die Toten zu den Lebenden sprachen, ob sie nun wach waren oder schliefen, aber heute abend hatte er die unvergeßliche Erfahrung gemacht, daß es tatsächlich andere Dimensionen gab, andere Realitäten außer jener, die er kannte.

»Ich werde sie bitten, dir zu erscheinen. Sandy, meine ich. Vielleicht würde das genügen, dich zu überzeugen.« Nachdem sie diese absurden Worte ausgesprochen hatte, schloß Elaine die Tür, betätigte die elektrische Verriegelung und ließ den Wagen aus Max' Einfahrt auf die Straße rollen.

Er war zutiefst bestürzt, und nicht nur über das, was er früher an diesem Abend in Kristinas Haus erlebt hatte. Er glaubte auch keine Sekunde lang, daß seine verstorbene Frau ihm im Traum erscheinen würde, weder auf Elaines Bitte hin noch aus irgendeinem anderen Grund. Er wußte es, weil er oft genug versucht hatte, Sandy zu rufen, während jener frühen, dunklen Tage, als die Einsamkeit fast nicht zu ertragen gewesen war. Nein, was Max beunruhigte, war die geistige Verfassung seiner Schwägerin.

Noch lange, nachdem Elaines Wagen längst um eine Biegung in der Straße verschwunden war, stand Max vor seinem Haus und starrte sinnend in die Finsternis.

»Ziemlich langsam«, kritisierte Dathan, »aber immerhin schon etwas besser als beim letztenmal.«

Kristina warf ihm einen ärgerlichen Blick zu. Sie hatte sich nach China und dann wieder zurückversetzt – die gesamte Prozedur konnte höchstens eine Minute gedauert haben –, aber ihr war, als ob sie zu Fuß die lange Reise unternommen hätte. »Ich bin schließlich zur Hälfte sterblich, vergiß das bitte nicht«, gab sie zu bedenken.

»Das ist keine Entschuldigung«, widersprach der Hexer. Sie standen in ihrem Wohnzimmer, wo sie sich Momente zuvor materialisiert hatten; Dathan zuerst natürlich, dann eine etwas verstimmte und ziemliche atemlose Kristina. Sein Gesichtsausdruck erfuhr eine fast unmerkliche Veränderung, als er sie betrachtete. »Weißt du«, sagte er, »vielleicht brauche ich ja doch keine Vampirin als Gefährtin. Du wärst eigentlich auch ganz gut dafür geeignet.«

Kristina spürte, wie sie errötete vor Empörung und noch etwas anderem, das Abscheu ziemlich nahekam, obwohl der Hexer ein umwerfend attraktiver Mann war. »Vergiß es«, entgegnete sie kalt. »Meine Familie ist auch ohne dich bereits verrückt genug.«

Dathans sanfte braune Augen blitzten auf vor Ärger, und in einer Geste verletzten Stolzes spreizte er eine Hand über seiner Brust. »Dir mangelt es an Raffinesse«, sagte er. »Sowohl verbal als auch in bezug auf deine Magie.«

Kristina war erschöpft. Sie wollte nur noch ins Bett kriechen und dort hundert Jahre schlafen wie Dornröschen. Wenn sie aufwachte, würden Max und seine entzückenden, unschuldigen Töchter längst ihr Leben ausgelebt haben und übergewechselt sein zu einem schöneren, sichereren Reich, wo sie keine Gefahr mehr für sie darstellte.

»Ich habe nicht die Absicht, mich zu entschuldigen, falls es das ist, worauf du wartest«, sagte sie zu Dathan.

»Begreifst du nicht, daß es ausgerechnet dein absurdes Beharren war, so zu tun, als wärst du sterblich, was dich in diese Schwierigkeiten gebracht hat?« warf ihr der Hexer vor. »Und dennoch willst du nicht davon ablassen. Du verliebst dich ausgerechnet in einen *High-School-Footballtrainer*. In einen Sportler, Kristina. Denn so nennen die Menschen einen Mann wie ihn doch, oder? Einen Sportler?«

Kristina hatte das Gefühl, Max verteidigen zu müssen. »Was soll so schlimm daran sein, Sport zu treiben?« versetzte sie. »Außerdem ist Max intelligent. Und einfühlsam.«

Dathan verdrehte die Augen. »Mir scheint, du bist nicht mehr zu retten«, erklärte er und verschränkte die Arme. Er sah phantastisch aus, wie er dort mitten in Kristinas elegant eingerichtetem Salon stand, aber sie vermochte nichts anderes als Ärger zu verspüren.

»Das mag schon sein«, erwiderte sie. Was leider nur allzu wahr war. Sie wußte, wenn Max und den Mädchen durch ihre Beziehung zu ihr irgend etwas zustieß, würde sie es nicht ertragen können. Es war das einzige, was Kristina dazu hätte treiben können, Selbstmord zu begehen.

»Nein«, wandte Dathan lächelnd ein. »Das würde ich nicht zulassen.«

Sie fragte sich, ob er ihre Gedanken gelesen hatte, und

hoffte, daß es nicht so war. Es gab sehr viel, was sie nicht über Hexer und deren Zauberkräfte wußte. Oder auch über die magischen Kräfte der Vampire. »Was würdest du nicht zulassen?« erkundigte sie sich mißtrauisch. Sie bewahrte eine Menge privater Erinnerungen in ihrem Geist auf und hätte nicht gewollt, daß Dathan oder sonstwer darin herumwühlte.

»Du wirst deine Magie nicht aufgeben, Kristina«, erklärte Dathan. Nachdenklich legte er den schönen Kopf schräg, und sein Gesicht war angespannt vor Konzentration. »Komm mit mir«, fuhr er nach einer langen und für Kristina äußerst unangenehmen Pause fort. »Sei meine Braut, Kristina. Mit der Zeit wirst du lernen, mich zu lieben, und deinen kleinen Sterblichen vergessen.«

Klein war wohl kaum der Ausdruck, den Kristina benutzt hätte, um Max zu beschreiben; er war über einsneunzig groß und mindestens hundert Kilo schwer. Und das, ohne das Gewicht und die Größe seiner Seele in Betracht zu ziehen; Kristina hatte von ihrer ersten Begegnung an gewußt, daß Max die Seele eines edlen Kriegers besaß. Selbst wenn er von kleiner körperlicher Statur gewesen wäre, hätte sein Charakter ihn wie einen Giganten erscheinen lassen.

»Wenn ich glauben würde, ich könnte Max und seine Töchter schützen, indem ich mit dir ginge, würde ich es wahrscheinlich sogar tun«, sagte Kristina leise. Sie hatte nicht über die Worte nachgedacht, sie waren ihr einfach über die Lippen gekommen, direkt aus dem Herzen. »Aber dazu ist es jetzt zu spät. Der Schaden ist bereits angerichtet.«

»Wen genau fürchtest du eigentlich so sehr?« fragte Dathan. Er stand jetzt hinter einem Sessel aus der Zeit Queen Annes, und seine schmalen Hände umklammerten die Rückenlehne. »Es kann doch unmöglich Valerian sein. Er verehrt dich.«

»Die Havermails«, sagte Kristina und erschauderte vor Aberglauben, weil sie befürchtete, die bloße Erwähnung dieser kleinen Teufelinnen könne sie herbeirufen von dort, wo sie heute abend ihre grauenhaften Spielchen zu treiben gedachten. Sobald Dathan fort war, wollte Kristina sich zu Max begeben und wieder über seine Töchter wachen.

»Avery? Roxanne?« Dathan zog spöttisch eine Augenbraue hoch, und ein leiser Ausdruck der Verachtung erschien um seinen schönen, gutgeschnittenen Mund. »Diese feigen Kreaturen? Keiner von diesen beiden würde es wagen, Valerian zu verärgern, ganz zu schweigen von deiner Mutter.«

Kristina schüttelte den Kopf »Ich meinte Benecia und Canaan.«

»Die Teufelskinder«, sagte Dathan. Die Verachtung in seinen Zügen verwandelte sich in unverhohlenen Abscheu. »Aber selbst sie müßten doch Maeve und Valerian fürchten ...«

Kristina dachte an die Hemmungslosigkeit, mit der Benecia sie in der Nacht zuvor herausgefordert hatte, als sie die Mädchen in dem Zimmer angetroffen hatte, wo sie ihre Spielzeuge und Puppen aus der Kindheit aufbewahrte. »Etwas erschien mir anders als früher«, erwiderte sie nachdenklich. »Bei Canaan bin ich mir nicht sicher, aber Benecia ist ... nun ja, es kam mir fast so vor, als *wolle* sie vernichtet werden.« Bevor Dathan den Vorschlag machen konnte, ihr diesen Wunsch zu erfüllen, hob Kristina eine Hand, um ihm zuvorzukommen. »Was nicht bedeutet, daß sie sich nicht verteidigen würde, Dathan. Sie ist fünfhundert Jahre alt, vergiß das nicht, und ihre magischen Kräfte müssen unermeßlich sein.«

»Für dich vielleicht. Im Vergleich zu mir ist sie nichts weiter als ein kleines Kind.«

»Aber sie ist mächtig.«

»Sie muß tagsüber schlafen wie alle anderen Vampire. Wir Hexer haben das nicht nötig. Ich brauche bloß ihren Unterschlupf zu finden und einen Pfahl durch ihr Herz zu treiben, um sie ein für allemal aus dem Weg zu räumen.«

»Das genügt nicht«, gab Kristina zu bedenken. »Canaan würde sie rächen, und selbst wenn es dir gelänge, auch sie zu vernichten, würden andere Vampire

Vergeltung suchen – und wenn auch aus keinem anderen Grund, als daß ein Hexer ihnen dazu einen Anlaß geboten hat.«

»Sie würden die Anordnung deiner Mutter mißachten, daß Frieden zwischen Vampiren und Hexern herrschen soll, weil sonst Nemesis und seine Engel auf die Erde herabkämen, um uns alle zu vernichten.«

»Die Ewigkeit ist eine lange Zeit«, antwortete Kristina. »Ich glaube, einige Vampire – vielleicht sogar sehr viele – sind ihrer Existenz genauso überdrüssig wie Benecia. Womöglich würden sie ihre Vernichtung, ja vielleicht sogar ihre Verdammung als willkommene Erlösung ansehen nach Jahrhunderten immer gleichbleibender Existenz. Menschen machen viele verschiedene Leben durch, wie du weißt, und streifen jeden Körper ab wie eine alte Haut, wenn sie ihn nicht mehr brauchen. Sie entwickeln sich, verändern sich und machen Fortschritte. Ich habe mit meiner Mutter, Papa oder Valerian noch nie darüber gesprochen, aber ich hege den Verdacht, daß ein Vampir es manchmal haßt, für alle Ewigkeit in derselben Identität gefangen zu sein. Vielleicht bleibt ihnen gerade das verweigert, was sie ursprünglich wollten, als sie Vampire wurden – leben.«

»Sie leben ewig«, rief Dathan ihr ruhig in Erinnerung.

»Nein«, erwiderte Kristina. »Sie *existieren* ewig, oder zumindest, bis sie vernichtet werden. Das ist ein großer Unterschied.«

»Das gestehe ich dir zu, und wenn auch aus keinem anderen Grund als Höflichkeit. Aber was hat dies alles mit dieser abscheulichen Benecia Havermail und ihrem ähnlich charmanten Schwesterchen zu tun?«

»Sie haben nichts mehr zu verlieren«, erwiderte Kristina. Die Erkenntnis lastete so schwer auf ihrer Seele, daß sie sie zu zerbrechen drohte. »Es besteht die Möglichkeit, daß sie verzweifelt, einsam und gelangweilt genug sind, um das Höllenfeuer zu riskieren, auf die bloße Chance hin, statt dessen Vergebung zu erlangen. Valerian sagte, das Leben nach dem Tode sei, was jeder von uns davon erwartet, und er hat allen Grund zu der Annahme, daß es so ist.«

Ohne sich dazu bewegt zu haben, stand Dathan plötzlich vor Kristina und legte ihr sanft die Hände auf die Schultern. »Laß mich dir Wunder zeigen, wie du sie dir nicht einmal in deinen kühnsten Träumen vorstellen kannst, Kristina.«

Sie lächelte, obwohl sie alles andere als belustigt war. »Ich soll mich von dir von all dem hier entfernen lassen? Nein, Dathan. Ich empfinde nichts für dich, und wie ich dir bereits sagte, ist es zu spät dazu.«

»Dann werde ich Benecias Unterschlupf und den ihrer Schwester finden und noch vor dem ersten Hahnenschrei ...«

»Nein«, fiel Kristina ihm rasch ins Wort. »Du darfst dich nicht einmischen, Dathan. Nicht auf diese Art und Weise. Kein bewußtes, denkendes Geschöpf darf straflos töten.«

»Noch mehr gute Ratschläge?«

»Betrachte es als eine Warnung, wenn es dir lieber ist«, entgegnete Kristina achselzuckend. »Aber jetzt wäre ich dir dankbar, wenn du gehen würdest, denn ich brauche noch ein bißchen Zeit für mich allein.«

Dathan schnappte mit den Fingern; das Cape, das er getragen hatte, als er gekommen war, erschien in seinen Händen. Er legte es mit der gewohnten Anmut um, und seine braunen Augen glühten, als er Kristina ansah. »Vergiß nicht unsere Abmachung«, warnte er. »Ich werde dich in Magie ausbilden, und du wirst mir eine passende Gefährtin suchen. Bis dahin jedoch ist es meine feste Absicht, dich mit allen Mitteln, die ich kenne, zu umwerben.«

Sie unterdrückte den Impuls, ihren selbsternannten Lehrer ins Gesicht zu schlagen. Kristina mochte ihre magischen Fähigkeiten vernachlässigt haben, aber sie war keine Närrin. »Dieser letzte Punkt gehört nicht zu unserer Abmachung«, wies sie ihn zurecht. »Ich liebe dich nicht, Dathan. Ich will dich nicht. Im Grunde genommen würde ich sogar gar nichts mit dir zu tun haben wollen, wenn ich nicht deine Hilfe brauchen würde. Was sagst du dazu?«

Dathan lächelte, obwohl ihre Worte wie auch ihre Haltung boshaft und gehässig waren. Was des einen Hexers Gift ist, ist des anderen Ambrosia, dachte sie.

»Du hast das Temperament deiner Mutter geerbt«, sagte er. »Aber das macht dich für mich höchstens noch begehrenswerter.« Er führte eine kleine Verbeugung vor ihr aus, wenn es auch mehr eine Bewegung seines Kopfes als seines Körpers war. »Auf Wiedersehen, schöne Kristina. Zumindest für den Augenblick.«

Und damit war er auch schon fort, ohne eine Spur von Rauch oder Schwefel zu hinterlassen.

Kristina zögerte nur kurz, bevor sie sich in das Kilcarraghsche Haus versetzte. Die Kinder schliefen fest, aber Max hielt sich im Wohnzimmer auf, wo er im Dunkeln saß und nicht einmal den Fernseher eingeschaltet hatte, um ein wenig Licht zu haben.

Er saß in einem Ledersessel, einen Drink in einer Hand, und sah mißmutig und erschöpft aus, aber ganz eindeutig nicht betrunken. Kristinas Herz flog ihm zu, als sie einige Schritte von ihm entfernt stehenblieb – unsichtbar, wie sie hoffte –, um ihn zu betrachten. Kein Wunder, daß er mürrisch aussieht, dachte sie. Er war schließlich eben erst mit einer Welt bekanntgemacht worden, wo die Dinge, die die Nacht unsicher machten, keineswegs eingebildet, sondern vollkommen real waren. Ihretwegen hatte er die kostbare Unschuld der Sterblichen verloren.

Als spürte Max ihre Gegenwart, stellte er das Glas ab und spähte aus schmalen Augen in die Finsternis.

Kristina zog sich ein wenig zurück; er wußte, daß sie über magische Kräfte verfügte, aber sie wollte nicht, daß er auf den Gedanken kam, sie erschiene bei ihm völlig grundlos wie irgendein Gespenst. Vielleicht konnte er sie sehen; es war denkbar, daß das, was sich zwischen ihnen entwickelte, so etwas ermöglichte.

»Kristina?«

Sie biß sich in Gedanken auf die Lippen und sagte nichts.

»Verdammt«, murmelte Max und sprang so plötzlich

aus dem Sessel auf, daß Kristina sich vor lauter Schreck fast materialisiert hätte. »Soviel Glück hast du leider nicht, Kilcarragh.«

Wäre Kristina jetzt nicht unsichtbar gewesen, dann wären ihr die Tränen gekommen, das wußte sie.

Langsam, mit hängenden Schultern, aber sicheren Schritts, obwohl es dunkel war, ging Max zur Treppe.

Kristina wartete, bis er eingeschlafen war, bevor sie ihm nach oben folgte und lautlos in sein Zimmer schlüpfte. Sie war müde nach ihrer Trainingsstunde mit dem Hexer, und ihre Unsichtbarkeit war bestenfalls sehr schwach. Jeden Augenblick konnte sie gesehen werden, und es zu erklären wäre schwer gewesen.

Lange Zeit blieb sie regungslos am Fußende von Max' Bett stehen und betrachtete ihn im Schlaf, während sie ihre Gedanken und ihr Herz nach einer Möglichkeit absuchte, ihn und seine Kinder zu beschützen. Aber niemand außer den Toten war wirklich sicher; Kristina wußte das und Max ganz sicher auch.

Widerstrebend wandte sie sich endlich ab, vergaß, sich unsichtbar zu machen, und öffnete die Tür, um auf den Korridor hinauszugehen.

Bree stand dort vor der Badezimmertür, hellwach und mit großen Augen in Kristinas Richtung blickend.

»Sie können *wirklich* zaubern«, sagte das Kind in einem Ton, der mehr Ehrfurcht erkennen ließ als Angst.

»Oder du träumst nur«, gab Kristina zu bedenken, ein wenig lahm vielleicht und sehr, sehr leise. Sie hatte nicht damit gerechnet, ertappt zu werden, und jetzt, wo es geschehen war, wußte sie nicht, was sie dazu sagen sollte. Es wäre grausam und absurd gewesen, einem unschuldigen kleinen Mädchen zu erklären, daß Ungeheuer, ob sie sich nun im Schrank oder sonstwo aufhielten, nicht unbedingt nur Einbildung sein mußten. Und daß Kinder manchmal Schutz vor ihnen brauchten.

»Ich träume nicht«, stellte Bree entschieden fest. Dann ging sie, ihre Decke hinter sich herschleifend und ihren Teddybären unter dem Arm, ein paar Schritte auf Kristina zu. »Ich kann durch Sie hindurchsehen. Sind Sie ein Gespenst wie meine Mommy?«

»Nein«, antwortete Kristina rasch. »Ich bin kein Gespenst, und deine Mommy ist es auch nicht.«

»Woher wollen Sie das wissen? Daß Mommy kein Gespenst ist, meine ich?«

Kristina zuckte mit den Schultern. Ihr war selbst nicht recht klar, woher sie wußte, daß Sandy Kilcarragh in eine bessere Welt übergewechselt war, aber sie war sich dessen vollkommen sicher. »Durch meine Magie«, antwortete sie. »Aber meinst du nicht, du solltest jetzt lieber wieder schlafengehen?«

Bree schien noch nicht bereit dazu, obwohl sie gähnte. »Sie sehen ziemlich solide aus für ein Gespenst«, sagte sie und streckte die Hand aus, um Kristina zu berühren und ihre Theorie zu testen. »Ja. Wie sind Sie hier hereingekommen? Und wieso schleichen Sie mitten in der Nacht in unserem Haus herum?«

»Ich wollte mich nur überzeugen, daß es euch allen gutgeht«, erwiderte Kristina. Es kam der Wahrheit so nahe, wie sie der Kleinen zu verraten wagte.

Bree zog an ihrem Ärmel, so daß Kristina sich zu ihr hinunterbeugen mußte. »Mir geht es gut«, vertraute sie ihr flüsternd an, »aber Eliette ist furchtbar traurig. Und Daddy braucht jemand, der erwachsen ist und mit dem er reden kann und so.«

»Das verstehe ich«, wisperte Kristina. »Aber warum ist Eliette so traurig?«

»Sie denkt an unsere Mommy«, erklärte Bree. »Und dann fühlt sie sich so einsam.«

Kristina konnte die Trauer der schlafenden Eliette nachempfinden, verspürte sie in diesem Augenblick fast selbst. Ihre eigene Kindheit war alles andere als normal gewesen, aber Maeve war eine hingebungsvolle Mutter, trotz ihres leidenschaftlichen Temperaments und ihrer Vorliebe für dramatische Auftritte. Kristina konnte sich nicht vorstellen, wie es gewesen wäre, ohne sie aufzuwachsen. »Es ist gut, wenn wir uns an Menschen erinnern, die wir lieben«, sagte sie weich. »Selbst wenn es manchmal schmerzt.«

Bree runzelte die Stirn, ihr kleines Gesicht war ernst, als sie beide Decken und den Bären noch fester an sich zog. »Ist es schlimm, daß ich mir Mommys Gesicht nicht mehr vorstellen kann, Nicht einmal dann, wenn ich die Augen schließe?«

Kristina küßte das kleine Mädchen auf die Wange. »Nein, Liebes, es ist nicht schlimm. Und tief in deinem Herzen erinnerst du dich an sie. Ganz bestimmt.«

Bree strahlte. »Wirklich?«

Kristina nickte, aber sie erwiderte nichts, weil sie ihrer Stimme nicht mehr traute. Schweigend schaute sie zu, wie das kleine Mädchen in das Zimmer zurückging, das sie mit ihrer Schwester teilte. Kristina hoffte nur, daß sie schöne Träume haben würde.

Ohne sich der Mühe zu unterziehen, sich wieder unsichtbar zu machen, ja nicht einmal sicher, ob es ihr gelungen wäre, wenn sie es versucht hätte, wartete Kristina eine Weile ab, bevor sie Bree folgte und sich in den Schaukelstuhl in einer Zimmerecke setzte, um ihre Nachtwache zu beginnen und den Morgen zu erwarten.

Die Nacht verging ohne Zwischenfälle, und Kristina kehrte einige Minuten vor Sonnenuntergang heim, erstaunt über die überwältigende Müdigkeit, die sie beherrschte. Begann sie nach all diesen Jahren nun endlich doch zu altern? Es erschien beinahe zuviel verlangt.

Erst nachdem Kristina die Kaffeemaschine in der Küche gefüllt und eingeschaltet hatte, entdeckte sie die Nachricht auf der Anrichte. Sie war auf teures, handgefertigtes Pergament geschrieben, und die fließenden, eleganten Schriftzüge konnten nur von einer Hand stammen.

Maeves.

Komm sofort nach London, hatte ihre Mutter geschrieben. *Ich muß dich sehen.*

Kristina runzelte die Stirn. Die Sonne würde in England erst in einigen Stunden aufgehen, sie brauchte sich also nicht zu beeilen. Es war auch weniger die Nachricht selbst, die sie beunruhigte, sondern vielmehr die Tatsache, daß Maeve nicht einfach zu ihr zu Max gekommen war. Wieso hatte ihre Mutter eine Nachricht hinterlassen, anstatt Kristina persönlich aufzusuchen oder sie gar kraft ihrer phänomenalen Macht zu sich nach London zu versetzen?

Aber die Gründe, die Maeve dazu bewogen haben mochten, waren letzten Endes nebensächlich. Maeve hatte ihr befohlen – als Tochter und als Untertanin –, ›bei Hofe‹ zu erscheinen, und einen Befehl der Königin mißachtete man nicht.

Kristina duschte, legte ein dezentes Make-up auf und zog einen Anzug aus taubengrauer Seide an. Dann, nachdem sie sich einige Minuten lang geistig auf die Aufgabe vorbereitet hatte, versetzte sie sich nach London in das schöne alte Haus, in dem so viele Geheimnisse lebten.

Die Sonne war noch nicht untergegangen, als Kristina eintraf. Nachdem sie sich in der großen Eingangshalle materialisiert hatte – sie war froh, nicht im Kohlenkeller gelandet zu sein, nach all dem Streß, unter dem sie in letzter Zeit gestanden hatte –, machte sie sich auf den Weg zur Bibliothek, die am Ende eines langen Korridors im Parterre lag. Der Raum war sehr geräumig und verfügte über einen herrlichen Ausblick auf den Garten. Eine auf Hochglanz polierte Ritterrüstung bewachte die großen Doppeltüren.

Kaum hatte Kristina den schönen Raum betreten, ging sie zu der Sammlung von Schriften ihrer Mutter weiter, die sich mit Themen wie Alchimie und allgemeiner Magie befaßten. Die Bücher waren sehr alt, einige noch in Form von Manuskripten, und liefen Gefahr, beim bloßen Anfassen zu Staub zu zerfallen, und die Schrift, in der sie verfaßt waren, war altmodisch und fremd. Kristina beschäftigte sich gerade mit einem Zauberspruch, der dazu diente, böse Geister zu vertreiben, als eine Stimme sie aus ihren Betrachtungen riß.

»Du bist also gekommen«, bemerkte Maeve in erleichtertem und zugleich gebieterischem Ton. »Ich muß gestehen, ich hatte schon befürchtet, daß du meinem Ruf vielleicht keine Folge leisten würdest.«

Kristina legte das Buch vorsichtig beiseite und lächelte ihre Mutter an. Maeve war ein bezauberndes Geschöpf, mit langem, lockigem schwarzem Haar, makelloser, elfenbeinfarbener Haut und Augen von einem seltenen Indigoblau. Sie trug ein elegantes, sehr feminines weißes Gewand, wie es typisch für sie war, weil sie dramatische Auftritte und Glamour liebte. Was allerdings nicht hieß, daß sie nicht auch eine saloppere Seite hatte, obgleich sie die unangefochtene Königin der Vampire war.

»Natürlich bin ich gekommen«, antwortete Kristina. »Wann habe ich dir je den Gehorsam verweigert?«

»Als du diesen Sterblichen – wie hieß er noch? – Michael Bradford geheiratet hast.«

»Mutter, das war vor über einem Jahrhundert. Damals war ich jung und töricht.«

Maeve trat näher und brachte den Duft von Jasmin mit sich, als sie ihre Tochter auf die Wange küßte. Ihr Lächeln war warm, herzlich und voller Liebe und Humor, aber auch getrübt von Sorge. »Nach allem, was ich höre«, sagte sie, »fürchte ich, daß du *noch immer* töricht bist.«

KAPITEL 10

Maeves Worte vibrierten in der Luft.

Nach allem, was ich hörte, fürchte ich, daß du noch immer töricht bist.

Kristina fürchtete sich nicht vor ihrer Mutter, sie wußte, daß Maeve ihr niemals etwas angetan hätte und sogar gestorben wäre, um ihre Tochter zu beschützen, wenn ein solches Opfer erforderlich gewesen wäre. Dennoch war Kristina bestürzt über den besorgten Blick, den sie in den blauen Augen der Königin wahrnahm, hinter ihrer Freude und dem Lächeln, das sie ihrer Tochter schenkte.

»Töricht?« wiederholte Kristina mit gespielter Unschuld, um Zeit zu gewinnen.

Maeves Augen blitzten auf vor Ungeduld und Ärger. Geschöpfe aller Gattungen verzagten vor diesem Blick, und das nicht ohne Grund, aber Kristina hielt ihm stand, ohne auch nur mit der Wimper zu zucken. Sie wußte, daß sie im Begriff war, eine Predigt über ihre Beziehung zu Max zu hören, und war fest entschlossen, sich zu wehren.

»Ja, töricht!« versetzte Maeve empört. »Du hast dich mit Hexern eingelassen! Wie konntest du, Kristina?«

Kristina war verblüfft. Obwohl sie wußte, daß ein gewisser Groll zwischen ihrer Mutter und Dathan bestand, war ihr auch bekannt, daß beide ihre Armeen einmal vereint hatten, um eine ganz besonders bösartige Vampirin namens Lisette zu vernichten. »Du hast mich wegen Dathan hergerufen?«

»Ja«, antwortete Maeve, und diesmal klang ihre Stimme schon etwas weniger ungeduldig. »Wie konntest du so dumm sein, diesem ... dieser Schlange zu vertrauen?«

Kristina seufzte. Sie spürte, daß sie Kopfschmerzen bekam, wußte jedoch nicht, ob sie von der Anstrengung ihrer transatlantischen Astralreise herrührten oder von dem Streß, dem sie in letzter Zeit ausgesetzt gewesen war. Vielleicht hatte beides etwas damit zu tun. »Ich hatte eigentlich damit gerechnet, daß du mir wegen Max Vorwürfe machen würdest«, sagte sie und ging zu einem Sessel, um sich müde darauf niederzulassen.

Ihr ganzes Leben lang hatte sie tagelang, ja sogar wochenlang ohne Schlaf auskommen können, und sie war nie krank gewesen. Aber jetzt, das spürte sie, war etwas nicht in Ordnung. Sie war nicht sie selbst.

Maeve war sofort bei ihr, ließ sich graziös auf einem Sitzkissen nieder und nahm Kristinas Hände zwischen ihre eigenen. »Er hat dir etwas angetan«, erregte sich die mächtige Vampirin. »Ich schwöre dir, daß ich ihn finden werde, falls er dich vergiftet hat, und dann wird er sich nach den gnädigen Feuern der Hölle sehnen!«

»Dathan hat mir nichts getan, Mutter«, erwiderte Kristina sanft und geduldig. »Er hilft mir, meine Magie wiederzuerlangen, das ist alles. Aber anscheinend strengt es mich ein bißchen zu sehr an. «

Maeve betrachtete sie aus schmalen Augen. »Warum sollte ein Hexer dem Kind von zwei Vampiren helfen?« erkundigte sie sich mißtrauisch.

»Wir haben eine Abmachung«, antwortete Kristina und zauberte sich eine Tasse Tee herbei, in der Hoffnung, daß er ihre Kraft ein bißchen wiederherstellen würde. Als die Tasse jedoch in ihren Händen erschien, erwies sich der Tee als viel zu bitter und nicht heiß, sondern nur lauwarm. Sie trank ihn trotzdem. »Mein Teil dieser Abmachung besteht darin, eine Gefährtin für ihn zu finden.«

Maeve richtete den Blick stirnrunzelnd auf die Tasse, als Kristina sie klirrend auf den Tisch stellte. »Warum sucht er sich nicht eine Partnerin aus seiner eigenen Gattung?«

»Er sagt, Hexen wären ihm zu ungebunden«, erklärte Kristina. »Er will eine Vampirin.«

»Warum?« Wenn Maeves Blick zuvor schon Mißtrauen verraten hatte, spiegelte sich jetzt ärgerliche Fassungslosigkeit darin wider. »Hält dieser arrogante Lackaffe etwa *uns* für schwach und nachgiebig?«

»Es hat etwas damit zu tun, daß er das Blut von Hexern und Vampiren vermischen will.« Kristina dachte nicht im Traum daran, ihrer Mutter zu verraten, daß Dathan sie als mögliche Kandidaten für eine derartige Verbindung ansah. Maeve hätte sich fürchterlich darüber aufgeregt, und das war etwas, was Ungeheuer und Menschen gleichermaßen fürchteten.

Tatsächlich hatte ihre ursprüngliche Fassungslosigkeit sich bereits in Zorn verwandelt. »Dieser *Idiot*!« zischte Maeve, ließ Kristinas Hand los und sprang auf. »Wie kommt er auf die Idee, daß Nemesis eine solche Perversion auch nur einen Moment lang dulden würde?«

Nemesis, das wußte Kristina, war ein mächtiger Engel. Ein Krieger, den sogar die Dämonen aus der Hölle fürchteten, und das mit Recht. Seit Jahrhunderten nun schon zerrte Nemesis an den himmlischen Zügeln, um die Welt des Übernatürlichen ein für allemal zu zerstören. Maeve, Valerian und Dathan hatten es nur knapp verhindern können, bevor Kristina zur Welt gekommen war. Doch offenbar waren die Gefahren, die von Nemesis drohten, noch immer sehr real.

Kristina versuchte noch einmal, sich Tee herbeizuzaubern, und diesmal gelang es ihr richtig. Koffein wäre in ihrer Situation vielleicht nicht angebracht gewesen, das war ihr klar, aber sie brauchte etwas, was ihr Energie vermittelte. »Gestern nacht bin ich Benecia Havermail begegnet«, begann sie vorsichtig. »Sie gab mir zu verstehen, du hättest alle Hände voll zu tun mit irgendeiner neuen Krise. Worum geht es diesmal, Mutter?«

So einfach war es, die Aufmerksamkeit ihrer Mutter von sich abzulenken. Jetzt war Kristina diejenige, die Fragen stellte, anstatt befragt zu werden. Maeve begann durch den Raum zu schreiten, langsam und anmutig, wie sie alles tat. Aber ihr war anzusehen, daß sie sehr erregt war.

»Es hat einen ... Zwischenfall gegeben.«

»Was für eine Art von Zwischenfall?« beharrte Kristina.

»Erinnerst du dich an Dimity?«

Der Name beschwor das Bild einer schönen Vampirin vor Kristinas innerem Auge herauf. Dimity war blond und hellhäutig, und sie hatte irgendein Instrument gespielt, ein Zimbal oder eine kleine Harfe. Ihre hervorstechendste Eigenschaft indes war ihre Freundschaft mit Gideon, einem Engel, der unter dem direkten Befehl von Nemesis persönlich stand.

»Ja«, sagte Kristina sinnend, »ich erinnere mich.« Sie hatte immer gedacht, daß Dimity eigentlich mehr wie ein Engel als wie ein Vampir aussah, aber das war ein ganz typisches Attribut des Bösen – das oft von solch sanfter Schönheit war und so verführerisch anzusehen, daß es die Herzen täuschte.

»Sie sind verschwunden, diese beiden.«

Kristina machte keinen weiteren Versuch mehr, ihren Tee zu trinken. Was ihre Mutter ihr erzählte, konnte unausdenkbar schlimme Folgen nach sich ziehen. Falls Gideon vernichtet worden war oder Dimity ihn dazu verführt hatte, sich auf die Seite der Mächte der Finsternis zu schlagen, würde im wahrsten Sinne dieses Worts die Hölle losbrechen. Dimity würde ganz auf sich allein gestellt sein, was ihre Mit-Vampire anging, aber Engel wurden geschützt, weil jeder einzelne von ihnen für seinen Schöpfer zählte und von ihm geliebt wurde. Wie Er die Menschen liebte.

»Nemesis muß doch wissen, wo …«

Maeve unterbrach sie mit einem Kopfschütteln. »Das ist ja das Verrückte. Von beiden ist nirgendwo eine Spur zu finden. Keiner weiß, wo sie sich aufhalten.«

Kristina stieß einen tiefempfundenen Seufzer aus. »Und was ist deine Theorie, Mutter? Und sag jetzt nicht, du hättest keine, denn ich kenne dich viel zu gut, um das zu glauben.«

Die Vampirkönigin unterbrach ihre unruhige Wanderung durch den Raum und bedachte ihre Tochter mit einem nachdenklichen Blick. »Ich habe die Angelegenheit natürlich schon mit deinem Vater besprochen. Das einzige, was wir uns vorstellen könnten, was passiert sein könnte, ist, daß sie zusammen in irgendeine andere Dimension verschwunden sind. In irgendeine andere Realität.«

Kristina verschlug es fast die Sprache, so verblüfft war sie. »An einen Ort, von dem Nemesis nichts weiß?« Es war ein atemberaubender Gedanke, weil dem kriegerischen Engel selbst die größten Geheimnisse des Himmels nicht verschlossen waren. Wie konnte es da einen Ort, ein Reich geben, von dem er nichts wußte und das unerreichbar für ihn war?

»Du hast sie gesucht?«

Maeve nickte. »Ohne etwas zu finden allerdings. Auch Nemesis hat das gesamte Universum auf den Kopf gestellt, mit dem gleichen Erfolg wie ich, und du kannst dir vorstellen, daß er außer sich vor Rage ist. Er glaubt, wir hätten uns gegen das Reich des Lichts verschworen, wir Vampire, um die Herrschaft an uns zu reißen und die Sonne auszulöschen …« In einer Geste der Verwirrung, ein extrem seltener Zug an ihr, spreizte sie die Hände.

»Wäre so etwas denn möglich?« fragte Kristina, und es gelang ihr nicht, ihre Bestürzung und Angst aus ihrer Stimme fernzuhalten. Denn falls dergleichen wirklich möglich war, hatte sie die Macht ihrer Mutter und Valerians auf grenzenlose Weise unterschätzt.

»Nein«, erwiderte Maeve, »aber Nemesis kann furchtbar unvernünftig sein, wenn er in Zorn gerät. Und die Tatsache, daß all seine Bemühungen, Gideon zu finden, fehlgeschlagen sind, treibt seine Frustration ins Uferlose, wie du dir sicher vorstellen kannst.«

»Großer Gott«, murmelte Kristina.

»Ich wünschte, du würdest dieses Wort nicht in meiner Gegenwart benutzen«, erwiderte Maeve spitz. Dann nahm sie sich zusammen, straffte majestätisch ihre schmalen Schultern und trat vor Kristina, um sie aus dem Sessel zu erheben. Kristina hätte sich ihrer Magie genausowenig widersetzen können, wie eine Frühlingsknospe sich den ersten warmen Sonnenstrahlen hätte verweigern können. »Wir müssen noch über den Hexer sprechen.«

Kristina dachte an Max, Bree und Eliette, und wie schutzlos und verwundbar sie doch waren. »Ich habe Gründe, mich mit Dathan zu verbünden«, erklärte sie ruhig. »Genau wie du einst Gründe hattest für eine Allianz mit ihm. Außerdem bezweifle ich, daß ein Hexer und eine Vampirin tatsächlich ein Kind miteinander zeugen könnten.«

»So?« fragte Maeve und zog eine Augenbraue hoch in einer Art, die als Verachtung hätte angesehen werden können, wenn sie irgend jemand anderem gegolten hätte als ihrer Tochter oder ihrem geliebten Partner. »Dann möchte ich dich darauf hinweisen, daß auch du als Kind einer Vampirin und eines Sterblichen geboren wurdest. Auch das hielt man damals noch für ausgeschlossen.«

Kristina seufzte. »Ich habe es nicht vergessen«, sagte sie. »Aber meine Zeugung war ein seltener Zufall, nicht? Es war nie vorgekommen, vorher oder nachher – stimmt das nicht?«

»Ja«, gab Maeve zu, aber erst nach einem langen, sturen Schweigen. »Das ist wahr.«

»Dann können wir mit ziemlicher Sicherheit annehmen, daß jede Verbindung zwischen Dathan und einer Vampirin kinderlos bliebe.«

»Wir können gar nichts mit Sicherheit annehmen«, entgegnete Maeve bestimmt. »Aber in einer Hinsicht hast du recht – ich kann mich jetzt unmöglich mit dieser Angelegenheit belasten, nicht in diesem wichtigen Augenblick. Diese andere Krise muß vor praktisch allem anderen Vorrang haben.«

Kristina schaute ihre Mutter an und küßte ihre weiße, alabasterfarbene Stirn. »Ich werde sehr vorsichtig sein«, versprach sie. »Verschwende nicht deine Energie damit, dich um mich zu sorgen.«

Maeve gab ein Geräusch von sich, das bei einem Wesen, das atmete, ein Seufzer gewesen wäre. »Hexer sind die hinterhältigsten aller Ungeheuer«, sagte sie. »Und sie sind die natürlichen Feinde der Vampire.«

»Ja«, stimmte Kristina zu, »aber nicht nur die Politik erzeugt seltsame Bettgefährten. Ich brauche Dathans Hilfe, und offenbar braucht er auch meine. Aber hab trotzdem keine Angst – ich werde nicht den Fehler begehen, ihm zu vertrauen.«

»Damit werde ich mich wohl zufriedengeben müssen, für den Moment zumindest«, räumte Maeve ein. »Ich bin allerdings froh, daß du dieses alberne Theater, Mensch zu spielen, aufgegeben hast und endlich deine Macht erforschst. Es wurde wirklich langsam Zeit, daß du zur Besinnung kamst.«

Kristina biß sich auf die Lippen und deutete auf die Bücherregale hinter ihr, wo das Manuskript, in dem sie gelesen hatte, noch aufgeschlagen lag. »Darf ich mir einige dieser Bücher ausleihen? Sie enthalten interessante, wenn auch uralte, Zaubersprüche, die zum Teil sehr schwer zu entziffern sind. Aber ich glaube, es wäre die Mühe wert.«

»Natürlich«, sagte Maeve. Sie machte eine Handbewegung, und die Bücher, die Kristina lesen wollte, lösten sich in Luft auf – um ordentlich und sauber auf dem Schreibtisch in ihrem Haus zu landen, zweifellos. Expreßsendung im Vampirstil. »Ich muß jetzt gehen, Liebes«, fuhr die Königin der Vampire fort. »Sobald ich Nahrung aufgenommen habe, werde ich mich wieder auf die Suche nach der verschwundenen Dimity begeben. Dein Vater ist bestimmt in seinem Laboratorium, falls du ihn sehen möchtest.«

Kristina lächelte und nickte. »Viel Glück bei der Suche, Mutter.«

Maeve verschwand in einem kalten Luftzug und einem leisen Hauch von Jasmin.

Kristina zögerte nur kurz, bevor sie zur Kellertreppe ging, die zum Labor ihres Vaters hinunterführte. Noch immer von dieser eigenartigen Müdigkeit beherrscht und im sicheren Bewußtsein, daß sie ihre ganze Kraft für die Heimkehr nach Seattle benötigen würde, stieg sie die Stufen auf ganz normale menschliche Art hinab, bevor sie an der Labortür anklopfte.

Im selben Augenblick drehte sich ein Schlüssel um, und Calders Stimme rief: »Komm herein, Kristina.«

Sie trat ein und traf ihren Vater an einem seiner Tische an. Er schien eine Autopsie an irgend etwas vorzunehmen, und Kristina spürte, wie ihr die Galle in die Kehle stieg. »Was ist das?« fragte sie und blieb zurück.

Calder grinste sie über die Schulter an. Er war ein ausgesprochen gutaussehender Mann, und viele Vampirinnen hatten es im Laufe der Jahre gewagt, mit ihm zu flirten, aber er hatte nur Augen für Maeve. »Entschuldige, ich hätte dich vorwarnen sollen«, sagte er. »Das ist – war – ein Vampir.«

Kristinas angeborene Neugier, die sie, ganz ohne Zweifel, in erster Linie ihrem Vater zu verdanken hatte, überwog ihren Abscheu, und so trat sie schließlich näher und schaute auf das Wesen auf dem Tisch herab. Es war eine menschenähnliche Gestalt mit spitzen Vorderzähnen und eingefallenen, weit offenstehenden Augen. Es war nichts von dem Blut zu sehen, das bei einer solchen Untersuchung eines Sterblichen geflossen wäre – der Vampir, ein weiblicher, war ausgedörrt und zerbröckelte wie ein längst verlassenes Wespennest.

»W-wer war sie?«

»Niemand, den du kanntest«, sagte Calder und wandte seine Aufmerksamkeit wieder seiner Arbeit zu.

»Wie ist sie umgekommen?«

»Ich vermute, daß sie Hexerblut zu sich genommen hat. Es sind in letzter Zeit einiger solcher Fälle aufgetaucht, obwohl Dathan und seine Untertanen vehement behaupten, nichts davon zu wissen.«

Kristina erschauderte. »Warum nimmst du eine Autopsie vor?«

»Sie ist Teil eines Experiments«, erwiderte Calder.

Natürlich. Er versuchte immer noch, eine Methode zu finden, die Bluttrinker von ihrem schrecklichen Bedürfnis ›heilen‹ würde, ohne sie ihrer einzigartigen magischen Fähigkeiten zu berauben.

Sie sprach ruhig, sanft, damit er sie ansah, weil sie seine ungeteilte Aufmerksamkeit benötigte. »Papa«, sagte sie leise, »ich möchte sterblich sein – möchte Kinder haben, graues Haar bekommen und irgendwann auch sterben. Glaubst du, daß du mir helfen kannst?«

Calders schönes Gesicht verzerrte sich einen Moment lang aus Qual und vielleicht auch aus Verständnis. Er sagte nichts, verließ aber den Obduktionstisch, um zur anderen Seite des Raums zu gehen, wo er seinen weißen Kittel ablegte und sich dann wie ein Chirurg mit einer desinfizierenden Lösung die Hände wusch.

Kristina folgte ihm und blieb dicht neben ihm stehen. »Glaubst du, daß du mir helfen kannst, Papa?« fragte sie noch einmal.

»Ich weiß es nicht«, erwiderte Calder, und sie sah echten Schmerz in seinem Blick, als er sie anschaute. Zu tun, worum Kristina bat, war seiner Ansicht nach nichts anderes, als sie zu töten.

»Wirst du nie müde, Papa?« beharrte sie. »Sehnst du dich nicht auch manchmal nach Frieden, Vergessen und kühlem, dunklem Nichts?«

Calder trocknete seine Hände an einem gestärkten, fleckenlos weißen Handtuch ab. Er warf es in einen Wäschekorb neben dem Ausguß, bevor er antwortete. »Ich bin jung im Vergleich zu anderen Vampiren«, sagte er. »Es gibt noch vieles, was ich erreichen will.«

»Aber eines Tages ...?«

Er schloß für einen Moment die Augen, dieser Vampir, der einst ein Mensch gewesen war, ein Arzt auf den blutigen Schlachtfeldern des amerikanischen Bürgerkrieges. Er hatte die Angst gesehen, das Entsetzen, sowohl geistig wie auch körperlich, und war trotz seiner intensiven Beschäftigung mit Experimenten nicht unempfindlich für die Leiden der Menschen und der Ungeheuer. »Vielleicht werde ich eines Tages müde werden, Kristina, ja. Aber warum stellst du mir solche Fragen? Ist es wegen des Sterblichen, in den du dich verliebt hast?«

»Hauptsächlich«, gab Kristina zu. Es wäre sinnlos gewesen, Calder zu belügen, obwohl sie versucht war, es zu tun. Durch seinen wissenschaftlich geschulten Verstand war er erheblich scharfsinniger als Maeve, und jeder Versuch, ihn irrezuführen, prallte an ihm ab. »Ich liebe Max sehr, Papa. Gerade du müßtest das doch verstehen.«

Calder nickte. »Das tue ich auch«, antwortete er und begann Kristina stirnrunzelnd und aus schmalen Augen zu betrachten, noch prüfender als gewöhnlich. »Du siehst nicht gut aus. Was ist? Fühlst du dich nicht wohl?«

Kristina zuckte mit den Schultern. »Das muß die Liebe sein«, sagte sie. »Und ich bin sehr müde.«

Calders Stirnrunzeln vertiefte sich. »Setz dich«, sagte er und deutete auf einen nahen Stuhl. Hinter ihm war der halb sezierte Vampir noch immer deutlich sichtbar, wie er still auf dem glänzenden Stahltisch lag. Calder nahm eine

Spritze aus ihrer sterilen Verpackung und entnahm Kristina geschickt Blut aus ihrem rechten Arm.

»Wie ist die Diagnose, Doktor?« fragte sie mit einem müden Lächeln.

Er stellte das Röhrchen mit der Blutprobe vorsichtig auf einen Tisch und erwiderte ihr Lächeln, aber ein Anflug von Verwunderung verdüsterte seine klugen Augen. »Es ist wahrscheinlich nichts«, erwiderte er, »aber es wird einige Zeit erfordern, um die exakte Natur der Krankheit zu erforschen.«

Ein leises Unbehagen beschlich Kristina. War es möglich für sie, krank zu werden? Sie hatte noch nicht einmal einen Schnupfen gehabt in den fast anderthalb Jahrhunderten ihres Lebens, obwohl sie manchmal unter Kopfschmerzen zu leiden hatte. Aber selbst die waren meist mehr psychischen als physischen Ursprungs. »Du wirst dich doch sofort mit mir in Verbindung setzen, wenn du etwas weißt?«

Er kam zu ihr und legte beruhigend eine Hand auf ihre Schulter. »Selbstverständlich, und bis dahin will ich nicht, daß du dir unnötige Sorgen machst. Ich habe diese Blutprobe nur als Vorsichtsmaßnahme genommen, aus keinem anderen Grund.«

Kristina erhob sich. »Aber es gibt noch einen anderen Grund. Du solltest das Blut genauestens untersuchen, Papa«, sagte sie und hielt inne, um einen tiefen Atemzug zu nehmen. »Bitte. Ich möchte wissen, was ich bin – falls es überhaupt eine Definition dafür gibt.«

Calder drückte noch einmal leicht Kristinas Schulter, bevor er sie gehen ließ. Er sagte nichts mehr, nickte nur verständnisvoll.

Kristina mußte ihre ganze Kraft aufbieten, um sich nach Seattle zurückzuversetzen. Obwohl eigentlich ihr Haus ihr Ziel gewesen war, materialisierte sie sich in ihrem Geschäft. Zu müde, um noch irgend etwas anderes zu unternehmen, streckte sie sich auf dem Sofa im Hintergrund des Ladens aus und fiel in einen tiefen, bleiernen Schlaf.

Der Laden blieb an jenem Tag geschlossen. Das Telefon blieb unbeantwortet, genau wie das Klopfen des Postboten an ihrer Tür. Kristina hörte nichts von alldem, sie schlief so fest, als läge sie im Koma.

Als sie erwachte, war es dunkel, und im ersten Moment konnte sie sich nicht entsinnen, wo sie war. Sie fühlte sich benommen und orientierungslos, als hätte man sie mit Drogen vollgepumpt, und das schwache Licht, das durch die Fenster fiel, warf unheimliche Schatten in das Lokal.

Erst da erkannte Kristina ihre Umgebung.

Mit zitternden Fingern strich sie sich durch das Haar. Das viktorianische Sofa war hart, mit Roßhaarpolstern, die einen etwas modrigen Geruch ausströmten, und alles andere als bequem. Langsam richtete sie sich auf, erschöpft und erfüllt von einem eigenartigen Gefühl der Unruhe, als gäbe es etwas, was sie unbedingt erledigen mußte. Etwas, das ganz verzweifelt ihre Aufmerksamkeit erforderte.

Aber sie vermochte keinen klaren Gedanken zu fassen, konnte sich nicht konzentrieren. Was war los mit ihr?

Schließlich zwang Kristina sich, aufzustehen und Licht zu machen. Dafür reichten ihre magischen Kräfte gerade noch, aber die Anstrengung raubte ihr trotzdem so sehr die Kraft, daß ihr schwindlig wurde.

Jemand klopfte an die Ladentür; Kristina bahnte sich einen Weg durch alte Möbelstücke, Schirmständer und Statuen, um einen Blick durchs Schaufenster zu werfen.

Jim Graham, ein Polizist, der hier in dieser Gegend Streife ging, begrüßte sie mit einem besorgten Lächeln, nachdem sie den Schlüssel geholt und die Tür aufgeschlossen hatte, um ihn aus der nächtlichen Kälte hereinzulassen.

»Alles in Ordnung, Miss Holbrook?«

»Ich arbeite nur länger«, sagte sie. Sie hatte die Ausrede nicht wirklich selbst geformt; sie kam ihr wie von selbst von ihren Lippen.

»Sie sehen aus, als könnten Sie ein bißchen Schlaf gebrauchen.« Der Polizist war ein netter Mann in mittleren Jahren, und Kristina mochte ihn. Sie wünschte, daß es so einfach wäre, daß alles, was sie brauchte, ein Tag im Bett oder ein kurzer Urlaub wären.

»Sie haben recht.« Ein schwaches Lächeln spielte um

ihre Lippen, zu mehr besaß sie nicht die Kraft. »Aber Sie wissen ja, wie es heutzutage ist.«

Jim nickte verständnisvoll. »Möchten Sie, daß ich Sie zu Ihrem Wagen begleite? Ich könnte warten, während Sie Ihren Mantel holen und abschließen.«

Kristinas Wagen stand in ihrer Garage zu Hause, ihr Mantel hing im Dielenschrank. Aber das sagte sie ihm natürlich nicht. »Das ist sehr freundlich von Ihnen, Mr. Graham«, erwiderte sie und meinte es auch so. »Aber ich warte auf einen Freund, der mich gleich abholt.«

»Nun, dann sorgen Sie dafür, daß der Laden abgeschlossen ist, bis er kommt«, entgegnete der Polizeibeamte. »Man kann nicht vorsichtig genug sein, wissen Sie.«

Kristina dachte flüchtig an den jungen Mann, der einige Monate zuvor in ihren Laden eingebrochen war. Sie hatte ihn in einen Türstopper verwandelt, ziemlich mühelos sogar, aber jetzt fragte sie sich, wie zuverlässig ihre Magie gewesen war, selbst damals schon, und schauderte bei dem Gedanken, was alles hätte geschehen können, wenn ihre Kunst versagt hätte. »Das kann man wohl sagen«, stimmte sie zu, als der Polizeibeamte den Laden verließ und von der Tür zurücktrat. Er wartete, stellte sie dankbar fest, bis sie den Laden abgeschlossen hatte.

Der Bronzeaffe stand noch immer auf dem Regal im Hinterzimmer, wo Kristina ihn zurückgelassen hatte. Unter Aufbietung aller Kraft, die sie noch aufzubringen vermochte, verstärkte sie den ursprünglichen Zauber, und sank prompt bewußtlos auf den Boden.

Als Kristina nur kurz darauf wieder die Augen aufschlug, stellte sie fest, daß sie zu Hause war und in ihrem eigenen Bett lag. Dathan beugte sich über sie und legte ein kühles Tuch auf ihre Stirn.

»Was ist los mit mir?« erkundigte sie sich beschämt. Sie wollte Max, wollte zu ihm und seinen Töchtern, um sich zu überzeugen, daß ihm und den Mädchen nichts zugestoßen war, aber sie war zu keiner Bewegung fähig, und wenn, dann nur in Zeitlupe.

Der Hexer setzte sich zu ihr ans Bett. Mit seiner Größe

und fast königlichen Eleganz wirkte er in dem zierlichen, chintzbezogenen Sessel völlig fehl am Platze. »Es ist nur so eine Ahnung«, sagte er, »aber ich würde sagen, daß all diese Jahre der Verstellung dich endlich eingeholt haben. Du hast deine Magie vernachlässigt, und damit hast du auch deiner eigenen Essenz geschadet.«

»Werde ich jetzt sterben?«

Dathan lächelte. »Bestimmt nicht. Du stammst aus einer sehr zähen – um nicht zu sagen, unerschütterlichen – Familie«, erwiderte er.

Kristina war nicht sicher, ob sie erleichtert oder enttäuscht sein sollte, und dieses Dilemma verstimmte sie ein wenig. »Was machst du hier?« fragte sie unwirsch.

»Keine Ursache«, entgegnete Dathan spöttisch.

»Danke.« Kristina verlieh dem Wort ganz bewußt eine unfreundliche Note. »Was ist geschehen? Ich meine, wieso liege ich im Bett, und du bist hier?«

»Du warst ohnmächtig. Ich kam zufällig vorbei und tat ... was jeder Gentleman an meiner Stelle getan hätte. Ich habe dich aufgehoben, hierhergebracht, etc.«

Kristina schloß für einen kurzen Moment die Augen und versuchte zu begreifen, was ihr zugestoßen war. Dathans Theorie, daß sie lebenswichtige Kräfte vergeudet hatte in ihrem Bestreben, wie ein ganz normaler Sterblicher zu leben, erschien ihr die wahrscheinlichste. »Ich glaube, ich habe große Schwierigkeiten«, sagte sie.

»Allerdings«, stimmte Dathan zu, aber es klang nicht sehr besorgt.

»Meine Mutter warnte mich, dir nicht zu trauen«, erzählte Kristina mit einem prüfenden Blick auf ihn.

Er lächelte unschuldsvoll wie ein Engel. »Maeve ist ein mißtrauischer Vampir.«

»Sie ist auch ein sehr *intelligenter* Vampir, wenn ich dich daran erinnern darf. Ich brauche einen Zauberspruch, Dathan. Irgend etwas, um die Havermails von Max und den Kindern fernzuhalten, zumindest so lange, bis ich mich wieder selbst darum kümmern kann. Wärst du bereit, mir dabei zu helfen?«

»Es ist ein Glück für dich, meine Liebe, daß du geradezu unwiderstehlich bist«, antwortete der Hexer und stieß einen leidgeprüften Seufzer aus. »Ja, ich werde veranlassen, daß deine kostbaren Sterblichen beschützt werden, zumindest heute nacht, obwohl ich mir nicht vorstellen kann, daß Benecia und Canaan sie belästigen werden.«

»Ich kann das Risiko nicht eingehen.« Aber Kristina wußte, daß es nicht in ihrer Macht gestanden hätte, etwas zu unternehmen, wenn Dathan sich geweigert hätte, ihr zu helfen. Sie besaß ganz einfach nicht die Kraft dazu.

Max lief unruhig in seinem Wohnzimmer auf und ab. Er hatte den ganzen Tag lang versucht, Kristina zu erreichen, unablässig, aber sie hatte weder in ihrem Laden noch in ihrem Haus den Hörer abgenommen.

Sie war eine Geschäftsfrau, ein erwachsener Mensch mit einem eigenen Leben, und er konnte keine Ansprüche auf sie geltend machen, besaß kein Recht, sich den Kopf darüber zu zerbrechen, wo sie war und was sie tat. Und dennoch verriet ihm etwas, irgendein Instinkt, den er noch nie zuvor verspürt hatte, daß sie in Schwierigkeiten war.

Seufzend fuhr er sich mit der Hand durchs Haar. Es war spät, die Kinder waren bereits im Bett. Er konnte sie nicht allein lassen, und nach seiner Erfahrung mit Elaine am Abend zuvor wollte er seine Schwägerin nicht bitten, herüberzukommen und auf die Kinder aufzupassen. Der Babysitter, den er bestellte, wenn Elaine nicht verfügbar war, schlief wahrscheinlich schon, und wenn er seine Mutter oder Gwen mitten in der Nacht anrief, würden sie erschrocken oder gar verärgert sein.

Max kehrte zum Telefon auf dem Schreibtisch in seinem Arbeitszimmer zurück und drückte auf *Redial;* es bestand kein Grund, die Zahlen noch einmal einzugeben, die Kristinas Apparat zu Hause klingeln lassen würden, denn er hatte dort seit sechs Uhr unablässig angerufen.

Diesmal nahm sie ab. Ihre Stimme klang leise, zaghaft fast.

»Hallo?«

»Max.« Er schloß die Augen, empfand Erleichterung und kam sich ziemlich töricht vor.

»Das hatte ich schon erraten.« Ein Lächeln haftete ihren sanften Worten an.

»Durch Magie?«

Wieder kam das Lächeln durch, obwohl Max tief im Herzen wußte, daß nicht alles in Ordnung mit Kristina war. Er hatte Angst um sie.

»Nein«, erwiderte sie. »Ich hatte nur gehofft, daß du es wärst.«

Er wollte sie sehen, sie in seinen Armen halten und beschützen gegen jegliche Gefahr, die sie bedrohen mochte. Solche Beschützerinstinkte hatte er noch nie zuvor an sich gekannt, nicht einmal bei Sandy – aber damals, in jenen goldenen Tagen vor dem Tod seiner Frau, war er auch noch sehr naiv gewesen. Er hatte nicht gewußt, wie schnell und endgültig das Schicksal zuschlagen konnte.

»Ist alles in Ordnung mit dir?«

»Ich bin nur müde«, sagte sie.

Max spürte, wie sein Magen sich verkrampfte. Er war hin und hergerissen zwischen seinen Kindern und dem Bedürfnis, zu dieser Frau zu eilen, die ihn endlich dazu veranlaßt hatte, Sandys Ehering wegzulegen, den er seit dem Tod seiner Frau an einer Kette um den Hals getragen hatte. Es drängte ihn, sich mit eigenen Augen zu überzeugen, ob Kristina sicher und wohlauf war.

»Brauchst du irgend etwas?«

Fast glaubte er, ihr Kopfschütteln zu sehen. Er wußte, daß sie im Bett lag, obwohl er sich nicht sicher war, wieso, und empfand ein leises Schuldbewußtsein, weil die Vorstellung ihn sexuell erregte. Soviel also zu dem uneigennützigen Wunsch, Kristina in die Arme zu nehmen, um ihr seine männliche Kraft zu leihen. Max wollte mehr – sehr viel mehr –, und er war nicht stolz darauf angesichts der Tatsache, daß sie so schwach und hilflos schien.

»Nein«, erwiderte Kristina. »Es geht mir gut, Max,

wirklich. Was ist mit dir? Alles in Ordnung? Und die Mädchen? Wie geht es ihnen?«

»Mach dir keine Sorgen um uns«, entgegnete Max entschieden. »Uns geht es bestens.«

Ein kurzes, pulsierendes Schweigen entstand, in dessen Verlauf ihre Herzen sich verständigten.

Ich brauche dich, teilte Max Kristina mit.

Und ich dich, war ihre Antwort.

»Können wir uns morgen sehen?« fragte Max schließlich wieder laut. Er lehnte jetzt an seinem Schreibtisch, den Hörer in der Hand, und wäre am liebsten sofort zu ihr gegangen. Nicht in einer Stunde und auch nicht am Tag darauf, nach dem Football-Training.

Auf der Stelle.

»Das wäre schön«, sagte sie. »Ich werde morgen zu Hause bleiben und mich ausruhen. Ich wollte sowieso noch die anderen Briefe lesen.«

Die bloße Aussicht, Kristina wiederzusehen, stimmte Max auf absurde Weise glücklich, obwohl er trotz allem am liebsten sofort zu ihr gefahren wäre. »Könntest du dich nicht … nun ja … *hierherversetzen*? Du könntest im Gästezimmer übernachten, wenn du willst …«

»Nicht heute nacht, Max«, unterbrach sie ihn sanft. »Ich brauche jetzt vor allem Schlaf.«

Ein Klumpen formte sich in seiner Kehle, am liebsten hätte er geweint, obwohl er sich nicht erklären konnte, aus welchem Grund. »Ja, na gut, dann gehe ich jetzt auch schlafen«, meinte er. »Gute Nacht.«

Eine weitere Pause. »Gute Nacht, Max.« Kristina hatte nicht nur mit ihm gesprochen, sie hatte ihn gestreichelt. Lächelnd legte er den Hörer auf, durchquerte den Raum und schaltete das Licht aus, bevor er sich zur Treppe wandte, um zu seinem eigenen Zimmer hinaufzugehen.

Wenn er einen Blick aus dem Fenster geworfen hätte, wären ihm vielleicht die eigenartigen Nachtwächter in den langen, schwarzen Capes aufgefallen, die Wache hielten vor dem Haus, aber Max konnte in jener Nacht an nichts anderes als an Kristina denken.

»Nimm das«, sagte Dathan und reichte Kristina einen Löffel mit irgend etwas.

Kristina, die an ihren Kissen lehnte und noch immer komplett angekleidet war, betrachtete den Löffel mißtrauisch. »Ich habe dir doch schon gesagt, daß meine Mutter mich vor Hexern und ihren Tricks gewarnt hat.«

»Du könntest mir ruhig ein bißchen mehr vertrauen«, verlangte Dathan. »Glaubst du vielleicht, ich hätte dich hierhergebracht und ins Bett gesteckt, um dich zu vernichten? Dazu hätte ich genug Gelegenheit gehabt, wenn ich gewollt hätte.«

»Was ist das?« Der Löffel rückte näher; Kristina sah, daß er eine bräunliche Flüssigkeit enthielt, irgendeinen Kräuteraufguß, dem widerlichen, bitteren Geruch nach zu urteilen. Einem Geruch, den sie nicht kannte und auch nie wieder begegnen wollte.

»Nenn es Hexengebräu, wenn du ihm schon einen Namen geben mußt«, antwortete Dathan mit einem Anflug von Gereiztheit. »Es wird dir helfen, einzuschlafen, und dir etwas von deiner Kraft zurückgeben. Es ist kein Heilmittel, aber immerhin ein Anfang.«

Kristina zögerte noch etwas länger, dann öffnete sie den Mund und nahm die Medizin. Sie schmeckte bitter, aber sie schluckte sie. »Jetzt werden mir doch wohl hoffentlich keine Hörner wachsen?« fragte sie, als sie sich wieder gegen ihre Kissen sinken ließ.

Dathans Gesichtsausdruck besagte, daß er nicht daran dachte, eine solche Frage mit einer Antwort zu würdigen.

»Und ich rate dir auch, meine Hilflosigkeit nicht auszunutzen, wenn ich schlafe.«

Er beugte sich vor und lächelte mutwillig. »Daran hatte ich noch gar nicht gedacht. Was für ein verlockender Gedanke – gut, daß du es vorgeschlagen hast, Kristina.«

Sie schlief bereits ein, mit dem Gefühl, in ein tiefes, schwarzes Loch zu sinken. So muß es für Vampire sein, dachte sie, wenn sie sich hinlegten in ihre Gruften, fern der Reichweite der Sonnenstrahlen.

Kristina träumte nicht und erwachte erst viele Stunden

später, in derselben Position, in der sie eingeschlafen war, und in denselben Kleidern. Dathan war nirgendwo zu sehen, aber Max stand am Fußende ihres Betts, in Jeans und einem hellblauen Sweatshirt, unrasiert und mit wirrem, dunklem Haar.

»Wie lange ist es her?« fragte sie. »Seit wir telefoniert haben, meine ich.«

»Etwa vierundzwanzig Stunden«, antwortete er.

Sie richtete sich gähnend auf. Heller Sonnenschein strömte in das Zimmer. »Du bist nicht zur Arbeit gegangen«, sagte sie verwundert.

»Heute ist Samstag.«

»Die Mädchen ...«

»Vergiß Bree und Eliette«, fiel Max ihr sanft ins Wort. »Sie verbringen das Wochenende bei meinen Eltern. Kristina, was war los mit dir? Warst du krank?«

Sie seufzte. Dathans Zaubertrank – oder was immer es auch gewesen sein mochte – hatte seine Aufgabe erfüllt. Sie fühlte sich wieder stark, energiegeladen, fast wie früher. Aber nur fast.

»Vielleicht war es eine übernatürliche Version der Grippe«, scherzte sie. »Aber wie dem auch sei, ich fühle mich jedenfalls schon sehr viel besser.«

Max grinste. Aber er sah müde aus, und sie fragte sich, wie lange er schon bei ihr wachen mochte. »Wenn du nichts dagegen hast, würde ich gern duschen«, sagte er. »Und mich rasieren, falls du eine neue Klinge hast. Ich habe meinen Rasierapparat vergessen.«

Es lag eine gewisse Intimität darin, das Haus mit Max zu teilen, ihn ihre Dusche und ihre Dinge benutzen zu lassen. Ein warmes, sinnliches Prickeln erwachte in ihr, sobald sie ihn nur anschaute. »Klar«, erwiderte sie. »Du kannst dir nehmen, was du willst.«

Ein weiteres Schweigen folgte, reif von Andeutungen und Versprechen. Dann wandte Max sich ab und ging ins Badezimmer, eine Sporttasche in der Hand, die er offenbar von zu Hause mitgebracht hatte.

Kristina hörte das Wasser rauschen und begann sich

vorzustellen, wie Max seine Kleider ablegte, wie er nackt und muskulös unter die Dusche trat. Er war so unverhohlen, so unübersehbar männlich. Sie fragte sich, was er wohl sagen würde, was er denken würde, wenn sie zu ihm ging.

Zum Schluß brachte sie nicht den Mut dazu auf, sondern nahm eine apricotfarbene Seidenrobe aus dem Schrank, zog sie über und ging durch den Korridor ins Gästebad, um dort zu duschen. Das Fließen des heißen Wassers änderte jedoch nichts an dem Schmerz, an jener süßen Qual in ihr, die nur Max Kilcarragh lindern konnte.

Kristina rubbelte ihr Haar trocken, fuhr mit einer Bürste hindurch und trocknete dann ihren Körper ab. Die Seidenrobe klebte ein wenig an ihrer Haut, als sie auf den Korridor hinaustrat.

Dort stand Max, mit einem Paar sauberer, abgetragener Jeans und sonst nichts bekleidet. Die Begegnung schien rein zufällig, aber Kristina wußte, daß es nicht so war, daß sie beide zusammensein wollten. Das hatte vom ersten Augenblick der Geschichte an in ihren Karten gestanden.

Sehr langsam, sehr bewußt, begann Kristina den Gürtel ihres Morgenrocks zu öffnen.

KAPITEL 11

Max rührte sich nicht von seinem Platz vor Kristinas Schlafzimmer, bis sie ihm so nahe war, daß er sie berühren konnte. Er legte seine Hände um ihr Gesicht, und mit einem leisen Ton, der halb Knurren und halb Stöhnen war, nahm er ihre Lippen in Besitz.

Der Kuß war vom ersten Augenblick an voller Leidenschaft; es gab kein Zögern diesmal, nur ein Verlangen, das viel zu lange verleugnet worden war. Max' Zunge drang in die warme Höhlung ihres Mundes ein, und sein Kuß war ein Versprechen dessen, was noch kommen sollte.

Kristina lehnte sich an ihn, geschwächt von ihrem eigenen Begehren, von einer Sehnsucht, wie sie sie noch nie zuvor empfunden hatte. Als er sich endlich von ihr löste und sie auf seine starken Arme hob, schimmerten Tränen der Verwunderung in ihren Augen.

Er küßte ihre Augenlider, ihre Wangen, ihre Stirn und trug sie über die Schwelle ihres Schlafzimmers.

»Bist du sicher, daß du das willst?« fragte er, ohne sie aus seinen Armen zu entlassen.

Kristina fühlte sich so benommen und berauscht, als ob sie süßen Wein getrunken hätte. »Ja«, wisperte sie. »O ja.«

Da setzte Max sie ab, unendlich sanft, und streifte ihr die Robe von den Schultern und über ihre Arme. Achtlos schleuderte er das Kleidungsstück beiseite und betrachtete ihren nackten Körper mit einer solchen Liebe und Bewunderung, daß ein ungestümes Verlangen sie erfaßte.

»Du bist so unfaßbar, unglaublich schön«, sagte er.

Kristina beugte sich vor, streifte seine behaarte Brust mit ihren Lippen und neigte den Kopf, um mit der Zungenspitze über seine harten kleinen Brustspitzen zu streichen. Ihre Finger glitten zum Reißverschluß seiner Jeans; aber er hielt sie mit beiden Händen fest, obwohl er sie nicht fortschob.

»Ich habe ein Problem«, gestand er. »Ich hatte nicht vorgehabt …«

Sie lächelte verstehend. Ihre Magie mochte eingerostet sein, aber es war immer noch Magie. In einer etwas selbstherrlichen Geste streckte sie die Hand aus, und ein kleines Päckchen erschien auf ihrer Handfläche.

Max lachte, nahm das Kondom und legte es auf den Nachttisch, in bequemer Reichweite des Betts. »Beeindruckend«, meinte er.

»Danke.« Kristina schlang die Arme um seinen Nacken und legte den Kopf zurück, um ihm in die Augen zu sehen. Sie wußte, daß sie ihn bezauberte und daß es nichts mit ihren magischen Kräften zu tun hatte. In diesem

Augenblick, an diesem stillen Ort, war sie keine Laune der Natur, sondern schlicht und einfach eine Frau.

Max öffnete selbst seinen Reißverschluß und streifte seine Hosen ab, zusammen mit seiner Unterwäsche, und hielt Kristina dann einen langen, erregenden Moment lang einfach in den Armen. Diese schlichte, aber ungemein intime Geste stärkte sie in ihrem tiefsten Innersten; sie hätte ewig so dastehen können, umschlungen von Max' starken Armen und geborgen an seiner breiten Schulter. Selbst dieser simple Kontakt war schon besser als alles, was sie je bei Michael empfunden hatte.

Doch dann, endlich, hob Max die Hände, um Kristinas kleine, feste Brüste zu umfassen. Die Berührung löste ein Erschauern in ihr aus, denn der Kontakt war besitzergreifend und zugleich unendlich zärtlich. Harte Daumen streichelten ihre zarten Brustspitzen, bis sie sich seiner Hand entgegendrängten und versteiften.

Kristina stieß einen tiefen Seufzer aus und schloß die Augen. Max senkte den Kopf und küßte sie von neuem, leichter jetzt, verführerisch und verlockend.

Sie stand noch immer und war erstaunt, daß ihre Beine sie noch trugen. In einer sanften, langsamen Bewegung, die dennoch etwas Drängendes, Ungeduldiges an sich hatte, strich sie mit den Händen über Max' muskulöse Schultern und seinen Rücken. Sie wartete schon so lange, hatte die Bedürfnisse ihres Körpers schon so lange unterdrückt, daß sie nicht mehr imstande war, Geduld zu üben.

»Max …« wisperte sie an seinem Mund.

»Pst«, flüsterte er und fuhr fort, sie zu liebkosen und mit seinen Händen zu verwöhnen.

Ein leises, wimmerndes Geräusch entrang sich ihr; es war alles, wozu sie noch imstande war, weil er ihr den Atem geraubt und ihr Herz zum Stillstand gebracht zu haben schien.

Endlich legte Max sie sanft aufs Bett und streckte sich neben ihr aus. Sie wollte, daß er sie in Besitz nahm, aber er vollzog ein wichtiges Ritual, sie wußte, daß er sie jede Nuance ihres Liebesspiels fühlen lassen würde und ihre

Reaktionen für ihn ein wichtiger Bestandteil ihrer erotischen Begegnung waren.

Er küßte sie wieder und wieder, bis sie trunken war von dem Bedürfnis, ihn in sich zu spüren, aber es genügte ihm noch immer nicht. Während Kristina mit zitternden Fingern seinen Kopf umfaßte, strich Max mit den Lippen über ihren Nacken, biß sie sanft ins Ohrläppchen und glitt dann endlich an ihr hinunter, um ihre Brüste zu liebkosen.

Kristina schrie auf vor Lust und krümmte ihren Rücken, als er eine ihrer empfindsamen Brustspitzen zwischen die Lippen nahm.

Er hörte nicht auf, sie mit der Zunge zu liebkosen, während er gleichzeitig mit einer Hand ihre Schenkel spreizte. Kristina kam ihm bereitwillig entgegen; ihre Hüften hoben und senkten sich, als er das seidenweiche Haar zwischen ihren Schenkeln teilte, um sie dort mit geschickten Fingern zu liebkosen.

Kristina schluchzte, vor Freude, Triumph und Frustration. Ihr Körper drängte sich ihm entgegen, wieder und wieder, und pulsierte wie die Saiten eines zu straff gespannten Instruments.

Endlich gab Max nach und griff nach dem Kondom auf Kristinas Nachttisch, während er mit den Lippen zärtlich über ihren Bauch strich. Als er bereit war, legte er beide Hände um ihren festen kleinen Po und hob ihn an, um sich den Zugang zu ihr zu erleichtern.

Sein Blick suchte ihren ein letztes Mal, und dann drang er in sie ein, so ungestüm und tief, als wolle er bis in ihre Seele vordringen.

Kristina warf den Kopf von einer Seite auf die andere und wand und krümmte sich unter ihm, in einer stummen Bitte, sich noch schneller zu bewegen, noch tiefer in sie einzudringen. Sie wollte alles von ihm, nicht nur seinen Körper, sondern auch seine Seele und seinen Verstand. Nicht etwa, weil sie Max besitzen wollte – aber sie wollte ein Teil von ihm sein, wollte ihr eigenes Ich mit seinem verschmelzen.

Max stimmte einen gleichmäßigen Rhythmus an, trieb

Kristina mit seinen langsamen, tiefen Stößen an den Rand des Wahnsinns.

Und dann, als sie ihm wieder ihren Schoß entgegenbog, um einem weiteren dieser Stöße zu begegnen, erschütterte sie ein unfaßbarer, überwältigender Höhepunkt, der den Himmel zu zerreißen schien. Während Kristina stöhnend den Gipfel der Ekstase erlebte und sich Max noch weiter entgegenbog, versteifte er sich auf ihr und schrie heiser vor Ekstase auf.

Kristina blieb ganz still liegen, erschöpft und von einer tiefen Befriedigung erfüllt, aber Max stand auf und verschwand im Badezimmer. Nur wenige Minuten später kehrte er jedoch zurück, streckte sich wieder neben ihr aus und nahm sie in die Arme. Sie zitterte, selbst jetzt noch, von den Nachwirkungen ihrer so unfaßbar lustvollen Ekstase.

Max küßte ihre Schläfen. »Was sollen wir jetzt tun?« fragte er.

Sie schmiegte sich noch fester an ihn, weil sie seine Kraft und Stärke und seinen Duft liebte. »Danach wäre alles andere enttäuschend.«

Er lächelte und strich ihr zärtlich übers Haar.

Kristina lachte und schmiegte ihr Gesicht an seinen Hals.

»Was ist?« fragte Max.

Sie hob den Kopf, um ihm in die Augen zu schauen. »Du bist der erste Mann, mit dem ich seit hundert Jahren geschlafen habe«, sagte sie. »Das ist doch recht bemerkenswert, nicht wahr?«

Max rollte sich zur Seite, so daß sie unter ihm zu liegen kam. Seine braunen Augen funkelten vor Mutwillen und den Anfängen neu erwachenden Verlangens. »War ich das lange Warten wert?«

Kristina schlang die Arme um seinen Nacken, küßte sein Kinn und seinen Mund. »Allerdings, Mr. Kilcarragh.« Sie fühlte seine beginnende Erektion an ihrem Schenkel, während ihr eigener Körper sich darauf einrichtete, ihn wieder in Empfang zu nehmen.

»Glaubst du, du könntest diesen kleinen Trick noch einmal wiederholen? Diesmal ohne das Päckchen und all das Herumgefummel?«

Sie nickte lächelnd, und Max war mit einem neuen Kondom ausgestattet.

»Das ist wirklich ungeheuer praktisch, kann ich dazu nur sagen«, bemerkte er grinsend.

»Hör auf zu reden«, erwiderte Kristina, während sie die Arme um seinen Nacken schlang. »Und laß bitte auch das Vorspiel aus.«

Doch davon wollte Max nichts hören, er versetzte Kristina aufs neue in solch ungestüme körperliche Erregung, daß sie, als sie zum zweiten Mal den Höhepunkt der Lust erreichte, vor Schweiß glitzerte und zu keinem vernünftigen Gedanken mehr fähig war.

Viel später, als Max schlief, stand Kristina auf, duschte und zog Jeans und ein T-Shirt an. Von ihrer vorangegangenen Erschöpfung war nichts mehr zu spüren, die körperliche Liebe mit Max hatte ihr neue Kraft und Energie vermittelt, schien es.

Sie war in der Küche und füllte gerade summend den Teekessel, als Valerian plötzlich neben ihr auftauchte, unangekündigt wie gewöhnlich. Kristina war so erschrocken, daß sie fast den Wasserkessel fallenließ.

»Ich wünschte, du würdest das nicht tun!« fuhr sie ihn wütend an.

Valerian verschränkte die Arme und maß sie mit einem ärgerlichen Blick. »Wünsch weiter«, erwiderte er nur.

Kristina seufzte. Es war nicht mit ihm zu reden, wenn er schlechter Laune war, und sie konnte nur Vermutungen anstellen hinsichtlich dessen, was den Zorn dieses launischsten aller Vampire erregt haben mochte. Ihr ungewöhnliches Abkommen mit Dathan oder ihre Affäre mit Max? Oder vielleicht hatte Valerian auch bloß festgestellt, daß Vater zu sein alles andere als einfach war?

»Na schön, ich gebe auf«, meinte sie. »Was willst du?« Sie seufzte und ging an ihm vorbei, um den Wasserkessel aufzusetzen.

»Wenn du deine Magie trainieren wolltest, hättest du auch zu mir kommen können. Ich verstehe nämlich einiges von dieser Kunst!«

Kristina verbarg ein Lächeln. Sie hatte Valerians grenzenlosen Stolz verletzt, wenn auch natürlich unabsichtlich. »Du warst beschäftigt«, erwiderte sie beruhigend. »Mit Daisy und deiner Show in Las Vegas und jetzt auch noch Esteban. Ich wollte dich nicht belästigen.«

»Und deshalb hast du dich mit einem *Hexer* eingelassen!« versetzte Valerian empört.

»Du redest genau wie Mutter«, antwortete Kristina und hörte auf zu lächeln. Sie war eine erwachsene Frau, und es ging ihr allmählich auf die Nerven, sich wegen des Umgangs, den sie pflegte, andauernd irgendwelche Predigten anhören zu müssen. »Ich habe mich nicht mit Dathan *eingelassen*. Es besteht eine Abmachung zwischen uns, mehr nicht.«

»Was für eine Art von Abmachung?« fragte Valerian mißtrauisch. Sein schönes Gesicht trug einen grimmigen Ausdruck zur Schau, und sein Cape und maßgeschneiderter Smoking ließen ihn irgendwie wie einen riesigen, wunderschönen Raubvogel erscheinen.

Kristina seufzte und hoffte, daß Max nicht erwachen und herunterkommen würde. Einem Hexer war er bereits begegnet, es war zu früh, um ihn auch schon mit einem Vampir bekanntzumachen. »Du weißt verdammt gut, welche Art von Abmachung«, entgegnete sie. »Er unterrichtet mich in Magie, und ich … Ich werde ihm helfen, eine Braut zu finden.«

Auf seine ganz persönliche, einzigartige Weise machte Valerian sich noch größer. Kristina straffte die Schultern und richtete sich zu ihrer vollen, wenn auch unbeeindruckenden Höhe auf, um ihm zu zeigen, daß sie nicht einzuschüchtern war.

»Beim Großen Zeus – reitet er etwa noch immer darauf herum?« erkundigte sich der Vampir gereizt. »Ich dachte, ich hätte ihn von dieser fixen Idee geheilt, als ich Roxanne Havermail auf ihn ansetzte.«

»Dathan ist genauso stur wie du. Er wird nicht eher ruhen, bis er hat, was er sich wünscht.«

»Dir ist doch wohl hoffentlich bewußt, wie gefährlich er ist – daß er der anerkannte Anführer aller Hexer dieser Welt ist? Und daß seine Gefährtin an dieser Macht teilhaben wird?«

Kristina wußte nur zu gut, daß Valerian Gedanken lesen konnte, wenn er wollte, sie hatte gehofft, er sei zu verärgert und daher zu zerstreut, um sich auf ihre zu konzentrieren und zu erfahren, daß Dathan ihr eine unheilige Ehe vorgeschlagen hatte. »Er war einmal unser Verbündeter«, erwiderte sie, um den Vampir abzulenken. »Und mir scheint, daß seine Hilfe euch damals sehr willkommen war.«

»Das war ein Waffenstillstand«, entgegnete Valerian ungeduldig. »Niemand hat je daran gezweifelt, daß wir wieder Feinde sein würden, sobald unsere gemeinsame Bedrohung ausgeschaltet war.«

Die gemeinsame Bedrohung war die Vampirin Lisette gewesen, die vor Maeve über die Nachtwandler geherrscht hatte. »Das ist ja lächerlich. Wenn Vampire und Hexer einmal Frieden schließen konnten, können sie es auch wieder tun.«

Erstaunlicherweise schien Valerian ein wenig nachgiebiger zu werden, und Kristina hatte plötzlich einen Geistesblitz. Es war nicht nur ihre Beziehung zu Dathan, was ihn beunruhigte, sondern auch noch etwas anderes, Wichtigeres, das mehr ihn selbst betraf. Und sein *Zuhause*.

»Ihr habt Probleme mit Esteban, nicht?« sagte sie sanft und berührte seinen Arm. Sie war so mit ihren eigenen Sorgen beschäftigt gewesen, daß sie nicht die Zeit gefunden hatte, Valerian und Daisy zu besuchen.

Der Vampir, der sonst so imposant, so furchteinflößend war, wirkte plötzlich sehr verwundbar. »Er schläft auf dem Boden wie ein Tier«, erzählte er. »Er versteckt Essen in seinem Zimmer und läßt niemanden außer Barrabas an sich heran.«

Kristina dachte an das Milieu, aus dem der kleine Junge

errettet worden war. »Ich glaube, das sind Dinge, die sehr viel Zeit benötigen«, meinte sie tröstend.

Valerian schien zutiefst bekümmert. »Ich wollte Daisy ein Kind schenken«, flüsterte er und starrte über Kristinas Schulter in die Ferne. »Sie ist so schön, so klug und gut. Sie verdient ein normales Leben.«

Seine Worte versetzten Kristina einen Stich ganz tief in ihrem Herzen. Was immer seine Fehler sein mochten, und davon gab es viele, Valerian verehrte Daisy. Er hatte sie gesucht durch immer neue Lebenszyklen, nur um sie immer und immer wieder zu verlieren. Ganz offenbar befürchtete er, daß die Geschichte sich wiederholen würde.

»Daisy liebt dich«, rief Kristina ihm in Erinnerung.

»Ja«, sagte er, und seine Stimme war rauh vor Kummer. »Sie liebt ein Monster, ein entmenschtes Ungeheuer, das es nicht wagt, ein Kind zu zeugen, aus Angst, etwas noch viel Schlimmeres zu erschaffen als sich selbst.«

Kristina biß sich auf die Lippen. »Auch ich wurde von einem Vampir und einem Sterblichen gezeugt«, gab sie zu bedenken. »Und so schlimm bin ich doch gar nicht, oder?«

Valerian berührte ihre Wange, nicht, wie ein Liebhaber es getan hätte, sondern wie ein liebevoller Onkel oder Pate. Sein Lächeln war bezaubernd, aber geprägt von Kummer, und Kristina begann um ihn zu fürchten. Es war eine bekannte Tatsache, daß er in seiner langen Geschichte immer wieder Anfällen furchtbarer Melancholie erlegen war, in deren Verlauf er jahrzehntelang geschlafen hatte. Einer der ältesten Vampire, Tobias, war vor langer Zeit ebenfalls in den Untergrund gegangen und nie wieder gesehen worden.

»Nein«, sagte Valerian. »Du bist ein Wunder, Kristina. Aber deine bezaubernde Mutter und dein ehrenwerter Vater sind erheblich bessere Wesen, als ich je gewesen bin.«

Kristina hielt Max kraft ihres Willens im Bett fest, aber sie spürte, daß er sich im Schlaf bewegte und bald erwachen würde. Obwohl er Valerian auf der Halloweenparty gesehen hatte, war es etwas völlig anderes, dem legendären Vampir auf privater und persönlicher Ebene zu begegnen. Das war eine Erfahrung, auf die jedes menschliche Wesen sehr sorgfältig vorbereitet werden mußte.

Sie konnte nicht umhin, an ihre private Theorie zu denken, daß einige Vampire ihrer Existenz irgendwann überdrüssig werden mußten und gewiß darunter litten, geliebte Menschen leben und sterben zu sehen. Obwohl im Grunde genommen Raubtiere, waren Bluttrinker fasziniert von Menschen und verliebten sich sehr oft in sie, ernannten sich zu ihren Beschützern oder umwarben sie als Liebhaber. Vielleicht ersehnte sich auch Valerian, der als Mensch im vierzehnten Jahrhundert geboren war, insgeheim ewigen Frieden.

»Hast du dir je gewünscht, kein Vampir zu sein?« fragte sie. Der Wasserkessel auf dem Herd pfiff, aber beide ignorierten das Geräusch.

»Ja«, antwortete Valerian. »Jedesmal, wenn ich Daisy in einer neuen Inkarnation gefunden und geliebt habe, nur um sie dann wieder zu verlieren.« Ein trauriger Ausdruck verdüsterte einen Moment lang seine saphirblauen Augen. »Es ist immer bei mir, Kristina – das Wissen, daß sie altern wird und sterben und daß ich weiterleben werde, allein, um auf sie zu warten und erneut nach ihr zu suchen …«

Kristina dachte traurig an all die Menschen, die sie im Verlauf ihres langen Lebens – eines sehr kurzen im Vergleich zu Valerians – geliebt hatte: ihre Gouvernante, Miss Phillips, beispielsweise. Gilbert Bradford, den Bruder ihres Mannes, und einige sterbliche Freunde, die sie im Laufe der Jahre ins Herz geschlossen hatte. Sie hatte sie alle altern und schließlich sterben sehen. So würde es auch mit Max sein, falls sie sich ein Leben zusammen aufbauten, und die Angst davor zerriß ihr fast das Herz.

»Ich würde meine Unsterblichkeit mit Freuden opfern, falls ich tatsächlich unsterblich sein sollte«, bekannte sie und nahm schließlich doch den Kessel vom Herd, um kochendes Wasser auf die Teeblätter in der Kanne zu gießen. »Für mich ist sie ein Fluch.«

Valerian schloß einen Moment die Augen, als ob sie ihn geschlagen hätte. »Und doch empfiehlst du mir, mit Daisy ein Kind zu zeugen«, sagte er, als er Kristina wieder anschaute.

»Ich würde mir niemals anmaßen, dir zu dem einen oder anderen zu raten«, entgegnete Kristina. »Aber ich finde, du solltest wenigstens für eine Zeitlang deine Show in Las Vegas absetzen und dich mehr Daisy und Esteban widmen. Du hast selbst gesagt, daß das Leben kurz ist – warum verbringst du soviel Zeit entfernt von ihnen? Das Geld oder den Ruhm brauchst du doch wirklich nicht.«

»Du hast recht«, gab er zu, wenn auch etwas widerstrebend. Valerian zog es vor, den Mentor und Lehrer zu spielen statt den Schüler. Und tatsächlich setzte er im nächsten Augenblick schon eine strenge Miene auf. »Denk an meine Warnung. Hexern kann man nicht vertrauen.«

Oben rauschte die Dusche. Max war aufgestanden, innerhalb weniger Minuten würde er herunterkommen.

Valerian zog eine Augenbraue hoch. »Der Sterbliche?«

»Ja«, sagte Kristina mit einer Spur von Trotz.

»Ist es seinetwegen, daß du bereit bist, soviel zu riskieren?«

Kristina wußte, daß Valerian von ihrem Abkommen mit Dathan sprach. Sie nickte zustimmend. »Wagst du es etwa, mir das vorzuwerfen? Du, der einer Frau, einem menschlichen Wesen durch so viele schräge Korridore der Geschichte nachgejagt ist?«

»Nein«, erwiderte Valerian leise, zärtlich fast. »Aber ich bedaure dich. Es wäre fast besser, denke ich, wenn du einen Hexer als Gefährten nähmst. Zumindest würden dir dann der furchtbare Kummer und die Verwundbarkeit erspart bleiben.«

»Aber das würde bedeuten, auch die Freude aufzugeben«, wandte Kristina ein.

Endlich lächelte er, und wenn Valerian lächelte, war er ein Kunstwerk wie Michelangelos *David*. »Weise Worte«, sagte er, küßte Kristina auf die Stirn und löste sich in Luft auf.

Ein kühler Luftzug verblieb im Raum, als der Vampir verschwunden war und Max in die Küche hinunterkam, voll angekleidet und das Haar noch feucht von der Dusche. In diesem Augenblick der Anspruchslosigkeit und Stille erkannte Kristina mit unerschütterlicher Sicherheit, daß sie Max Kilcarragh nicht nur heute liebte, sondern daß er schon vor unausdenkbar langer Zeit zu ihrem Geliebten bestimmt worden war, in einer Zeit noch vor der Zeit und an einem Ort, an den beide sich nicht mehr erinnerten.

Er kam zu ihr und legte beide Hände um ihre Taille. Er roch sehr angenehm nach Seife, Shampoo und Zahnpasta, als er sich vorbeugte, um sie sehr sanft und behutsam auf den Mund zu küssen.

»Bist du hungrig?« fragte Kristina.

Max zog sie wieder an sich, sanft, aber entschieden genug, um sie spüren zu lassen, wie stark er sich zu ihr hingezogen fühlte. Dann küßte er ihre Nasenspitze. »Ja«, antwortete er mit funkelnden Augen, »aber im Augenblick wäre ich bereit, mich mit Essen zu begnügen.«

Kristina lachte leise und wandte sich in Richtung Kühlschrank. Max ergriff ihre Hand und zog sie zurück. »Setz dich«, sagte er. »Ich werde das Frühstück zubereiten.«

Wieder war sie zutiefst verblüfft; so vieles an diesem Mann erstaunte sie. In ihrem ganzen Erwachsenenleben, vor allem während ihrer Ehe mit Michael Bradford, war Kristina noch nie von einem Mann verwöhnt worden. Sie hatte immer für sich selbst gesorgt, mit Ausnahme gelegentlicher Einmischungen von seiten ihrer Mutter oder Valerians.

Lächelnd ließ Kristina sich von Max zur Frühstücksbar führen. Der Tee war inzwischen aufgebrüht, und Max brachte ihr eine Tasse, bevor er die Kühlschranktür öffnete und die Zutaten für ein Omelett herausnahm – Zwiebel, Paprikaschoten, Pilze, fettfreien Käse und einen Karton Eier.

»Ist es möglich für jemanden wie dich, einen zu hohen Cholesterinspiegel zu entwickeln?« fragte er, während er die Auswahl gesunder Nahrungsmittel stirnrunzelnd betrachtete.

Kristina errötete ein wenig, beschämt über diese kleine, harmlose Erinnerung an die Unterschiede zwischen ihr und Max und praktisch allen anderen auf dieser Erde. »Ich weiß nicht«, sagte sie. »Wahrscheinlich sind es nichts weiter als Requisiten für das Theaterstück.«

Max machte ein nachdenkliches Gesicht, als er den Inhalt der Schränke prüfte und sich schließlich für eine Teflonpfanne entschied. »Mit Theaterstück meinst du wohl dein Bedürfnis – wie soll ich es nennen? –, ein ganz gewöhnlicher Mensch zu sein?«

Sie nickte. Ihre Wangen brannten noch ein wenig, und sie verspürte einen leisen Trotz. »Das habe ich mein Leben lang gewollt«, gestand sie.

Er stellte die Pfanne auf den Herd, schaltete die Platte ein und begann mit einer Geschicklichkeit, die von langjähriger Praxis zeugte, Gemüse aufzuschneiden und Eier aufzuschlagen. Ein mutwilliges Lächeln funkelte in seinen Augen, als er sich endlich wieder zu Kristina umwandte. »Du hast etwas sehr Wichtiges übersehen«, sagte er. »Du, Kristina Holbrook, könntest niemals *gewöhnlich* sein, ganz gleich, wie du das Wort auch auslegst. Selbst wenn du sterblich wärst, wärst du trotzdem noch immer einzigartig.«

Kristina wandte einen Moment den Blick ab. Sie hätte gern geglaubt, daß er das, was er sagte, ernst meinte, aber sie war skeptisch. Er bemühte sich nur, nett zu sein und sie nicht zu verletzen. »Ich weiß, was ich bin, Max«, sagte sie schließlich ein bißchen ungeduldig.

Aber das stimmte überhaupt nicht. Sie war keine Hexe, keine Frau, kein Engel und auch kein Vampir. Was blieb danach noch übrig? Gab es vielleicht auf anderen Planeten Geschöpfe, die ihr ähnlich waren? In anderen Welten oder parallelen Dimensionen?

Max gab die Eier und das Gemüse in die Pfanne und streute Salz und Pfeffer darauf. Daß er nicht auf ihre Bemerkung antwortete, flößte ihr ein leises Unbehagen ein.

»Was glaubst du, was ich bin?« fragte sie und versuchte, ihre Verwundbarkeit vor ihm zu verbergen. Als Michael, ihr Mann, von ihren magischen Fähigkeiten erfahren hatte, hatte er gesagt, sie sei abartig, pervers, eine bestialische Mißgeburt. Selbst nach über einem Jahrhundert noch besaß die Erinnerung daran die Macht, sie zu verwunden.

»Schön«, erwiderte Max ohne Zögern und drehte sich einen kurzen Moment lang zu ihr um. »Intelligent. Großzügig. Aufgeschlossen. Soll ich fortfahren?«

Tränen sammelten sich in ihren Wimpern, und sie blinzelte, um sie zu verdrängen. Ihre Reaktion war widersprüchlich – sie war einerseits froh und erleichtert, dachte andererseits jedoch, daß Max noch gar nicht richtig Zeit gehabt hatte, die verschiedenen Aspekte der Situation zu erkennen und zu verarbeiten. Es war noch zu früh, selbst für einen solch intelligenten Mann wie ihn, zu begreifen, was es hieß, eine Beziehung zu ihr einzugehen.

Wieder nickte er, lächelte ein wenig und strich ihr sanft mit dem Handrücken über die Augen. »Ja«, sagte sie mit rauher Stimme. »Erzähl mir mehr.«

»Du besitzt die Eleganz einer Göttin und den Verstand eines Philosophen. Dich zu lieben war, als würde ich auseinandergenommen, Zelle um Zelle, um dann wieder zusammengesetzt zu werden, aber besser als zuvor. Stärker.«

Kristina lachte leise. Ihre Hand zitterte ein wenig, als sie nach ihrer Tasse griff. »Entweder besitzt du eine dichterische Seele, oder du bist ein Schwätzer«, meinte sie.

Max holte Teller aus dem Schrank, schnitt das Omelett in der Mitte durch und legte ein Stück auf jeden Teller. »Und du bist viel zu mißtrauisch«, antwortete er ohne Groll. »Aber das ist nichts Ungewöhnliches heutzutage, bei beiden Geschlechtern, denke ich.«

Sie verzichtete auf den Einwand, daß dieser Vergleich eigentlich gar nicht auf sie zutraf, es wäre sinnlos gewesen, ständig auf der Tatsache hermzureiten, daß sie trotz all ihrer Bemühungen, normal zu erscheinen, eine Art

Mutant war. »Und du, Max? Fällt es *dir* schwer, zu vertrauen?«

Er stellte die Teller auf die Frühstücksbar, holte Besteck aus einer Schublade und setzte sich zu zu Kristina. »Nein«, erwiderte er nach einem nachdenklichen Schweigen, in dessen Verlauf er seine Hälfte des Omeletts betrachtete, als könne er die Antwort auf die Frage darin finden. »Ich bin in einer der wenigen harmonischen Familien Amerikas aufgewachsen. Keiner trank, spielte oder schlug den anderen. Wir gingen jeden Sonntag zur Messe, aber weder Mom noch Dad hätte man in irgendeiner Form als Fanatiker bezeichnen können. Ich war noch im College, als ich mich in Sandy verliebte, und wie es der Zufall wollte, war auch sie emotionell gefestigt. Das Schlimmste, das mir – uns allen – jemals zugestoßen ist, war ihr Tod.«

Kristina nahm ihre Gabel auf, wenn auch eigentlich mehr, weil Max sich die Mühe gemacht hatte, für sie zu kochen, als aus Hunger. Es erschien ihr schrecklich ungerecht, daß eine schöne, talentierte junge Frau mit einem liebevollen Ehemann und zwei reizenden Kindern so früh schon hatte sterben müssen, während uralte Vampire sich nach dem Trost des Todes sehnten und er ihnen verweigert blieb.

»Ich wüßte gern mehr über dein Leben mit Michael«, sagte Max auf jene freimütige Art, die Kristina so oft erstaunte. »Was geschah nach dem Duell?«

Kristina machte Anstalten, sich von ihrem Hocker zu erheben. Das Essen war vergessen. Sie wollte, *mußte* die restlichen Briefe und die Geschichte, die sie erzählten, mit einem objektiven Menschen teilen. Falls man Max überhaupt noch als objektiv bezeichnen konnte, nachdem er sie so leidenschaftlich geliebt hatte.

»Ich hole die Briefe«, sagte sie.

Max hielt sie zurück, indem er ihren Arm ergriff. »Nicht jetzt, Liebling«, bat er. »Nach dem Frühstück.«

Kristina merkte, daß sie hungrig war, und begann sich wieder mit ihrem Omelett zu beschäftigen. »Du bist ein guter Koch«, stellte sie ein wenig überrascht fest, nachdem sie einige Bissen gegessen hatte.

Max grinste. »Ich bin ein Mann der neunziger Jahre«, sagte er. »Ich kann auch waschen, Badezimmer reinigen und Böden schrubben. Einmal habe ich sogar ein Ballett-Trikot geflickt, fünfzehn Minuten bevor Eliette bei einer Schulaufführung auftreten mußte. Natürlich wäre es mir sehr peinlich, wenn die Jungs in meiner Mannschaft etwas davon erfahren würden.«

Kristina lächelte über das Bild dieses großen, breitschultrigen Mannes, der das Trikot eines kleinen Mädchens flickte. Die Vorstellung löste einen leisen Schmerz in ihrem Herzen aus. »Du bist ein netter Mann, Max Kilcarragh«, sagte sie.

Er seufzte. »Sei dir da nicht so sicher. Ich habe nicht gesagt, daß ich *gern* nähe und saubermache. Aber irgend jemand mußte es schließlich tun.«

Weil Sandy nicht mehr lebte, dachte Kristina traurig. Es war fast, als ob Max' verstorbene Frau im selben Raum mit ihnen wäre, und erst jetzt kam Kristina erst so richtig zu Bewußtsein, daß trotz allem noch ein Hindernis zu überwinden war, selbst dann, wenn sie selbst eine ganz normale Sterbliche gewesen wäre. Max hatte Sandy mit einer seltenen Intensität geliebt. Vielleicht besaß er gar nicht die emotionellen Reserven, um je wieder so tief zu lieben.

»War Sandy so eine Frau?« forschte sie behutsam. Es ging sie zwar nichts an, das wußte sie, aber sie wollte dennoch wissen, wie Sandy Kilcarragh gewesen war. Sie, die immer Dienstboten gehabt, die Welt bereist und sich in den letzten Jahrzehnten fast ausschließlich damit beschäftigt hatte, ein Geschäft von internationalem Rang und Namen aufzubauen. »Eine Hausfrau, meine ich?«

Max war nicht gekränkt über die Frage, sie schien ihn nicht zu stören. Er nahm seinen Teller und Kristinas, als er sah, daß sie ihr Frühstück beendet hatte, und trug sie zur Spüle. »Anfangs haben wir gemeinsam die Hausarbeit erledigt«, erzählte er, »aber als Eliette geboren wurde, beschloß Sandy – sie war Lehrerin –, sich einige Jahre beurlauben zu lassen, um daheim zu bleiben. Danach hat sie den Haushalt fast ganz allein bewältigt, aber ich half ihr bei den Kindern, wo ich konnte.«

Kristina erhob sich von ihrem Hocker, um nach oben zu gehen und die Briefe zu holen. Ihre Kehle war fast schmerzhaft eng, denn sie wußte, daß sie selbst wahrscheinlich niemals Mutter sein würde. Sie und Michael hatten kein Kind gezeugt, und im übrigen befürchtete sie, wie Valerian, irgendeine Art von Monster auf die Welt zu bringen.

»Ich … Ich glaube nicht, daß ich Kinder haben kann«, sagte sie sehr leise. Sie besaß guten Grund zu dieser Annahme.

Max, der Wasser über die Frühstücksteller laufen ließ, drehte den Hahn ab, ging zu Kristina und legte ihr seine großen Hände auf die Schultern. »Und darunter leidest du, nicht wahr?« fragte er. Dann, ohne ihre Antwort abzuwarten, die sich wahrscheinlich ohnehin in ihrem Blick verriet, zog er sie an sich und hielt sie einen Moment lang fest umfangen.

Kristina hungerte so sehr nach Zärtlichkeit, daß sie weder auf ihre Vernunft noch auf ihre Intuition hörte. Sie war wie berauscht von Max' liebevoller Fürsorge, sie war für sie wie Opium. Seufzend schmiegte sie sich an ihn, ein paar Sekunden nur, um sich dann von ihm zu lösen und hinaufzugehen.

Sie fand die Briefe, wo sie sie zurückgelassen hatte, und zögerte nur kurz, bevor sie wieder hinunterging. Max saß auf der Couch im kleinen Wohnzimmer, nippte an einer Tasse dampfenden Kaffees und schaute durch das Fenster einer Fähre nach, die mit blinkenden Lichtern Elliott Bay verließ.

Lächelnd setzte er seine Tasse ab und ging zum Kamin, um dort ein prasselndes Feuer zu entzünden. Es war noch dunkel draußen; es würde mindestens noch eine Stunde dauern, bis es Morgen wurde. Zu dieser frühen Zeit, wenn die ganze Stadt noch schlief, mit Max zusammenzusein war etwas wundervoll Intimes. Ein einträchtiges Schweigen herrschte zwischen ihnen – ein Gefühl nicht nachlassender Erinnerung an ihre Liebesnacht, als hätte ihre Leidenschaft sich ihnen für immer eingeprägt, in jede Zelle ihres Körpers.

Kristina rührte sich nicht, während sie Max beobachtete und sich die Phantasie erlaubte, daß es vielleicht noch viele tausend anderer Morgen wie diesen geben würde. Ein ganzes Leben voller Tage und Nächte.

Max richtete sich auf, staubte sich die Hände ab und wandte sich um, um Kristina anzusehen. Das Päckchen Briefe in ihrer Hand ignorierte er. »Hast du je einen Moment gehabt, von dem du wünschtest, daß er nie vergehen möge?«

»Ich glaube, dies ist so ein Moment«, erwiderte Kristina.

Keiner von beiden bewegte sich.

»Es jagt mir fast ein bißchen Angst ein«, gestand Max leise.

»Was?«

»Soviel für jemand zu empfinden. Kristina, ich weiß nicht, ob ich es mir leisten kann, diese Gefühle, die ich zu empfinden beginne, zuzulassen. Ich weiß nicht, ob das nicht zu gefährlich ist.«

Sie verstand ihn – oder glaubte es zumindest. »Du brauchst keine Angst vor ... Hexern und Vampiren zu haben. Ich werde einen Weg finden, dich zu beschützen ...«

Max schüttelte den Kopf, und sie verstummte. »Das meinte ich nicht.«

Kristina schluckte. »Oh.«

»Ich glaube, ich würde den Verstand verlieren, wenn ich eine Frau so lieben würde, wie ich dich vermutlich lieben könnte, und sie dann verlieren würde. Ich habe das schon einmal durchgemacht, und wenn ich nicht Bree und Eliette gehabt hätte, für die ich weiterleben mußte, hätte ich es ganz sicher nicht geschafft.«

Kristina verzichtete darauf, Max ins Gedächtnis zu rufen, daß sie einhundertdreißig Jahre alt war und daher vermutlich *sie* diejenige sein würde, die einst um ihn trauern würde, und nicht er um sie. Das wäre Selbstmitleid gewesen oder Martyrium sogar, und das waren Stimmungen, die sie zu vermeiden trachtete, obwohl es gewiß nicht immer einfach war.

Sie hätte jetzt erwidern können, es gebe keine Garantien, daß jeder Risiken eingehen mußte und daß Liebe alle Gefahren wert war, die damit verbunden waren, doch all diese Argumente waren ihr zu nichtssagend, zu banal. Max' Bedenken waren gerechtfertigt, und ihre ebenfalls.

Es gab zu viele Fragen und so wenige klare, eindeutige Antworten.

KAPITEL 12

Meine geliebte Phillie, begann der nächste Brief. Max hatte es sich zum Lesen auf dem weichen Ledersofa bequem gemacht, und Kristina saß an seiner Seite, um jede einzelne der Zeilen mitzulesen, die sie vor so langer Zeit geschrieben hatte. Für sie war es fast das gleiche, als durchlebte sie jene furchtbare Zeit aufs neue, und doch wußte sie, daß sie es tun mußte, um diesen verwirrendsten Teil ihrer Vergangenheit endgültig abzuschließen …

Ich hatte Dir schon früher schreiben wollen, meine geduldige Freundin, aber es ist nicht so einfach, mir jene düsteren Tage in Erinnerung zu rufen, selbst heute nicht, obwohl beträchtliche Zeit seither verstrichen ist.

Als ich das letztemal schrieb, hatte Michael seinen eigenen Cousin getötet, Justin Winterheath, in einem sinnlosen Duell, bei dem auch er sich schreckliche Verletzungen zugezogen hatte. Das Knie meines Mannes war zersplittert und sollte nie wieder richtig heilen, was ihm sein Leben lang unerträgliche Qual verursachte. Sein Trinken, das schon vor unserer Ehe ein Problem darstellte – ich hatte es an ihm bemerkt und doch nicht wahrnehmen wollen –, wurde nach unserer Hochzeit noch viel schlimmer. Jetzt konnte er seine Verletzungen als Ausrede benutzen.

Phillie, Du wirst Dir vorstellen können, welcher Klatsch der Tragödie auf Cheltingham folgte, aber ich glaube, nicht einmal Du in Deiner Weisheit kannst Dir vorstellen, welch furchtbares Netz aus Leid Michael mit seiner unüberlegten Tat an jenem nebligen Morgen geknüpft hatte.

Es wurde behauptet, Michael sei ein Mörder und müsse für seine Verbrechen vor Gericht gestellt und aufgehängt werden. Lady Cheltingham, meine Schwiegermutter, war schon vorher von sehr zarter Konstitution gewesen, und nach der Tragödie begann sie sehr schnell zu verfallen. Ihr Konsum an Laudanum nahm täglich zu, hieß es, bis sie nicht einmal mehr das Bett verließ. Ihr Gemahl, der einst so lebensfrohe Lord Cheltingham, war nie ein besonders aufmerksamer Ehemann gewesen – ich glaube, einige von Michaels schlimmsten Charakterfehlern hatte er von ihm geerbt –, aber nachdem Justin begraben war, gab der Herzog seine Spielclubs, seine Jagdhunde und seine Pferde auf, und es hieß, daß er nicht einmal mehr seine Mätresse aufsuchte. Er zog sich in seine Bibliothek zurück, aber nicht etwa, um zu lesen, was ihm vielleicht dabei geholfen hätte, die tragischen Ereignisse zu überwinden, sondern einfach nur, um dazusitzen und düster aus dem Fenster hinauszustarren, behaupteten die Dienstboten.

Nur Gilbert und ich blieben stark – Gilbert, weil das sein Charakter war, und ich, weil Michael mich brauchte. (Ich war so dumm, zu glauben, Phillie, wenn ich ihn nur genug liebte, könnte ich ihn retten!)

Aber Michael begann sich von Tag zu Tag unmöglicher zu benehmen.

Er versuchte immer wieder, ein Pferd zu reiten – das war stets seine große Leidenschaft gewesen, und die Liebe zu mir hatte sie nie verdrängen können –, aber sein steifes Knie machte sein Vorhaben praktisch undurchführbar. Er wurde bei jedem Versuch abgeworfen, und dann hatte er noch mehr Schmerzen, trank noch mehr und schrie und wütete schlimmer noch als je zuvor.

Ich wurde zu einer beständigen Erinnerung an alles, was Michael verloren hatte. In jenen Tagen begann er, sich als Opfer von Winterheaths unkontrollierbarem Jähzorn zu betrachten, und obwohl er sich der häßlichen Geschichten, die über ihn in Umlauf waren, bewußt gewesen sein mußte, zeigte er weder Reue noch Beschämung. Er haßte mich, schien es, als hätte ich die ganze Katastrophe ausgelöst, und oft verfluchte er mich auf schlimmste Weise oder schrie mich an. Er beschuldigte mich sogar der Untreue, Phillie – sagte, ich betröge ihn mit seinem eigenen Bruder.

Ich bin sicher, daß Du Dich jetzt fragst, warum ich geblieben bin. Ich bin nicht sicher, Dir diese Frage beantworten zu können, nicht einmal heute, nachdem ich die Dinge aus einer völlig anderen Perspektive sehe. Ich kann nur sagen, daß ich Michael sehr geliebt habe; mein Fehler war ganz ohne Zweifel, daß ich den Mann liebte, der er hätte sein können, statt des Mannes, der er war.

Nachts schlief ich in einem Zimmer neben Michaels – ich wollte nicht, daß er mich in seinem trunkenen, ekelerregenden Zustand anfaßte. Aber er kam oft in mein Bett und nahm mich, gegen meinen Willen, und mit der Zeit haßte ich diesen Aspekt der Ehe, den ich vorher als so aufregend empfunden hatte. Ich benötigte meine Magie nicht, um mich innerlich von dem zu entfernen, was Michael mit mir tat – mir war ohnehin kaum noch bewußt, daß ich über magische Kraft verfügte.

Eines schönen Frühlingsmorgens weckte Lady Cheltinghams Kammerzofe das ganze Haus mit einem schrillen Schrei. Die Herzogin war im Schlaf gestorben und lag mit wächsernem Gesicht und starren Augen in ihrer spitzenbesetzten Haube und ihrem hochgeschlossenen Nachthemd in ihrem Bett, die stets greifbare Flasche Laudanum in unmittelbarer Reichweite.

Eine bedrückende Finsternis schien sich danach über den gesamten Besitz herabzusenken, obwohl die Hügel von Cheltingham mit saftigem grünem Gras bestanden waren, auf dem weiße Schafe mit ihren Lämmern weideten. Forellen sprangen in Flüssen und Teichen, und der Himmel war von einem solch hellen, klaren Blau, wie es ihn nur in England gibt. Ich wollte glücklich sein, aber es gelang mir einfach nicht.

Einen Monat nach Lady Cheltinghams Beerdigung begab ihr Mann sich eines Nachmittags in die Familienkapelle, schob den

Lauf seines Jagdgewehrs in seinen Mund und betätigte den Abzug. Die kleine, alte Kapelle, in der zahllose Kinder getauft, Predigten gehalten und Ehegelübde ausgetauscht worden waren, war nun besudelt worden von dem sprichwörtlichen und tatsächlichen Gemetzel, das Lord Cheltingham in seiner wütenden Verzweiflung mit sich angerichtet hatte.

Es schien, als verfolgten Michaels Dämonen ihn schlimmer noch als je zuvor, als starrten sie aus seinen Augen und bedrängten ihn von innen und von außen. Gilbert bemühte sich, doch ohne Erfolg, seinen Bruder zur Räson zu bringen. Michael war uns längst entglitten.

Er verschwand oft tagelang, nahm eine der vielen Kutschen und ließ Cheltingham Castle – und mich – vorübergehend in Ruhe. Während dieser Intervalle, Phillie, muß ich Dir gestehen, betete ich zu Gott, daß er niemals wiederkomme möge. Gott vergebe mir, aber ich wünschte ihm den Tod. Doch Michael kam immer wieder zurück, noch zorniger, noch abscheulicher als zuvor und voller schrecklicher Beschuldigungen.

Zu jener Zeit war Gilbert schon Duke of Cheltingham. Obwohl er gramgebeugt war und seinem Bruder bitteren Groll entgegenbrachte, war er fest entschlossen, den Besitz so gut wie möglich zu verwalten und seinen Leuten ein guter Lehnsherr zu sein. Er hatte vor langer Zeit eine gewisse Susan Christopher geliebt, eine junge Frau von exzellentem gesellschaftlichem Stand, die er schon seit seiner Kindheit ehelichen wollte.

Aufgrund des sogenannten ›Cheltingham-Skandals‹ jedoch zog Susans Familie ihre Einwilligung zu dieser Heirat zurück, und Susan selbst erhob keinen Widerspruch und heiratete einen anderen. Sie war nicht so charakterfest wie Gilbert, aber das kann ich ihr nicht zum Vorwurf machen. Obwohl ich glaube, daß mein eigener Vater, als Sterblicher, ein solcher Mann gewesen ist, habe ich nie einen anderen gekannt wie meinen Schwager.

Wenn Du nun errätst, daß ich endlich die schlimmste aller Wahrheiten erkannt hatte – daß ich vor dem Gesetz der Kirche den falschen Bruder geehelicht hatte –, so hast Du recht. Ich begann Gilbert mit der Zeit zu lieben, und ich glaube, auch er brachte mir zärtliche Gefühle entgegen, obwohl natürlich etwas in ihm zerbrochen war durch den Verlust von Susan.

Gilbert und ich hätten uns nun gegenseitig trösten können und wären vom Himmel vielleicht nicht allzu hart dafür gestraft worden, aber das taten wir nicht. Gilbert war viel zu anständig, obwohl er mich oft mit der gleichen Sehnsucht ansah, die ich selbst empfand, aber es war keineswegs etwas so Nobles wie Ehre, was mich davor bewahrte, eine Sünde zu begehen. Ich hätte den Bruder meines Mannes vielleicht verführt, denn so sehr begehrte ich ihn, wenn ich damit nicht Michaels ständigen und bis dahin völlig unbegründeten Beschuldigungen Gewicht verliehen hätte.

Während dieser Zeitspanne wahrten Papa und Valerian Distanz zu mir. Was mich anging, so hätten sie Figuren aus einer mystischen Erzählung sein können; ich verübelte ihnen ihre Abwesenheit und versuchte häufig, sie herbeizurufen, laut und unter Tränen. Später kam ich zu dem Schluß, daß sie mir ferngeblieben waren, weil dies Schlachten waren, die ich allein auszufechten hatte, aber natürlich gab es auch noch einen anderen Grund dafür. Sie alle befürchteten, Michael in einem Augenblick unkontrollierbaren Zorns eine unheilige Bestrafung aufzuerlegen und damit meinen nicht endenden Haß auf sich zu ziehen.

Und deshalb war ich, bis auf Gilbert, ganz allein auf mich gestellt …

Das schrille Klingeln des Telefons riß sowohl Kristina wie auch Max aus der vergangenen Welt der Briefe; Max lehnte den Kopf zurück und schloß die Augen, während Kristina aufstand, um den Anruf zu beantworten.

»Miss Holbrook?« fragte eine fremde Stimme.

Kristina beobachtete Max und fragte sich, was er jetzt, nach diesen neuesten Informationen aus den Briefen, von ihr denken mochte. »Ja«, sagte sie in den Hörer.

Der Anrufer gab ihr seinen Namen an und stellte sich als Angestellter der Firma für Sicherheitssysteme vor, die ihren Laden überwachte. »Wir haben ein Signal aus Ihrem Laden erhalten, Ma'am, und die Polizei gleich hingeschickt. Wir wollten Sie nur benachrichtigen, daß vielleicht ein Einbruch stattgefunden hat.«

Kristina seufzte, dankte dem Mann und legte auf. Max schaute sie mit erhobenen Augenbrauen an.

»Das war jemand von der elektronischen Überwachungsfirma, mit der ich einen Vertrag habe«, sagte sie. »Sie haben die Polizei zu meinem Laden geschickt. Es ist vielleicht nur falscher Alarm, aber ich glaube, es wäre trotzdem besser, wenn ich hinfahre.«

Max legte den noch nicht ganz zu Ende gelesenen Brief vorsichtig auf den Tisch und stand auf. »Dann laß uns gehen«, meinte er.

Kristina freute sich, daß er sie begleiten wollte, obwohl sie wußte, daß das nicht notwendigerweise etwas zu bedeuten hatte. Er war ein netter Mann und dazu erzogen worden, höflich und zuvorkommend zu sein. Im stillen beglückwünschte sie seine Eltern – sie mußten anständige Leute sein.

»Du scheinst dir keine allzu großen Sorgen zu machen«, bemerkte er, während er ihr in den Mantel half und dann in seinen eigenen schlüpfte, bevor er die Tür öffnete. Sie waren schweigend übereingekommen, seinen Jeep zu nehmen, der in der Einfahrt neben ihrem Mercedes stand. »Um den Laden, meine ich.«

Etwas belastete sie am Rande ihres Bewußtseins, aber sie konnte es nicht genau bestimmen. »Wie schon gesagt, es ist bestimmt nur falscher Alarm. Und selbst wenn jemand eingebrochen ist, es ist alles gut versichert.«

Max zog den Kragen seines Mantels hoch. Eine eisige Brise wehte von Puget Sound herein, und obwohl es in Seattle nur sehr selten schneite, war der Himmel dunkel wie von Schnee. »Geld bedeutet dir nicht viel, nicht wahr?« fragte er, als er die Beifahrertür des Jeeps für Kristina aufhielt. Seine Stimme verriet weder Überraschung noch Kritik. Anscheinend hatte er es nur gesagt, um Konversation zu machen.

Kristina wartete, bis er hinter dem Steuer saß, bevor sie antwortete. »Ich habe immer mehr als genug gehabt«, erwiderte sie.

»Und was du nicht hattest, konntest du herbeizaubern«, entgegnete er, während er vorsichtig auf die Straße zurücksetzte.

»Aber ich habe es nie getan«, gestand Kristina. »Sogar ganz zu Anfang schon wollte ich immer nur – nun ja – normal sein.«

Max schüttelte den Kopf und lächelte. »Viele von uns hätten einen Vorteil aus dieser Macht gezogen«, sagte er. »Warst du nie versucht, dich zu wehren, wenn Michael dich so schlecht behandelte?«

Kristina überlegte eine Weile, nicht, um die Antwort abzuwägen, denn die wußte sie sofort, sondern weil sie nicht sicher war, ob ein solches Geständnis ratsam war. »Ich habe mir tausend verschiedene Arten der Vergeltung ausgedacht«, erwiderte sie schließlich. »Offen gestanden war ich mir nie ganz sicher, ob es nicht mein Zorn war, der ihn schließlich tötete.«

Max warf ihr einen Blick zu. »Wirst du mir davon erzählen?«

Sie biß sich auf die Lippen. »Du wirst es aus den Briefen erfahren«, antwortete sie.

»Einverstanden«, sagte Max.

Ein paar Minuten später erreichten sie Western Avenue und Kristinas Antiquitätenladen. Zwei Streifenwagen parkten davor, und Max lenkte seinen Jeep geschickt dazwischen.

Kristinas Unbehagen, das sich vorher nur ansatzweise bemerkbar gemacht hatte, wuchs und ließ sich nicht länger ignorieren. Sie stieg aus dem Wagen, ohne abzuwarten, bis Max die Tür öffnete, und näherte sich der Eingangstür des Ladens, deren Glas zerbrochen war. Große, scharfe Glassplitter bedeckten den Bürgersteig und die Eingangsstufen.

Soviel zu ihrer Theorie, daß es falscher Alarm gewesen war.

»Ich bin Kristina Holbrook«, teilte sie dem uniformierten Beamten an der Tür mit. »Es ist mein Laden.«

Er fragte, ob sie sich identifizieren könne, und sie suchte in ihrer Tasche nach ihrem Führerschein.

Der Beamte nickte, und Max und Kristina durften das Geschäft betreten. Es lag fast kein Glas auf dem Boden, und eine kurze Überprüfung des Raums ergab, daß sehr wenig verändert worden war. Die Registrierkasse, die für sich schon eine Antiquität war, war durch die Glasscheibe der Schmucktheke geschleudert worden, möglicherweise in dem Augenblick, als die Einbrecher entdeckten, daß sie leer war.

Ein Mann in Zivilkleidung näherte sich ihnen und zückte seinen Ausweis. »Miss Holbrook? Ich bin Detective Walters.«

Kristina nickte zustimmend. Max sagte nichts, aber er blieb dicht bei Kristina stehen, wofür sie ihm sehr dankbar war.

»Wir haben es hier mit einem sehr merkwürdigen Fall zu tun«, bemerkte Detective Walters. Er war ein sympathischer Mann, der recht gut aussah und tadellos gekleidet war. »Es sieht fast so aus, als hätte der Einbrecher sich hier ausgekannt. Haben Sie Angestellte? Jemanden, der einen Schlüssel zu dem Laden haben könnte?«

Kristina dachte an das Glas auf dem Bürgersteig. Natürlich. Die Tür war von innen aufgebrochen worden. Ihr Unbehagen wuchs, obwohl sie sich den Grund dafür noch immer nicht erklären konnte, und ein bitterer Geschmack stieg in ihrer Kehle auf. »Nein«, sagte sie. »Ich habe den Laden immer allein geführt.«

»Wäre es möglich, daß sich jemand hier versteckt hat, als Sie gestern abend abschlossen?«

»Ich war gestern nicht hier«, erwiderte Kristina und errötete ein wenig. Sie wollte dem Detective nicht erklären müssen, daß sie mit Max zusammengewesen war; das war zu kostbar und privat.

Aber der Beamte fragte nicht danach. Einer der Vorteile eines eigenen Geschäfts war schließlich, daß man selbst seine Arbeitszeit bestimmen konnte. »Haben Sie finanzielle Probleme, Miss Holbrook?« wollte er statt dessen wissen, in einem Ton, der mehr Langeweile als echtes Interesse verriet.

Kristina, die spürte, wie Max sich neben ihr versteifte, zwang ihn kraft ihrer Gedanken, sie nicht zu verteidigen. Gleichzeitig jedoch freute sie sich, daß er sofort bereit gewesen war, gegen die Unterstellungen des Polizeibeamten Protest zu erheben.

»Nein«, sagte sie. »Ich brauche das Geld der Versicherung nicht.«

Es sprach für Walters, daß er leicht beschämt wirkte. »Ich muß die Frage stellen, Miss Holbrook. Und eigentlich ist es auch sehr leicht herauszufinden. Man braucht dazu nur ein paar Computertasten zu betätigen.«

Das überraschte Kristina nicht. Ihre beste Freundin, Valerians Daisy, war Privatdetektivin, und Daisy hatte ihr schon oft erzählt, wie leicht es war, in die Privatsphäre eines Menschen einzudringen, mit oder ohne sein Wissen.

»Ich würde mich gern ein wenig umsehen«, sagte Kristina zu Detective Walters.

Der Beamte zog ein kleines Notizbuch und einen Bleistiftstummel aus der Tasche seiner Skijacke. Er trug Jeans, ein Sweatshirt und Tennisschuhe, statt des Trenchcoats, den Kristina bei ihm erwartet hätte. »Hier«, erwiderte er. »Erstellen Sie eine Liste von allem, was fehlt, wenn Sie so freundlich sein wollen.«

Und da kam ihr endlich die Erkenntnis, was es war, was sie so beunruhigt hatte, seit sie wußte, daß in ihren Laden eingebrochen worden war.

Sie ging sofort ins Hinterzimmer, in dem sie den Türstopper, den häßlichen Bronzeaffen, zurückgelassen hatte.

Er war fort.

Kristinas Knie gaben unter ihr nach; Max ergriff einen ihrer Ellbogen und führte sie zu dem kleinen Tisch in der Nähe, wo sie morgens und nachmittags ihren Tee trank. Sie ließ sich auf einen der kühlen Klappstühle sinken und legte, am ganzen Körper zitternd, die Hände auf die Arme.

Max berührte ihre Schulter, dann hockte er sich neben ihrem Stuhl nieder. »Liebling«, sagte er leise. »Was ist mit dir?«

»Der Bronzeaffe«, wisperte sie unglücklich und wandte den Kopf, um ihm in die besorgten Augen zu schauen. »O Gott, Max – der Türstopper ist fort!«

»Hatte dieses Stück irgendeinen sentimentalen Wert für Sie?« fragte Detective Walters von der Tür her. Kristina nahm ihm die Einmischung sehr übel, obwohl der Mann selbst ihr gar nicht mal so unsympathisch war.

Wie hätte sie erklären können, daß eines Nachts, vor fast einem Jahr, ein junger Mann den Laden betreten hatte, mit der Absicht, sie zu berauben und zu vergewaltigen, und sie ihn in einen bronzenen Türstopper verwandelt hatte? Das war vollkommen ausgeschlossen – solange sie und Max nicht allein waren jedenfalls.

»Ja«, log sie deshalb und zwang sich, obwohl ihr noch immer schwindlig war, sich aufrecht hinzusetzen. Sie wußte, daß sie leichenblaß sein mußte, und befürchtete, sich jeden Augenblick zu übergeben. Daß sie dazu menschlich genug war, war ihr bisher nicht bewußt gewesen. »Es war nicht wertvoll, aber ... aber es gefiel mir«, sagte sie und richtete einen flehenden Blick auf Max, der noch immer neben ihrem Stuhl hockte und sie prüfend musterte. »Würdest du bitte meine Freundin anrufen und sie bitten, so schnell wie möglich herzukommen? Ihr Name ist Daisy Chandler«, fügte sie hinzu und gab Max die Nummer.

»Ich fürchte, der Einbrecher hat die Telefonleitung zerschnitten«, wandte Detective Walters ein.

Natürlich. Der Dieb – sie hatte sich nicht damit aufgehalten, seinen Namen herauszufinden – mußte furchtbar wütend gewesen sein, als der Zauberspruch seine Wirkung verlor. Es war ein Wunder, daß er nicht den ganzen Laden verwüstet hatte oder gar zu Kristinas Haus gekommen war, um sich zu rächen. Ihre Adresse stand auf den Visitenkarten, die sie in ihrem Schreibtisch und an anderen Orten aufbewahrte.

»Ich habe ein Mobiltelefon im Wagen«, sagte Max und ging hinaus, um es zu holen.

»Was ist mit ihm?« fragte der Detective und deutete mit

dem Daumen in Max' Richtung. »Hat er einen Schlüssel zu dem Laden?«

»Nein«, erwiderte Kristina, unfähig, den Groll aus ihrer Stimme fernzuhalten. »Max ist ein Musterbeispiel für einen grundanständigen Bürger.« Sie stand auf, füllte einen Becher mit Wasser, fügte einen Teebeutel hinzu und trug das Ganze zum Mikrowellenherd. Übelkeit rumorte in ihrem Magen und in ihrer Kehle; ein Kamillentee würde vielleicht ihre Nerven beruhigen.

»Ich mußte fragen«, sagte Walters achselzuckend. »Viel mehr können wir nicht tun, zumindest heute nicht. Wir werden einen Bericht anfertigen und Sie bitten, ihn zu unterschreiben. Das beste wäre, wenn Sie dafür sorgen würden, daß das Glas noch heute ersetzt oder die Tür wenigstens mit Brettern zugenagelt wird.«

Den Rest ihrer Ware zu beschützen war die geringste von Kristinas Sorgen. »Danke«, antwortete sie. Es war nicht das, was sie wirklich meinte, aber das einzige, was ihr im Augenblick zu sagen einfiel.

Max kam zurück, als Walters und die anderen gingen. »Daisy ist schon auf dem Weg«, erzählte er. »Ich habe auch gleich einen Freund von mir angerufen, einen Bauunternehmer. Er wird sehen, was er heute noch wegen der Tür unternehmen kann.«

Kristina hatte inzwischen ihren Tee aus dem Mikrowellenherd genommen. Auf unsicheren Beinen kehrte sie zum Tisch zurück und setzte sich. Sie zitterte so heftig, daß sie beide Hände benutzen mußte, um die Tasse an die Lippen zu heben.

»Möchtest du mir nicht erzählen, was es mit diesem Türstopper auf sich hat?« fragte Max, als sie beide eine Weile geschwiegen hatten. Die Polizei war fort, und von draußen wehte kalte Luft herein. Beide trugen noch ihre Mäntel.

Kristina schüttelte den Kopf »Wenn Daisy kommt«, versprach sie. »Es wäre mir unerträglich, es zweimal zu erzählen.«

Max zog sich den zweiten Stuhl heran und setzte sich

ihr gegenüber. »Daisy muß die Frau sein, die die Halloweenparty für die Nachbarn gab. Die Frau, die sich einen weißen Wolf als Haustier hält und sich als Gattin eines Vampirs betrachten darf.«

Die Situation war so verrückt, daß sie fast komisch hätte sein können – bis auf den Umstand, daß ein wütender Einbrecher und Vergewaltiger wieder auf die Menschheit losgelassen worden war. Kristina brachte nicht einmal die Kraft zu einem Lächeln auf »Ja, das ist sie. Sie ist auch Privatdetektivin.«

»Das paßt«, entgegnete Max trocken. »Niemand soll behaupten dürfen, deine Freunde und Verwandten führten ein langweiliges Leben.«

Es gelang Kristina, den Schatten eines Lächelns aufzusetzen. »Bevor sie nach Seattle kam, war Daisy bei der Mordkommission von Las Vegas. Das Wort ›langweilig‹ existiert in ihrem Wortschatz nicht.«

Max balancierte seinen Klappstuhl auf zwei Beinen, verschränkte die Arme über der Brust und betrachtete Kristina ein, zwei Minuten lang in nachdenklichem Schweigen. »Ich fürchte mich fast ein bißchen davor, die Frage zu stellen«, begann er schließlich. »Aber was könnte Mrs. Chandler tun, was die Polizei nicht kann? Ist sie nicht eine Sterbliche wie sie?«

Kristina atmete tief ein und ließ den Atem langsam wieder aus. Dann nickte sie. »Ja, Daisy ist sehr menschlich. Aber sie ist auch sehr, sehr gut in ihrem Beruf.«

»Und sie, genau wie du, hat mächtige Verbündete.«

»Ja«, antwortete Kristina schlicht. Sie hoffte, daß Valerian und vielleicht auch Dathan ihr mit Rat und Tat zur Seite stehen würden, aber sie hatte nicht vor, ihre Eltern mit diesem Problem zu belästigen. Calder hatte genug eigene wichtige Arbeit zu erledigen, und Maeve war mit ihrer Suche nach Gideon und Dimity beschäftigt.

»Möchtest du noch eine Tasse Tee?« fragte Max, als er sah, daß Kristinas Tasse leer war.

»Bist du immer so nett und fürsorglich?« entgegnete Kristina, während sie ihm die Tasse reichte. »Ich rechne andauernd damit, irgend etwas Unangenehmes über dich herauszufinden.«

Max grinste, als er einen Teebeutel in Wasser legte und die Tasse wieder in den Mikrowellenherd stellte. »Manchmal lasse ich schmutzige Socken herumliegen«, gestand er. »Und ich bin ein sehr schlechter Verlierer beim Tennisspielen.«

In gespieltem Entsetzen schlug Kristina eine Hand vor ihren Mund. »O nein!«

Max beugte sich vor, während der Ofen hinter ihm summte, und küßte Kristina auf den Mund. »Ich bin alles andere als perfekt, okay?«

Plötzlich fühlte Kristina das ganze Gewicht ihres beeindruckenden Alters auf ihren schmalen Schultern. »Das mag schon sein«, gab sie traurig zu. »Aber es gibt im Wörterbuch eine Definition für das, was du bist – während ich etwas bin, das nicht einmal einen Namen hat.«

Die Klingel am Mikrowellenherd ertönte; Max nahm den Tee heraus und stellte ihn vor Kristina auf den Tisch, bevor er sich ihr gegenübersetzte und ihre Hand ergriff. »Du bist eine Frau«, versicherte er ihr ruhig. »Glaub mir. Ich weiß es.«

Eine Träne rollte über ihre Wange; sie wischte sie rasch ab. Bevor sie jedoch etwas sagen konnte, entstand Bewegung an der Eingangstür, und dann war eine vertraute Stimme zu vernehmen.

»Kris?« rief Daisy. »Bist du da?«

»Hier hinten«, antwortete Kristina und stand schwankend auf.

Max folgte ihr in den Laden, wo Daisy neben der zerbrochenen Theke stand und den Schaden betrachtete.

»Was ist passiert?« fragte sie. Sie trug Jeans, einen Rollkragenpullover, Motorradstiefel und eine Baseballkappe, und auf der Hüfte hielt sie Esteban, ihren Adoptivsohn. Auch er war warm gegen die Kälte eingepackt und schaute sich mit großen braunen Augen um.

Kristina schob ihre Hände in die Taschen ihres Mantels.

Max trat neben sie. »Du kennst Max Kilcarragh schon, nicht wahr?« fragte sie, um Zeit zu gewinnen.

Daisy nickte. »Er war bei unserer Halloweenparty«, antwortete sie. »Hi, Max. Wie geht's den Kindern?«

»Großartig«, erwiderte Max. »Und was macht der Wolf?«

Es war eine rein rhetorische Frage, niemand erwartete eine Antwort, und Daisy gab auch keine. Sie wanderte bereits durch den Laden und schaute sich alles genauestens an, um die Lage einzuschätzen. Schließlich wandte sie sich wieder an Kristina. »Der Kerl ist offensichtlich gar nicht eingebrochen, sondern *aus*gebrochen. Was, zum Teufel, kann hier bloß passiert sein?«

Kristina ging zu dem Sofa und den Sesseln auf der anderen Seite des Lokals voran, wo sie und Max sich bei anderer Gelegenheit unterhalten hatten. Daisy setzte sich in einen der Sessel, nahm Esteban auf den Schoß und steckte ihm den Daumen in den Mund, während Max sich zu Kristina auf das Sofa setzte.

Langsam, ruhig begann Kristina ihren Freunden von jener Nacht zu erzählen, in der sie den unerwünschten Besucher in einen Türstopper verwandelt hatte. Sie gab zu, daß Valerian sie bereits gewarnt hatte, der Zauberspruch könne mit der Zeit seine Wirkung verlieren, und daß sie schon lange etwas wegen des Dings hatte unternehmen wollen, es aber immer wieder hinausgeschoben hatte.

Jetzt war es nur zu offensichtlich, daß der Bronzeaffe wieder zum Leben zurückerwacht war, den Laden auf den Kopf gestellt hatte und verschwunden war.

»Er müßte doch eigentlich viel zu eingeschüchtert sein, um dich noch einmal zu behelligen, oder?« meinte Max nachdenklich. Seine Ellbogen ruhten auf seinen Knien, er hatte die Finger verschränkt, und sein Kinn lag auf den ausgestreckten Daumen.

Daisy seufzte. »Diese Kerle sind in der Regel nicht besonders intelligent. Das ist einer der Gründe, warum sie Verbrechen begehen – weil sie die Sache mit Ursache und Wirkung nicht verstehen. Anstatt zu denken: ›Wenn ich in diesen Laden einbreche, werden mich die Bullen schnappen, wenn sie können, und dann werde ich im Gefängnis landen‹, denken sie nicht über das hinaus, was sie im Augenblick wollen.«

Kristina erschauderte. Sie hatte ihren möglichen Angreifer nicht zum letztenmal gesehen, er würde wiederkommen. Und nun war ihre Magie so schwach, daß sie fast nicht mehr vorhanden war. Würde sie nun doch sterben, nach hundertdreißig Jahren? Und was würde geschehen, falls Max sich dem Dieb entgegenstellte und versuchte, sie zu schützen?

Stöhnend schlug sie die Hände vors Gesicht. »Valerian hatte mich gewarnt. Ich hätte auf ihn hören sollen!«

»Es wird schon nichts passieren«, meinte Daisy. Sie klang so sicher. So war Daisy, sie schien nie irgend etwas zu bezweifeln. »Als erstes werde ich dir Barrabas herüberbringen, damit er dir eine Zeitlang Gesellschaft leistet. Du könntest sowieso ein Haustier gebrauchen. Und wenn Valerian ...« Sie warf Max einen kurzen Blick zu und fuhr dann fort: »Sobald Valerian erwacht, werde ich ihn bitten, diesen Kerl zu suchen.«

Max nahm Kristinas Hand und hielt sie fest zwischen seinen eigenen. Sie fühlte, wie Kraft und Zuversicht auf sie überströmte, und sah eine solche Zuneigung in seinen Augen, daß ihr das Herz weh tat von der Anstrengung, sie zu empfangen und zu behalten.

»Meine Eltern könnten Bree und Eliette noch ein paar Tage bei sich behalten – bis diese Angelegenheit geklärt ist«, meinte er. »In der Zwischenzeit werde ich bei dir wohnen. Ich möchte nicht, daß du allein bist, nicht einmal mit einem Wolf als Wachhund.«

Kristina erhob prompt Einspruch gegen die Idee. »Kommt nicht in Frage, Max«, erklärte sie entschieden. »Ich werde nicht zulassen, daß du dich auf diese Weise in Gefahr bringst. Valerian wird sicher Rat wissen, und außerdem ist Barrabas kein gewöhnlicher Wolf. Er wird ein perfekter Leibwächter für mich sein, solange ich einen brauche.«

Daisy nickte zustimmend, sagte jedoch nichts. Ein bisher nicht dagewesener Respekt war in ihren Augen, als sie Max anblickte.

»Und was sind meine Möglichkeiten?« fragte Max. »Was diesen schwachsinnigen Plan betrifft, meine ich?«

»Du hast keine«, entgegnete Kristina. »Wenn du dich weigerst, mich die Angelegenheit auf meine Art erledigen zu lassen, bleibt mir nichts anderes übrig, als diesen Kerl zu suchen und mich selbst um ihn zu kümmern. Ich muß handeln, Max. Ich kann nicht herumsitzen und warten.«

Ein Ausdruck des Entsetzens erschien auf Max' gutaussehendem Gesicht. *»Du rechnest damit, daß dieser Schuft zu dir nach Hause kommt«*, stieß er bestürzt hervor.

»So weit geht er nicht«, warf Daisy ein. Aber sie war die einzige, die so zuversichtlich wirkte. Sie stand auf und hob Esteban, der unterdessen eingeschlafen war, behutsam auf die Arme.

»Wie fühlst du dich als Mutter?« fragte Kristina, um das Thema zu wechseln. Max' Freund, der Bauunternehmer, war inzwischen eingetroffen. Max stand auf, um ihn am Eingang des Ladens in Empfang zu nehmen, wo die beiden Männer über die zerstörte Tür verhandelten.

Daisy strahlte und küßte das seidige schwarze Haar des kleinen Jungen. »Es ist wunderbar«, antwortete sie. »Valerian hat natürlich manchmal seine Anfälle – es stört ihn, daß der Kleine auf dem Boden schläft und Essen versteckt und so. Man sollte meinen, in sechshundert Jahren hätte er ein bißchen mehr Geduld gelernt.«

»Nicht Valerian«, entgegnete Kristina mit einem schwachen Lächeln. Sie konnte es kaum erwarten, den Vampir zu sehen, obwohl sie wußte, daß sie mit heftigen Vorwürfen von ihm zu rechnen hatte. Immerhin hatte er sie davor gewarnt, frivole Zaubersprüche auszusprechen und dann nicht konsequent zu sein. »Was macht deine Arbeit als Privatdetektivin? Wirst du sie aufgeben?«

Daisy schüttelte den Kopf »Ich werde eine Zeitlang kürzertreten, aber im Grunde meines Herzens bin ich eine Karrierefrau«, erwiderte sie. »Wir haben ein Kindermädchen eingestellt, durch eine dieser Agenturen. Sie kommt aus Brasilien und spricht Portugiesisch, obwohl sie sich auch in Englisch verständigen kann. Und Valerian hat seine Show in Las Vegas abgesetzt, zumindest für den Augenblick.« Sie hielt inne und lächelte mutwillig. »Er wird ein ziemlicher Schock für den Schuldirektor sein, sobald Esteban eingeschult wird, nicht?«

Kristina lachte, froh über diese kurze Ablenkung von diesem neuen, schwierigen Problem, mit dem sie sich auseinanderzusetzen hatte. »Ich hoffe nur, daß das Kindermädchen mit eurem … unkonventionellen Lebensstil zurechtkommt.« Sie dachte an die treue Mrs. Fullywub, die seit vielen Jahren für ihre Eltern arbeitete und sich immer darüber im klaren gewesen war, daß ihre Arbeitgeber Vampire waren.

Daisy zuckte mit den Schultern. »Wenn man bedenkt, was wir ihr bezahlen, bezweifle ich, daß sie viele Fragen stellen wird. Im übrigen sind wir nicht halb so verrückt wie viele Leute, die man im Fernsehen in den Talkshows sieht … Hör mal, ich muß jetzt gehen, aber ich werde dir Barrabas bringen, bevor es dunkel wird. Und du kannst dich auch darauf verlassen, daß Valerian zu dir kommen wird.«

Kristina dankte ihrer Freundin, und Daisy ging.

Max machte Kristina mit dem Bauunternehmer bekannt, der Jess Baker hieß, und sie kamen überein, daß Jess die Tür mit Brettern vernageln würde, bis am nächsten Tag eine neue eingesetzt wurde.

Als sie zu Kristinas Haus zurückkehrten, bestand Max darauf, daß sie im Jeep sitzenblieb, bis er das ganze Haus durchsucht hatte, Zimmer um Zimmer und Schrank um Schrank, um sicherzugehen, daß keine Gefahr für sie bestand. Als er endlich zur Tür zurückkehrte, gab er ihr mit einem Zeichen zu verstehen, daß sie eintreten konnte.

»Willst du wirklich nicht, daß ich für ein, zwei Tage bei dir wohne?« fragte er, als er ihr aus dem Mantel half

»Auf keinen Fall«, antwortete sie. »Wir dürfen uns nicht mehr sehen, Max. Es ist zu gefährlich …«

Er schlang die Arme um sie und zog sie an sich. »Dann versuch, mich loszuwerden«, erwiderte er und küßte sie.

Kristina vergaß all ihre Sorgen und Bedenken in diesem süßen, flüchtigen Kontakt. »O Max«, flüsterte sie, als es vorüber war. »Ich brauche dich so sehr … Ich möchte, daß du mich in den Armen hältst und liebst.«

»Ich glaube, das läßt sich arrangieren«, erwiderte er schroff.

Und da gingen sie hinauf, und Kristina führte ihn zu ihrem Zimmer. Das Bett war noch ungemacht von ihrer letzten leidenschaftlichen Umarmung.

Langsam, jeden Augenblick, jeden Kuß genießend, zogen sie einander aus und ließen sich zusammen auf die zerknitterten Laken sinken, von denen sie zuvor die Decken entfernt hatten. Hinter den Fenstern fiel Schnee, dicke, fette Flocken, die langsam auf die Erde niedersanken.

Ein Gefühl unendlichen Friedens erfaßte Kristina, obwohl das der widrigen Umstände wegen vollkommen unbegreifbar war. Aber als Max sie berührte, küßte und fest in seinen Armen hielt, schien es weder Trauer, Schmerz, Verrat noch Rache auf dieser Welt zu geben.

»Ich liebe dich«, hauchte sie, als Max sich auf sie rollte.

Sein Körper antwortete darauf, beredter, als Worte es gekonnt hätten, aber er sprach sie nicht aus, und selbst in ihrer leidenschaftlichen Erregung bemerkte Kristina es. Und litt.

KAPITEL 13

Bei Einbruch der Nacht schneite es noch immer, und sobald die Erde diesen bedeutenden Wendepunkt erreicht hatte, erschien Valerian, den weißen Wolf an seiner Seite. Max fühlte, wie sich seine Nackenhaare sträubten, aber er war nicht sicher, ob es das Tier war, was diese instinktive Furcht in ihm erweckte, oder der Vampir. Wahrscheinlich bestand ohnehin kein großer Unterschied zwischen ihnen; beide waren gefährlich, schlau und wild, und jeder für sich – so ungern Max sich das auch einstand – war auf eine tödliche Art und Weise schön.

Es war jedoch nichts Dramatisches an ihrem Erscheinen – der Vampir klingelte an der Haustür, und der Wolf ließ sich wie ein ganz gewöhnlicher Hund auf die Hinterbeine nieder. Der silberweiße Pelz des Tieres glitzerte von Schneeflocken, auch Valerian war mit Schnee bedeckt, der auf seinen etwas zu langen, kastanienbraunen Haaren und auf den Schultern seines teuren Kamelhaarmantels schimmerte. Sowohl der Wolf als auch der Vampir musterten Max mit einem hungrigen Glitzern in den Augen, als wären sie im Begriff, ihn anzugreifen.

Er trat zurück, um sie einzulassen. »Kristina ist im Wohnzimmer«, sagte er und deutete auf den bewußten Raum, obwohl er sicher war, daß Valerian den Weg kannte und noch nie zuvor geklingelt hatte. Einfach so aus dem Nichts heraus zu erscheinen entsprach mehr seinem Stil, wie Kristina Max berichtet hatte.

Der Vampir trat über die Schwelle und legte in einer anmutigen, eleganten Geste seinen Mantel ab, um ihn sodann Max zu übergeben, als wäre er ein Diener oder Butler. Mehr belustigt als verärgert und verständlicherweise fasziniert, erhob Max keinen Widerspruch.

Der Wolf indessen schüttelte sich mitten auf dem Perserteppich in der Eingangshalle, um dann in Richtung Wohnzimmer zu trotten. Valerian maß Max mit einem langen, abschätzenden Blick, bevor er der Bestie folgte.

Max hängte den Mantel auf, neben seine eigene abgetragene Skijacke, und begab sich zu den anderen ins Wohnzimmer.

Valerian stand mit dem Rücken zu dem prasselnden Feuer im Kamin, das Max vor einer Stunde angezündet hatte, und wärmte seine Hände. Kristina ruhte auf einer zierlichen Chaiselongue aus dem vorigen Jahrhundert und hielt die Seiten einer uralten Schrift auf ihrem Schoß. Der Wolf hatte sich auf dem Boden neben ihr zusammengerollt, aber seine seltsamen blauen Augen blickten wachsam, und seine Schnauze ruhte auf Pfoten, die weiß waren wie der Schnee, der draußen vor den Fenstern fiel.

Max beugte sich über Kristina und küßte sie auf den Scheitel. »Du bist dir also ganz sicher, daß ich lieber gehen soll«, sagte er. Es war weniger eine Frage als vielmehr eine Feststellung. Er haßte den Gedanken, sie alleinzulassen, aber sie hatte ihm ihre Wünsche mehr als deutlich zu verstehen gegeben.

Lächelnd schaute sie zu ihm auf, berührte seine Lippen und sein Kinn mit ihrem Zeigefinger. Stunden waren vergangen, seit sie sich geliebt, zusammen geduscht und sich wieder angezogen hatten, aber er spürte noch immer das leise Nachbeben der Leidenschaft in seinen Lenden.

»Absolut sicher«, erwiderte sie.

Max schaute den Vampir an, dessen Blick gelassen war und entschieden unfreundlich, bevor er sich wieder an Kristina wandte. »Du wirst mich doch anrufen, falls du mich brauchst?« fragte er.

»Ganz bestimmt«, versprach sie und zwang sich erneut zu einem Lächeln. Sie sah wieder unendlich verwundbar aus, und Max fragte sich, ob ihre leidenschaftlichen Umarmungen die Anspannung, unter der sie stand, nicht vielleicht sogar noch gesteigert hatten, statt sie zu lindern.

Nach einem kurzen Nicken in Valerians Richtung wandte Max sich ab und ging, nahm seine Jacke und die Sporttasche, die er in der Halle zurückgelassen hatte, und verließ das Haus. Draußen saß er noch lange Zeit in seinem Jeep, bevor er den Schlüssel ins Zündschloß steckte, den Wagen rückwärts aus der Einfahrt rollen ließ und sich auf den Weg nach Hause machte.

»Diesmal hast du dich selbst übertroffen«, sagte Valerian, als sich hinter Max die Haustür schloß. Die Nasenflügel des Vampirs bebten, und Kristina wußte, daß er Mühe gehabt hatte, sein Temperament zu zügeln, bis sie allein waren.

Barrabas winselte.

Kristina schloß die Augen. Sie hatte die alten Schriften aus Maeves Bibliothek, um die sie sie gebeten hatte, auf ihrem Schreibtisch gefunden, als sie und Max heruntergekommen waren, nachdem sie sich geliebt hatten, und in den Manuskripten nach einem Zauberspruch gesucht, der sie aus ihrer chaotischen Situation befreien würde.

»Wie meinst du das?« fragte sie mit gespielter Unschuld, während sie sich zwang, Valerians ärgerlichen Blicken standzuhalten. »Weil ich zugelassen habe, daß der Türstopper wieder zum Leben erwachte, oder weil ich mich mit Max Kilcarragh eingelassen habe?«

»Es ist offenbar längst zu spät, um etwas gegen deine Zuneigung zu diesem Sterblichen zu unternehmen, und wie du das letzte Mal, als wir uns sahen, bereits sagtest, wäre ich ein Heuchler, wenn ich dich für deine Liebe zu einem menschlichen Wesen verdammen würde.« Er hielt inne und begann vor dem Kamin auf und ab zu schreiten, um seine innere Unruhe zu besänftigen. »Beim Großen Zeus, Kristina – hatte ich dich nicht gewarnt vor diesem schwachsinnigen Zauberspruch? Hast du schon versucht, diesen … diesen *Türstopper* zu finden?«

Kristina biß sich auf die Lippen und nickte. »Ohne Erfolg«, sagte sie und tippte auf das Manuskript auf ihrem Schoß. »Aber ich habe einen Zauberspruch gefunden, der ihn möglicherweise wieder in einen Bronzeaffen zurückverwandeln würde. Zumindest für eine gewisse Zeit, bis wir – oder die Polizei – ihn finden.«

Valerian verhielt abrupt den Schritt und zog verächtlich eine Augenbraue hoch. »Die *Polizei*? Bist du von allen guten Geistern verlassen, Kristina? Was willst du ihnen sagen? Daß du einen Mann in einem unbeherrschten Augenblick in einen Türstopper verwandelt hast und er sich jetzt wieder zurückverwandelt hat und draußen auf den Straßen herumlungert, um weitere Verbrechen oder vielleicht sogar einen Mord zu begehen?«

»Nein, natürlich nicht, Valerian.« Mit einem resignierten Seufzer ließ Kristina sich zurücksinken. »Könntest du ihn finden?« fragte sie nach einem langen, beschämten Schweigen und zu einem sehr hohen Preis für ihren Stolz. »Meine magischen Kräfte schwinden, aber deine …«

Er schüttelte den Kopf »Ich habe es bereits versucht. Etwas verbirgt ihn vor mir – wahrscheinlich ein Hexer, denke ich. Und er könnte über eigene Macht verfügen, dieser Türstopper, den du da geschaffen hast.«

»Er war ein ganz normaler Sterblicher!« protestierte Kristina. Die Vorstellung, daß dieser Schurke eigene Magie besitzen könnte, war ihr einfach unerträglich.

»Ich habe Dathan herbeigerufen«, sagte Valerian und nahm eine kostbare goldene Taschenuhr aus seiner Westentasche. Die sanften Klänge einer Komposition von Mozart ertönten, als er den Deckel aufklappte. »Falls irgendwelche Hexer in diese Geschichte verwickelt sind, müßte er es wissen.«

Buchstäblich im selben Augenblick materialisierte Dathan sich vor ihnen, in Rehlederhosen, einem gerüschten Hemd und einer reichbestickten Weste. Diese ziemlich ausgefallene Erscheinung vervollständigte ein Paar hoher, auf Hochglanz polierter schwarzer Stiefel.

»Haben wir ein Kostümfest unterbrochen?« erkundigte Valerian sich spöttisch.

Dathan war alles andere als belustigt. Er beschied den Vampir mit einem verächtlichen Naserümpfen und wandte sich an Kristina. »Bist du endlich zur Besinnung gekommen, Geliebte?« fragte er, während er eine ihrer Hände nahm und mit den Lippen ihre Knöchel streifte. »Was für ein apartes Paar wir wären.«

Valerian gab ein Geräusch von sich, das wie ein Schnauben klang. »Es ist mir äußerst unangenehm, dir deine Hoffnungen zu zerstören«, sagte er mit einem auffallenden Mangel an Überzeugung, »aber du kommst zu spät, Dathan. Unsere Kristina hat sich leider schon in einen Sterblichen verliebt. Ich fürchte, es ist eine dieser ewig währenden Geschichten, so wie meine Allianz mit Daisy.«

Endlich wandte Dathan sich um und bedachte seinen alten Feind mit einem langen Blick. Barrabas, der den Hexer seit seiner Ankunft ununterbrochen beobachtete, hob seinen schönen Kopf und knurrte, womit er eindeutig zu verstehen gab, auf wessen Seite er sich schlagen würde, falls es zu Feindseligkeiten kommen sollte.

»Ich kann mir nicht vorstellen, daß du mich hierher eingeladen hast, um über Max Kilcarragh zu sprechen«, beschied Dathan Valerian kalt, ohne dem weißen Wolf auch nur einen Blick zu gönnen. »Im übrigen weiß ich längst über ihn Bescheid.« Hier hielt der Hexer inne, um auf Kristina herabzuschauen. »Er hat sein Herz mit seiner toten Frau begraben, dein Max. Es mag zwar sein, daß er sich wünscht, dich lieben zu können, aber er ist dazu nicht fähig. Ganz im Gegensatz zur Ansicht unseres Bühnenmagiers hier war – und ist – Mr. Kilcarraghs Lebensgefährtin die Mutter seiner Kinder.«

Kristina konnte umhin, daran zu denken, daß sie Max an diesem Nachmittag gesagt hatte, daß sie ihn liebte, in einem sehr intimen Augenblick, und daß er nicht darauf geantwortet hatte, jedenfalls nicht mit Worten. Max war zu ehrlich, um falsche Schwüre abzulegen. »Das mag schon sein«, räumte sie ein. »Aber das ist unwichtig, denn ich habe andere Dinge mit dir zu besprechen. Und die haben nicht das geringste mit unserer Abmachung zu tun.«

Dathan ließ seinen Blick langsam über ihren schlanken Körper gleiten. Sie trug einen schlichten Kaftan aus elfenbeinfarbener Seide. »Warum liegst du da wie eine Invalide? Bist du krank?«

Kristina seufzte. Sie hatte im Verlauf des Nachmittags mehrere der Zaubersprüche aus den Büchern ihrer Mutter ausprobiert, in der Hoffnung, den verschwundenen Einbrecher wieder in einen Türstopper zurückzuverwandeln, und die Anstrengung hatte sie geschwächt. Das schlimmste jedoch war, daß sie nicht wußte, ob es ihr gelungen war oder nicht.

»Nein«, erwiderte sie. »Ich bin nur müde, das ist alles.«

Ein beredtes Schweigen folgte. Valerian hütete ganz offensichtlich seine Zunge, aber seine Augen glitzerten vor Belustigung, und Dathan errötete sogar. Niemand brauchte Kristina zu erklären, daß beide wußten, was sie und Max an diesem Nachmittag getan hatten.

In einem Anfall von Verlegenheit ordnete sie die Seiten der alten Schriften und legte sie vorsichtig beiseite. Ihre Beziehung zu Max war ihre eigene Sache, und sie nahm es sowohl dem Vampir wie auch dem Hexer übel, daß sie es wagten, sich ein Urteil darüber anzumaßen. Leise, ruhig, begann sie die Geschichte mit dem Einbrecher zu erklären und beschrieb Dathan, wie sie den Übeltäter in einen toten Gegenstand verwandelt hatte, mit der Absicht, ihn später irgendwann der Polizei zu übergeben. Als sie ihre Geschichte beendet hatte, ergriff Valerian das Wort.

»Sag mir die Wahrheit«, forderte er den Hexer auf, »falls das überhaupt möglich für dich ist. Hast du irgend etwas mit dieser Angelegenheit zu tun?«

In einer Geste der Empörung warf Dathan beide Hände in die Luft. Wieder knurrte der Wolf leise. »Welchen Nutzen könnte ich schon von einem solch albernen Kunststück haben?«

Valerian hielt schon eine Antwort darauf bereit. »Du könntest Kristina ›retten‹ und dich dadurch als Held darstellen, in der Hoffnung vielleicht, ihr Herz zu gewinnen. Tapferer Hexer rettet Dame in Bedrängung, und so weiter, und so weiter.«

»Du vergißt dich, Vampir«, beschuldigte ihn Dathan und bedachte ihn mit einem bösen Blick. Er schien Barrabas nicht zu fürchten, vielleicht, weil er den Hals des Wolfs mit einer simplen Handbewegung hätte brechen können. »Du bist hier derjenige, der dramatische Auftritte liebt, nicht ich.«

»Treib es nicht zu weit«, warnte Valerian mit ruhiger Stimme, die abgrundtiefe Furcht in fast jedem anderen Geschöpf geweckt hätte. »Kristina ist in Gefahr. Wenn nicht die Möglichkeit bestünde, daß du uns von Nutzen sein könntest, würde ich dich lieber mit Stacheldraht gefesselt und im tiefsten Schlund der Hölle sehen, als deine Präsenz zu ertragen.«

Wieder schloß Kristina gequält die Augen. Die Luft im Zimmer prickelte vor Feindseligkeit, und die Spannung war fast unerträglich.

»Das bringt uns nicht weiter«, sagte sie vorwurfsvoll.

Valerian kehrte Dathan den Rücken zu und lehnte sich an den Kaminsims. Der Spiegel darauf gab sein Abbild nicht wieder. Der Hexer holte tief Luft und stieß sie langsam wieder aus, als kostete es ihn gewaltige Mühe, die Ruhe zu bewahren.

»Entschuldige, Kristina«, sagte er, mit Betonung auf ihrem Namen, um keinen Irrtum entstehen zu lassen, wen er um Verzeihung bat. »Natürlich werde ich tun, was in meiner Macht steht, um dir beizustehen. Und laß dir eins gesagt sein – ich habe nichts mit dieser Angelegenheit zu tun.«

Kristina glaubte ihm; Dathan konnte zwar sehr hinterhältig sein, aber er war auch arrogant. Da er seine eigenen Handlungen praktisch nie in Frage stellte, verspürte er auch nicht den Drang, sie zu verschleiern. Er war es gewöhnt, Macht auszuüben; unter Hexern war sein Wort Gesetz. »Kannst du ihn finden?« fragte Kristina ihn.

»Ich werde es auf jeden Fall versuchen«, versprach er.

Valerian ergriff nun wieder das Wort, und obwohl sein Ton etwas gemäßigter war als vorher, verriet er deshalb noch lange keine größere Sympathie. »Sieh dich in deinen eigenen Reihen um«, empfahl er Dathan kühl.

»Den gleichen Rat würde ich dir auch geben«, entgegnete der Hexer. »Und fang am besten bei Benecia und Canaan Havermail an.«

Kristina erschauerte und wechselte einen Blick mit Valerian. Dathan hatte eine Möglichkeit erwähnt, die sie selbst nicht in Betracht gezogen hatte. Vielleicht war der Türstopper gar nicht wieder zum Leben erwacht, sondern die kleinen Ungeheuer hatten irgendwie von ihrem Zauberspruch erfahren und den Bronzeaffen gestohlen, um ihn gegen Kristina einzusetzen oder sie ganz einfach zu verärgern. Benecia war immerhin sehr wütend gewesen über Kristinas Weigerung, sie als mögliche Braut für Dathan zu betrachten.

»Ich muß auf Nahrungssuche gehen«, sagte Valerian. Sein schönes Gesicht war vollkommen ausdruckslos, er hätte dem Hexer nie die Befriedigung gegönnt, recht zu behalten. »Danach werde ich Benecia und Canaan finden und sie zwingen, mir zu sagen, was sie wissen.«

Darauf durchquerte er den Raum, wobei er dem Hexer nicht mehr Beachtung schenkte, als wenn er gar nicht dagewesen wäre, und beugte sich vor, um Kristina auf die Stirb zu küssen. »Bleib hier«, befahl er, und dann löste er sich in Luft auf.

Barrabas blinzelte nur; er war an das Kommen und Gehen seines Herrn gewöhnt. Aber seine wachsame Blicke folgten Dathan, als der Besucher sich in einem Sessel neben Kristinas Chaiselongue niederließ.

»Ich verzichte auf unsere Abmachung«, erklärte er. »Ich will nur eine Braut – dich, Kristina.«

»Ich liebe dich nicht.«

Der Hexer schloß einen Moment lang seine schönen Augen, als habe sie ihm einen körperlichen Schlag versetzt. »Ich werde dich lehren, mich zu lieben, und dich zur Königin meiner Untertanen machen, männlichen und weiblichen Geschlechts.«

»Ich glaube nicht, daß Hexen eine Königin begrüßen würden«, sagte Kristina mit einem schwachen Lächeln. »Du hast mir selbst gesagt, daß sie sehr freiheitsliebende Geschöpfe sind. Außerdem habe ich nicht den Wunsch, über irgend jemanden zu regieren. »

Dathan beugte sich vor, bis er auf der Kante seines Sessels saß, die Hände miteinander verschränkt und sein Blick so aufrichtig, daß es Kristina Qual verursachte, ihn zu erwidern.

»Wenn ich dir schwören würde, deinen Max und seine Kinder zu beschützen, rund um die Uhr und jeden Tag, bis ans Ende ihres Lebens, würdest du dann zustimmen?«

Kristina begann zu widersprechen, aber als ihr die

Bedeutung von Dathans Worten aufging, verstummte sie. Dies war kein leeres Versprechen; Dathan besaß die Macht, es zu erfüllen. Und so, wie die Dinge lagen, hatte sie Max und seinen Töchtern nichts anderes zu bieten als Gefahr.

»Es wäre ein Opfer«, fuhr Dathan sanft fort. »Das weiß ich. Aber denk darüber nach, Kristina. Überleg dir ganz genau, was es bedeuten würde.«

Sie brauchte nicht darüber nachzudenken, sie wußte es. Durch ihre bloße Bekanntschaft mit Max und seinen Kindern hatte sie sie in tödliche Gefahr gebracht. Indem sie sie für immer verließ und Dathan als Lebensgefährten nahm, konnte sie das wiedergutmachen.

»Ich brauche Zeit«, antwortete Kristina, und ihr war, als bräche ihr bereits das Herz.

Dathan nickte und erhob sich. »Ich werde dich sehr glücklich machen«, schwor er.

Kristina erwiderte nichts. Ihre Augen schimmerten von Tränen, und während sie noch blinzelte, um sie zu verdrängen, und sich ermahnte, stark zu sein, war Dathan schon verschwunden.

Valerian fand Benecia und Canaan auf einem von Unkraut überwucherten, vergessenen Friedhof hinter den Ruinen einer Kirche in einer Geisterstadt in der Wüste von Nevada, wo sie eine ihrer bizarren Mondschein-Teepartys abhielten. Sie hatten einen eleganten Tisch herbeigezaubert, mit feinstem Porzellan und glänzendem Silberbesteck gedeckt, um den sie vier Stühle gruppiert hatten.

Jedes der beiden kleinen Ungeheuer besetzte einen dieser Stühle, aber sie waren so hoch, daß die Füße der Vampirkinder, die in zierlichen Satinschuhen steckten, nicht bis zum Boden reichten. Sie trugen gestärkte Kleidchen, reich besetzt mit Rüschen, und ihre Haare umrahmten wie immer in perfekten Korkenzieherlocken ihr Gesicht. Ihre Gäste waren das Skelett irgendeines Goldgräbers und eine junge Anhalterin, die, ihres Blutes frisch beraubt, mit toten Augen in die Ewigkeit starrte.

Die Beziehung zwischen Benecia und Valerian war nicht gerade freundschaftlich, anders als bei Canaan, die ihm weder Groll noch Zuneigung entgegenbrachte. Canaan war ein egozentrisches Geschöpf, das sich, wie es typisch für Vampire war, nur für sein eigenes Vergnügen interessierte. Es war anzunehmen, daß sie die junge Anhalterin getötet hatte. Benecia hatte sich wahrscheinlich anderswo genährt, denn der Goldgräber war nur noch ein Skelett und bestimmt schon seit mindestens siebzig Jahren tot.

Benecia lächelte liebenswürdig, was sie durch ihre verblüffende Ähnlichkeit mit einer Porzellanpuppe nur noch um so scheußlicher erscheinen ließ. »Valerian!« sagte sie.

Canaan warf dem Neuankömmling einen gleichgültigen Blick zu und kehrte zu ihrer einseitigen Unterhaltung mit der toten Anhalterin zurück.

Valerian stieß den schön gedeckten Tisch um, ohne sich zu bewegen. Die silberne Teekanne, die Zuckerdose und das Sahnekännchen landeten scheppernd auf dem Boden, und die Tassen und Teller aus feinstem Porzellan zerbrachen klirrend. Das Skelett des Goldgräbers rutschte von seinem Stuhl, und was von seinem Schädel noch übrig war, zerfiel zu Staub. Die Anhalterin schwankte ein wenig, aber sie bewahrte ihren Platz auf ihrem Stuhl.

Canaan verschwand umgehend, ganz offensichtlich ein Vampir, der Rückzug als die klügere Form der Tapferkeit betrachtete, aber Benecia entblößte ihre spitzen Zähne und zischte wie eine gereizte Schlange. »Wie kannst du es wagen?« fuhr sie Valerian an.

»Ich würde noch viel mehr wagen, und das weißt du«, erwiderte er ungerührt. Benecia war fast so alt wie er, aber er hatte keine Angst vor ihr. Nicht um sich selbst zumindest. »Versuch nicht, meine Geduld auf die Probe zu stellen, du kleines Ungeheuer – wenn es eine Buße im gesamten Universum gibt, die mich vor den Flammen der Hölle bewahren könnte, dann wäre es, einen Pfahl durch dein totes kleines Herz zu treiben.«

Die kornblumenblauen Augen des Vampirkinds glitzerten vor Haß, aber sie machte keine Anstalten, ihn anzugreifen. »Was willst du?«

»Eine Erklärung«, erwiderte Valerian. »Was habt ihr gestern nacht in Kristina Holbrooks Geschäft gemacht?«

Benecia starrte ihn lange schweigend und mit unbewegter Miene an. Dann lachte sie. »Es gab da etwas, was ich haben wollte.«

»Der bronzene Türstopper«, sagte Valerian.

Benecia lächelte durchtrieben. »Ja.«

»Wo ist er jetzt?«

»Das werde ich dir nie verraten«, entgegnete sie triumphierend. »Ganz gleich, was du mir auch antun magst.«

Valerian wußte, daß sie die Wahrheit sprach; die Tatsache, daß sie sich den Frieden des Tods ersehnte, war ihre Stärke und zugleich auch ihre Schwäche. Ihr einen Pfahl durchs Herz zu treiben, hieße zu diesem Zeitpunkt, ihr einen Gefallen zu erweisen, und Valerian war nicht in der Stimmung für irgendwelche Gnadenakte.

»Was willst du?« fragte er, um einen möglichst ruhigen Ton bemüht.

Benecia verschränkte ihre alabasterfarbenen Ärmchen. Ihre kleinen, rosa Fingernägel sahen aus wie Krallen, und sie trug eine rüschenbesetzte Schürze über ihrem Kleid. Valerian dachte an eine Begebenheit aus der Vergangenheit, als sie und Canaan ihre Puppen in kleine hölzerne Särge gelegt und sie wie Leichen auf einem uralten Friedhof begraben hatten.

Er erschauderte im stillen, er, der sich bei jedem Mondaufgang auf die Jagd nach menschlichen Wesen begab. Der Unterschied war, daß er seine Opfer nur sehr selten tötete und ihnen immer nur soviel Blut abnahm, daß sie nach einer Weile in einem leicht benommenen Zustand wieder zu sich kamen.

»Aber du weißt doch, was ich will«, entgegnete sie heiter. »Warum fragst du also?«

»Antworte, verdammtes Ungeheuer!«

»Ich möchte die Vergangenheit ungeschehen machen«, sagte sie mit einem Anflug von Trotz und – Valerian glaubte seinen Ohren nicht zu trauen – *Kummer*. »Ich möchte als Sterbliche aufwachsen, eine Frau werden, heiraten und Kinder in die Welt setzen. Gib mir das, Vampir, dann kannst du deinen häßlichen Bronzeaffen haben.«

Valerian sagte nichts. Was sie von ihm verlangte, war unmöglich, Vampire konnten nicht weiter zurückkehren in der Zeit als bis zum Augenblick ihrer Verwandlung von einem Menschen in einen Nachtwandler.

»Das ist meine Bedingung«, sagte Benecia. Und dann löste sie sich auf wie dünner Nebel, wie ihre Schwester vorher, und ließ die Scherben ihrer Teeparty achtlos hinter sich zurück.

Valerian begrub die Anhalterin und den Goldgräber und kehrte nach Seattle zurück, wo er Daisy in einem Schaukelstuhl im Wohnzimmer antraf, Esteban, den kleinen Brasilianer, auf dem Schoß. Beide schliefen, und Valerian ließ sie weiterschlafen.

Als er still in dem dunklen Zimmer stand, konnte er sehr gut verstehen, wie Kristina zumute war, nachdem sie sich so heftig in ihren Sterblichen, Max Kilcarragh, verliebt hatte. Jahrhunderte des Herumwanderns, immer auf der Suche nach seiner Geliebten, nur um sie dann, wenn er sie endlich wiedergefunden hatte, unweigerlich wieder zu verlieren, hatten Valerians Seele mit einer solch abgrundtiefen Einsamkeit geprägt, daß die Narben vermutlich niemals heilen würden. Und jetzt hatte er sie gefunden, hatte es endlich geschafft, den Fluch zu brechen, der sie durch so viele Jahrhunderte begleitet hatte, und war glücklich wie noch nie zuvor in seiner Existenz.

Mit dieser Freude jedoch kam eine Verwundbarkeit, wie er sie ebenfalls noch nie zuvor erfahren hatte. Zu lieben erforderte so viel Mut, so viele Opfer. Und immer begleitete ihn das Wissen, daß Daisy, als ganz gewöhnliche Sterbliche, eines Tages sterben würde. Er hingegen würde dann genauso aussehen, wie er jetzt aussah; er hatte sich in sechshundert Jahren fast nicht verändert.

Sie öffnete die Augen, schien seine Anwesenheit zu spüren. Esteban bewegte sich, aber er erwachte nicht.

»Hallo, mein Schöner«, sagte sie. »Was ist es, was dein Stirnrunzeln verursacht hat?«

»Ich dachte gerade, daß ich dich liebe.«

»Komisch. Die meisten Leute lächeln, wenn sie derartige Gedanken haben.«

»Die meisten Leute altern im gleichen Rhythmus, Daisy. Ich will dich nicht verlieren – heute nicht und auch in fünfzig Jahren nicht.«

Esteban wimmerte in seinem Schlaf, und Daisy setzte den Schaukelstuhl in Bewegung, während sie dem kleinen Jungen beruhigend über den Rücken strich. »Du solltest dich nicht so quälen«, sagte sie mit leisem Vorwurf in der Stimme. »Natürlich sterbe ich irgendwann. Und dann werde ich als jemand anderer wiedergeboren, und du wirst mich finden, wie du mich bisher noch jedes Mal gefunden hast. Es ist uns vom Schicksal bestimmt, zusammen zu sein.«

»Angenommen, ich finde dich beim nächsten Mal nicht?«

»Vampire sind so neurotisch«, scherzte sie. »Natürlich wirst du mich finden.« Daisys Miene wurde plötzlich ernst, und prüfend schaute sie ihren geliebten Partner an. »Ist es dir gelungen, Kristinas Bronzeaffen aufzuspüren?«

»Ja und nein«, erwiderte Valerian und begann durch den Raum zu schreiten, zu rastlos, um sich hinzusetzen. Er würde noch einmal das Haus verlassen müssen, um sich auf Nahrungssuche zu begeben, er spürte, daß seine Kraft auf ihrem Tiefpunkt angelangt war. »Benecia Havermail steckt hinter dem Einbruch, und sie hält das Ding als Art Geisel fest.«

»Nur aus Bosheit?«

»Sie will wieder menschlich werden.«

»Das ist doch ausgeschlossen, oder?« fragte Daisy stirnrunzelnd.

Valerian spreizte seine Hände. »Aidan Tremayne, Maeves Zwillingsbruder, war über zweihundert Jahre lang Vampir. Heute ist er wieder aus Fleisch und Blut, hat eine

Frau und vier Kinder und nicht die kleinste Erinnerung mehr an seine frühere Existenz.«

Daisy nickte. »Ja, ich erinnere mich.« Sie hatte die Geschichte schon gehört; es gab keine Geheimnisse zwischen ihnen. »Wenn Aidan zurückverwandelt werden konnte, warum dann nicht Benecia?«

»Aidan war gut und anständig, und er war gegen seinen Willen in einen Vampir verwandelt worden. Benecia hingegen bettelte um das Privileg und war von abgrundtiefer Schlechtigkeit, seit sie Bluttrinker geworden war.«

»Und du glaubst, als Mensch wäre sie genauso schlecht?«

»In höchstem Grade«, bestätigte Valerian.

Daisy stand auf und trug den kleinen Jungen auf den Korridor hinaus. Am Fuß der Treppe nahm Valerian ihr das Kind behutsam ab, und zusammen stiegen sie in den ersten Stock hinauf. Estebans Schlafzimmer lag neben ihrem eigenen, Valerian legte seinen Adoptivsohn zärtlich in sein Kinderbettchen. Irgendwann heute nacht, das wußten beide, würde der Kleine über das Gitter klettern und sich auf dem großen Teppich zum Schlafen zusammenrollen.

Daisy nahm Valerians Hand und führte ihn aus dem Zimmer. Das neue Kindermädchen würde am nächsten Tag ihre Stellung antreten; vielleicht gelang es ihr, Esteban klarzumachen, daß er jetzt in Sicherheit war und nichts mehr zu befürchten hatte.

»Geh auf Nahrungssuche«, sagte sie auf dem Korridor.

Valerian nickte resigniert und küßte sie noch einmal zärtlich, bevor er ging.

Die Sonne war noch keine fünf Minuten aufgegangen, als Dathan über die wendeltreppenartig angelegten Steinstufen in die Krypta hinunterstieg, die sich unter der verfallenen Kapelle auf dem englischen Besitz der Havermails befand. Die Eltern der schönen kleinen Ungeheuer schienen sich irgendwo anders aufzuhalten – Avery und

Roxanne gingen schon seit langer Zeit getrennte Wege –, aber Benecia und Canaan lagen Seite an Seite, im tiefen, unerschütterlichen Schlaf der Vampire auf ihren steinernen Ruhestätten.

Es wäre so einfach, sie zu vernichten, dachte der Hexer; er hätte keine Skrupel gehabt, ihnen ihre Existenz zu nehmen. Denn trotz ihrer harmlosen Erscheinung waren sie *keine* entzückenden kleinen Menschenkinder, sondern Ungeheuer von der schlimmsten Sorte. Ein Pfahl, durch ihre Herzen getrieben, eine Infusion von seinem eigenen Blut oder sie schlicht die Treppe hinaufzutragen und draußen in den sonnigen Hof zu legen, hätte ausgereicht, um sie zu töten.

Nur eins hielt Dathan davon ab, sie beide umzubringen, und das war der Bronzeaffe. Wie er schon vermutet und Valerian ihm kurz darauf bestätigt hatte, wußte Benecia, wo das Ding versteckt war, und wahrscheinlich hatte sie es auch ihrer Schwester anvertraut.

Er zog einen langen Dolch mit juwelenbesetztem Griff aus der Scheide an seinem Gürtel und erlaubte sich für einen kurzen Augenblick die Vorstellung, die scharfe Klinge in diese boshaften kleinen Herzen zu treiben, zuerst in das eine, dann in das andere. Mit ziemlicher Gewißheit würde der bronzene Türstopper dann vielleicht für immer unauffindbar bleiben, aber gleichzeitig wäre auch eine von Kristinas schlimmsten Befürchtungen zerstreut: die Kilcarraghfamilie würde sicher sein vor diesen beiden Scheusalen.

Und wenn das geschah, bestand für ihn keine Chance mehr, Kristina zur Gefährtin zu gewinnen.

Dathan war nicht bereit, so großzügig zu sein.

Er lächelte ein wenig boshaft. Eins konnte er Benecia und Canaan vor Augen führen: daß sie nicht unverwundbar waren, trotz ihrer hochentwickelten Vampirkräfte.

Mit der Spitze seines Dolchs ritzte Dathan seinen Finger auf und ließ einen Tropfen Blut auf Benecias halb geöffnete Lippen fallen, dann auf Canaans. Es war nicht genug, um sie zu töten, was eigentlich sehr schade war, doch wenn sie bei Einbruch der Dunkelheit erwachten, würden sie erkennen, daß sie von einem mächtigen Feind Besuch bekommen hatten. Die Botschaft hätte deutlicher nicht sein können: *Seht euch vor, denn ich, der Hexer, habe euren Unterschlupf gefunden.*

Widerstrebend steckte Dathan die Klinge wieder ein und verließ die Gruft unter der Kapelle.

Unmittelbar nachdem Calder Holbrook erwacht war, begab er sich auf Nahrungssuche. Er war schon wieder im Labor zurück und überprüfte vielleicht zum hundertsten Mal inzwischen die Ergebnisse von Kristinas Bluttest.

Jagen, ein herrlicher Zeitvertreib für viele Vampire, war eine lästige und unangenehme Pflicht für ihn, etwas, das erledigt werden mußte, um es dann so schnell wie möglich wieder zu vergessen. Maeve liebte ihre Macht, ihre Abenteuer und die vielfältigen Gefahren, die ihre Stellung als Königin aller Vampire mit sich brachte. Für Calder hingegen war es aufregend genug, Maeve zu lieben und sich mit seinen Experimenten zu beschäftigen.

In jener Nacht jedoch war er zutiefst beunruhigt.

Als die kleine Uhr auf dem Schreibtisch halb drei schlug, erschien Maeve in seinem Labor, mit rosa angehauchten Wangen, da sie offenbar erst kürzlich Nahrung aufgenommen hatte.

Calder wandte sich von seinem Mikroskop ab, um sie zu küssen. Wie immer flackerte die alte Leidenschaft zwischen ihnen auf, die selbst im Verlauf so vieler Jahre niemals nachgelassen hatte. Bevor die Nacht vorüber war, das wußte er, würden sie sich lieben.

»Hast du schon etwas über Dimitys Verbleib herausgefunden?«

Maeve schüttelte den Kopf, und ihre blauen Augen schauten ihn so durchdringend an, als wollten sie bis auf den Grund seiner Seele sehen. »Was hast du, Calder?« forschte sie sanft. »Ich weiß, daß du bekümmert bist, ich kann es spüren.«

Er wandte für einen Moment den Blick ab. Es war schwer genug, zu wissen, was er wußte. Es Maeve zu sagen und dann Kristina würde noch viel schwerer sein. »Setz dich«, bat er und deutete auf einen nahen Stuhl.

Maeve gehorchte, aber ihr Blick wich nicht von seinem Gesicht. »Sag es mir.«

»Es ist wegen Kristina«, begann er und trat vor seine Lebensgefährtin, um ihr die Hände auf die Schultern zu legen. »Ich hatte … Nun ja, ich hatte ihr eine Blutprobe abgenommen, weil sie sagte, sie fühle sich nicht gut in letzter Zeit … Maeve, ich glaube, sie macht eine Art genetischer Verwandlung durch.«

»Und was bedeutet das?« fragte Maeve beunruhigt. Sie war wie gelähmt vor Sorge, denn genau wie Calder liebte sie ihre Tochter sehr.

Er zögerte einen Moment, aber es gab leider keinen schonenden Weg, ihr seine Erkenntnisse mitzuteilen. »Kristina altert. Ihre Blutzellen sind von denen eines Menschen praktisch nicht mehr zu unterscheiden.«

Tränen schimmerten in Maeves dunklen Augenwimpern, und ihre blauen Augen weiteten sich vor Entsetzen, als sie zu verstehen begann. »Sie ist sterblich geworden?«

Calder kämpfte gegen seine eigenen Emotionen an. »Ja«, sagte er schließlich, als er seiner Stimme wieder traute.

Während der Nacht war der Schnee geschmolzen, und der Sonntag dämmerte grau und trüb in Seattle herauf. Barrabas lag zusammengerollt am Fußende von Kristinas Bett und schien seine Pflichten als Wachhund ausgesprochen ernst zu nehmen.

»Was frißt du eigentlich?« fragte sie ihn. »Außer kleinen Mädchen natürlich, die ihre Großmütter im Wald besuchen.«

Barrabas stieß ein kummervolles Winseln aus.

»Du hast recht«, gestand Kristina. »Das war ein schlechter Scherz. Aber komm jetzt – vielleicht finden wir im Tiefkühlschrank ein Steak für dich.«

Sie zog einen Morgenrock und Pantoffeln an, weil es ungewöhnlich kalt im Haus war, und ging dann zur Treppe, die in die Küche hinunterführte. Nachdem sie ein Hüftsteak für den Wolf in der Mikrowelle aufgetaut hatte, bereitete Kristina sich selbst eine Schale Müsli mit Früchten zu und setzte sich zum Essen auf die Couch.

Sie war gerade damit fertig, als sie Max' Jeep in die Einfahrt biegen hörte.

»Ich hätte vielleicht vorher anrufen sollen«, sagte er, als Kristina ihm die Haustür öffnete, »aber ich hatte Angst, daß du mir sagen würdest, du wolltest mich nicht sehen.«

Sie zog ihn hinein, schloß die Tür und schlang die Arme um seinen Nacken. »Du weißt, daß ich dich immer sehen will«, sagte sie zärtlich.

Barrabas stand in der Tür zum Eßzimmer und knurrte warnend.

»Sei still«, schalt Kristina ihn. »Es ist nur Max.«

Das schien dem Wolf zu genügen, denn er wandte sich ab und trottete davon.

»Hast du gestern nacht geschlafen?« fragte Max, während er Kristina locker, aber sehr liebevoll umfangen hielt.

»Hast *du* geschlafen?« konterte Kristina lächelnd.

»Du weißt verdammt gut, daß ich keinen Schlaf gefunden habe«, entgegnete er mit einem Anflug von Gereiztheit. »Ich mußte andauernd an diesen Schurken denken, diesen ehemaligen Türstopper, der dort draußen frei herumläuft und sich Möglichkeiten ausdenkt, an dich heranzukommen.« Er küßte ihre Stirn. »Laß uns für eine Weile von hier verschwinden. Ein bißchen durch die Gegend fahren oder so.«

Die Idee gefiel Kristina, die sich allmählich wie eine Gefangene vorkam. »Was machen wir mit Barrabas?«

»Er kann hierbleiben«, antwortete Max und schob Kristina mit sanftem Nachdruck auf die Treppe zu. Sie mußte sich natürlich anziehen, bevor sie irgendwohin fahren konnten.

Am Fuß der Treppe blieb sie stehen und schaute sich

mit einem mutwilligen Lächeln nach Max um. »Ich glaube, du bist eifersüchtig auf den Wolf«, scherzte sie.

Max fuhr sich mit der Hand durchs Haar. »Das ist durchaus möglich«, gab er allen Ernstes zu. »Immerhin durfte der Wolf gestern nacht hierbleiben und dich beschützen. Und das ist etwas, was ich als meine Aufgabe betrachte, nicht als seine.«

Kristina schüttelte den Kopf »Männer«, murmelte sie und eilte die Treppe hinauf, um sich anzukleiden.

Als sie eine halbe Stunde später herunterkam, in schwarzen Kordjeans, einem dicken grauen Pullover und leichten Schneestiefeln, saß Max im Wohnzimmer auf einem Sitzkissen, und Barrabas lag ihm gegenüber auf dem Teppich vor dem Kamin.

Sie starrten einander an, Mann und Tier, und Kristina fragte sich, wer wohl zuerst den Blick abgewandt hätte, wenn sie nicht den Raum betreten hätte.

KAPITEL 14

Bree Kilcarragh schaute sich staunend in der großen Halle um. Großmutter und Tante Gweneth sagten, es sei ein Flohmarkt, aber Bree hatte bisher noch keinen Floh gesehen. Das einzige, was sie sehen konnte, war eine Menge alter Trödel, der auf wackligen Tischen und in schmalen Ständen feilgeboten wurde.

Sie zog an Eliettes Hand, als Großmutter und Tante Gweneth stehenblieben, um ein Paar Salz- und Pfefferstreuer zu betrachten, die wie kleine Toiletten aussahen. »Warum sollte irgend jemand einen Floh kaufen?« flüsterte sie ihrer Schwester zu.

Eliette verdrehte die Augen. Sie war älter und klüger und ließ sich niemals eine Chance entgehen, es ihrer jüngeren Schwester zu beweisen. »Das bedeutet doch bloß, daß man dort eine Menge altes Gerümpel kaufen kann«, erwiderte sie flüsternd.

Großmutter drehte sich zu ihnen um und lächelte sie an. Es war warm in dem großen Gebäude, so daß Bree und Eliette ihre Mäntel nicht zu tragen brauchten. »Werdet ihr langsam müde?« fragte Großmutter.

Beide Mädchen schüttelten den Kopf Obwohl sie ihren Daddy vermißten, waren sie gern bei ihren Großeltern, und heute war ein ganz besonders schöner Tag, weil Tante Gweneth sie begleitete.

»Es ist bald Weihnachten«, sagte sie. »Ich muß noch etwas wirklich Häßliches für Max finden.«

Allison Kilcarragh lächelte. Sie ist so hübsch, dachte Bree, mit ihren schönen Kleidern und dem silbergrauen Haar. »Großer Gott, Gweneth«, erwiderte sie, »es ist noch nicht mal Thanksgiving!«

Gwen lachte. »Ich weiß, daß es dir verrückt erscheint, Mom, aber Max und mir macht es großen Spaß, die denkbar häßlichsten Geschenke füreinander auszusuchen. Ich glaube, er wäre sehr enttäuscht, wenn ich nicht etwas wirklich Scheußliches für ihn ...« Sie brach ganz unvermittelt ab und ging zu einem Tisch hinüber, der mit etwas bedeckt war, was für Bree wie eine Menge altes, schmutziges Metall aussah. »Ich kann es fast nicht glauben!« rief Gwen und hielt triumphierend die merkwürdigste Figur hoch, die Bree je gesehen hatte. »Das ist eine exakte Kopie des Türstoppers, den ich in Kristinas Laden gesehen habe!«

Allison schnalzte mißbilligend mit der Zunge und schüttelte den Kopf »Das ist mehr als scheußlich«, sagte sie.

Bree stimmt ihr zu und fragte sich, was Eliette wohl denken mochte.

»Es ist ein wertvolles Stück«, sagte der Mann hinter dem Tisch. Aus seinen Ohren und aus seiner Nase wuchsen Haarbüschel, und Bree trat unwillkürlich einen Schritt zurück.

»Komisch«, murmelte Gwen. »Das Ding fühlt sich richtig warm in meiner Hand an.«

Bree schaute den Affen an und wünschte, ihre Tante würde ihn nicht kaufen. Aber Gwen griff bereits in ihre Tasche nach dem Portemonnaie.

»Was kostet er?« fragte sie.

»Fünfzig Dollar, plus Steuern«, erwiderte der haarige alte Mann. Er war auch schmutzig, und er roch schlecht. Er war nicht wie die anderen Leute, die ihre Waren hier verkauften; die anderen kamen Bree alle ganz normal vor.

»Fünfunddreißig«, bot Tante Gwen ihm an.

»Ach, Gweneth«, stöhnte Allison.

Aber der Handel war bereits perfekt. Tante Gwen bezahlte, und der Mann steckte den Affen in eine alte Tüte und überreichte sie ihr.

Eliette und Bree schauten sich an und stellten sich den Türstopper unter ihrem Weihnachtsbaum vor. Bree wußte nicht genau, warum, aber sie fürchtete sich ein wenig. Sie wollte ihren Daddy. Und sie wollte nicht, daß Tante Gweneth diesen häßlichen Affen mit nach Hause nahm.

Doch an manchen Tagen gelang es einem einfach nicht, daß Wünsche in Erfüllung gingen, selbst wenn man sehr, sehr brav war.

»Erzählt bitte eurem Vater nichts davon«, bat Tante Gweneth ihre Nichten, und ihre Augen funkelten vor Mutwillen, als sie auf sie herabschaute. »Ich möchte, daß es eine Überraschung wird.«

Bree bezweifelte nicht, daß es eine werden würde. Dieses Ding war sogar noch schlimmer als der Elchkopf – sie hoffte bloß, daß sie und Eliette dieses dumme Spiel nicht spielen mußten, wenn *sie* erwachsen waren.

Es war schon dunkel, als Kristina und Max von ihrer Spazierfahrt heimkehrten – sie waren in die nahen Cascade Mountains gefahren und hatten in einem abgelegenen Gasthof ein Zimmer für das nächste Wochenende reserviert. In dieser Höhenlage war der Schnee noch tief und weiß, perfekt, um Schneebälle daraus zu formen und sich damit zu bewerfen. Sie hatten einen Schneemann gebaut und in einem Restaurant an der Straße etwas Warmes gegessen, bevor sie den unvermeidlichen Abstieg in die wirkliche Welt begonnen hatten.

Nach einem kurzen Halt in einem Supermarkt, wo Kristina eine große Tüte Hundefutter für Barrabas kaufte, fuhr Max sie heim. Der Wolf empfing sie an der Tür und winselte leise, um ihr zu verstehen zu geben, daß er hinauswollte. Kristina versuchte nicht, ihn aufzuhalten.

Max trug das Hundefutter in die Küche und machte dann, wie er es schon am Tag nach dem Einbruch getan hatte, eine Runde durch das Haus, um sich zu vergewissern, daß während ihrer Abwesenheit niemand eingedrungen war. Diesmal begleitete Kristina ihn.

»Ich wünschte, ich könnte bleiben«, sagte er zwanzig Minuten später, als Barrabas wieder im Haus war und zufrieden seine Hundekuchen knabberte. Max hatte ein anheimelndes Feuer im Kamin entzündet, und nun stand er in der Küchentür und hielt zärtlich Kristinas Kinn umfaßt.

»Eliette und Bree erwarten dich bestimmt schon«, sagte sie.

Er nickte. »Ich habe sie vermißt.«

Kristina beneidete ihn einen flüchtigen Moment lang, diesen Mann, dem sie solch tiefe – und hoffnungslose – Gefühle entgegenbrachte. Was für ein Segen mußte es sein, Kinder zu haben, die sehnsüchtig deine Heimkehr erwarteten, bereit, sich dir aus purer Freude in die Arme zu werfen. Mit einem Lächeln, das ein bißchen Wehmut verriet, richtete sie sich auf die Zehenspitzen auf und küßte ihn.

»Es war ein wundervoller Tag, Max. Vielen Dank.«

Zärtlich berührte er ihre Nasenspitze. »Halte dir das nächste Wochenende für mich frei«, bat er. »Und falls du irgend etwas brauchst oder Angst bekommst, dann ruf mich an oder komm direkt zu mir. Ganz gleich, um welche Zeit. Verstanden?«

Kristina legte für einen Moment den Kopf an seine

Schulter. Der Stoff seiner Jacke war kalt und roch noch immer angenehm nach Bergluft, Fichten und Schnee. »Verstanden«, erwiderte sie leise. Aber sie hatte nicht die Absicht, Max in ihre Probleme zu verwickeln, falls es sich vermeiden ließ. Nichts als purer Egoismus hatte sie bisher davon abgehalten, die Beziehung zu ihm jetzt schon völlig abzubrechen.

Bald würde ihr nichts anderes mehr übrigbleiben.

Max küßte sie noch einmal, diesmal so ausgiebig und leidenschaftlich, daß ihr schwindelte, bevor er sich verabschiedete und das Haus verließ. Nur wenige Sekunden später hörte sie seine Stimme draußen.

»Schließ die Tür ab und leg die Kette vor, Kristina«, rief er.

Gehorsam erfüllte sie seinen Wunsch, obwohl sie wußte, daß es völlig sinnlos war. Bis auf den Bronzeaffen-Mann waren alle ihre anderen Feinde nicht durch Schlösser aufzuhalten.

Und ihre Freunde und Verwandten auch nicht, denn als Kristina sich umwandte, stand Maeve nur wenige Schritte hinter ihr. Der weiße Wolf hatte sich an ihrer Seite niedergelassen, als sei sie seine Herrin.

In Anbetracht der Krise mit Gideon und Dimity überraschte es Kristina sehr, daß ihre Mutter sie besuchte, und als dann auch noch ihr Vater aus den Schatten trat, wich ihr Erstaunen Angst. Sie waren gekommen, um ihr etwas mitzuteilen, und das konnten keine guten Neuigkeiten sein.

»Was ist es?« wisperte sie furchtsam.

Calder nahm Kristinas Arm und führte sie in das formelle Wohnzimmer, wo kein Feuer im Kamin brannte. Während er sie zu einem Sessel schob, ließ Maeve sich in einem weiteren ihr gegenüber nieder.

Calder, der viel zu unruhig war, um sich zu setzen, blieb vor ihnen stehen.

»Du hast oft gesagt, du wärst viel lieber ein Mensch«, begann er.

Kristinas Herz schlug schneller. Sie richtete sich ein

wenig gerader in ihrem Sessel auf und wartete gespannt. »Ja«, antwortete sie mit zitternder Stimme.

Aus dem Augenwinkel sah sie, daß Maeve weinte.

»Ich habe deine Blutprobe immer und immer wieder untersucht«, fuhr Calder fort. »Ich habe unzählige Tests gemacht, unter anderem auch eine Gen-Analyse.« Er hielt inne, seine dunklen Augen auf seine einzige noch lebende Tochter gerichtet, und Kristina erinnerte sich, daß er vor vielen Jahren ein kleines Mädchen verloren hatte, das seine erste Frau geboren hatte. »Du alterst, Kristina. Obwohl es buchstäblich unmöglich ist, bist du sterblich.«

Auf diese Worte hin schlug Maeve die Hände vors Gesicht und schluchzte leise. Auch sie hatte ein geliebtes Wesen verloren – ihr Bruder, Aidan, hatte die Welt der Vampire für immer verlassen, um wieder ein Mensch zu werden.

Kristina wurde von den widersprüchlichsten Gefühlen erfaßt – Trauer, Freude, Furcht, Entzücken. *Sterblich zu sein!* »Ich werde also eines Tages sterben«, sagte sie.

Calder trat neben Maeves Sessel und legte beide Hände auf die bebenden Schultern seiner Lebensgefährtin. »Ja«, erwiderte er. Auch seine Stimme, obwohl ruhig, klang ein wenig brüchig.

»Wann?«

»Das weiß ich nicht«, antwortete Calder so aufrichtig, wie es seine Art war. »Der Prozeß hat schon begonnen – es ist nicht vorauszusagen, wie lange er dauern wird.«

Kristina schwieg eine Weile, während sie sich mit den Informationen auseinandersetzte und über ihre Folgen nachdachte. Das Schluchzen ihrer Mutter ließ ein wenig nach, als Kristina sich von ihrer ursprünglichen Verblüffung erholt hatte.

»Deshalb war meine Magie so unzuverlässig«, sagte sie nachdenklich. Es bedeutete eine gewisse Erleichterung, zu wissen, daß sie sich die Schuld daran nicht selbst zu geben brauchte. Sie hatte ihre angeborenen Talente nicht vernachlässigt, sondern sie schlicht und einfach verloren.

»Du könntest natürlich in einen Vampir verwandelt

werden«, meinte Calder leise. »Aber deine Mutter und ich, wir wissen beide, daß du das nicht wünschst.«

»Das stimmt«, antwortete Kristina geistesabwesend. Ein solches Leben, trotz seiner Macht und seiner Privilegien, war nichts für sie.

Es war ein seltsames Gefühl, mit Sicherheit zu wissen, daß sie eines Tages sterben würde. Sie würde anfällig sein für alle Arten menschlicher Beschwerden – Grippe, Kopfschmerzen, wunde Füße und Gewichtszunahme … »Glaubst du, daß ich ein Kind bekommen könnte?« Sie hatte noch nie menstruiert, aber vielleicht würde das ja jetzt auch beginnen … Vielleicht würde sie ja doch noch fruchtbar werden …

Maeve und Calder wechselten einen liebevollen Blick, und schließlich lächelte Maeve sogar ein wenig. »Wenn ich es konnte«, gab sie zu bedenken, »sehe ich keinen Grund, warum du nicht in der Lage dazu sein solltest.«

Kristina hatte seit der verblüffenden Mitteilung ihrer Eltern unter Schock gestanden; erst jetzt begann sie zu begreifen, was es für ihre Eltern bedeutete, und tiefe Liebe und Mitleid für sie erfüllten sie.

»Ich werde mich nicht von euch trennen, wie Onkel Aidan es getan hat, falls es das ist, was ihr glaubt«, sagte sie zärtlich. »Dazu liebe ich euch zu sehr.«

Calders Augen glitzerten verdächtig. »Wir hätten ohnehin über dich gewacht«, antwortete er. »Unser Kummer ist ein egoistischer, und ihn zu teilen macht ihn auch nicht leichter.«

»Weil ich eines Tages sterben werde«, sagte Kristina und erhob sich, um ihren Vater und dann ihre Mutter zu umarmen. »Freut euch für mich«, bat sie ihre Eltern leise. »Denn das ist es, was ich mir immer gewünscht habe, wovon ich schon so lange träume, wie ich mich zurückentsinnen kann. Ich hatte nie den Wunsch, ewig zu leben.«

Maeve legte ihre kühlen Hände an Kristinas Wangen. »Du hast viel von Aidan«, sagte sie. »Du bist weiser als ich und nicht so gierig.«

»Fürchtest du den Tod, Mutter?« fragte Kristina leise.

Sie hatte sich diese Frage schon oft gestellt, aber nie gewagt, sie auszusprechen.

Die Königin der Vampire dachte nach. »Ja«, erwiderte sie schließlich. »Ich bin als Sterbliche in einem Kloster des achtzehnten Jahrhunderts aufgewachsen, und die Vorstellung ewiger Verdammnis ist so real für mich wie der Himmel über mir und die Erde unter meinen Füßen.«

»Und was ist mit dir, Papa?« fragte Kristina und wandte sich an Calder.

»Ich habe die Hölle gesehen«, sagte er. »Sie wird Krieg genannt, und sie existiert nicht in irgendeinem unterirdischen Reich, sondern hier auf der Erde.«

Kristina kehrte zu ihrem Sessel zurück und ließ sich darauf nieder. Ihr war nach Weinen zumute, obwohl sie gleichzeitig vor Freude laut gejubelt hätte. Es war möglich, daß sie noch fünfzig Jahre leben würde, aber ebensogut konnte sie eines Morgens – in der nächsten Woche vielleicht schon – mit weißem Haar und spröden Knochen erwachen.

»Was soll ich tun?« wisperte sie.

Maeve kam zu ihr und legte ihr beruhigend eine Hand aufs Haar. »Leben«, riet sie. »Und das Beste aus jedem Augenblick machen.«

»Aber ich könnte morgen sterben!«

»Wie jeder andere Sterbliche«, warf Calder ruhig ein.

Daraufhin faßten ihre Eltern sich an den Händen und verschwanden, ohne ein weiteres Wort zu äußern.

Barrabas legte seinen großen Kopf auf Kristinas Schoß und winselte mitfühlend. Sie streichelte ihn und starrte in eine unsichere Zukunft, nicht sicher, ob sie ihren neuentdeckten Status als ganz normale Sterbliche feiern oder betrauern sollte. Eine gute Stunde später, als sie hinaufging, um ins Bett zu gehen, war sie sich darüber noch immer nicht im klaren.

Am Morgen erwachte sie sehr früh, geweckt von unerträglich starken Krämpfen.

Im Alter von einhundertdreißig Jahren hatte Kristina Holbrook ihre erste Periode. Sie drehte sich auf die Seite, zog die Knie an und stöhnte. Sie hätte nie erwartet, daß es derart weh tun würde.

Nach einigen Minuten, in denen sie die Schmerzen still erduldete, griff sie nach dem Telefon und gab Daisys Nummer ein. Mit etwas Glück würde ihre Freundin noch zu Hause sein und nicht unterwegs, um irgendeinen Fall zu lösen.

»Hallo«, meldete sich die helle Stimme, die Kristina hören wollte.

»Hilfe«, stöhnte sie. »Ich bin ein Mensch.«

»Was?« Daisy klang beunruhigt, und wer hätte ihr das verübeln können? Kristina hatte sich sehr eigenartig ausgedrückt.

»Ich erkläre es dir später«, entgegnete Kristina schnell. »Ich habe furchtbare Krämpfe ... so etwas ist mir noch nie passiert, bevor ich ...«

»Ich komme«, sagte Daisy. »Wird die Haushälterin, die aus der Hölle kam, mich hereinlassen?«

»Sie hat diese Woche frei. Nimm den Ersatzschlüssel«, murmelte Kristina. »Er liegt unter dem Keramikfrosch auf der Veranda.«

»Das sind ja tolle Sicherheitsvorkehrungen«, schimpfte Daisy, aber es klang nicht allzu unsanft. Anscheinend wußte sie, was Kristina durchmachte, und verspürte Mitgefühl für ihre Freundin. »Hör zu – gib mir mir ein paar Minuten, damit ich Esteban zu seinem neuen Kindermädchen bringen kann, dann fahre ich rasch zur Drogerie und komme sofort zu dir.«

Kristina unterdrückte ein Wimmern. Wenn es das war, was Sterblichkeit bedeutete, war es vielleicht doch gar nicht so wunderbar und wünschenswert. »Beeil dich«, flüsterte sie.

»Manchmal hilft ein warmes Bad«, riet Daisy noch, bevor sie auflegte.

Sie erschien eine halbe Stunde später, aber Kristina kam es vor wie eine kleine Ewigkeit. Sie lag noch immer mit angezogenen Beinen auf der Seite, biß die Zähne zusammen und umklammerte mit beiden Händen ihren Bauch.

»Das hier hilft manchmal«, sagte Daisy und entfernte das Zellophan von einer blauen und weißen Schachtel. Sie hatte auch eine braune Papiertüte mitgebracht, aber zuerst ging sie ins Badezimmer, füllte ein Glas mit Wasser und brachte es Kristina. Zwei Tabletten lagen auf ihrer ausgestreckten Hand. »Schluck die und versuch, dich zu entspannen. Anspannung macht es nur noch schlimmer.«

Kristina setzte sich auf, nahm die Tabletten und schluckte sie mit etwas Wasser.

»Was ist eigentlich los?« fragte Daisy, während sie es sich auf Kristinas Chaiselongue bequem machte.

Sie erhielt einen bösen Blick zur Antwort, bevor Kristina sagte: »Meine Eltern haben mir gestern abend verblüffende Neuigkeiten mitgeteilt. Ich bin eine ganz normale Sterbliche. Und heute morgen wachte ich auf mit dem Beweis dafür.«

Daisy verschränkte ihre Finger und seufzte. Sie trug heute keine Baseballkappe, aber abgesehen davon war sie auf gewohnt saloppe Art gekleidet. »Niemand hat je behauptet, es sei einfach, ein Mensch zu sein«, gab sie zu bedenken. »Und schon gar nicht *weiblichen* Geschlechts.« Sie griff nach der braunen Tüte und warf sie auf Kristinas Bett. »Hier – wie du die benutzt, mußt du schon selbst herausfinden.«

Kristina schaute in die Tüte, sah eine Schachtel Tampons und ließ sich stöhnend wieder in die Kissen sinken. Zwanzig Minuten später hatten die Tabletten gewirkt, und die Tampons lagen an ihrem Platz im Badezimmerregal. Daisy kam von unten zurück, wo sie eine Kanne Kräutertee aufgebrüht und zwei Brötchen aufgebacken hatte.

»Fühlst du dich jetzt besser?«

Kristina nickte beschämt. Dies war eine Erfahrung, die die meisten sterblichen Frauen Monat für Monat zu erdulden hatten, und sie hatte sich aufgeführt, als handelte es sich um eine Blinddarmoperation ohne Betäubung. Ein neugewonnener Respekt für die weiblichen Mitglieder der menschlichen Gesellschaft erfüllte sie. »Danke, Daisy.«

Daisy grinste. »Wenn du etwas von dem Tee getrunken und ein Brötchen gegessen hast, solltest du aufstehen und dich bewegen. Zieh dich an und geh mit Barrabas spazieren oder so etwas.«

»Es wäre besser, wenn ich den Laden öffnen würde.«

»Wieso? Ich dachte, die Maurer sind da, um eine neue Tür einzusetzen und das Glas in der Theke auszutauschen?«

»Ja«, sagte Kristina. »Und deshalb möchte ich mich vergewissern, daß alles seine Ordnung hat.«

»Du wirst natürlich schon gehört haben, daß Benecia den Bronzeaffen gestohlen hat?«

Gehört hatte Kristina es eigentlich noch nicht, obwohl Dathan diese Theorie vertreten hatte in der Nacht des Einbruchs, als er und Valerian sich in ihrem Wohnzimmer herumgestritten hatten.

Sie wunderte sich, daß der Hexer nicht mit der Trophäe, dem Türstopper, zu ihr gekommen war, sobald er das Ding gefunden hatte. Es sah Dathan gar nicht ähnlich, sich die Gelegenheit entgehen zu lassen, Punkte zu sammeln, wenn er es etwas gab, was er erreichen wollte. »Nein, das wußte ich noch nicht«, erwiderte sie leise. »Wer hat es dir erzählt?« Die Frage war eine bloße Formalität; sie entschlüpfte ihren Lippen, noch bevor sie sie gedacht hatte.

»Valerian natürlich. Dathan konnte der Versuchung nicht widerstehen, ihm vor Augen zu führen, daß ein Hexer etwas erreicht hatte, wo ein Vampir versagt hatte.«

Kristinas Herz, das jetzt völlig menschlich war, hämmerte in ihrer Kehle. »Wo ist es … er … der Affe, meine ich?«

Daisys Blick war ernst. »Benecia hat sich geweigert, es zu verraten. Sie sagte, sie wolle ihn gegen dich benutzen, sobald sie dazu in der Lage ist.«

Kristina stellte das Tablett auf den Nachttisch und lehnte sich seufzend an die Kissen. »Wie hat Dathan darauf reagiert?«

»Er war natürlich ungeheuer aufgebracht, wagte aber nicht, die kleine Teufelin zu vernichten, weil sie das Wissen über das Versteck des Türstoppers mit ins Grab genommen hätte. Ich vermute, daß er ihren Unterschlupf gefunden hat – Benecias und Canaans, meine ich – und ihnen eine Kostprobe von Hexerblut verabreicht hat. Laut Valerian hat die ganze Vampirwelt ihr wütendes Geheul gehört, als sie todkrank aus ihrem Schlaf erwachten. Dathan hatte ihnen wahrscheinlich nur gerade soviel Hexerblut gegeben, um ihnen eine deutliche Warnung zukommen zu lassen. Hoffen wir, daß sie klug genug sind, sie zu beachten.«

Obwohl Kristina noch immer ein bißchen schwindlig war, fühlte sie sich schon erheblich besser. Mit etwas unsicheren Beinen erhob sie sich. Sie würde duschen, sich anziehen und sich mit aller Kraft darauf konzentrieren, den Hexer herbeizurufen. Max und seine Kinder waren in größerer Gefahr als je zuvor, jetzt, wo Kristina sterblich war und über keine magischen Kräfte mehr verfügte, um sie zu beschützen.

Daisy berührte ihren Arm. »Ich komme später noch einmal vorbei. Ich will nur schnell nachsehen, wie Esteban mit seinem neuen Kindermädchen zurechtkommt, und dann muß ich in die Stadt zu meiner Agentur fahren.«

»Vielen Dank für alles«, sagte Kristina, ein wenig beschämt, daß sie in ihrem Alter jemanden benötigt hatte, um ihr bei der ersten Monatsblutung beizustehen.

Als sie geduscht und sich angezogen hatte, wieder in Jeans und einem dicken Pullover, eilte sie nach unten. Die Schachtel mit Daisys Pillen nahm sie mit; falls die Schmerzen wiederkehrten, wollte sie darauf vorbereitet sein.

Sie hatte sich kaum an den Eßtisch gesetzt und ihre Konzentration darauf gerichtet, Dathan herbeizurufen, als der Hexer auch schon vor ihr stand. Mit einem Anflug von Traurigkeit erkannte Kristina, daß es seine und nicht ihre Magie gewesen war, durch die er ihre Notlage erkannt hatte. Sie besaß keine Magie mehr, und sie wußte, daß sie sie vermissen würde, obwohl sie sie fortgewünscht hatte, solange sie zurückdenken konnte.

Er war angezogen wie ein Gentleman aus dem achtzehnten oder neunzehnten Jahrhundert, der gerade aus der Oper kommt. Er trug ein kurzes Cape, einen glänzenden schwarzen Zylinder und sehr elegante Schuhe mit kostbaren Silberschnallen und rechteckigen Absätzen. Wie Vampire hatten auch Hexer keine Schwierigkeiten, durch die Zeit zu reisen.

Dathan näherte sich Kristina, ohne Barrabas, der leise knurrte, sich aber nicht erhob, auch nur einen Blick zu gönnen. Während er ihre Hand ergriff, nahm er in einer großartigen Geste seinen Zylinder ab und hauchte einen Kuß auf ihre Fingerknöchel. Kristina entzog sie ihm etwas abrupt.

»Warum hast du mir nicht erzählt, was du über Benecia Havermail herausgefunden hast?«

»Weil ich dir kein *fait accompli* liefern konnte, meine Liebe«, erwiderte Dathan und schien überrascht, daß jemand es wagte, seine Handlungsweise in Frage zu stellen. »Ein Problem ist nicht gelöst, bis es ... nun ja, *gelöst* ist.«

Kristina senkte den Kopf und dachte an Max, an seine Art zu lachen, an seine Blicke, die soviel von dem verrieten, was ihn bewegte, und an die Leidenschaft und Zärtlichkeit, mit der er sie geliebt hatte. Als wäre sie eine Göttin, mächtig und anbetungswürdig, aber auch ungemein zerbrechlich. Sie mußte ihn aufgeben und ihren Weg allein fortsetzen, wie sie es immer schon getan hatte.

Dathan legte einen Finger unter ihr Kinn und hob ihr Gesicht zu sich empor. »Du bist so bekümmert, Liebste«, sagte er mit unvorstellbarer Zärtlichkeit. »Warum? Ich werde deinen Max beschützen, wie ich versprochen habe, obwohl es mir das Herz bricht, zu wissen, daß du ihn liebst.«

Wieder war sie überrascht, denn Dathan schien trotz seiner hervorragenden Intuition noch nicht bemerkt zu haben, daß sie sich verändert hatte und nun so sterblich war wie ihr verlorener Onkel Aidan. Wenn sie ihm die Wahrheit sagte, würde er sie nicht länger als seine Braut und Königin wollen – ein Umstand, der sie mit einer gewissen Erleichterung erfüllte.

»Ja«, erwiderte sie ruhig. »Ich liebe Max sehr.«

»Aber eines Tages …

»Nein«, unterbrach sie ihn und schüttelte den Kopf »Ich besitze keine Macht mehr, Dathan. Ich bin sterblich.«

»Unsinn.«

»Es ist wahr. Es ist zum Teil der Grund, warum ich in letzter Zeit so viele Zaubersprüche vermasselt habe. Meine Magie ist nicht mehr vorhanden. Ich bin nichts weiter als eine ganz normale Frau.«

Das Gesicht des Hexers verriet keine Enttäuschung, wie sie erwartet hatte, sondern leuchtete vor Freude. »Das ist sogar noch besser! Die Paarung eines Hexers mit einer Sterblichen …«

»Kann nicht so ungewöhnlich sein«, unterbrach Kristina ihn ungeduldig. Obwohl ihr die Aussicht, den Rest ihres Lebens allein zu verbringen, nicht behagte, hatte sie nicht die Absicht, sich mit einem Partner zu begnügen, den sie nicht liebte, nur um überhaupt jemanden zu haben.

Nicht, daß eine Frau einen Hexer jemals hätte *besitzen* können. Wie Vampire, so waren auch sie äußerst unbeständige Geschöpfe – Valerian und Kristinas Eltern waren die einzigen Nachtwandler in ihrer Bekanntschaft, die ihren Lebensgefährten treu blieben. Und das, obwohl Valerian in der Zeit zwischen Daisys Reinkarnationen für seine zahlreichen Affären bekannt gewesen war.

»Ich glaube, ich gehe jetzt besser«, meinte Dathan, »und komme wieder, wenn du bessere Laune hast.«

»Das ist eine gute Idee«, entgegnete Kristina. »Aber bemüh dich nicht, zurückzukommen, um mich zu bedrängen, dich zu heiraten, denn das werde ich nicht tun.«

Dathan stieß einen leidgeprüften Seufzer aus, spreizte sein elegantes Cape wie schwarze Schwingen und verschwand.

Kristina führte Barrabas einmal um den Block – es lag wieder Schnee in der Luft –, brachte ihn dann zum Haus zurück und schloß ihn ein. Einige Minuten später saß sie in ihrem Wagen und fuhr in die Innenstadt zu ihrem Laden.

Die Tür war inzwischen ausgewechselt worden, und

Max' Freund und zwei seiner Gehilfen beendeten gerade die Reparaturen an der Schmucktheke. Der Boden war gefegt, und als Kristina zwischen den vertrauten Antiquitäten umherging, dachte sie, daß sie eigentlich schon an diesem Nachmittag den Laden öffnen könnte, oder wenn nicht, dann wenigstens am nächsten Morgen.

Sie fragte sich allerdings, wie lange es dauern würde, bevor Benecia und ihre Schwester zurückkehrten, um noch mehr Schaden anzurichten. Und wo war der Bronzeaffe? Würde er eines Nachts erscheinen, vor Kristinas Bett, mit einem Messer in der Hand?

Sie erschauderte. Barrabas war natürlich da, um sie zu beschützen, aber sie konnte sich nicht für immer auf einen Wolf verlassen. Außerdem gehörte das Tier Daisy und Valerian, sein rechtmäßiges Zuhause war bei ihnen.

Vielleicht, dachte Kristina traurig, war es an der Zeit, ihren Laden zu schließen und sich wieder auf Reisen zu begeben. Sie konnte einfach in der Weltgeschichte herumziehen wie nach Michaels Tod. Die Welt hatte sich sehr verändert seit den Zeiten der Dampfschiffe und Ozeanriesen, viele Länder hatten neue Grenzen und neue Namen.

Und noch etwas war anders. Sie *liebte*, und auf dieser Reise würde sie keine unbegrenzte Zeit haben. Jeder Augenblick, jeder Herzschlag und Atemzug war jetzt unendlich kostbar.

Max rief Kristina an jenem Abend an, aber er schlug nicht vor, sich mit ihr zu treffen. Das war ihr recht, denn sie war noch nicht bereit, ihm von ihrer Sterblichkeit zu berichten. Er hätte die Veränderung in ihr vielleicht als Grund zur Freude angesehen, aber sie stand der Angelegenheit eher mit gemischten Gefühlen gegenüber.

»Dann ist also alles in Ordnung?« fragte er. Sie hörte, wie Schranktüren geöffnet wurden und Pfannen klapperten. Max war ein grundanständiger Mann, ein wunderbarer Liebhaber, und er konnte auch noch kochen. Erstaunlich. »Keine ungewöhnlichen Vorkommnisse?«

Kristina biß sich auf die Zunge. Es kam ganz darauf an, wie man ›ungewöhnliche Vorkommnisse‹ definierte, und sie hatte nicht vor, ihn darüber aufzuklären. Sie brauchte noch mehr dieser Schmerztabletten, ein warmes Bad und ein paar Stunden ungestörten Schlafs. »Barrabas ist ein guter Wachhund«, sagte sie nach einer Weile.

»Du rufst mich an, wenn du mich brauchst?«

»Ja«, versprach sie, begann sich aber allmählich zu fragen, ob Max nicht vielleicht beschlossen hatte, daß sie viel zu kompliziert war mit all ihren seltsamen Verwandten und dem Wolf als Haustier. Es wäre einfacher gewesen, wenn *er* ihre Beziehung beendet hätte, jetzt sofort, aber sie merkte auch, daß sie sich dagegen wappnete. »Ich rufe dich an.«

Er machte ihre Theorie mit seinem nächsten Satz zunichte. »Donnerstag ist Thanksgiving«, sagte er. »Meine Mutter gibt ihr traditionelles Essen, und sie bat mich, dich einzuladen. Obwohl ich das natürlich sowieso getan hätte.« Noch mehr Pfannenklappern, eine kurze Bemerkung zu den Kindern. »Kommst du mit, Kristina?«

»Gern«, erwiderte sie und schloß die Augen, weil ihr die Tränen kamen. Warum, *warum* hatte sie nur zugesagt, obwohl sie wußte, daß es ein schrecklicher, sogar tödlicher Irrtum war, die Trennung noch länger hinauszuschieben? Sie war schon viel zu weit gegangen.

»Es ist ein langes Wochenende«, fuhr Max fort und machte alles nur noch schlimmer. »Die Kinder bleiben bei meinen Eltern, und wir beide haben das Zimmer in dem Gasthof in den Bergen reserviert.«

Das hatte Kristina vollkommen vergessen, nach allem, was bisher geschehen war. »Vielleicht solltest du Bree und Eliette über die Feiertage nicht allein lassen. Ich weiß, es klingt verrückt, aber mir war nicht bewußt, daß Thanksgiving schon so nahe war.«

Schweigen.

»Sag nicht nein, Kristina«, bat er schließlich. »Ich vernachlässige meine Töchter nicht – sie verbringen dieses Wochenende *immer* bei meinen Eltern.«

Möge der Himmel ihr beistehen, aber sie brachte es nicht über sich, seine Bitte abzulehnen. Sie sehnte sich danach, mit Max allein zu sein, um mit ihm zu reden und ihn zu lieben, vor einem prasselnden Feuer im Kamin. So wie die Dinge standen, war dies vielleicht die letzte Freude, die sie je erfahren würde.

»Also gut, ich komme mit«, versprach sie leise. Sie würde sich dieses letzte wunderbare Zusammensein mit Max gestatten und dann tun, was sie schon lange vorher hätte tun sollen. Sie würde Max sagen, daß sie vorhatte, ihren Laden zu verkaufen, um Seattle zu verlassen und nie wieder zurückzukehren.

»Soll ich dich am Donnerstag gegen Mittag abholen?« Ein Lächeln klang in seiner Stimme mit; es wärmte Kristinas Herz und linderte ein wenig den Schmerz darin.

»Ich werde dich erwarten«, antwortete sie, während sie sich im stillen eine Närrin schalt.

Dann, nach zwei weiteren von Daisys Pillen, aß sie früh zu Abend, nahm ein Bad und nahm die Briefe mit ins Bett, deren Lektüre sie mit Max begonnen hatte. Vielleicht hätte sie damit warten sollen, aber in jener Nacht, schien es, besaß nichts anderes die Macht, Kristina von ihrer düsteren Zukunft abzulenken, als die Vergangenheit. Denn obwohl auch jene längst vergangenen Tage alles andere als glücklich gewesen waren, besaßen sie einen Vorteil den Jahren gegenüber, die noch kommen sollten – daß sie vorbei waren.

... Michael war untröstlich nach seines Vaters Tod; er gab sich die Schuld am Hinscheiden seiner Eltern, glaube ich, obwohl er es mir gegenüber niemals eingestand. Seinem Bruder sagte er noch viel weniger, da Gilbert für ihn all das symbolisierte, was Michael selbst nicht war und niemals sein konnte – Gilbert war gut, stark und charakterfest. Er sah sogar sehr gut aus, wenn er auch etwas kräftiger und stämmiger als Michael war.

Später in diesem Sommer brachte Gilbert mir eines Tages ein seltsames und wundervolles Geschenk mit, ein kleines Baby, das in grobe Decken eingewickelt war. Er erklärte mir, das arme kleine Ding sei ein Findelkind, dessen Mutter ihn neben der Landstraße zur Welt gebracht habe und dort gestorben sei.

Ich war entzückt, denn obwohl ich meine magischen Kräfte ganz entschieden aus meinem Bewußtsein verdrängt hatte, war ich ziemlich sicher, daß ich niemals selbst ein Kind gebären konnte. Gewiß, meine Mutter, die Vampirin, hatte mich auf ziemlich normale Art zur Welt gebracht, aber ich war eine Ausnahme, und das wußte ich. Hier war ein hilfloser Säugling, den ich lieben und aufziehen konnte.

Mir war, als sei ich im Begriff gewesen, zu ertrinken, und jemand habe mir ein Tau zugeworfen, das mich rettete.

Ich erinnere mich, wie Gilbert mich und dann das Kind mit unendlicher Zärtlichkeit in seinen Augen anblickte. »Ich wünschte, alles wäre anders gekommen, Kristina«, sagte er, und das war alles.

Aber ich wußte, was er meinte. Daß wir zusammen hätten sein können, als Mann und Frau, daß wir eigene Kinder hätten zeugen können. Er kannte nicht die Wahrheit über mich, obwohl Michael es inzwischen wußte und mich deswegen oft genug beschimpft hatte.

Ich hätte mir eigentlich denken müssen, wie mein Gatte auf dieses kleine Findelkind im Hause reagieren würde, obwohl es von Rechts wegen Gilberts Besitz war und nicht seiner. Er nannte den kleinen Jungen einen Bastard – was er ganz bestimmt auch war, aber das war schließlich nicht die Schuld des Kindes und wahrscheinlich nicht einmal der Mutter – und befahl mir, es fortzugeben.

Ich weigerte mich, und Michael schikanierte mich bei Tag und Nacht. Dann, eines Morgens, als Gilbert in London war, stellte mein Mann mich wieder einmal zur Rede, in einem Zustand wüster Trunkenheit und Rage. Wir standen am Kopf der großen Freitreppe, die in die prächtige Eingangshalle von Cheltingham Castle hinabführte … Beim Großen Zeus, Phillie, warum mußte ich ihn in diesem Zustand auch herausfordern? Und warum ausgerechnet auf der Treppe?

Ich hatte den Säugling Joseph genannt und eine Kinderfrau für ihn eingestellt, und der Kleine war mir schon so ans Herz gewachsen, als wenn ich ihn selbst zur Welt gebracht hätte. Und deshalb, in einem Moment unbändigen Zorns, gab ich meinem Gatten zu verstehen, daß ich lieber ihn aufgeben würde als das Kind.

Da schlug er mich, und ich stürzte rücklings die Treppe hinab und überschlug mich mehrmals. Wäre ich nicht gewesen, was ich war, hätte mich an jenem Tag der Tod ereilt, und selbst ich erlitt schwerwiegende Verletzungen. Als ich aus der Ohnmacht erwachte, war Joseph fortgebracht worden, und obwohl ich das ganze Haus nach ihm absuchen ließ, war er nirgendwo mehr aufzufinden.

Ich kann jetzt nicht mehr weiterschreiben. Ich weiß, daß Du es verstehst, Phillie.

KAPITEL 15

Der nächste der Briefe, die Kristina an Miss Eudocia Phillips, ihre frühere Gouvernante, geschrieben hatte, war sechs Monate nach jenem anderen datiert, in dem Kristina das Verschwinden ihres adoptierten Sohns beschrieben hatte. Selbst nach all der Zeit noch wurde ihr das Herz schwer bei der Erinnerung daran, denn keine noch so umfangreiche Suche hatte je etwas über den Aufenthaltsort des kleinen Joseph ergeben.

Zumindest damals nicht.

... Deine Briefe haben mir soviel Trost gespendet, Phillie. Du würdest es mir doch sicher schreiben, wenn Du die Geschichte zu bedrückend fändest, zu kummervoll, und Du es nicht ertrügst, all das zu lesen?

Als ich Dir das letzte Mal schrieb, berichtete ich Dir, wie Michael mir meinen Sohn genommen und mich geschlagen hatte, als ich mich – zum tausendsten Mal vielleicht – gegen ihn zur Wehr setzte. Die Verletzungen, die ich erlitt, als ich die

Treppe hinabstürzte, waren jedoch unbedeutend im Vergleich zu den seelischen Wunden, die er mir mit diesem jüngsten Verrat zufügte. Ich war so mutlos und gebrochen, daß ich es nicht länger ertrug, mit Michael Bradford unter einem Dach zu leben.

Doch leider hatte ich mir bei dem Sturz mehrere Rippen gebrochen und konnte daher Cheltingham Castle nicht eher verlassen, bis ich völlig wiederhergestellt war. Michael, auf eine Art und Weise, wie es typisch für die meisten Männer ist, gab sich zutiefst bestürzt und so fürsorglich, wie es jeder andere Gatte unter den gegebenen Umständen gewesen wäre – er hastete die Treppe hinunter, schrie, ein Arzt müsse geholt werden, beruhigte mich und streichelte meine Hand, während wir warteten. Ich lag am Fuß der Treppe, unter Schmerzen und umringt von der besorgten Dienerschaft, weil Michael befohlen hatte, daß ich nicht bewegt werden durfte, bevor der Dorfarzt mich untersucht hatte.

Wie absurd, daß Michael sich zu meinem Fürsorger aufspielte, zu meinem ständigen Gesellschafter, obwohl doch er derjenige gewesen war, der mich verwundet hatte. Ich verabscheute ihn und wollte nur, daß er verschwand, nicht nur in jenem Augenblick, sondern für immer, aber er weigerte sich, mich zu verlassen – selbst als ich in ein Zimmer im Parterre gebracht wurde, wo meine Rippen verbunden wurden und ich Laudanum erhielt, um meine Schmerzen erträglicher zu machen. In gewisser Weise, Phillie, war Michaels beständige Fürsorge das größere Martyrium für mich. Die Droge betäubte meinen Körper, aber die Qual in meiner Seele konnte sie nicht lindern.

Michael hielt meine Hand. Er streichelte mein Haar. Er sagte, es täte ihm leid, und schwor, er habe mir niemals Schmerz zufügen wollen. Ich glaube, was er sagte, war von ihm sogar ernst gemeint, aber ich haßte ihn, wie ich in meinem ganzen Leben noch nichts und niemanden gehaßt hatte.

»Sag mir, wo Joseph ist«, bat ich ihn. Ich dachte, ein Gutes wenigstens müsse durch Michaels Reue zu erreichen sein – daß er mir sagen würde, wo ich meinen Adoptivsohn finden konnte. Denn sobald ich wieder vollständig gesund war, wollte ich den Jungen abholen, ganz gleich, wo er sich auch befinden mochte, um dann Cheltingham für immer zu verlassen. Ich wußte, daß

ich niemanden dort vermissen würde, mit Ausnahme von Gilbert selbstverständlich.

Ich hoffte auch, daß meine Eltern und Valerian endlich wieder zu mir kommen würden, wenn ich mich endgültig von Michael getrennt hatte. Eine fast unerträgliche Sehnsucht, sie wiederzusehen, beherrschte mich, obwohl ich gestehen muß, daß ich auch verbittert war – es kränkte mich unendlich, daß sie sich geweigert hatten, mir beizustehen, als ich sie so dringend brauchte. Das Wissen, daß sie gute Gründe dafür besaßen und es eine schwierige Entscheidung für sie darstellte, konnte mir damals keinen Trost spenden.

Michael zögerte lange Zeit, bevor er meine Frage nach Josephs Aufenthaltsort beantwortete. Dann, ein Bild des Mitgefühls, sagte er: »Du solltest aufhören, dich um dieses Balg zu grämen, Kristina. Wir werden unsere eigene Kinder zeugen.«

Ich wandte den Kopf ab; ich ertrug es nicht, ihn anzusehen. Und ich war inzwischen klüger geworden; ich wußte, daß ich ihm nicht zeigen durfte, wie sehr ich ihn verabscheute. »Ich will Joseph«, wisperte ich.

Michael strich mir das Haar aus der Stirn zurück. »Er ist fort«, sagte er. So eine zärtliche Geste, von derselben Hand, die mich verwundet und die Treppe hinabgestoßen hatte …

Eine furchtbare Kälte erfaßte mich bei seinen Worten – selbst Michael, trotz all seiner Sünden, konnte doch nicht fähig sein, ein unschuldiges Kind zu töten! Ich sollte lange Zeit nichts über Josephs Schicksal erfahren, und als es dann geschah, haßte ich Michael nur noch mehr.

Es war sehr spät an jenem Abend, als mein Mann endlich seine mir so unerträglichen Bemühungen aufgab und mich in Frieden ließ, und ich war halb betäubt von der Droge, die der Doktor mir verordnet hatte, als Valerian am Fußende meines Betts erschien.

Zuerst hielt ich ihn für eine Sinnestäuschung oder einen Traum; so lange war es her, daß ich dieses geliebte Wesen, das sich als meinen Schutzvampir *bezeichnete, zum letztenmal gesehen hatte. Er hatte schon immer einen sehr respektlosen Humor besessen, aber das weißt Du ja selbst, Phillie.*

Was mir von diesem Besuch am deutlichsten in Erinnerung

verblieb, war der Kummer, den sein schönes Gesicht verriet. »Hast du deine Lektion gelernt, Kristina?« fragte er.

Ich versuchte, mich aufzurichten, aber es gelang mir nicht.

Ich wollte Valerian anflehen, Joseph zu finden und mir mein Baby zurückzubringen, aber irgend etwas hielt mich davon ab. »Und welche Lektion wäre das?« entgegnete ich, ein bißchen ungehalten, fürchte ich, weil er so lange gezögert hatte, um zu mir zu kommen, und ich soviel in der Zwischenzeit gelitten hatte.

Er täuschte einen seiner melodramatischen Seufzer vor. »Kristina«, sagte er in leisem, aber vorwurfsvollem Ton.

»Na schön, du hast recht – ich habe den falschen Mann geheiratet.«

»Jeder hätte diesen Irrtum begehen können. Das schlimmste ist, mein Liebling, daß du bei diesem Scheusal geblieben bist. Warum hast du ihn nicht verlassen?«

»Weil ich hoffte, daß er sich ändern würde.«

Valerian spreizte seine schlanken weißen Hände. »Weißt du eigentlich, welch unglaubliche Überwindung es mich gekostet hat, den Schuft nicht aus seinem trunkenen Stupor zu reißen und ihn auf eine Art und Weise zu töten, die selbst Dschingis Khan erschaudern lassen würde?«

»Ja«, erwiderte ich schlicht. »Das kann ich mir gut vorstellen.«

»Ich bin gekommen, um dich fortzubringen.«

Ich schloß die Augen, aber Tränen sickerten durch meine Wimpern und rannen über meine Wangen. »Ich leide sehr«, erwiderte ich mit einem Nicken.

»Ich weiß«, sagte Valerian weich.

»So gern ich Michael verlassen würde, fiele es mir doch sehr schwer, zu gehen, ohne mich vorher von Gilbert zu verabschieden.«

Valerians Lippen verzogen sich zu einem schwachen Lächeln. »Zerbrich dir darüber nicht den Kopf, mein Kind. Eines Tages wirst du ihn zweifelsohne wiedersehen, unter völlig anderen Bedingungen.« Damit kam er um das Bett herum, beugte sich über mich und berührte meine Stirn, worauf ich prompt in eine tiefe Ohnmacht sank.

Als ich erwachte, war es heller Tag, und ich war wieder in dem Haus in London, in dem ich als Kind so glücklich gewesen war. Meine Eltern schliefen in ihrer Gruft, und Valerian in seiner, wo immer sie sich auch befinden mochte, aber ich war umgeben von vertrauten Dienstboten, die mich umsorgten, umhegten und verwöhnten und ihr Bestes taten, um mich aufzuheitern.

Mein Herz war jedoch gebrochen, und ich konnte einfach nicht mehr glücklich sein.

Am selben Nachmittag noch erhob sich ein Tumult unten in der Halle, und eine furchtbare Angst beschlich mich, daß Michael gekommen sein könne, um mich zurückzuholen, möglicherweise sogar in Begleitung seiner Trinkkumpane. Unsere Dienstboten waren nicht mehr die Jüngsten, und die Vampire dieses Hauses konnten mir nicht helfen, da sie in ihrer üblichen Tageslicht-Trance tief unter dem Haus im Keller lagen …

Ich erinnere mich, daß ich einen Kerzenständer ergriff und aufbot, was mir noch von meiner vernachlässigten Magie geblieben war, um mich im Ernstfall so gut wie möglich zu verteidigen. Denn unter gar keinen Umständen *würde ich nach Cheltingham zurückkehren.*

Noch mehr Schreie waren zu vernehmen, aber dann hörte ich, wie Minerva, meine persönliche Kammerzofe, in beruhigendem Tonfall auf den aufgeregten Pöbel einsprach.

Kurz darauf betrat sie mein Zimmer und sagte nach einem leichten Knicks: »Es ist alles in Ordnung, Miss. Ihr könnt den Kandelaber aus der Hand legen, denn es ist Lord Gilbert, der gekommen ist, und nicht sein Bruder. Möchtet Ihr ihn sehen?«

Bevor ich etwas erwidern konnte – mein Lächeln mußte meine Gefühle ohnehin bereits verraten haben –, erschien Gilbert in der Tür, groß, stark und sein männlich schönes Gesicht in einer eigenartigen Mischung aus Zorn und Mitgefühl verzogen. Minerva ließ sich auf einem der Sessel vor dem Fenster nieder; die Regeln des Anstands wurden stets gewahrt in unserem Haus, wenn auch mehr von der Dienerschaft als von der Herrschaft, und ich durfte nicht allein gelassen werden mit einem Mann, der nicht mein Gatte war.

Gilbert war elegant gekleidet – er war nach London gefahren, um die endgültige Übernahme des Titels und Eigentums seines verstorbenen Vaters in die Wege zu leiten –, aber er sah aus wie ein typischer Landedelmann in seinem Tweedrock und den Stulpenstiefeln. Sein braunes Haar war wirr und zerzaust, als wäre er wiederholt mit der Hand hindurchgefahren.

»O Gott, Kristina«, sagte er leise. »Dann ist es also wahr. Er hat dich wirklich verletzt.«

»Ich hatte ihn wieder nach dem Kind gefragt«, sagte ich. »Nach Joseph.«

Gilbert zog sich einen Stuhl ans Bett und nahm meine Hand in seine. Tränen stiegen in meinen und in seinen Augen auf. »Ich habe ganz England nach dem Kind absuchen lassen«, murmelte er rauh. »Das weißt du.«

»Dann hat er es getötet. Michael hat mein Kind getötet.«

Minerva, die eine der Hauskatzen gestreichelt hatte, einen Kater namens Trinket, und so getan hatte, als hörte sie nicht zu, riß entsetzt die Augen auf.

Gilbert und ich schwiegen lange Zeit, bevor er wieder etwas sagte.

»Ich kann einfach nicht glauben, nicht einmal nach allem, was Michael sich geleistet hat, daß er fähig wäre, einen Mord zu begehen. Und schon gar nicht an einem kleinen Kind.«

»Dann bist du ein Narr«, entgegnete ich, und mein Kummer ließ meine Stimme schroffer klingen als beabsichtigt.

Gilbert war jedoch verständnisvoll wie immer. »Du brauchst dir wegen Michael keine Sorgen mehr zu machen«, sagte er. »Ich werde ihn verstoßen – falls ich nicht vorher der Versuchung erliege, ihn eigenhändig zu erwürgen. In der Zwischenzeit gräm dich bitte nicht um den kleinen Joseph, Kristina.« Er schwieg einen kurzen Augenblick. »Bei Gott, Kristina – ich bereue heute, das Kind überhaupt jemals zu dir gebracht zu haben. Aber damals dachte ich …«

Ich drückte seine Hand. »Ich weiß, was du dachtest«, erwiderte ich sanft. »Daß es mir Freude schenken würde.«

Er nickte, beugte sich dann vor und küßte meine Stirn. »Ich werde mich um Michael kümmern«, versprach er. »Und falls eine Möglichkeit besteht, die Wahrheit über das Kind aus ihm herauszuprügeln, werde ich es tun. Doch bis dahin solltest du dich ausruhen, damit du bald wieder gesund wirst.«

Ich wußte, irgendwie, daß ich Gilbert nie wiedersehen würde, und klammerte mich an ihn, als er sich abwenden wollte, um hinauszugehen.

»Auf Wiedersehen«, wisperte ich.

Diesmal küßte er mich auf den Mund. Es war nur ein kurzer, sanfter Kuß, aber in keiner Weise brüderlich. »Adieu, süße Kristina«, flüsterte er. Und dann ging er hinaus, ohne sich noch einmal umzublicken.

Minerva, die Arme, schluchzte leise und tupfte sich die Tränen mit dem Schürzenzipfel ab, als ich in ihre Richtung sah. »So ein lieber Mensch«, sagte sie.

»Ja«, erwiderte ich, während ich auf die leere Tür starrte, durch die Gilbert verschwunden war.

»Ich kann mir bei einem Mann wie ihm nicht vorstellen, daß er die Hand gegen eine Frau erhebt«, bemerkte Minerva, als sie aus dem Sessel aufstand.

»Nein«, stimmte ich ihr zu, befürchtete aber, daß es zu einer gewaltsamen Auseinandersetzung kommen würde, sobald er nach Cheltingham und zu seinem Bruder zurückkehrte. Und darin sollte ich recht behalten, denn einige Wochen später hörten wir in London, daß Michael, als Gilbert heimkehrte, im Begriff gewesen war, in die Stadt zu fahren, um mich zurückzuholen.

Es sei zu einem heftigen Streit zwischen ihnen gekommen, hieß es, und Michael habe in einem Wutanfall einen Schürhaken ergriffen und damit nach Gilberts Schädel ausgeholt. Es war Gilbert jedoch gelungen, dem Schlag auszuweichen, und obwohl der Schürhaken ihm den Oberarm gebrochen hatte, hatte Gilbert seinem Bruder eine Tracht Prügel verabreicht, die er nie vergessen würde. Unsere Kutscher, von denen wiederum die Hausdiener die Geschichte erfuhren, wußten aus zuverlässiger Quelle, daß Michael Bradford bestraft, erniedrigt und auf ein Schiff verfrachtet worden war, dessen Ziel Australien war. Solange er sich in jenem fernen Land aufhielt, würde er eine angemessene Rente erhalten. Sollte er jedoch nach England zurückkehren, ganz egal, aus welchem Grund, würde er keinen Penny mehr von seinem Bruder sehen.

Ich erhielt danach noch einen Brief von Gilbert. Er schrieb, daß er endlich doch heiraten würde, eine gewisse Ethel Grovestead aus Devonshire, und daß er noch immer nichts über Joseph herausgefunden habe …

Kristina legte den Brief beiseite. *Joseph.*

Sie erlaubte sich nur selten, an den kleinen Jungen zurückzudenken, aber heute abend ging er ihr nicht aus dem Sinn. Mit Valerians widerwilliger Unterstützung hatte sie ihn schließlich doch gefunden, etwa sieben Jahre nach seinem Verschwinden, in einer Bande von Taschendieben, denen er sich angeschlossen hatte. Das einst so entzückende Kind war jetzt böse und verwildert, mehr eine Ratte als ein Mensch. Michael hatte Joseph in ein Waisenhaus gebracht, nachdem er ihn aus Cheltingham entführt hatte, an einen schrecklichen Ort, wo der kleine Junge mißhandelt wurde und man ihn hungern ließ. Mit fünf Jahren war er aus dem Heim geflohen und hatte sich einer Bande von Halsabschneidern, Dieben und Waisenjungen angeschlossen, und als Kristina in seine fiebrigen, haßerfüllten Augen schaute, begriff sie endlich, daß es keine Rettung für ihn gab.

Valerian hatte das die ganze Zeit gewußt und Gilbert vielleicht auch. Sie hatten sie nur beschützt, die beiden, und sie war ihnen alles andere als dankbar für ihre Bemühungen.

Sie hatte dem Jungen, der einst Joseph geheißen hatte, alles Geld gegeben, das sie bei sich trug. Er hatte ihr die Münzen aus der Hand gerissen, sie angespuckt und war davongelaufen. Danach hatte sie ihr Bestes getan, um für ihn zu sorgen, natürlich wieder mit Valerians Hilfe, aber nur wenige Monate später schon war das Kind in einer Gasse umgekommen, in schmutzige Lumpen gehüllt und bis auf die Knochen abgemagert.

Der Haß, den Kristina schon vorher auf Michael verspürt hatte, war nichts im Vergleich zu dem, was sie danach empfand. Das Leben hätte so völlig anders sein können für Joseph, für sie alle …

Sie zwang sich, ihre Gedanken von jener furchtbaren Zeit abzuwenden. Für heute abend hatte sie sich lange genug mit der Vergangenheit beschäftigt. Jetzt mußte sie in die Zukunft schauen und Pläne für ein neues Leben schmieden.

Kristina schaltete den Computer auf dem kleinen Schreibtisch ein, nahm ihr Adreßbuch heraus und begann Briefe an andere Antiquitätenhändler auf der ganzen Welt zu schreiben. Ihre Waren wurden überall geschätzt; sie zu verkaufen würde kein Problem darstellen, sobald ihre Kollegen erfuhren, daß sie beabsichtigte, ihr Geschäft aufzugeben.

Sie arbeitete bis in die frühen Morgenstunden, ging dann nach oben, um zu duschen, und legte sich ins Bett. Barrabas schlief an ihren Füßen, schwer und warm, und ihr Schlaf war seit langer Zeit zum erstenmal wieder tief und traumlos.

Am nächsten Tag fuhr sie zu ihrem Laden und faxte die Briefe, die sie in der Nacht zuvor geschrieben hatte. Gegen Mittag erhielt sie bereits die ersten Angebote. Mehrere Händler teilten ihr mit, daß sie umgehend nach Seattle fliegen würden, während andere um eine komplette Liste ihres Inventars baten. Kristina führte eine solche Liste in ihrem Computer und brachte sie einmal in der Woche auf den neuesten Stand, so daß sie jetzt nur Kopien auszudrucken brauchte, um die Anfragen zu beantworten.

Und die ganze Zeit wartete sie darauf, daß der bronzene Affen-Mann erschien, wieder Mensch geworden und von Rachedurst zu ihr getrieben. Benecia Havermaill konnte einen Türstopper solange als Pfand behalten, wie sie wollte, aber nicht einmal sie war imstande, Kristinas Zauberspruch rückgängig zu machen. Obwohl sie natürlich weit bessere Möglichkeiten hatte, sich zur Wehr zu setzen.

Als Kristina heimkam, rechnete sie schon halb mit einem Angriff, doch statt dessen wurde sie von einem winselnden Barrabas begrüßt, der seinen Spaziergang und sein Abendessen forderte.

Kristina ließ ihn hinaus, weil sie sicher war, daß er zurückkehren würde, obwohl er bestimmt lieber zu Valerian heimgekehrt wäre, der sein wahrer Herr war. Aber da dem Wolf befohlen worden war, Kristina zu bewachen, würde er es tun, ganz gleich, wie einsam er sich fühlen mochte.

Während Kristina ihr Abendessen zubereitete – ein leichtes Nudelgericht –, klingelte das Telefon. Sie brauchte ihre verlorene Magie nicht, um zu wissen, daß es Max war.

»Hi«, sagte sie.

Er atmete tief aus, als hätte er befürchtet, sie nicht anzutreffen. »Wie war dein Tag?«

Sie lächelte. »Eigentlich gar nicht so schlecht. Niemand hat mich angegriffen oder so. Und wie ist es dir ergangen?«

Max lachte. »Ich wünschte, ich könnte das gleiche sagen«, erwiderte er. »Das Training war heute ziemlich anstrengend, weil alle so kurz vor dem verlängerten Wochenende außer Rand und Band waren.«

»Ich weiß nicht, wie du die kleinen Teufel aushältst«, sagte Kristina, während sie Zwiebeln und Tomaten für einen Salat aufschnitt.

Auch Max kochte, sie konnte die Geräusche durch die Leitung hören. »Aus deinem Munde ist das die reinste Ironie«, scherzte er. »Angesichts der Freundschaften, die du pflegst, meine ich.«

Seine Worte erinnerten Kristina an alles, was sie ihm zu sagen hatte, sehr bald schon, und das dämpfte ein wenig ihre gute Laune. An Michael denkend, meinte sie: »Angesichts der Grausamkeit einiger Menschen, die ich gekannt habe, erstaunt es mich immer wieder, daß man jemanden wie Valerian oder sogar Dathan ein ›Ungeheuer‹ nennt.«

»Habe ich dich gekränkt?«

Das war Max. Er schlich nie um den heißen Brei herum, kam immer direkt zur Sache. Die Besorgnis in seiner Stimme trieb Kristina fast die Tränen in die Augen.

»Ein bißchen vielleicht, aber das war bestimmt nicht deine Absicht.«

»Entschuldige«, sagte Max, und sie dachte, daß sie noch niemanden gekannt hatte, der auch nur entfernt wie er war – außer Gilbert Bradford, Duke of Cheltingham.

»Schon gut«, meinte sie, aber der Appetit war ihr vergangen. Sie stellte die Flamme unter den Nudeln ab und dachte, daß der Salat genügen würde. »Vampire und Hexer brauchen sich den Geboten der politischen Korrektheit nicht zu beugen.«

»Gib ihnen bloß ein bißchen Zeit«, entgegnete Max, und es klang, als grinste er.

Es gab soviel, was sie ihm zu sagen hatte – daß sie sterblich war und Kinder haben konnte, daß sie ihren Laden aufgab und Seattle verließ –, aber nichts von all dem konnte am Telefon besprochen werden. Sie hatte auf Gilbert verzichten müssen, und jetzt würde sie Max verlieren, aber diesmal nahm sie außer einem gebrochenen Herzen wenigstens noch einige sehr schöne Erinnerungen mit.

»Wie geht es Bree und Eliette?« fragte sie und wartete mit angehaltenem Atem seine Antwort ab. Sie fürchtete noch immer Benecia und Canaan; ihr Neid konnte sich jederzeit auf Max' Töchter richten, die alles hatten, was die Vampirkinder selbst so gern besessen hätten. Unschuld. Sterblichkeit. Nicht bloß eine Zukunft, sondern viele.

»Fast genauso wüst wie meine Fußballspieler«, erwiderte Max lachend. »Sie freuen sich auf das Erntedankfest – aber nicht etwa, weil sie dankbar sind. Aber dank Fernsehen und Spielzeugreklame wissen sie, daß Weihnachten nicht mehr fern ist.«

Wieder lächelte Kristina, wenn auch ein bißchen wehmütig. Obwohl sie als Kind mehr als genug Spielzeug gehabt hatte und ihr Geburtstag immer groß gefeiert wurde, wagten nicht einmal die kühnsten Vampire, die religiösen Feiertage einzuhalten. Nemesis und seine Vorgesetzten waren in dieser Hinsicht sehr empfindlich, und keinem halbwegs vernünftigen Ungeheuer wäre eingefallen, ihren Zorn herauszufordern.

»Das muß Spaß machen – Strümpfe zu füllen, Geheimnisse zu bewahren …«

»Wenn ich ehrlich sein will«, gestand Max, als Kristinas Stimme abbrach, »geht es mir ein bißchen auf die Nerven. Und es stört mich sehr, daß die Hauptidee dabei ist, so viele Geschenke wie nur möglich zu erhalten. Wo sind der Friede auf Erden und die Nächstenliebe nur geblieben?«

»Ich glaube, sie sind da, wo sie schon immer waren – in den Herzen der Männer *und* der Frauen. Es ist nur eine Frage der Prioritäten, denke ich.«

»Du hast recht«, stimmte Max ihr zu. »Zuerst kümmerten sich meine Eltern um das Weihnachtsfest, dann übernahm Sandy diese Aufgabe. Und in den letzten Jahre habe ich ... nun ja, das Notwendige veranlaßt, könnte man sagen.«

Wieder beschlich Kristina eine leise Trauer. »Ich glaube, du unterschätzt dich«, erwiderte sie ernst.

»Das ist schon möglich«, räumte er ein.

In diesem Augenblick kratzte Barrabas an der Gartentür. Kristina streckte die Hand aus, konnte die Klinke aber nicht erreichen. »Kannst du einen Moment warten, Max?« bat sie.

Seine Stimme war leise, tief und sinnlich wie ein Streicheln. »Vielleicht sollte ich jetzt lieber auflegen. Die Spaghetti kochen über. Soll ich dich morgen anrufen?«

»Ich freue mich schon darauf«, antwortete Kristina.

Sie legte den Hörer auf und öffnete die Tür. Hinter Barrabas, in der frühen Dunkelheit dieses trüben Novembertages, standen Benecia und Canaan. Sie waren gekleidet wie absurde kleine Pilger, in ihren Spangenschuhen, Kleidern, Schürzen und Puritanerhauben.

»Barrabas«, befahl Kristina ruhig, »hol Valerian.«

Der Wolf verschwand in der Nacht, und während Canaan beunruhigt über diese Entwicklung schien, lächelte Benecia. Ihre unfaßbare Schönheit ließ sie nur noch schauriger, noch dämonischer erscheinen.

»Werden Sie uns nicht hereinbitten?« fragte sie mit ihrem zarten Stimmchen.

Kristina blieb keine andere Wahl, und das wußte sie so gut wie sie. Sie hoffte nur, daß Valerian nicht zu weit entfernt war, um zu helfen. Die Tatsache, daß Benecia seinetwegen nicht sonderlich beunruhigt wirkte, war nicht ermutigend. Kristina trat zurück und ließ sie ein.

»Wo ist der Türstopper?« fragte sie.

»Ich habe keine Ahnung«, erwiderte Benecia. »Ich habe ihn einem Trödler gegeben. Es wird interessant sein, zu sehen, wo das Ding wieder auftaucht, nicht?«

Kristina wäre der kleinen Bestie vielleicht an die Kehle gegangen, wenn sie nicht gewußt hätte, daß es ihren sofortigen – oder besser gesagt, *nicht* sofortigen – Tod bedeutet hätte. Sie sagte nichts. *Wo blieb Valerian?*

»Ich glaube, er ist anderswo beschäftigt«, meinte Benecia, als hätte Kristina die Frage laut gestellt.

Kristina atmete tief ein und dann langsam wieder aus. Sie mußte die Ruhe bewahren, egal, was es erforderte. Vampire dieser Größenordnung waren wie wilde, unberechenbare Tiere, die sich vom bloßen Duft der Furcht schon provozieren ließen. »Was wollt ihr?« fragte sie in einem, wie sie hoffte, vernünftigen und gelassenen Ton.

»Uns ist eine Idee gekommen«, sagte Benecia.

Canaan schaute sich noch immer voller Unbehagen nach Valerian um.

»Was für eine Idee?«

»Eine, die uns ermöglichen könnte, wieder Mensch zu werden und ein normales Leben zu führen.« Benecia hielt inne, lächelte und entblößte ihre Zähne, die so weiß und perfekt wie bei einer Puppe waren. »Wir könnten sogar Ihre Töchter werden. Wäre das nicht lustig?«

Kristina zuckte innerlich zusammen, als ihr die volle Bedeutung von Benecias Worten aufging. Großer Gott, die kleinen Bestien schienen vorzuhaben, ihre Vampirkörper aufzugeben und Eliettes und Brees *in Besitz zu nehmen*!

»Ich werde alles tun, um euch daran zu hindern«, flüsterte Kristina. »Ganz gleich, was es erfordert.«

»Aber können Sie das?« entgegnete Benecia. »Sie besitzen keine magischen Kräfte mehr. Sie sind nichts weiter als eine ganz normale Sterbliche.«

»Nichts weiter als das, was ihr schon immer sein wolltet«, versetzte Kristina.

»Laß uns gehen«, sagte Canaan und brach ihr Schweigen. »Mir gefällt es hier nicht.«

»Weises Kind«, bemerkte eine dritte Stimme, aber es war nicht Valerian, der sprach. Noch bevor Kristina sich umdrehte, wußte sie, daß es Dathan und nicht der mächtige Vampir war, der sich in ihrer Küche materialisiert hatte.

Canaan trat einen Schritt zurück, aber Benecia ging fauchend auf ihn zu, und ihre blauen Augen funkelten dämonisch. Sie haßte Dathan, seit er sie verschmäht hatte.

»Du!« schrie sie den Hexer an. »*Du* warst es, der uns sein giftiges Blut eingeflößt hat, als wir schliefen!«

Dathan war wieder einmal entweder für das Theater oder für die Oper angekleidet. Kristina schloß daraus, ein bißchen töricht, daß er ein Kunstliebhaber sein mußte. »Hüte deine Zunge, Vampirbrut, oder ich gebe dir eine Dosis zu probieren, die dir Arsen wie Ambrosia erscheinen lassen wird!«

Benecia gab ein Geräusch von sich, das wie das Fauchen einer Raubkatze vor dem Angriff klang, und Dathan hob eine Hand und schnippte mit den Fingern.

Ein Kreis aus Flammen leckte um Benecias Füße.

Canaan kreischte entsetzt und floh auf der Stelle; vernünftige Vampire fürchteten Feuer ebensosehr wie Sonnenschein und die Spitze eines Holzpfahls. Benecia hingegen, obwohl sichtlich eingeschüchtert, starrte den Hexer nur wütend an, als das Feuer kam.

Kristina schlug entsetzt die Hände vor den Mund. »Hör auf«, flüsterte sie. »Bitte, Dathan – hör auf damit!«

Er seufzte, und die Flammen erstarben zu einem schwarzen Kreis auf Kristinas Boden.

»Hinaus!« sagte er gebieterisch.

Nach einem letzten zornigen Blick auf ihn verschwand Benecia.

Kristina wandte sich um und warf sich an Dathans Brust. »Du mußt mir helfen – sie wollen Max' Kinder in Besitz nehmen – können sie das, Dathan?«

Er schüttelte sie sanft und zog sie dann wieder an sich. »Das werden wir nicht erlauben, du und ich«, sagte er zärtlich, während er Kristinas Scheitel küßte. »Überlaß die ›kleinste‹ Vampirin und ihre etwas vernünftigere Schwester ruhig mir.«

»Was hast du vor?«

Er legte einen Finger an ihre Lippen. »Pst«, meinte er. »Belaste dich nicht mit solchen Angelegenheiten, Kristina. Immerhin wirst du schon bald meine Königin sein. Denk lieber daran. Stell dir vor, was es bedeuten wird.«

Sie ertrug es nicht, sich die Folgen ihres Schwurs vor Augen zu führen, zumindest jetzt nicht. Sie hatte Benecia und Canaan gesagt, sie werde alles tun, um Eliette und Bree vor ihnen zu beschützen, und das meinte sie auch so. Der Preis dafür war hoch, aber Kristina war bereit, ihn zu bezahlen.

»Du mußt mir noch ein paar Tage Zeit geben, die Dinge mit Max zu regeln.«

»Ich kann nicht so tun, als wäre ich nicht eifersüchtig«, antwortete Dathan. »Doch ich erfülle dir diesen Wunsch und praktisch jeden anderen. Aber du mußt mir dein Wort geben, Kristina, daß du meine Frau wirst.«

Sie schluckte, blinzelte, um ihre Tränen nicht zu zeigen, und nickte dann. »Ich verspreche es«, flüsterte sie.

Darauf senkte Dathan den Kopf und küßte unendlich zärtlich ihre Lippen. Es ließ sie zwar nicht völlig kalt – Dathan war schließlich ein ausgesprochen sinnliches Geschöpf –, aber es gab keine seelische Verbindung wie zwischen ihr und Max. Kein Gefühl der Selbstverständlichkeit, als wäre ihre Beziehung schon vor unendlich langer Zeit beschlossen worden, als Sterne, die inzwischen längst erloschen waren, gerade erst am Himmel auferstrahlten.

Und dann, von einer Sekunde auf die andere, war Dathan nicht mehr da.

Valerian erschien schon kurz darauf, in seiner gewohnten spektakulären Art und Weise, und brachte Barrabas mit. Oder verfügte Barrabas selbst über das Talent? Es war im Grunde unwichtig, denn Kristina hatte soeben ihre Seele verkauft und war so gut wie verdammt.

»Wo hast du nur gesteckt?« fragte sie und brach in ein tiefes, herzerschütterndes Schluchzen aus.

Valerian schloß sie in die Arme, wie ihr Vater es getan hätte, und ignorierte ihren Gefühlsausbruch. »Ich habe getan, was ich konnte, um deiner Mutter beizustehen«, erwiderte er schlicht.

Kristina schaute zu ihm auf, traurig, aber froh, daß sie menschlich war und sterben würde. »Ich werde in vierzehn Tagen Dathan heiraten«, erklärte sie.

Valerian wirkte aufrichtig überrascht, und das war etwas, was sie noch nie bei erlebt hatte. »*Was?*«

Mit zitternder Stimme und an allen Gliedern bebend, berichtete sie ihm von Benecias Drohung, und Valerians düsterer Gesichtsausdruck verriet ihr, daß so etwas durchaus möglich war.

»Sie haben einen unseligen Handel abgeschlossen«, sagte er nachdenklich. »Sie müssen vernichtet werden, bevor sie ihr Vorhaben ausführen können, oder andere Vampire werden es ihnen nachtun. Ich glaube nicht, daß ich dir zu sagen brauche, wie Nemesis auf so etwas reagieren würde.«

»Was soll ich tun, Valerian?« fragte Kristina verzweifelt.

Zärtlich hob er ihr Kinn zu sich empor und wischte mit einem Daumen, der kühl und glatt wie Marmor war, ihre Tränen ab. »Du kannst nur warten«, antwortete er. »Es war allerdings sehr dumm von dir, Dathan die Ehe zu versprechen. Er wird dich nicht aus dem Pakt entlassen.«

»Das ist es mir wert«, erwiderte sie.

Der Vampir küßte ihre Stirn. »Das hoffe ich«, entgegnete er. Und dann war auch er verschwunden.

Kristina nahm Barrabas, fuhr zu Max und klopfte an der Eingangstür. Vielleicht konnte *sie* Bree und Eliette nicht schützen, nachdem sie ihre Magie verloren hatte, aber es bestand die Chance, daß der Wolf dazu imstande war. Und außerdem wollte sie in der Lage sein, Dathan herbeizurufen, falls Benecia und Canaan in Max' Haus erschienen.

Max stellte glücklicherweise keine Fragen. Er führte Kristina bloß ins Gästezimmer, küßte sie flüchtig und ging wieder.

Irgendwann mitten in der Nacht kamen Bree und Eliette zu Kristina und kuschelten sich an sie, aber sie wußte, daß es nicht aus Angst geschah. Irgendwie mußten sie ihren Kummer gespürt haben und waren zu ihr gekommen, um sie zu trösten.

Kristina saß am nächsten Morgen in der Küche und trank Kaffee, als Max einen Moment Zeit fand, um mit ihr zu reden. Die Mädchen waren auf dem Weg in die Schule und in den Kindergarten.

»Okay«, sagte er. »Was ist los? Wie kommt es, daß du mitten in der Nacht hier auftauchst?«

»Ich fühlte mich ein bißchen einsam«, wich Kristina aus. »Außerdem hattest du mich eingeladen, nicht? Du sagtest, ich könnte jederzeit herüberkommen.«

»Und das meinte ich auch.« Er schaute auf die Uhr an der Wand und runzelte die Stirn. »Ich muß jetzt los. Wir reden später weiter.«

Kristina nickte, obwohl sie nicht die Absicht hatte, ihm zu erzählen, daß zwei Vampire vorhatten, die Körper seiner Töchter in Besitz zu nehmen. Sie hatte den ganzen Tag Zeit, sich eine einigermaßen glaubwürdige Geschichte auszudenken.

»Ich schaue nach dem Training im Laden vorbei. Gegen fünf?«

Dann würde er feststellen, daß sie ihren Bestand verkaufte und im Begriff war, ihr Geschäft zu schließen, aber das war die geringste ihrer Sorgen. Wichtiger war, daß sie jetzt rasch nach Hause fuhr, unter die Dusche ging, sich anzog und zurechtmachte, weil heute zwei ihrer europäischen Kollegen eintrafen, um sich ihre Waren anzusehen.

»Komm lieber gegen sechs, dann lade ich dich zum Essen ein. Bring die Mädchen mit.«

Wenn Bree und Eliette bei ihnen waren, würden sie viele Themen meiden, über die Kristina noch nicht sprechen wollte. Wie die Frage beispielsweise, warum sie nach

Mitternacht bei Max erschienen war, mit einem Wolf im Schlepptau.

Doch Max fiel nicht darauf herein. »Ich werde Cindy bitten, herüberzukommen«, sagte er. »Wir sehen uns um sechs.«

Vergiß die Schlacht, der Krieg ist schon verloren. Kristina machte die Hölle durch, nur um sich dieses eine besondere Wochenende in den Bergen mit Max zu gönnen, bevor sie ihm sagte, daß es vorbei war, und es war egoistisch und unfair von ihr, es zu tun.

Aber wann hatte sie je behauptet, perfekt zu sein?

KAPITEL 16

Die beiden Antiquitätenhändler aus Europa waren noch im Laden, als Max an jenem Abend kurz nach sechs erschien. Adrian und Enrique hatten fast alles, was im Laden war, gekauft, und die wenigen Dinge, die sie nicht für sich beanspruchten, waren per Telefon und Fax an andere Händler veräußert worden. Beide Männer hatten Versandfirmen mit der Lieferung beauftragt, und Kristinas Schätze waren zum größten Teil bereits verpackt, und was noch fehlte, würde heute noch beendet werden.

Adrian und Enrique beaufsichtigten das Einpacken, jeder von ihnen eifersüchtig seine Eroberungen bewachend, und viele Kisten waren bereits abgeholt worden.

Max, der keine Ahnung hatte, was ihn erwartete, war vollkommen verblüfft, als er sah, daß das Geschäft geleert wurde.

Adrian und Enrique hielten gerade lange genug in ihren Beschäftigungen inne, um den Neuankömmling mit einem abschätzenden Blick zu messen und ihn sodann gleich wieder zu ignorieren. Er war ganz entschieden nicht ihr Typ.

Max stand noch immer mit verblüffter Miene an der Tür, als Kristina zu ihm kam, seine Hand nahm und ihn in das Hinterzimmer zog, wo sie ein gewisses Maß an Ungestörtheit hatten.

»Was, zum Teufel, ist hier los?« fragte Max in einem lauten Flüstern. Kristina wußte, daß er beunruhigt war, nicht ärgerlich.

»Es gibt einiges, worüber ich mit dir sprechen muß«, erwiderte sie. »Das hatten wir ja schon heute morgen ausgemacht. Wäre es dir lieber, wenn wir eine Pizza essen gingen, um uns in Ruhe unterhalten zu können, oder sollen wir hierbleiben und aufpassen, daß Adrian und Enrique sich nicht gegenseitig umbringen?«

Max zog die breiten Schultern hoch; vielleicht hätte er hilflos die Arme ausgebreitet, wenn der Raum nicht so klein und so vollgestopft mit Kristinas persönlichem Besitz gewesen wäre.

»Ich glaube, wir haben eine *Menge* zu besprechen«, meinte er. »Wie wäre es, wenn wir jetzt gleich damit anfingen?«

Sie trat noch näher an ihn heran, schlang die Arme um seine Taille und legte ihr Gesicht an seine Brust. Er roch nach Seife und frischer, kalter Luft, und sie wünschte, sie könnte Max für immer so umschlungen halten.

Und da, in diesem Augenblick, begriff sie, wer er war – oder besser gesagt, wer er einst gewesen war. Die Erkenntnis raubte ihr die Kraft aus ihren Knien, aber sie war fest entschlossen, jetzt nicht zusammenzubrechen. Es gab noch zuviel zu erledigen.

»Ich möchte hier nicht reden«, sagte sie und blinzelte, um ihre Tränen zurückzudrängen. »Bitte, Max – es gibt ein ruhiges Lokal etwas weiter unten auf der Straße, mit Kerzenlicht, leiser Musik und abgeschirmten Tischen. Laß uns dort hingehen.«

Max zog sie einen Moment lang an sich, dann legte er die Hände auf ihre Schultern und zwang sie, ihm in die Augen zu schauen. »Gut«, sagte er. »Aber was ist mit diesen Friseurtypen dort draußen? Kannst du sie hier alleinlassen?«

Kristina mußte lächeln über Max' Beschreibung ihrer Kollegen. »Sie sind Kunst- und Antiquitätenhändler, Max, keine Strauchdiebe. Außerdem habe ich bereits die Nummern ihrer goldenen Kreditkarten eingegeben. Dank der Wunder der modernen Technik wird in diesem Augenblick, noch während wir uns unterhalten, das Geld für ihre Einkäufe auf mein Konto überwiesen.«

Darüber lächelte *er* und küßte ihre Stirn, aber sie wußte, daß er noch immer stark beunruhigt war. »Gut, dann laß uns hier verschwinden«, sagte er. »Im Gegensatz zu den meisten Leuten werde ich hungrig, wenn ich unter Streß stehe.«

Im Ladenlokal ging der Zirkus des Verpackens, Etikettierens und der Streitgespräche in vier Sprachen weiter. Kristina sagte den Männern, daß sie und Max jetzt gingen und später zurückkehren würden, um abzuschließen. Mit Vorstellungen hielt sie sich nicht lange auf.

Es war kein weiter Weg zu Luigis Ristorante, es lag nur einen Block entfernt, und die Nacht war kalt. Die Sterne waren da, aber irgendwie erschienen sie Kristina ferner als früher, als wären sie einen Schritt von der Erde zurückgetreten. Max hielt Kristinas Hand, aber keiner sprach, bis sie Kristinas Mantel abgegeben und an einem der abgelegensten Tische des Lokals Platz genommen hatten.

Sie entschieden sich für einen Rotwein und bestellten die Spezialität des Hauses: *insalata mista* – einen einfachen gemischten Salat – und eine herrlich knusprige Pizza mit astronomischem Kaloriengehalt.

Max sagte nichts, bis der Salat gebracht wurde. Dann spießte er eine Olive auf seine Gabel und sagte: »Also los, Kristina. Was, zum Teufel, geht hier vor?«

»Meinst du, warum ich mitten in der Nacht zu dir gekommen bin, oder willst du wissen, warum ich mein Geschäft aufgebe?«

Max legte die Gabel wieder nieder. »Beides«, antwortete er und sah aus, als wolle er die Antwort, die er selbst verlangt hatte, lieber gar nicht hören.

»Es würde nicht viel nützen, wenn ich meinen Bericht mit einem dieser beiden Ereignisse begänne«, begann Kristina resigniert. Zu ihrem eigenen Erstaunen regte sich Appetit in ihr, und sie begann ihren Salat zu essen. Sie hoffte nur, daß sie sich nicht als eine jener Sterblichen herausstellte, die aßen, wenn sie unter Streß standen, wie Max – mit ihrem Freundeskreis und ihrer Verwandtschaft hätte sie ihr Gewicht in einem Monat verdoppelt. »Ich habe etwas sehr Interessantes über mich selbst herausgefunden, Max. Ich bin ein Mensch ... Ich meine, ein richtiger, echter, kompletter *Mensch.*«

Sie hatte eigentlich erwartet, daß er froh sein würde, aber als sie seine Reaktion beobachtete, entdeckte sie etwas sehr Eigenartiges in seiner Miene. Keine Angst, das nicht. Sie konnte nicht sicher sein, was sie gesehen hatte, und es war nicht der geeignete Moment, danach zu fragen. Max begann zu essen.

»Vielleicht warst du schon immer sterblich und wußtest es bloß nicht.«

Kristina schüttelte den Kopf »Ich verfügte über magische Kräfte, die jetzt nicht mehr vorhanden sind. Mein Vater hat Tests gemacht – er ist Arzt, weißt du. Es besteht kein Zweifel daran, daß ich mich verändert habe.«

Max stieß einen tiefen Seufzer aus, leerte seinen Salatteller und begann mit den frischen Brötchen. »Warum hast du mir das nicht gestern nacht erzählt?«

»Es war schon so spät, und es war mir unangenehm genug, dich um diese Zeit zu stören. Außerdem war es nicht der richtige Moment.«

»Na schön. Dann laß uns jetzt *darüber* reden. Was brachte dich zu dieser späten Stunde noch zu mir, mit Barrabas im Schlepptau und einem Gesicht, als wärst du mit knapper Tod dem Teufel entkommen?«

»Vielleicht war ich das ja auch«, erwiderte Kristina und griff nach ihrem Wein, einem vollmundigen Chianti, um einen Schluck zu trinken. Dann stellte sie das Glas beiseite. »Ich wollte dich und die Kinder beschützen und wußte, daß ich es ohne meine Magie nicht schaffen würde. Deshalb brachte ich Barrabas mit, damit er uns als Wachhund diente.«

Max beugte sich zu ihr vor. »Beschützen? Wovor?«

Kristina war noch immer ein bißchen gekränkt, daß er nicht mehr Freude zeigte über die Tatsache, daß sie sterblich war, was natürlich wenig Sinn ergab, weil sie ihm ohnehin bald sagen mußte, daß sie sich nicht mehr sehen durften. Was sie ihm jedoch *nicht* sagen würde, war, daß Benecia und Canaan die Absicht hegten, seine Kinder in Besitz zu nehmen – er hätte nichts tun können, um es zu verhindern, und es hätte ihn nur gequält, zu wissen, daß Bree und Eliette sich in Gefahr befanden.

Und er würde Kristina hassen, weil *sie* sie in Gefahr gebracht hatte.

»Generell«, antwortete sie nach einem langen, qualvollen Schweigen, währenddessen sie an ihrem Wein nippte. »Ich habe dir von meinen unglückseligen Verbindungen zur übernatürlichen Welt bereits erzählt, Max. Zwing mich bitte nicht, noch mehr zu sagen, weil das nämlich völlig sinnlos wäre.«

Max schwieg und trank nachdenklich seinen Wein. Dann, ein wenig blaß, sagte er: »Laß uns für einen Moment zum Thema deiner Sterblichkeit zurückkehren. Ich pfeife auf deine verlorene Magie, und es ist ohnehin nicht deine Aufgabe, mich oder meine Familie zu beschützen, obwohl ich dir für die Bemühung dankbar bin. Heißt das, daß du sterben kannst wie jeder andere?«

Das Essen kam, zu einem denkbar schlechten Zeitpunkt. Beide saßen schweigend da, während der Kellner ihnen Teller, Besteck und rotkarierte Servietten gab, bevor er die Pizza in vier große Stücke schnitt.

Kristina beobachtete Max unablässig, und ihr war, als ob er sie geschlagen hätte. Vielleicht hatte Max sie nie wirklich geliebt. Vielleicht hatte er sie nur gewollt, weil er geglaubt hatte, sie könne weder erkranken noch bei einem Unfall sterben. So wie Sandy.

»Ja«, erwiderte sie, als der aufmerksame Kellner sie endlich allein gelassen hatte. »Ich bin verwundbar wie jeder andere.« Sie bemühte sich, zu lächeln, aber es gelang ihr nicht. »Wahrscheinlich bin ich der Familie meines Vaters nachgeraten – er war ein Sterblicher, als ich gezeugt wurde.«

Max wartete, bis Kristina sich eine Portion der knusprigen, würzigen Pizza genommen hatte, und legte sich dann selbst zwei Stücke auf den Teller. Er aß mit den Fingern, während Kristina Messer und Gabel dazu benutzte.

»Warum willst du den Laden schließen?« fragte er, nachdem er ihnen Wein nachgeschenkt hatte. Sie wußte jedoch, daß er noch immer nachsann über das, was sie ihm gerade erzählt hatte – daß sie nicht ewig leben würde.

Kristina biß sich auf die Lippen. Lügen war ihr schon immer schwergefallen, und bei Max erschien es ihr fast unmöglich. »Ich möchte einfach für eine Weile nicht mehr arbeiten«, behauptete sie. »Ich habe es nicht nötig, weißt du – ich besitze mehr als genug Geld, um zu leben.«

»Das hatte ich mir schon gedacht«, erwiderte Max. »Daß du nicht arm bist, meine ich. Aber du mußt zugeben, daß die Entscheidung einem Außenstehenden recht überstürzt erscheinen muß.«

»Ich bin nun einmal impulsiv«, entgegnete Kristina achselzuckend. Sie hatte nicht so schnippisch klingen wollen, aber es gab soviel, was sie nicht sagen konnte. Noch nicht.

»Werde ich jetzt abgeschoben?« Ein weiterer *Maxismus.*

Wenn man etwas wissen wollte, fragte man. Ein einfaches Konzept, theoretisch jedenfalls, aber verdammt schwer in die Praxis umzusetzen. Oder zumindest für Kristina, die sich immer stärker verstrickt fühlte in Lügen und Unterlassungssünden.

Sie wollte nicht auf das Thanksgivingdinner mit einer richtigen Familie verzichten und auch nicht auf das lange, wundervolle Wochenende in den verschneiten Bergen. Es war purer Egoismus, das wußte sie, aber so war es eben. Der Rest ihres Lebens erschien ihr viel zu lang und viel zu einsam ohne den Trost dieser letzten, kostbaren Erinnerungen.

»Das fragte ich mich auch gerade«, sagte sie. »Ob du vorhast, unsere Beziehung zu beenden oder nicht.«

»Ich weiß es nicht«, antwortete er nach einem kurzen Schweigen und erwiderte dabei offen ihren Blick. Dafür liebte sie ihn, wie für so viele andere Dinge. »Ich liebe dich, Kristina – ich würde nichts lieber tun, als dich zu heiraten und Kinder mit dir zu zeugen –, aber es jagt mir Angst ein, und nicht etwa der Vampire oder Hexer wegen. Es ist die Vorstellung, daß du … daß was Sandy zugestoßen ist, auch dir passieren könnte …«

Kristina berührte seine Hand. »Schon gut, Max«, sagte sie zärtlich. »Ich verstehe.«

Er verschränkte seine Finger mit den ihren und drückte ihre Hand. »Ich werde dich nicht nach deinen Plänen fragen«, fuhr er fort, »weil ich nicht glaube, daß ich die Antwort jetzt ertragen könnte. Also laß uns eins nach dem anderen tun und den Augenblick genießen – zumindest bis nach diesem Wochenende. Einverstanden?«

Kristina schluckte die Tränen, die ihr die Kehle zuschnürten. »Einverstanden«, stimmte sie zu.

Sie beendeten ihr Essen, und dann begleitete Max Kristina zu ihrem Laden, wo Enrique und Adrian noch immer mit dem Einpacken beschäftigt waren, die Arbeiter herumkommandierten und sich Streitgespräche lieferten. Kristina gab Adrian einen Ersatzschlüssel – sie hatte mehrere, wegen der neuen Tür – und bat ihn, abzuschließen, wenn er und sein Kollege mit der Arbeit fertig waren.

Adrian küßte sie auf beide Wangen, was Enrique veranlaßte, es ihm nachzutun, obwohl er ein bißchen verärgert schien, daß sein Konkurrent derjenige gewesen war, dem der Schlüssel anvertraut wurde. Max wartete geduldig an der Tür und fuhr Kristina dann zu ihrem Wagen, der einige Häuserblocks weiter parkte.

»Möchtest du die Nacht bei mir verbringen?« fragte er, als er aus dem Jeep stieg, um ihr die Wagentür zu öffnen und sich zu vergewissern, daß sie ihren Sicherheitsgurt anlegte.

Kristina überlegte kurz und schüttelte den Kopf Sie

hatte ihm genug zugemutet, als sie unangekündigt in der Nacht zuvor erschienen war. Ein weiteres Erscheinen würde Eliette und Bree verwirren oder gar beunruhigen. »Ich könnte dir aber Barrabas hinüberschicken.«

Max verdrehte die Augen. »Vielen Dank«, sagte er, »aber das ist nicht nötig.« Er beugte sich vor und küßte sie durch das offene Fenster der Fahrertür. »Versuch, dir keine allzu großen Sorgen zu machen«, bat er, als er zurücktrat. Ihr war schwindlig von dem Kuß, während er nicht einmal zu ahnen schien, welche Gefühle er damit in ihr auslöste. »Es gibt Ungeheuer und Gespenster auf der Welt, sterbliche und andere. Ich hätte dieses ›andere‹ nie geglaubt, wenn du nicht gewesen wärst, aber du hast mir auch noch etwas anderes zu Bewußtsein gebracht, Kristina. Etwas, das ich fast vergessen hatte, weil ich so zornig war, daß eine solch anständige, kluge und schöne Frau wie Sandy auf diese Weise sterben mußte.«

Tränen rannen über Kristinas Wangen, und sie bemühte sich nicht einmal, sie zu verbergen.

Max trocknete ihre Wangen, zuerst die eine, dann die andere, mit seinem Daumen. »Du hast mir in Erinnerung gerufen, wieviel Gutes es auf dieser Welt gibt. Für jeden Dämon gibt es einen Engel.«

Eine alte Erinnerung streifte Kristinas Herz wie die Schwingen eines vorüberfliegenden Engels. Vor vielen, vielen Jahren, als sie noch sehr jung gewesen war, hatte Benecia Havermail Kristina gesagt, sie sei verdammt, weil sie das Kind von zwei Vampiren war, und würde für immer in der Hölle schmoren. Kristina war so entsetzt gewesen, daß sie mit den Neuigkeiten zu Phillie, ihrer unerschütterlichen Gouvernante, gelaufen war.

»Der Himmel zürnt dir nicht, mein Kind«, hatte Phillie gesagt und Kristina zärtlich übers Haar gestrichen. »Obwohl die Körper Unschuldiger manchmal leiden, sind ihre Seelen unangreifbar. Verstehst du, was ich damit sagen will?«

Kristina, die damals acht oder neun gewesen war und schon außergewöhnlich intelligent, hatte verstanden, was ihre Gouvernante meinte. Das Fleisch war vergänglich, aber die Seele war unsterblich.

Wie sehr sie die gute Phillie auch heute noch vermißte! Wie tröstlich es gewesen wäre, ihre Sorgen ihrer alten Freundin anvertrauen zu können, wie früher, als sie ein kleines Mädchen, eine junge Braut und ein einsamer Wandervogel gewesen war.

»Alles in Ordnung?« fragte Max und streichelte ihre Wange.

Kristina nickte und sprach ein kleines Gebet, als sie ihren Wagen in Bewegung setzte, worin sie den Himmel um Schutz für Eliette und Bree anflehte.

Weder Dathan noch Valerian, weder Kristinas Eltern noch irgendwelche anderen Vampire aus ihrer Bekanntschaft traten an jenem Abend bei ihr in Erscheinung. Nur Barrabas begrüßte sie, trottete zu ihr hinüber und legte sich neben den Sessel in ihrem Schlafzimmer, in den sie sich gesetzt hatte, um eine weitere der alten Schriften zu lesen, die sie sich von ihrer Mutter ausgeborgt hatte.

Sie hätte nicht sagen können, warum sie sich die Mühe machte, denn selbst wenn sie einen Zauberspruch gefunden hätte, um Bree, Eliette und Max zu schützen, hätte er keinen Wert für sie besessen, nun, wo ihre Magie verloren war.

Tatsächlich entdeckte sie auch gar keinen, und ihr Schlaf in jener Nacht war voll wirrer Träume, an die sie sich jedoch nicht mehr erinnern konnte, als sie am nächsten Morgen aufwachte.

Nachdem sie geduscht, sich angezogen und Barrabas gefüttert hatte, fuhr Kristina zu ihrem Laden. Adrian hatte wie versprochen abgeschlossen, und er, Enrique und ihre zahlreichen Gehilfen waren nicht mehr da.

Der Laden war praktisch leer, mit Ausnahme jener Gegenstände, die noch für den Versand an andere Händler zu verpacken waren. Kristina hätte natürlich jemanden damit beauftragen können, aber sie wollte sich beschäfti-

gen, um nicht über Benecia Havermails Bestreben, ein Mensch zu werden, nachzudenken, oder über die unumgängliche Notwendigkeit, sich von Max zu trennen. Und erst recht natürlich nicht über die Folgen ihrer unvermeidlichen Verbindung mit Dathan. Aus diesem Grund stürzte sie sich in die Arbeit und hielt nicht eher inne, bis die Sonne längst untergegangen und sie so erschöpft war, daß sie sich kaum noch auf den Beinen halten konnte.

Wieder erhielt sie keinen Besuch von übernatürlichen Geschöpfen, was sie mit grenzenloser Erleichterung erfüllte. Sie bereitete sich etwas Leichtes zu essen zu, und nachdem sie Barrabas einmal um den Block geführt und ihn gefüttert hatte, setzte sie sich vor den Fernseher im kleinen Wohnzimmer. Da sie sich an diesem Abend nicht in der Lage fühlte, die restlichen Briefe an Phillie zu lesen, oder die alten Schriften, die ihr auch keine Lösung für ihre Probleme boten, schaltete sie den Shoppingkanal ein und trank ihren Kräutertee. Gegen Ende des Abends hatte sie zwei goldene Armbänder bestellt und einen elektrischen Grill, mit dem man auch Waffeln backen konnte.

Der Morgen brachte eine gute Neuigkeit – ihre Periode war vorüber.

Kristina brachte das morgendliche Ritual des Duschens und Ankleidens hinter sich und fuhr dann, in Jeans und einem Sweatshirt, zu ihrem Laden, um die letzten Waren zu verpacken. Nur wenige Gegenstände waren nicht verkauft worden; sie würde sie mit nach Hause nehmen und sich später darum kümmern.

Gegen Mittag war ein Lieferwagen eingetroffen, und der Fahrer hatte eine Kiste nach der anderen hinausgetragen. Kristina unterzeichnete die Versandpapiere, notierte ihre Kontonummer und schaute sich dann in dem leeren Laden um, den Tränen nahe, aber zugleich auch ungemein erleichtert. Es hatte ihr viel Spaß gemacht, das Geschäft aufzubauen, aber jetzt, wo es sehr erfolgreich war, hatte sie das Interesse daran verloren.

Sie fragte sich, mit einer gewissen Wehmut, worin ihre zukünftigen Pflichten als Königin der Hexer wohl bestehen mochten. Wie *konnte* es überhaupt eine Königin der Hexer geben, wenn die weiblichen Hexen doch eine vollkommen eigenständige Gruppe bildeten? Und so gesehen – wie konnte es Hexer *oder* Hexen geben, wenn beide Gattungen einander zu sehr haßten, um Partnerschaften einzugehen?

Kristina hatte beschlossen, ihren persönlichen Besitz aus dem Geschäft – Mikrowellenherd, Tisch und Stühle, Faxmaschine, Computer etc. – einer wohltätigen Einrichtung zu stiften. Sie erschienen mit einem eigenen Lieferwagen und räumten das Hinterzimmer aus, den Ort, der während hektischer Arbeitstage Kristinas Zufluchtsort gewesen war. Zum guten Schluß gab sie den Leuten auch noch die unverkauften Antiquitäten mit, um sie nicht zu ihrem Wagen schleppen zu müssen, und fuhr dann heim.

Sie war noch keine fünf Minuten zu Hause, als Daisy anrief. Den statischen Geräuschen in der Leitung nach zu urteilen, rief ihre Freundin von dem Mobiltelefon aus an, das sie stets in ihrem Rucksack bei sich trug.

»Du hättest mir auch ruhig sagen können, daß du deinen Laden schließt«, sagte Valerians Frau verärgert, »anstatt wie irgendein Scheich ganz einfach deine Zelte abzubrechen und dich heimlich in der Nacht davonzustehlen.«

Kristina lächelte, obwohl ihr eher nach Weinen zumute war. Daisy hatte immer einen aufmunternden Effekt auf sie, und sie hoffte, daß ihre bevorstehende, lebenslange Allianz mit Dathan nichts an ihrer Freundschaft ändern würde. »Tut mir leid«, sagte sie. »Es war ein ganz unerwarteter Entschluß.«

»Wie dein Versprechen, Dathans Braut zu werden?« fragte Daisy zwischen knisternden Geräuschen. »Verdammt, ich vergesse immer, die Batterie zu wechseln. Bleib, wo du bist – ich komme herüber.«

Kristina seufzte, setzte Wasser für Tee auf und wartete.

Daisy erschien knapp zwanzig Minuten später. Barrabas begrüßte sie so stürmisch, als habe er sie seit Jahren nicht gesehen.

»Du solltest ihn wieder mitnehmen«, sagte Kristina. »Ich habe schon ein schlechtes Gewissen – ich komme mir vor wie die Böse in den Lassiefilmen.«

Daisy legte ihre Jacke ab. »Na gut«, sagte sie, öffnete die Gartentür und hob einen Daumen. »Lauf nach Hause, Barrabas.«

Der Wolf schoß durch den schmalen Spalt, als ob er Federn in den Hinterläufen hätte.

Daisy schloß die Tür. »Valerian ist ziemlich wütend über diese Heirat mit dem Hexer«, sagte sie. Es lag keine Kritik in ihrem Ton, es war eine bloße Feststellung.

»Das geht ihn nichts an«, erwiderte Kristina im gleichen Tonfall. Der Tee war fertig, und sie stellte die Kanne, Zucker, Milch und Tassen auf ein Tablett, um es ins Wohnzimmer zu tragen.

»Das stimmt«, gab Daisy zu. »Aber wann hat das Valerian je davon abgehalten, sich einzumischen?« fragte sie und setzte sich Kristina gegenüber. »Ich nehme an, du gibst den Laden auf, weil du Seattle verlassen willst?«

Kristina nickte und rührte Zucker in ihren Tee. »Das ist ein Grund. Der zweite ist, daß ich jetzt schon seit über fünfundsiebzig Jahren im Antiquitätengeschäft bin.«

»Weil es dir Spaß machte«, gab Daisy zu bedenken. Sie konnte genauso unverblümt wie Max sein. Es war eine ihrer liebenswertesten und zugleich ärgerlichsten Eigenschaften.

»Aber jetzt nicht mehr«, antwortete Kristina. »Und deshalb gebe ich den Laden auf.«

»Das Gebäude gehört doch dir, nicht wahr? Du könntest also jederzeit wieder ein Geschäft eröffnen. Falls es dir zu langweilig werden sollte, die Königin der Hexer zu sein.« Daisys Augen funkelten belustigt, verrieten aber auch ein gewisses Mitgefühl. »Was genau mußt du dazu eigentlich tun?«

Kristina schüttelte den Kopf »Ich habe keine Ahnung – abgesehen von dem Offensichtlichen natürlich.«

Daisy, die bei der Mordkommission in Las Vegas gewesen war und mit allen Arten von Perversionen zu tun gehabt hatte, errötete doch tatsächlich und wandte ihren Blick ab. Obwohl keine der beiden Frauen das Thema weiterführte, war Kristina ziemlich sicher, daß sie sich beide fragten, wie es sein mochte, mit einem Hexer Sex zu haben.

Eine fast unerträgliche Sehnsucht nach Max erfaßte sie, noch tiefer und verzweifelter als je zuvor.

»Wo wirst du leben?« fragte Daisy.

Auch das wußte Kristina nicht. Und da sie keine magischen Kräfte mehr besaß, würde sie auch nicht imstande sein, sich kraft ihrer Gedanken von einem Ort an einen anderen zu versetzen, wie sie es in der Vergangenheit so oft getan hatte. »Ich nehme an, in Transsylvanien«, scherzte sie, um der Situation den Ernst zu nehmen. Aber es funktionierte nicht.

»Bloß das nicht«, meinte Daisy.

Und da war es mit Kristinas Selbstbeherrschung vorbei, und sie begann zu weinen. »Ich werde das Wochenende mit Max verbringen«, schluchzte sie, »ein einziges Wochenende nur. Und die Erinnerungen daran werden mir für den Rest meines Lebens genügen müssen.«

Daisy senkte für einen Moment den Kopf, bekümmert und Kristinas Schmerz ganz offensichtlich nachempfindend, weil sie sich vermutlich vorstellte, wie es wäre, ein für allemal von Valerian getrennt zu werden. »Du bist jetzt sterblich«, sagte sie dann tröstend. »Vielleicht wirst du in einem anderen Leben …«

Kristinas Schluchzen hatte ein wenig nachgelassen, aber ihr Kummer war nicht geringer als zuvor. »Nein«, sagte sie. »Ich kannte Max schon einmal – damals war er natürlich jemand anderer –, und es hatte einfach nicht so sein sollen.«

»Sag mir bloß nicht, daß er dieser Michael war, der dich die Treppe hinunterwarf und deinen Adoptivsohn in ein Arbeitshaus steckte!«

Kristina brauchte nicht zu fragen, woher Daisy von Dingen wußte, die sie niemand anderem außer Phillie und ihrem *Schutz*vampir anvertraut hatte. Valerian mußte

Daisy davon erzählt haben. »Nein«, erwiderte sie, »Max war nicht Michael.« Aber mehr sagte sie nicht dazu.

»Nimm noch etwas Tee«, schlug Daisy vor. »Hast du Brandy? Denn wenn du mich fragst, brauchst du einen Schluck Feuerwasser.«

»Nein, danke«, erwiderte Kristina. Sie wäre ihrer Qual sehr gern entflohen, aber nichts sollte ihre Sinne betäuben oder ihre Konzentration behindern, vor allem jetzt nicht, da Barrabas nicht länger da war, um sie zu bewachen. »Wie kommst du mit dem neuen Kindermädchen zurecht? Ganz zu schweigen von der Mutterschaft im allgemeinen.«

Das Thema zu wechseln erwies sich als eine gute Taktik. Daisys Gesicht hellte sich auf, und die unerquicklichen Themen wie Dathan und Max waren vorübergehend vergessen. »Sie hat wahre Wunder bewirkt – seit sie Esteban klargemacht hat, daß wir ihn weder schlagen noch hungern lassen werden, ist er viel zugänglicher geworden. Er schläft zwar noch ab und zu auf dem Boden, aber er versteckt kein Essen mehr und bemüht sich, Englisch zu lernen. Und er liebt Valerian.«

Kristina erinnerte sich, wie zärtlich der legendäre Vampir den zerlumpten kleinen Jungen in jener Nacht in Rio in den Armen gehalten hatte, und war gerührt. Es war gar nicht so einfach, zwischen Gut und Böse zu unterscheiden! War Valerian, der menschliche Wesen jagte und sich von ihrem Blut ernährte, deshalb ein Ungeheuer? Was war dann Estebans Mutter, die ihr eigenes Kind verkauft und es unvorstellbaren Leiden ausgeliefert hätte? War sie nicht das wahre Ungeheuer, obwohl ein menschliches Herz in ihrer Brust schlug und ihre Seele vielleicht noch immer gerettet werden konnte, wenn sie bereute und Buße tat, so unwahrscheinlich das auch sein mochte?

»Valerian zu kennen«, antwortete Kristina schließlich mit einem schwachen Lächeln, »heißt, ihn zu lieben.«

Daisy lachte. »Auf mich trifft das natürlich zu«, erwiderte sie, »aber du mußt zugeben, daß es eine Frage der Perspektive ist.«

Es war tröstlich, Daisys Gesellschaft für eine Weile zu genießen, und als ihre Freundin ging, fühlte Kristina sich schon erheblich besser, wenn auch immer noch ein bißchen einsam. Sie zündete ein Feuer im Kamin an und legte sich auf die Couch, um ein wenig auszuruhen. Als sie einschlief, träumte sie, konnte sich später jedoch nicht erinnern, was, und das beunruhigte sie, weil sie mit einem starken Gefühl der Unruhe und Nervosität erwacht war.

Der nächste Tag war Thanksgiving.

Kristina packte eine kleine Reisetasche für das Wochenende in den Bergen und wählte sorgfältig ihre Kleidung für die Reise aus – einen braunen Kaschmirrock, hohe braune Lederstiefel und einen langen, elfenbeinfarbenen Seidenpullover. Als Max und die Mädchen kamen, um sie abzuholen, sah sie an dem Leuchten in Max' Augen, daß sie sich für das Richtige entschieden hatte, und das bedeutete eine gewisse Erleichterung für sie, denn trotz ihrer Welterfahrenheit wußte Kristina nicht so recht, was man zu einem Familienfest anzog. Sie hatte noch nie an einem solchen teilgenommen.

Max nahm ihre Tasche und brachte sie hinaus zu seinem Wagen, während Bree aufgeregt um ihn herumhüpfte und ihn mit tausend Fragen bestürmte. Verreiste Kristina? Wohin? Begleitete er sie? Und durften sie und Eliette mitfahren?

Eliette ging etwas gemesseneren Schritts neben Kristina. Sie war im allgemeinen sehr zurückhaltend, aber sie war diejenige gewesen, die sich am engsten an Kristina geschmiegt hatte in jener Nacht, als sie in Max' Gästezimmer übernachtet hatte und die Kinder zu ihr ins Bett gekommen waren. »Bree ist noch ein Kind«, vertraute sie jetzt Kristina an. »Sie versteht nichts von diesen Dingen.«

Kristina unterdrückte ein Lächeln, aber sie empfand auch einen leisen Kummer, denn sie merkte jetzt, daß Eliette ihre Distanz allmählich aufgab und anfing, sie als Freundin zu betrachten. Was nur bedeutete, daß das Kind erneut verwundet werden würde, wenn Kristina und Max getrennte Wege gingen.

»Was für Dinge?« erkundigte sie sich beiläufig und reichte Eliette die Hand.

Das Mädchen ergriff sie nach kurzem Zögern. »Na, ja – Küssen und so weiter. Was du mit Daddy tust.«

»Oh.« Keine sehr tiefsinnige Antwort, aber Kristina war zu verblüfft, um etwas anderes zu äußern.

Zum Glück hatten sie inzwischen den Wagen erreicht, und Eliette entzog ihr ihre Hand und kletterte auf den Rücksitz zu Bree, die bereits angeschnallt war. Max half Kristina auf den Beifahrersitz, ging dann um den Jeep herum und setzte sich ans Steuer.

Er pfiff ein leises Liedchen vor sich hin.

»Tante Elaine ist nach Arizona gezogen«, verkündete Bree von ihrem Kindersitz. »Sie hat ihr Herz gebrochen. Ich glaube, sie ist hingefallen.«

»Sie ist nicht gefallen, Dummchen«, verbesserte Eliette. »Sie wollte Daddy heiraten, und er hat nein gesagt.«

Aus dem Augenwinkel sah Kristina, wie Max sich leicht versteifte, aber als er sprach, klang seine Stimme ruhig und gelassen. »Tante Elaine vermißte eure Großeltern«, sagte er. »Außerdem werden sie allmählich älter und brauchen sie.«

Das war keine direkte Lüge; Max stritt nicht ab, daß Sandys Schwester, Elaine, in ihn verliebt war. Wahrscheinlich stimmte es sogar, daß sie ihre Eltern vermißte, und vielleicht brauchten sie auch ihre Hilfe, falls ihre Gesundheit nicht die beste war. Aber es war ihm mühelos gelungen, das Gespräch von seiner Schwägerin abzulenken.

Kristina warf ihm einen belustigten Blick zu, nur um ihm zu zeigen, daß sie Bescheid wußte.

Er lachte und schüttelte den Kopf

Der Tag war wunderbar, als wäre er ihren schönsten Phantasien entsprungen.

Max' Eltern lebten in einem großen Haus im Kolonialstil, das in einem der besseren Stadtviertel Seattles lag, wenn auch nicht im exklusivsten, vornehmsten. Es gab einen kleinen Ententeich im Garten, und Fichten und Ahornbäume säumten den ausgedehnten Garten. Einige gelbe, braune und rote Blätter hingen noch an den ansonsten winterlich kahlen Ästen der Ahornbäume.

Die Menschen, die sich im Wohnzimmer versammelt hatten – einige singend am Piano, andere in eine politische Diskussion vor dem Kamin vertieft –, sahen aus wie Figuren aus irgendeinem Werbespot, der den amerikanischen Lebensstil verherrlichte.

Mrs. Kilcarragh kam aus der Küche, um Max mit einem Kuß zu begrüßen. Die Mädchen hatten ihre Mäntel bereits abgelegt und sich zu beiden Seiten des Pianospielers hingesetzt, den Kristina wegen seiner Ähnlichkeit mit Max für seinen Vater hielt.

»Kristina«, sagte Mrs. Kilcarragh herzlich und nahm ihre beiden Hände in ihre. »Ich bin so froh, daß wir uns endlich kennenlernen. Ich bin Allison, und dieser gutaussehende Teufel dort am Piano ist der Großvater der Mädchen. Kommen Sie doch bitte mit, damit ich Ihnen die anderen vorstellen kann.«

Eine enorme Anzahl von Gästen war zu dem Fest gekommen, aber das machte die Sache für Kristina nur noch besser. Sie liebte das Gelächter, die Musik, die Gespräche und das Essen, und sie konnte sich nicht entsinnen, in ihrem Leben je einen glücklicheren Tag verbracht zu haben.

Nach dem Essen, das unglaublich gut war, zogen die Männer sich zurück, um sich ein Footballspiel anzusehen, und die Frauen räumten auf. Kristina half begeistert mit – diese besondere Art weiblicher Kameradschaft hatte sie noch nie erfahren, und es war eine solch wundervolle Erfahrung für sie, daß ihr fast die Tränen kamen. Oh, ein Teil dieser Familie sein zu können, an anderen Festen teilzunehmen, dazuzugehören!

Aber es sollte nicht so sein, und keine Illusion der Welt konnte daran etwas ändern. Doch dieses kostbare Geschenk würde sie sich ganz bestimmt auch nicht mit dem Blick in eine düstere Zukunft verderben, und so zwang Kristina sich, an nichts anderes zu denken als an die Gegenwart, und lauschte dem fröhlichen Geplauder der anderen Frauen.

Gweneth, Max' Schwester, die Kristina von ihrem Besuch im Laden kannte, als sie den Bronzeaffen kaufen wollte, stand neben ihr und trocknete die Gläser ab, die Kristina spülte.

»Ich glaube, ich habe das scheußlichste Geschenk der Welt für Max gefunden«, bemerkte Gweneth und schaute sich dabei triumphierend zu den anderen Frauen in der Küche um. »Es wird ihm nie gelingen, mich darin zu übertrumpfen.«

»Was ist es?« fragte eine der Tanten schmunzelnd.

»Ja, was?« meinte auch die Schwägerin irgendeiner Cousine.

Gweneth' Augen funkelten, als sie den Kopf schüttelte. »Ich möchte, daß es eine echte Überraschung wird. Aber glaubt nur – er wird es *hassen*. Und das tollste daran ist, daß ich es direkt vor seiner Nase versteckt habe.«

Allison schüttelte den Kopf und wirkte alles andere als belustigt. »Du und Max, ihr seid allmählich zu alt für solche kindischen Spielereien«, sagte sie und schaute sich um, als erhoffte sie die Zustimmung der anderen. »Warum könnt ihr euch nicht andere, ganz normale Dinge wie alle anderen schenken?«

»Weil es uns keine Freude machen würde«, antwortete Gweneth.

Bald waren Porzellan und Silber gespült, getrocknet und eingeräumt, und da inzwischen auch das Footballspiel vorbei war, suchten sich praktisch alle, die über dreißig waren, in dem großen Haus einen Platz, an dem sie ein Mittagsschläfchen halten konnten.

Max fand Kristina im Eßzimmer, wo sie am Fenster stand und zum Ententeich hinüberschaute. Er schlang die Arme um ihre Taille, küßte ihren Nacken und zog sie zärtlich an sich.

»Sollen wir uns jetzt auf den Weg machen?« fragte er.

Kristina drehte sich in seinen Armen, schaute zu ihm auf und lächelte, obwohl es ihr das Herz brach, ihm in die ernsten, liebevollen Augen zu schauen.

»Ich bin bereit«, erwiderte sie schlicht.

KAPITEL 17

»Du hast eine wunderbare Familie«, sagte Kristina weich, als sie und Max die Stadt verließen und auf die Schnellstraße nach Snoqualmie Pass einbogen. Sie hatte zugesehen, wie er sich von Eliette und Bree verabschiedete, und gedacht, daß Eliette ihn beim Abschied so fest umklammerte, als widerstrebte es ihr – oder beängstigte sie sogar –, ihn gehen zu lassen. Vielleicht hatte das Kind an jenen anderen Tag gedacht, an dem es seine Mutter verloren hatte – und beinahe auch seinen Vater.

»Danke«, erwiderte Max und lächelte sie an. »Da ich deinen Eltern nie begegnet bin, kann ich das Kompliment nicht zurückgeben, aber da sie dich geschaffen haben, müssen sie etwas ganz Besonderes sein.«

»Etwas ganz *Besonderes*«, wiederholte Kristina und nickte lächelnd. »Du hast deine Berufung verfehlt, Max – du hättest in den diplomatischen Dienst eintreten sollen.«

Darüber lachte er. »Ich weiß nicht, ob meine Spieler darin einer Meinung mit dir wären«, sagte er. »Du wirst es mir vielleicht nicht glauben, aber ich bin einer dieser Trainer, die wütend übers Feld stapfen und herumbrüllen, wenn das Spiel nicht so läuft, wie es sein sollte.«

Kristina betrachtete ihn ernst. »Ist es dir so wichtig, zu gewinnen?«

»Ich pfeife darauf«, erwiderte er lachend. »Ich finde nur, daß ein bißchen Herumbrüllen und gelegentlicher Druck die Kinder besser auf das Leben vorbereitet. Und nein – ich wende nicht die gleiche Strategie bei Bree und Eliette an, falls es das ist, was du dich jetzt fragst.«

»Ja«, gestand Kristina. »Aber findest du es nicht ein bißchen scheinheilig, die Kinder anderer Leute anzuschreien?«

Max lächelte, schaltete einen Blinker ein, schaute in beide Rückspiegel und wechselte die Fahrspur. »Nein«, entgegnete er entschieden. »Die Jungen in meiner Mannschaft sind alle mindestens sechzehn Jahre alt. Das ist ein großer Unterschied.«

In stiller Übereinstimmung vermieden sie es, über Kristinas Geschäftsaufgabe zu reden und alles andere, was damit verbunden war. Dies alles konnte bis Sonntagabend warten, wenn ihr gemeinsames Wochenende endete.

»Wahrscheinlich hast du recht«, gab Kristina zu. »Eines Tages also, wenn deine Töchter in diesem Alter sind und sich darüber beklagen, daß ein Lehrer zu starken Druck ausübt …«

»Werde ich mich heraushalten, sofern ich nicht den Eindruck habe, daß etwas anderes dahintersteckt.« Wegen der Ferienzeit herrschte reger Verkehr auf der Schnellstraße, und es war schon dunkel gewesen, als sie Max' Elternhaus verlassen hatten. Max konzentrierte sich auf den Verkehr und wandte den Blick nicht von der Straße, als er wieder sprach. »Erzähl mir von den Briefen. Was geschah, nachdem deine Schwiegereltern so kurz hintereinander gestorben waren?«

Seufzend lehnte Kristina sich zurück und schloß die Augen. Obwohl sie die Briefe noch einmal gelesen hatte, brauchte sie sie nicht, um sich an jene furchtbare Zeit zu erinnern. Sie hatte es eigentlich nur getan, um Phillie nahe zu sein, die ihre liebste und wahrste Freundin unter den Sterblichen gewesen war, mit Ausnahme vielleicht von Gilbert Bradfort.

Mit leiser Stimme berichtete sie Max von den Geschehnissen jener Tage – erzählte ihm, obwohl es ihr nicht leichtfiel, von Joseph und den Verletzungen, die sie durch Michaels Schuld davongetragen hatte, als sie – einmal zu oft – versucht hatte, sich gegen ihn zur Wehr zu setzen. Von Gilbert sprach sie kaum und erwähnte eigentlich nur, daß er Michael nach Australien fortgeschickt hatte, damit er nie wieder zurückkam.

»Hat er es getan?«

Kristina schüttelte den Kopf »Nein«, sagte sie. Aber damit war die Geschichte noch lange nicht beendet, und während sie weiterfuhren, begann sie sie zu erzählen, wobei sie unwillkürlich in den englischen Akzent, mit dem sie aufgewachsen war, und in die konventionelle Ausdrucksweise der damaligen Zeit verfiel …

»Nachdem Michael abgereist war, glaubte ich, daß ich nun endlich Frieden finden würde, aber das war nicht der Fall. Ich war untröstlich über Josephs Tod – wie ironisch, nicht, daß ein Leben noch viel schrecklicher sein kann als jener schauderhafte Tod, den er erlitt? Aber solche Kinder waren nichts Ungewöhnliches im London des neunzehnten Jahrhundert.

Fünf Jahre habe ich für die Armen gearbeitet – ich konnte nicht wieder heiraten, weil ich dem Gesetz nach noch immer Michaels Frau war –, aber zum Schluß war die Hoffnungslosigkeit meiner Bemühungen mehr, als ich ertragen konnte. Ich brauchte Abwechslung, aber ich wußte nicht, was ich tun sollte.

Schließlich beschloß ich, auf Reisen zu gehen, und wenn auch nur, um aus London fortzukommen. Ich ritt in Burma Elefanten und bestieg Berge in Peru und Afrika. Ich war in China, vielleicht acht Jahre, nachdem ich England verlassen hatte, als die Träume anfingen.

Sie waren außergewöhnlich lebhaft und immer sehr beängstigend. In ihnen bereiste ich Australien – ein Land, das ich nie besucht hätte, so groß und faszinierend es auch war, weil ich Angst hatte, dort Michael zu begegnen. Ich konnte mir nicht sicher sein, ob ich ihn nicht mit bloßen Händen töten würde, falls ich ihn jemals wiedersah. Ihm gab ich die Schuld an allem, was Joseph widerfahren war.

In diesen Alpträumen sah ich einen völlig verwahrlosten Michael, gealtert von Trinken, Hurerei und dem Genuß von Opium. Er war in einem kleinen Hof und prügelte eine Frau, schlug ihr immer wieder ins Gesicht, zuerst mit der flachen Hand und dann mit dem Handrücken. Sie zuckte natürlich unter jedem Schlag zurück, weil sie viel kleiner war als er, aber sie schrie weder auf, noch versuchte sie, sich zu verteidigen. Sie starrte ihn schlicht mit solch haßerfüllten Blicken an, daß ihre dunklen Augen im Mondlicht funkelten.

Irgendwann schleuderte er sie in ein Blumenbeet. Sie streckte die Hand aus, um sich abzustützen, aber ihre Finger schlossen sich dabei um den Griff einer kleinen Gartenkelle. In diesem Augenblick wurde ich sie, nahm ihren Körper in Besitz und beherrschte ihre Gedanken.

Jetzt war ich diejenige, die die Hacke hielt, und ich hatte keine Hemmungen, zurückzuschlagen. Ich hob die Hand, und mit einer Kraft, die aus Jahren des Hasses geboren war, trieb ich die Kelle tief in Michaels Kehle. Er hatte den Angriff nicht erwartet – und tatsächlich war alles sehr, sehr schnell gegangen, wie es in Träumen so üblich ist.

Blut strömte aus seiner offenen Halsschlagader, befleckte sein Hemd, seinen Rock und die Steinplatten des Hofs. Er preßte eine Hand an seine Kehle, und seine Augen traten fast aus ihren Höhlen vor hilflosem Entsetzen, als er versuchte, den Blutstrom zu ersticken. Aber das konnte er natürlich nicht.

Mit einem gurgelnden Geräusch, das ich mein Leben lang nicht mehr vergessen werde, brach er besinnungslos zusammen und starb direkt vor meinen Füßen. Selbst da verspürte ich keine Reue. Meine Hände und mein Kleid – oder besser gesagt, *ihre* Hände und ihr Kleid, wer immer die Unglückliche auch gewesen sein mochte – waren klebrig und feucht von den blutroten Beweisen meiner Schuld, aber mir war nur nach Feiern zumute statt nach Trauern.

Es war immer der gleiche Traum, und er quälte mich monatelang, immer auf die gleiche Weise. Er endete jedesmal damit, daß andere Leute in den Hof stürmten, die Frau ergriffen, sich über Michael beugten und die zarten Blumen unter ihren Schuhsohlen zertrampelten.

Etwa acht Monate waren vergangen, glaube ich, und ich war in Paris, weil meine Mutter mich gebeten hatte, in diese Stadt zu kommen, als ich zufällig eine englische Zeitung aufhob, die jemand in einem Straßencafé liegengelassen hatte. Darin fand ich einen kurzen Artikel über Michael Bradfords Tod irgendwo in New South Wales. Er war mit einer Gartenkelle erstochen worden, von einer Frau, die sofort nach der Tat verhaftet worden war und deren Name in dem Artikel nicht erwähnt wurde. Bevor die vermeintliche Mörderin jedoch vor Gericht gestellt werden konnte, hatte sie sich in ihrer Zelle erhängt.

Ich war so erschüttert, daß ich meine Wohnung drei Tage nicht verließ. Ich trauerte zwar nicht um Michael, aber jedesmal, wenn ich an die arme Frau dachte, erfaßte mich ein überwältigendes Schuldbewußtsein. War sie eines Verbrechens bezichtigt worden, das in Wirklichkeit ich begangen hatte, während ich nur zu träumen glaubte? Wie sonst wohl hätte ich soviel über Michaels Tod wissen können, wenn ich nicht dabeigewesen wäre?

Irgendwann mußte ich aufhören, mir all diese Fragen zu stellen, denn sie waren die reinste Qual für mich, und es gab keine Möglichkeiten, die Antworten darauf zu finden. Aber manchmal verfolgt es mich selbst heute noch, nach all diesen Jahren.

Danach war ich einfach nicht mehr in der Lage, etwas anderes zu tun, als ziellos durch die Welt zu reisen. Ich war ständig auf dem Weg irgendwohin, mit dem Zug oder in der Kutsche. Auch damals bestand ich noch darauf, alles auf menschliche Art zu tun, aber wenn ich *wirklich* menschlich gewesen wäre, hätte ich das Tempo, das ich mir auferlegte, ganz gewiß nicht überlebt. Selbst meine Eltern, die sich kraft ihrer Gedanken überallhin versetzen können, vorausgesetzt natürlich, daß an diesem Ort nicht gerade die Sonne scheint, hatten Mühe, mit mir mitzuhalten.

Ich begann Dinge auf meinen Reisen zu sammeln – eine Jadefigur hier, ein Gemälde oder eine Skulptur dort, aber der Gedanke, damit zu handeln, kam mir erst 1925, als ich in San Francisco ein Geschäft eröffnete. Ich hatte einige Freundschaften in dieser Stadt geschlossen, und meine Wanderlust hatte ein wenig nachgelassen, obwohl sie immer noch vorhanden war.

Als die Luftfahrt sich durchzusetzen begann, war ich wieder unterwegs, obwohl ich den Laden in San Francisco einige Jahre lang behielt.

Meine Freunde wurden alt und starben, und es war mir

unerträglich, wieder und wieder allein zurückzubleiben. Ich wurde immer mehr zu einem Einsiedler, und schließlich verließ ich Kalifornien, weil mich dort zu viele Erinnerungen quälten.

Irgendwann ließ ich mich in Seattle nieder – ich bin nicht sicher, aus welchem Grund, abgesehen davon, daß es eine schöne Stadt ist mit all dem Wasser, den Bäumen und den Bergen. Ich weiß nur, daß ich hier ein Gefühl der Zugehörigkeit verspürte, wie ich es noch nie zuvor erfahren hatte, an keinem anderen Ort der Welt, als sei ich endlich heimgekehrt.

Ich war schrecklich einsam, hütete mich jedoch davor, zu viele Bekanntschaften zu machen. Gesellschaftliche Beziehungen – falls man es so nennen kann – unterhielt ich nur zu meinen Eltern, Valerian und einigen wenigen anderen Vampiren.

Um mich mit irgend etwas zu beschäftigen, eröffnete ich meinen Laden an der Western Avenue unter dem Namen Kristina Tremayne. Als einige Jahre verstrichen waren, ging ich für eine Weile fort und kehrte als ›meine Tochter‹, Kristina Bennington, zurück. Dann, als genügend Zeit vergangen war, ›erfand‹ ich mich aufs neue, diesmal als Kristina Holbrook. Wie mein Onkel Aidan es vor mir getan hatte, vermachte ich mir meinen Besitz, als wäre ich mein eigener Nachkomme. Denn alles andere hätte viele komplizierte Fragen aufgeworfen.

Mit der Zeit nahm ich feste Gewohnheiten an, wie es Sterbliche und Ungeheuer gleicherweise tun. Ich führte mein Geschäft, ging ab und zu auf Geschäftsreise und nahm an Auktionen und so weiter teil. Ich las sehr viel und langweilte mich zu Tode. Manchmal, wenn mich die Alpträume von Michaels Tod in Australien quälten, schlief ich wochenlang nicht.

Und dann begegnete ich dir, und alles wurde anders …«

Fast hätte Kristina gesagt, ›begegneten wir uns *wieder*‹, aber sie nahm sich noch rechtzeitig zusammen. Max hatte genug, womit er fertigwerden mußte, ohne auch noch den

Bericht über eins seiner früheren Leben hinzuzufügen. Es gab schließlich gute Gründe, warum die meisten Leute sich nicht an ihre früheren Inkarnationen erinnerten. Die Vergangenheit war tot, für Sterbliche zumindest, und zurückzuschauen, außer um zu lernen, wäre eine Verschwendung der kostbaren Gegenwart gewesen.

»Das hört sich wie ein einsames Leben an«, stellte Max fest. Sie hatten inzwischen den Gasthof in den Bergen erreicht, wo sie in der Woche vorher ein Zimmer gebucht hatten, und vor den Scheinwerfern des Jeeps tanzten dicke Schneeflocken.

»Das war es«, erwiderte Kristina.

»Warte hier«, sagte Max und berührte flüchtig ihren Arm. »Ich werde uns eintragen und den Schlüssel zu unserer Blockhütte holen.«

Sie nickte zustimmend. Nach so vielen Jahren, in denen sie alles selbst erledigt hatte, war es herrlich, so verwöhnt zu werden. Sie freute sich schon darauf, mit Max allein zu sein, auf die Ungestörtheit ihrer Hütte und die Freiheit, sich so oft und so lange zu lieben, wie sie wollten.

Seinem Wort getreu, kehrte Max fünf Minuten später schon zurück, stieg in den warmen Jeep und warf den großen, altmodischen Schlüssel lächelnd in Kristinas Schoß, bevor er den Rückwärtsgang einlegte. Ein Feuer war schon vorbereitet in ihrer Unterkunft, aber noch nicht angezündet, und die Luft war so kalt, daß ihr Atem kleine weiße Wölkchen bildete.

Max kauerte sich vor den Kamin, zündete ein Streichholz an und setzte die Holzscheite in Brand. Dann drehte er sich mit leuchtenden Augen zu Kristina um, die trotz ihres dicken Mantels vor Kälte zitterte.

»Ich glaube, du mußt ein bißchen aufgewärmt werden«, sagte er, als er sich erhob.

Kristina verspürte ein wohliges Erschauern, als er auf sie zukam, sie in die Arme nahm und küßte. Er war zunächst sehr zaghaft, dieser Kuß, aber als Max seine Hände in Kristinas Mantel schob und um ihre Brüste legte, wurde sein Kuß tiefer und fordernder.

Kristina hatte bereits mit diesem Mann geschlafen und wahre Ekstase kennengelernt, aber dieser erste Kontakt mit ihm war ein Vorbote von etwas noch viel Mächtigerem, das in der Ewigkeit selbst verwurzelt schien.

Er streifte ihr den Mantel ab und ihre Stiefel, zog ihr Pullover und BH aus, und dann, nachdem er ihre harten kleinen Brustspitzen geküßt hatte, begann er den Reißverschluß an ihrem Rock herabzuziehen. Eine Gänsehaut überzog ihren Körper, obwohl sie gleichzeitig innerlich vor Hitze zu vergehen glaubte, so groß war das Feuer in ihr.

Endlich zog Max ihr Rock, Slip und Strumpfhose aus, und sie stand splitternackt und zitternd vor Erwartung vor ihm. Das Feuer im Kamin begann soeben erst das Zimmer zu erwärmen, aber ein dünner Schweißfilm glitzerte bereits auf Kristinas nackter Haut.

»Darauf habe ich gewartet, seit ich dich zum erstenmal gesehen habe«, sagte er. Er trug noch alle seine Kleider, außer der Jacke, die er schon vorher ausgezogen hatte, und nun kniete er vor Kristina nieder wie ein frommer Diener vor seiner Göttin.

»W-worauf?« wisperte sie, obwohl sie es natürlich wußte.

Es war dunkel in der Hütte, bis auf den flackernden Schein des Feuers, aber Kristina glühte wie im Fieber.

»Darauf«, antwortete Max und streichelte mit den Fingerspitzen ihren Bauch, bevor er ihre Hüften umfaßte, als wolle er sie in die richtige Stellung bringen. Und dann begann er ihre intimste Körperstelle zu liebkosen, bis Kristina glaubte, die Lust nicht mehr ertragen zu können.

Kristina hatte nichts, um sich daran festzuhalten, aber das machte nichts, weil Max sie stützte. Er spreizte ein wenig seine Beine, legte seine Hände unter ihren Po und preßte seine Lippen auf das seidenweiche Haar zwischen ihren Schenkeln.

Sie stieß einen heiseren Schrei aus und ließ den Kopf zurückfallen, weil sie plötzlich nicht mehr sicher war, Max' unendlich erregende Liebkosungen ertragen zu können.

Aber ertragen mußte sie sie, denn er zeigte keine Gnade.

Max reizte sie erbarmungslos, mit seiner Zunge und seinen Lippen, und sie stöhnte und krümmte schamlos ihre Hüften, in einer stummen Einladung an ihn, zu ihr zu kommen.

Schließlich schob Max sie zu einem Sessel, zog ihre zitternden Beine über seine Arme und hörte nicht auf, sie mit Lippen und Zunge zu erregen, bis sie schweißüberströmt und keuchend um Erlösung bat.

Irgendwann gewährte er sie ihr, aber es war nur ein kurzer Sieg, denn gleich nach ihrem ersten überwältigenden Höhepunkt begann er sie von neuem zu erregen, bis sie ihn anflehte, zu ihr zu kommen und die schreckliche Leere in ihr auszufüllen. Als er sie endlich zum Bett trug, war sie zu keinem vernünftigen Gedanken mehr imstande und hätte nicht mehr sagen können, ob es heiß oder kalt im Zimmer war.

Sie selbst brannte, aber dieses Fieber war uralt.

Max zog sich entnervend langsam aus, so wie er alles tat, aber als er neben Kristina auf dem Bett lag und sie die Hand nach ihm ausstreckte, erkannte sie, wie sehr er sie begehrte. Er hatte einen hohen Preis bezahlt, um sicherzugehen, daß Kristinas Bedürfnisse erfüllt wurden,

»Ich liebe dich«, sagte sie und rollte sich auf seinen starken Körper.

»Ich … liebe … dich …« murmelte er heiser, denn sie hielt ihn immer noch umfangen und hockte rittlings über ihm.

»Eigentlich besäße ich das Recht«, scherzte Kristina und beugte sich vor, um ihn auf den Mund zu küssen, »dich genauso leiden zu lassen, wie du mich gequält hast, aber das werde ich nicht. Zumindest jetzt noch nicht.«

Max stöhnte. Er war ihr jetzt völlig ausgeliefert, und sie genoß die Macht, die ihr diese sanfte Dominanz verschaffte. Es sprach für ihn, daß auch er es zu genießen schien.

»Ich könnte jetzt alles mögliche mit dir machen«, sagte sie, während sie mit dem Daumen über die empfindsame

Spitze seines Glieds strich. Und dann zählte sie einige dieser Möglichkeiten auf.

Max war inzwischen halb besinnungslos vor Verlangen und Erregung. Genau das, was er verdiente. »Kristina ...«

Da nahm sie ihn in sich auf, und er umfaßte mit einem triumphierenden Ausruf ihre Hüften, hob seine eigenen an und drang so tief und ungestüm in sie ein, daß sie einen überraschten Schrei ausstieß.

In den Augenblicken höchster Ekstase, die darauf folgten, fühlte sie sich zum erstenmal in ihrem Leben wirklich eins mit einem Mann.

»Ich glaube, wir haben etwas vergessen«, murmelte er, als sie in wohliger Erschöpfung auf das Bett zurücksanken.

Kristina schloß die Augen und schmiegte sich an seine Schulter. »Was?« fragte sie.

»Das Kondom.«

»Ich habe seit hundert Jahren mit niemandem mehr geschlafen, Max«, erwiderte Kristina. »Und du?«

»Nur mit Sandy, obwohl es nicht so lange her ist. Aber was ist, wenn du schwanger wirst?«

Kristina öffnete verblüfft die Augen. Einerseits entzückte sie die Aussicht, ein Kind von Max zu haben, andererseits jedoch war es ein schrecklicher Gedanke, weil sie ihn nicht heiraten konnte. Sie hatte Dathan versprochen, seine Frau zu werden, und das war ein Versprechen, das sie halten mußte, ganz gleich, wie es um ihre eigenen Gefühle in dieser Angelegenheit bestellt war.

»Du glaubst doch nicht ...?«

»Es könnte sein«, erwiderte Max. »Immerhin ist das die übliche Methode.«

Kristina umschlang ihn noch fester und barg ihr Gesicht an seiner Schulter. »Wärst du böse?« erkundigte sie sich schüchtern.

»Böse?« Sein Lachen bewegte das Haar an ihrer Schläfe, das noch feucht von ihrer leidenschaftlichen Umarmung war. »Wie kommst du darauf? Ich liebe Kinder, Kristina. Und ich liebe dich.«

Sie mußte ihre ganze Kraft aufbieten, um nicht in Tränen auszubrechen. Sie hatte Angst, daß Max sie bitten würde, ihn zu heiraten, und befürchtete genauso sehr, daß er es nicht tun würde. Langsam ließ sie ihre Hand über seinen Rücken gleiten. »Ich dachte, es hätte sich etwas geändert, seit ich plötzlich sterblich bin.«

»Was sollte sich denn geändert haben?«

»Deine Gefühle für mich. Du hast selbst zugegeben, daß der Umstand, daß ich nie sterben würde, einen Teil meines Charmes für dich ausmachte.«

»Ja«, gab Max nach einem langen, tiefen Seufzer zu und schloß sie in die Arme. »Ich habe viel darüber nachgedacht. Aber im Grunde genommen läuft es doch darauf hinaus, daß Liebe immer ein Risiko bedeutet, schlicht und einfach. Und daß alle eines Tages sterben müssen. Alle Menschen, meine ich.«

»Selbst Vampire können sterben«, sagte Kristina und dachte an eine Geschichte, die ihre Mutter ihr eines Tages erzählt hatte, über die ursprünglichen, allerersten Vampire dieser Welt. Sie hatten sich als Bruderschaft bezeichnet, und als sie nach vielen tausend Jahren ihrer Existenz überdrüssig geworden waren, hatten sie ihren eigenen Tod erzwungen.

Max richtete sich auf einen Ellbogen auf und schaute auf sie herab. »Tatsächlich? Wie? Wenn man sie mit einer silbernen Kugel erschießt?«

Kristina lachte nicht, obwohl der Gedanke absurd genug war, um eine gewisse grimmige Belustigung in ihr hervorzurufen. »Das sind Werwölfe, und ich weiß nicht einmal, ob es stimmt, weil ich noch nie einem begegnet bin. Vampire brauchen Blut zum Leben, und sie können durch Feuer getötet werden, durch Sonnenlicht und wenn man ihnen einen Pfahl ins Herz treibt, wie es in den Filmen immer dargestellt wird. Aber sie haben noch eine andere Schwäche – das Blut von Hexern ist Gift für sie. Wenn sie eine ausreichende Menge davon aufnehmen, verfallen sie in eine Art Koma und verhungern mit der Zeit.« Sie lächelte und streichelte seine Wange. »Aber können wir nicht über etwas anderes reden?«

»Entschuldige«, sagte Max. »Ich hätte das Thema nicht anschneiden sollen.« Zärtlich berührte er ihre Nasenspitze. »Bist du hungrig? Ob du es glaubst oder nicht, es gibt einen Zimmerservice hier. Wahrscheinlich bringen sie das Essen mit einem Hundeschlitten.«

Kristina lachte. »Hungrig? Nach dem Essen, das deine Mutter heute aufgetischt hat?«

»Egal«, sagte Max und richtete sich halb auf. »Ich habe jedenfalls schon wieder Hunger.«

Kristina ließ sich stöhnend zurückfallen und zog die Decken über ihren Kopf, als Max nach dem Telefon griff, um den Gasthof anzurufen. Sie war im Badezimmer – saß in einer altmodischen Badewanne mit Klauenfüßen – als der mitternächtliche Snack gebracht wurde.

Max kam zu ihr, nachdem er gegessen hatte, legte seinen Bademantel ab, und stieg zu ihr in die Wanne.

Und dann liebten sie sich, bis das Badezimmer so unter Wasser stand, daß Kristina befürchtete, daß es zu einer Eislaufbahn gefrieren würde, falls sie nachts das Feuer ausgehen ließen.

Eliette war gern bei ihren Großeltern. Es gefiel ihr, in dem Zimmer zu schlafen, das früher ihrem Daddy gehört hatte und in dem sich noch immer einige seiner Sachen befanden. Es bereitete ihr Vergnügen, Boote auf dem Ententeich schwimmen zu lassen, obwohl sie und Bree sich ihm nur nähern durften, wenn ein Erwachsener bei ihnen war. Vor allem jedoch liebte sie die Geräusche in diesem Haus – die Menschen, die sich leise in einem nahen Zimmer unterhielten, das Ächzen und Seufzen des alten Gebäudes, wenn es sich in einer winterlichen Nacht zur Ruhe begab. Am nächsten Morgen würden noch immer eine Menge Leute da sein, aber wie jedes Jahr zu Thanksgiving würden Grandma und Grandpa an diesem besonderen Freitag sich ausschließlich ihr und ihrer kleinen Schwester widmen.

Sie würden den Tag damit beginnen, zum Frühstück

auszugehen, nur sie vier allein. Nicht einmal Daddy oder Tante Gweneth wurden zu diesen Ausflügen eingeladen. Bree und Eliette durften alles bestellen, was sie essen wollten – sogar Schokoladeneis oder Sahnetorte, wenn sie wollten –, aber sie nahmen immer Rühreier, Orangensaft und Waffeln.

Dann, wenn sich alle satt gegessen hatten, stiegen sie wieder in Grandmas Volvo – Grandpa fuhr nicht mehr, weil er eine Augenkrankheit hatte und nicht mehr richtig sehen konnte – und fuhren zu einem großen Einkaufszentrum namens South Center. Dort gingen sie in praktisch jeden Laden und suchten Geschenke für Daddy, Tante Gweneth, Tante Elaine und ihre Großeltern aus Arizona aus. Sie kauften auch Geschenke füreinander, und dazu ging Eliette mit Grandma, während Grandpa Bree begleitete.

Danach aßen sie zu Mittag – meist in dem mexikanischen Restaurant beim Einkaufszentrum –, und nachmittags gingen sie ins Kino.

Wenn sie dann wieder zu dem großen alten Backsteinhaus zurückkehrten, brachten sie immer eine Menge Päckchen mit, und Grandpa legte sich immer ein, zwei Stunden vor dem Abendessen zu einem Nachmittagsschläfchen hin. Grandma bestellte es per Telefon in einem Restaurant, und dann setzte sie sich in ihren Lieblingssessel und legte die Füße hoch, trank Tee und döste ein bißchen. Bree und Eliette waren meist auch ziemlich müde, aber auch viel zu aufgeregt, um zu schlafen. Nach dem Essen und ihrem Bad jedoch schafften sie es kaum noch, ihre Pyjamas anzuziehen, bevor ihnen die Augen zufielen.

Eliette lächelte, als sie über all das nachdachte. Es war einfach alles wunderbar.

Sie schloß die Augen und gab sich Mühe, einzuschlafen. In dem anderen Bett, das ihrem gegenüberstand, schlief Bree. Aber auch sie lächelte.

Eliette kuschelte sich noch tiefer unter die Decken. Es war eine kalte Nacht, und der Wetterbericht hatte Schnee vorausgesagt. Das kam ziemlich selten vor in Seattle, und Eliette hoffte, daß es ein solcher Schneesturm werden würde, daß sie bis nach Weihnachten nicht zur Schule mußten.

Aber damit war wohl leider nicht zu rechnen.

An Weihnachten zu denken erinnerte sie an den scheußlichen Bronzeaffen, den Tante Gweneth auf dem Flohmarkt für Daddy gekauft hatte. Er war bereits eingepackt, zuerst in rotem Papier und dann in dickem, braunem, und stand auf einem der Regale in ihrer Garage zu Hause. Am Weihnachtsabend, hatte Tante Gweneth gesagt, würde Santa Claus ihn hineinbringen und unter den Christbaum stellen.

Eliette verzog das Gesicht. Ihr gefiel der Affe genausowenig wie ihrer Schwester; er war wirklich abscheulich und flößte ihr zudem ein ganz unheimliches Gefühl ein. Am liebsten hätte sie das Ding genommen und irgendwohin geworfen, wo es nie wieder jemand finden würde.

»Kristina kann nicht mehr zaubern«, ertönte Brees Stimme aus dem anderen Bett und ließ Eliette zusammenfahren. Sie war ganz sicher gewesen, daß ihre Schwester schlief.

»Das macht nichts«, erwiderte Eliette. »Die meisten Leute können es nicht.«

»Magst du sie?«

Eliette überlegte kurz. »Ja. Und du?«

Bree nickte. »Ja. Aber sie wird fortgehen, und deshalb ist es vielleicht besser, wenn ich sie nicht allzusehr mag.«

Eliette runzelte besorgt die Stirn. Seit ihre Mutter gestorben war, hatte sie sich bemüht, niemanden mehr zu brauchen, aber es hatte nicht besonders gut geklappt. »Wie kommst du bloß auf so eine dumme Idee?«

»Ein Engel hat es mir gesagt.«

Eliette schnalzte verächtlich mit der Zunge. »Engel laufen nicht herum, um Botschaften zu übermitteln, Bree.«

»Doch, das tun sie«, beharrte Bree. »Grandma hat gesagt, das wäre es, was das Wort *Engel* zu bedeuten hat – Botschafter. Und so einen Botschafter habe ich gesehen.«

»Na schön«, versetzte Eliette ungeduldig. »Wann hast du diesen Engel denn gesehen? Und wie sah er aus?«

»Nicht *er* – sie. Sie war hübsch, wie eine dieser Puppen, die man nicht berühren darf. Sie hatte gelbes Haar und blaue Augen, und sie hatte ein spitzenbesetztes Kleid mit Rüschen an. Ich sah sie in der Nacht, als Kristina in unserem Gästezimmer schlief, als ich ins Badezimmer gehen wollte.«

Eliette verspürte eine Gänsehaut. Engel waren ihr ein wenig unheimlich. »Du hattest zuviel Kürbistorte gegessen«, sagte sie. »Entweder das, oder du hast geträumt. Oder beides.«

»Nein«, beharrte Bree. »Sie war wirklich da. Sie sagte mir, sie hätte auch eine Schwester.«

Eliette seufzte, zog aber gleichzeitig die Decke bis unter das Kinn hinauf. »Dieser Engel hatte viel zu sagen, scheint mir. Und abgesehen von allem anderen hat sie dir auch gesagt, daß Kristina fortgeht?«

»Um einen König zu heiraten«, erwiderte Bree in einem Ton, der ehrfürchtig, aber auch ein wenig traurig klang.

Auch Eliette war traurig. Sie hatte Kristina anfangs nicht gewollt, aber in letzter Zeit begonnen, darauf zu hoffen, daß sie Daddy heiratete und ihre Stiefmutter wurde. »Ich will nicht, daß sie fortgeht«, sagte sie.

»Ich auch nicht«, antwortete Bree. »Aber Erwachsene tun, was sie wollen.«

Eliette nickte. Das war leider nur allzu wahr. Einige Erwachsene scheinen kleine Kinder nicht einmal zu *sehen;* es war, als wären sie unsichtbar für sie. Aber so war Kristina nicht, und wenn sie fortging, würde Eliette sie mehr vermissen, als sie sich einzugestehen wagte.

Sie wurde allmählich müde, weil es ein langer Tag gewesen war. »Schlaf jetzt, sagte sie zu Bree. »Wir müssen morgen früh aufstehen.«

Bree gähnte laut. »Ich werde Kristina etwas richtig Schönes kaufen. Dann, wenn sie den König heiratet, wird es sie an uns erinnern.«

Eliettes Kehle wurde eng, sie schluckte und senkte die Lider. Nach einigen Momenten, in denen sie mit halbgeschlossenen Augen dagelegen hatte, glaubte sie, einen blonden Engel durch ihre dichten Wimpern zu erkennen, der lächelnd am Fußende des Bettes stand. Sie war genauso, wie Bree sie beschrieben hatte, aber als Eliette erstaunt die Augen öffnete, war sie fort.

Eliette sagte sich, daß sie nur träumte, und kurz darauf war es tatsächlich so.

Am Morgen frühstückten Kristina und Max im Bett, liebten sich und zogen sich dann an, um in den frischgefallenen Schnee hinauszugehen. Sie formten Schneemänner und lieferten sich eine Schneeballschlacht wie kleine Kinder, und erst als sie völlig außer Atem waren und ihre Hände und Füße so kalt, daß sie fast gefühllos waren, kehrten sie in die Hütte zurück.

Hier liebten sie sich wieder und schliefen dann, warm und zufrieden.

An jenem Abend, nach einem Dinner im Restaurant des Gasthofs, schlossen sie sich einem halben Dutzend anderer Gäste an, die zu einer Schlittenfahrt über den mondbeschienenen Schnee aufbrachen. Es war ein zauberhaftes Erlebnis, und Kristina dachte, daß sie das Trappeln der Pferdehufe und das Gebimmel der Glöckchen an ihrem Geschirr niemals vergessen würde.

Es war ein idyllisches Wochenende, aber es ging viel zu schnell vorbei, wie es fast immer bei solch schönen Erlebnissen der Fall ist.

Am Sonntag abend saßen sie auf dem Teppich vor dem Kamin in ihrer Hütte, und als Max Kristinas Hand nahm, wußte sie, daß der Zauber vorbei, der Bann gebrochen war.

Er sagte ihren Namen und strich zärtlich mit dem Daumen über ihre Fingerknöchel. Dann flüsterte er: »Laß uns heiraten.«

In einem sinnlosen Versuch, die Tränen zu verbergen, die in ihren Augen brannten, wandte sie den Kopf ab. Sie hätte nichts lieber getan, als Max zu heiraten, aber sie wagte nicht, seinen Antrag anzunehmen. Sie hatte ihr

Leben, vielleicht sogar ihre Seele, bereits einem anderen versprochen.

Max legte eine Hand unter ihr Kinn und zwang sie, wenn auch sanft, ihn anzusehen. Mit der Spitze seines Daumens wischte er ihre Tränen ab und berührte dann ihre Unterlippe, die ein wenig zitterte. »War das ein Nein?«

»Ich kann es nicht«, flüsterte Kristina. Es war die reinste Qual, es auszusprechen, ihren größten Wunsch und ihren schönsten Traum zu opfern.

Max lehnte seine Stirn für einen Moment an ihre, und seine breiten Schultern hoben sich in einem tiefen Seufzer, der Kristinas bereits angeschlagenes Herz endgültig brach.

»Warum?« fragte Max.

»Weil ich Dathan heirate.«

Er starrte sie an. »Den *Hexer*?«

Kristina nickte nur. Es wäre sinnlos gewesen, es zu erklären.

Max richtete sich auf und entfernte sich von ihr. »Du bist hergekommen und hast mit mir geschlafen, obwohl du es die ganze Zeit gewußt hast? Daß du von meinem Bett direkt in seins überwechseln würdest?«

Kristina fand keine Worte und nickte nur wieder.

Max begann seine Sachen zu packen, mit wilden, zornigen Bewegungen und zutiefst gekränkt, und Kristina erhob weder Widerspruch, noch versuchte sie, ihn zu trösten. Es gab nichts mehr zu sagen.

KAPITEL 18

Kristina und Max ließen ihre gemütliche Blockhütte in den Bergen weit hinter sich, bevor sie wieder sprachen. Die Atmosphäre im Jeep war äußerst angespannt, und der Schnee, der wieder fiel, hüllte sie in einen weißen Nebel ein.

»Warum hast du mich nicht von Anfang an in Ruhe gelassen?« fragte Max schließlich bitter. Er schaute sie dabei nicht an; verständlicherweise hielt er seinen Blick auf die gefährlich glatte Straße gerichtet.

Kristina biß sich auf die Lippen, bevor sie antwortete. Am liebsten hätte sie geweint, aber irgendwie gelang es ihr, die Beherrschung zu bewahren. »So wie du es sagst, klingt es, als hätte ich dich bewußt getäuscht, Max. Aber ich war verliebt in dich – und ich werde dich immer lieben.«

Er gab ein leises, verächtliches Geräusch von sich. »Obwohl du die ganze Zeit vorhattest, dich mit diesem ... mit diesem *Ding* zusammenzutun.«

Ein Frösteln durchlief sie, das nichts mit der Kälte zu tun hatte, die sich trotz der gut funktionierenden Heizung in dem Wagen in ihren Knochen eingenistet hatte. Es war lebensgefährlich, so verächtlich über Wesen wie Dathan zu sprechen, vor allem für Max, weil der Hexer sowieso schon eifersüchtig auf ihn war.

»So war es nicht«, entgegnete sie ruhig. Sie hatte keine Möglichkeit, Max' Qual zu lindern, aber sie schuldete ihm wenigstens eine Erklärung. Selbst wenn alles, was sie sagte, ihn in dem Gefühl, verraten worden zu sein, nur noch bestärkte.

Der Schnee raubte ihnen allmählich die Sicht, und der Verkehr kam nur noch kriechend voran und schließlich ganz zum Stehen, bevor Max erwiderte: »Und wie *war* es?«

Ein Polizist näherte sich dem Wagen auf der Fahrerseite, und Max öffnete das Fenster. Kristina sagte nichts.

»Tut mir leid«, sagte der Polizeibeamte, »der Paß ist gesperrt. Sie werden umkehren müssen, um irgendwo Unterschlupf zu suchen, bis das Schneetreiben nachgelassen hat.« Durch die beschlagene Windschutzscheibe sah Kristina andere Autos wenden und in die entgegengesetzte Richtung fahren.

»Großartig«, murmelte Max, als sie es ihnen nachtaten. »Könntest du uns nicht einfach mit einem Fingerschnippen nach Seattle zurückversetzen?«

Kristina verschränkte die Arme und verdrängte ihre Tränen. »Du weißt, daß ich das nicht kann«, sagte sie und kauerte sich noch tiefer in den Sitz.

Max nahm sein Mobiltelefon und drückte einen Knopf. Einen Moment später sprach er schon. »Hi, Mom – ich bin's, Max. Hör zu, der Paß ist gesperrt, und das bedeutet, daß wir heute abend nicht zurückkehren. Würdest du das den Mädchen bitte erklären? Und dafür sorgen, daß sie es verstehen?« Eine kurze Pause, dann lächelte Max, und dieses Lächeln brach Kristinas Herz, weil es nicht ihr galt und ihr vermutlich auch nie wieder gelten würde. »Danke, Mom. Bis dann also.«

Die Liebenswürdigkeit verschwand aus Max' Ton und Miene, als er Kristina einen Blick zuwarf, nachdem er das Telefon in seine Halterung zurückgesteckt hatte. »Es scheint, als würden wir einander nicht mehr los, zumindest nicht für heute nacht.«

Kristina tat, als ob sie aus dem Fenster schaute, und wischte rasch mit dem Handrücken ihre Tränen ab. »Wir können von Glück sagen, wenn wir nicht die Nacht im Jeep verbringen müssen, nachdem so viele Leute umgekehrt sind«, sagte sie und hoffte, daß ihrer Stimme nicht anzuhören war, daß sie weinte.

Sie hatten aber Glück, wie sich herausstellte. Ihre Blockhütte war noch nicht wieder vergeben, obwohl der gesamte Ferienkomplex voll ausgebucht war.

Kristina spürte, daß Valerian – oder ihre Mutter – hier am Werk gewesen waren, aber sämtliche Versuche, sie kraft ihrer Gedanken herbeizurufen, schlugen fehl. Mit ihrer Hilfe hätten sie und Max ›mit einem Fingerschnippen‹, wie er es nannte, nach Seattle zurückkehren können.

Max trug ihr Gepäck hinein und zündete das Feuer im Kamin an. Das Bett war noch nicht gemacht, da sie die Hütte später als geplant verlassen hatten.

»Es war mir ernst damit, daß ich dich liebe«, sagte Kristina, die im Mantel an der Tür stand, als ob sie jeden Augenblick die Flucht ergreifen wolle. Es war ein absurder Gedanke, dachte sie; wohin hätte sie auch gehen sollen? Außerdem war es nicht Michael, mit dem sie es zu tun hatte, sondern Max, ihr geliebter, vernünftiger und zuverlässiger Max. Ganz gleich, wie ärgerlich er war oder wie gekränkt, von ihm hatte sie nichts zu befürchten.

Er wandte sich vom Kamin ab und erhob sich, legte seine Skijacke ab und schleuderte sie beiseite. »Sag sie ab, Kristina«, sagte er und schaute ihr dabei eindringlich in die Augen. »Wenn du wirklich meinst, was du da behauptest, dann sag dem Hexer, daß die Hochzeit abgeblasen ist.«

Kristina errötete. »Das kann ich nicht«, erwiderte sie und wünschte sich mit aller Kraft, es doch noch irgendwie ermöglichen zu können. »Ich habe ihm mein Versprechen gegeben.«

»Dann *brich* dein Versprechen.«

Sie schüttelte den Kopf Sie konnte ihm nicht sagen – nicht einmal jetzt –, warum sie diesen schaurigen Vertrag mit Dathan abgeschlossen hatte. Eliette und Bree davor zu bewahren, von Benecia und Canaan in Besitz genommen zu werden, war ihr jedes Leid wert, das sich aus dem Pakt ergeben mochte. Und so sehr sie sich auch danach sehnte, frei zu sein, um Max zu heiraten, hoffte sie doch von ganzem Herzen, daß es dem Hexer gelingen mochte, ihn und seine Töchter ein Leben lang zu schützen.

»Dann sag mir wenigstens, warum.« Max ging zur Minibar und durchsuchte sie nach Bier und Diätcola.

Endlich zog Kristina ihren Mantel aus und durchquerte den Raum, um Max die Cola abzunehmen.

»Du hattest recht«, begann sie traurig, »als du sagtest, ich hätte es nie so weit kommen lassen dürfen zwischen uns. Ich habe dich und deine Töchter in unbeschreibliche Gefahr gebracht, Max, und tue dies alles nur, um dich zu schützen. Mehr kann und werde ich nicht dazu sagen.«

Er seufzte und fuhr sich mit der freien Hand durchs Haar. »Ist es dabei völlig unwichtig, daß wir uns lieben?«

Sie setzte sich in einen der Sessel am Herd, noch immer fröstelnd, und Max hockte sich auf die Lehne. »Natürlich ist es wichtig. Es ist der Grund, aus dem wir uns trennen müssen.« Kristina erhob den Blick zu seinem Gesicht. Da war noch etwas, was sie ihm zu sagen hatte, obwohl er ihr bestimmt nicht glauben würde. »Wir haben uns schon einmal geliebt«, sagte sie sehr leise. »Vor langer, langer Zeit. Es war eine uns vorbestimmte Liebe, genau wie jetzt.«

Max runzelte die Stirn. Der Schmerz war noch immer sichtbar in seinen Augen, aber er war jetzt ruhiger als vorher. »Ich glaube, daran würde ich mich erinnern«, entgegnete er verwirrt.

Kristina lächelte, obwohl ihr Herz zu brechen drohte. »Nicht unbedingt. Dein Name war damals nicht Max Kilcarragh, sondern Gilbert Bradford. Du warst der Duke of Cheltingham, Michaels älterer Bruder.«

Max' Augen wurden schmal. »Reinkarnation?«

»So könnte man es nennen. Aber eigentlich ist es noch viel komplizierter. Zeit ist nicht geradlinig, was bedeutet, daß Menschen eigentlich in all ihren verschiedenen Leben gleichzeitig existieren. Natürlich ist es ihnen meistens nicht bewußt.«

Max stellte sein Bier beiseite. »Dann bin ich – war ich – Gilbert? Der anständigere der beiden Brüder?«

Kristina lachte. »Ja. Und wahrscheinlich noch eine Menge anderer Leute.«

Er runzelte die Stirn. »Ist es das, was Albert Einstein mit seiner Relativitätstheorie meinte?«

»In gewisser Weise«, stimmte sie zu.

Max schwieg und dachte über alles nach.

Kristina trank einen Schluck ihrer Diätcola und wünschte, es sei etwas Stärkeres, etwas, was den furchtbaren Schmerz betäubte, der ihr Innerstes beherrschte. »Mir scheint«, sagte sie behutsam, »daß es uns einfach nicht bestimmt ist, zusammenzusein.« Ihre nächsten Worte waren die schwierigsten, die sie je geäußert hatte. »Es ist sehr wahrscheinlich, daß Sandy deine wahre Gefährtin ist, für immer und alle Zeiten.«

Max erhob sich von der Armlehne ihres Sessels und ging zum Kamin, wo er Kristina seinen breiten Rücken zukehrte und die beiden Hände auf dem Sims stützte. »Ich habe sie sehr geliebt«, sagte er nach langem Schweigen, mit einer Stimme, die so leise und heiser war, daß Kristina ihn kaum verstehen konnte. Dann wandte er sich um und schaute ihr in die Augen. »Aber dich liebe ich auch. Und obwohl ich mich nicht entsinne, Gilbert Bradford gewesen zu sein, weiß ich aus den Briefen, die du mir gezeigt hast, daß er etwas Ähnliches verspürte wie ich jetzt.« Er hielt inne, um tief einzuatmen, und strich sich wieder mit den Fingern durch das Haar. »Ich weiß nichts über Ewigkeit – ich bin ein einfacher Mann, Kristina. Ich weiß nur, was ich in diesem Augenblick, in *diesem* Leben will. Und das ist, dich zu heiraten.«

Kristina schaute auf ihre Hände herab, die auf ihrem Schoß verschränkt lagen, und versuchte, ihre Finger zu entspannen. »Das will ich auch«, gestand sie. »Aber wir können nicht zusammen sein, Max. Es ist unmöglich, und je eher wir das akzeptieren, desto besser.«

Noch während sie es sagte, wußte sie, daß sie sich niemals damit abfinden würde, Max zu verlieren, und diesen Abschied nie verwinden würde. Sie wagte nicht, über den Moment hinauszudenken, wenn sie sich trennten, ein für allemal.

Da kam er zu ihr, zog sie aus dem Sessel und in seine Arme. Er hielt sie fest umschlungen, und lautlos weinten sie zusammen, während draußen vor der kleinen Hütte unaufhörlich Schnee fiel.

In dem Regal in Max' Garage bewegte sich ein Päckchen. Braunes Papier fiel ab, gefolgt von dem festlichen Weihnachtspapier darunter. Das Ding erbebte, wurde heiß genug, um das Papier zu versengen, und fiel krachend auf den Boden.

Es rollte ein Stück weiter, und dann, im Bruchteil von Sekunden, verlor Kristinas Zauberspruch die Wirkung. Billy Lasser, Einbrecher und Vergewaltiger, lebte wieder.

Er war erst achtzehn Jahre alt, aber im Laufe seiner kurzen Existenz hatte er bereits zahlreiche Einbrüche, Raubüberfälle und Vergewaltigungen begangen. Einmal hatte er sogar gemordet, eine Prostituierte am Sea-Tac-Strip, die er danach achtlos in den Fluß geworfen hatte.

Billy lächelte, als er sich erinnerte, wie schlau er vorgegangen war. Gewiß hatten die Bullen diesen Mord einem gewissen Serienkiller zugeschrieben, den sie schon so lange suchten, wie er sich entsinnen konnte.

Aber seine Belustigung verblaßte schnell und wich ungestümem Zorn. Er hatte noch eine andere Rechnung zu begleichen, mit diesem verrückten Weibsstück, das ihn in einen gottverdammten Affen verwandelt hatte. Billy war nicht sonderlich intelligent, und der Gedanke, daß es keine gute Idee sein könnte, sich mit jemandem einzulassen, der so etwas bewirken konnte, kam ihm gar nicht erst. Nur zwei Dinge waren ihm bewußt: daß er hungrig war und wütend.

Er schaute sich um, gewöhnte seine Augen an die Dunkelheit und erkannte mehr an den Gerüchen als an allem anderen, daß er in irgendeiner Garage war. Wenn er in das Haus einbrach, würde er vielleicht diese Hexe finden, die ihn in ein Stück Metall verwandelt hatte, und sie wünschen lassen, daß sie nie geboren wäre.

Nachdem er ein Sandwich gegessen und ein Bier getrunken hatte, falls eins da war.

Billy suchte die Innentür und fand sie verschlossen, aber das beunruhigte ihn nicht. Der Lichtschalter war gleich neben der Türklinke, und Billy machte Licht. Auf einem nahen Tisch stand ein Werkzeugkasten, er nahm sich einen Schraubenzieher, und innerhalb kürzester Zeit war er im Haus.

Dort hielt er inne, wartete und lauschte. Das Haus war leer; das hatte er sich schon gedacht. Es gab keinen Hund hier und bestimmt auch keine Alarmanlage.

Billy schaltete das Licht in der Küche ein und ging zum Kühlschrank. Es war genug zu essen da – er verschlang zwei Päckchen Wurst, ohne sich die Mühe zu machen, das Brot zu suchen, und stürzte dann zwei Dosen Bier hinunter, bevor er eine dritte öffnete, um sie mitzunehmen, als er das Haus durchsuchte.

Er sah gleich auf den ersten Blick, daß die Hexe nicht hier lebte, aber er fand ein bißchen Geld in einer Keksdose auf dem Kühlschrank und stopfte es in die Taschen seiner Jeans.

Billy sah auch im ersten Stock nach, furchtlos in seiner Erleichterung, endlich wieder frei zu sein, und beschwipst von dem Bier, das er so schnell getrunken hatte. Zwei kleine Mädchen bewohnten eins der Zimmer, und ein anderes war offenbar ein Gästezimmer. Das dritte gehörte einem Mann, den Kleidern in den Schränken und Kommoden nach zu urteilen. Keine Frau in der Familie.

Wie schade, dachte Billy.

Er ging hinunter, und sein Kopf wurde ein wenig klarer, als das Essen seine Wirkung tat. Was sollte er jetzt tun? Es war kalt draußen, und alles, was er hatte, war seine Kunstlederjacke, die er vor zwei Jahren auf einem Trödelmarkt gekauft hatte.

Er nahm sich eine daunengefüllte Skijacke aus einem der Schränke in der Diele und zog sie an. Sie war viel zu weit und reichte ihm bis über die Knie, aber das kümmerte ihn nicht. Wenigstens würde sie die Kälte abhalten.

Es schneite, und Billy ging ein weites Stück, bis er endlich einen Bus in die Innenstadt erwischte. Das Wetter in Seattle war im allgemeinen mild, und wenn es ein bißchen schneite, herrschte gleich ein wildes Chaos in der Stadt.

Der Busfahrer maß ihn mit einem langen Blick, und Billy unterdrückte das Bedürfnis, ihn auf der Stelle zu erwürgen. Statt dessen nahm er etwas von dem Geld, das er aus dem Haus entwendet hatte, und bezahlte seinen Fahrschein.

Der Laden in der Western Avenue war natürlich geschlossen, da es schon spät war. Billy betrat ihn durch die Hintertür, ein bißchen enttäuscht, daß sie nicht einmal abgeschlossen war. Einige Sekunden später wußte er, warum. Der Laden war vollkommen ausgeräumt – was ihn nur noch mehr in Rage brachte.

Rastlos und kaum noch in der Lage, seine Erregung zu beherrschen, schlich er durch das finstere Lokal. Niemand – *niemand* – durfte sich erlauben, ihn so zu behandeln, wie dieses Weibsstück es getan hatte. Wie hieß sie doch noch?

Er hatte ab und zu etwas gehört, als er wochenlang, vielleicht sogar monatelang hilflos in diesem Trödelladen gesessen hatte, obwohl er die meiste Zeit in einer Art Trance gewesen war, als ob er irgendwelche harten Drogen genommen hätte.

Er dachte scharf nach.

Sie hieß Kristina, erinnerte er sich schließlich. Kristina Holbrook.

Billy ging auf demselben Weg hinaus, wie er hineingekommen war, eilte durch die Kälte zur nächsten Telefonzelle und trat ein. Wie erwartet, stand dieses dumme Frauenzimmer im Telefonverzeichnis, und ihre Adresse auch.

Es ist fast zu einfach, dachte Billy, aber er grinste, als er die Telefonzelle verließ. Von einem wilden Triumphgefühl erfüllt, hielt er ein Taxi an.

Der Fahrer schimpfte den ganzen Weg über den Schnee, und das war gut, den Billy hatte keine Lust, mit ihm zu reden.

Ihr Haus war groß und sah sehr teuer aus.

Und es lag im Dunkeln.

Billy freute sich über sein Glück, als er den Taxifahrer bezahlte, den Bürgersteig überquerte, das Gartentor öffnete und zur Haustür ging.

Als das Taxi abgefahren war und seine Rücklichter im Schneetreiben verschwanden, rannte Billy um das Haus herum zum Hintereingang, wo er durch ein Kellerfenster einbrach. Die Grundstücke waren groß in diesem Stadtteil, und die Nachbarn hätten das Klirren des Glases wahrscheinlich sowieso nicht gehört, weil es noch immer heftig schneite. Billy war kein Wetterexperte, aber aus dem Fernsehen wußte er, daß Schnee Geräusche dämpfte.

Er kroch durch das Fenster und befand sich in einem ziemlich normalen Keller.

Es war finster wie in der Hölle, aber er konnte nicht riskieren, Licht zu machen, noch nicht, und so blieb er stehen und wartete, bis seine Augen sich an die Dunkelheit gewöhnt hatten.

Dann machte er sich auf den Weg zur Kellertreppe.

Auch hier keine Überraschung. Sie führte in die Küche.

Billy fand eine Taschenlampe in einer der Schubladen – er hatte schon eine Menge Häuser ausgeraubt, und sie alle hatten einen Ort, wo sie solche Sachen aufhoben, zusammen mit einer Menge anderen Krimskrams.

Nachdem er noch einmal gelauscht hatte, schaltete Billy die Taschenlampe ein und hielt den Strahl so tief, daß er durch die Fenster nicht gesehen konnte, als er anfing, das Haus der Frau zu durchsuchte, die er bestrafen wollte.

Er ging zuerst nach oben in ihr Schlafzimmer, berührte die Parfümflakons auf ihrer Frisierkommode und befingerte den Schmuck, der sich in einem teuren chinesischen Lackkästchen in einer der Schubladen befand. Diese reichen Weiber – sie paßten nicht einmal richtig auf ihre schönen Sachen auf, ließen sie einfach herumliegen, damit sie ihnen gestohlen wurden.

Bill wickelte eine rosa Perlenkette um den Zeigefinger. Sie waren echt und offenbar schon alt. Sie schimmerten sogar in der Dunkelheit. Seine Ma hätte alles dafür gegeben, wahrscheinlich sogar ihn, um eine solche Kette zu besitzen.

Nicht, daß sein alter Herr sie ihr lange gelassen hätte. Dinge wie diese Kette konnte man für gutes Geld versetzen.

Billy ließ die Perlen in seine Jackentasche fallen. Den anderen Schmuck würde er sich später ansehen. Zuerst wollte er sich ein bißchen ausruhen, bevor er Miss Holbrook heimzahlte, was sie ihm angetan hatte. Wenn sie heimkehrte, würde sie eine große Überraschung vorfinden.

Er grinste bei dem Gedanken und öffnete Schubladen, bis er ihre Nachthemden und Unterwäsche fand. Alles war aus Seide, ausnahmslos. Ein einzelner Slip von ihr hatte vermutlich mehr gekostet als alles, was er selbst am Leib trug.

Sein Grinsen verblaßte, obwohl seine Finger noch immer über die kühle Seide glitten. Es war nicht fair, daß einige Leute so viel hatten, während jemand wie er niemals genug besaß.

Dafür würde er sie bezahlen lassen, dachte er und fühlte sich schon besser. Sehr viel besser.

Billy legte die Unterwäsche zurück und nahm einen Armvoll Nachthemden aus der Schublade. Dann, im schwächer werdenden Schein der Taschenlampe, breitete er die teuren Kleidungsstücke auf dem Bett aus, eins nach dem anderen, und strich mit den Fingerspitzen die Seide glatt. Sie fühlte sich so weich wie Schmetterlingsflügel an.

Gott, dachte er, jetzt wirst du auch noch zum Dichter.

Er brauchte ziemlich lange, um sich für ein Nachthemd zu entscheiden, das die Hexe tragen sollte, wenn er sie vergewaltigte, aber schließlich entschied er sich für ein kurzes Hemdchen aus rosafarbenem Satin. Das legte er für später über eine Stuhllehne.

Dann, sehr ordentlich und sich alle Zeit der Welt nehmend, faltete er die anderen und legte sie an ihren Platz zurück. Danach ging er hinunter, fand eine Rolle Klebeband, Scheren und Batterien für die Taschenlampe, alles in derselben Schublade, die er schon vorher durchsucht hatte.

Als dies alles erledigt war, streckte Billy Lasser sich auf Kristina Holbrooks Bett aus, verschränkte die Hände hinter dem Kopf, schlug die Beine übereinander und wartete darauf, daß die Hexe heimkehrte. Mit einem Lächeln auf dem Gesicht schlief er schließlich ein und träumte von süßer, süßer Rache.

Max und Kristina liebten sich die ganze Nacht lang, fieberhaft, leidenschaftlich und sogar gierig, denn beide waren sicher, daß dies ihre letzte gemeinsame Nacht sein würde.

Am Morgen erwachten sie und stellten fest, daß es zu schneien aufgehört hatte. Laut Wetterbericht im Fernsehen war der Paß wieder geöffnet, und der Verkehr bewegte sich flüssig in beide Richtungen.

In stiller Resignation duschten Max und Kristina, frühstückten im Restaurant und brachen auf nach Seattle. Max kam bereits zu spät zur Arbeit, und obwohl er morgens in der Schule angerufen hatte, hatte er es eilig, hinzukommen.

Oder wollte er bloß so schnell wie möglich von Kristina weg?

Sie hielten natürlich zuerst bei ihrem Haus, und Max begleitete sie zur Tür und wartete, bis sie aufgeschlossen hatte. Die Qual in seinen Augen war so intensiv, eine solch klare Reflexion dessen, was sie selbst verspürte, daß Kristina es fast nicht ertrug, ihn anzusehen.

»Möchtest du, daß ich mit hineinkomme, um mich kurz umzusehen?« fragte er.

Kristinas Herz mochte sich in Agonie befinden, aber ihr Geist war wie betäubt. Sie schüttelte den Kopf »Das ist nicht nötig«, murmelte sie.

Max berührte ihre Wange. »Soll ich dich später anrufen?«

»Es wäre besser, wenn du es nicht tätest«, antwortete sie.

Er nickte, beugte sich vor, um sie flüchtig auf die Stirn zu küssen, und wandte sich dann ab und ging. Kristina schaute ihm nach, bis sein Jeep nicht mehr zu sehen war, und wäre ihm am liebsten nachgelaufen, um ihm klarzumachen, daß alles sich noch regeln ließ. Aber das war eine Lüge, und beide wußten es.

Niedergeschlagen ging Kristina in die Küche, um sich eine Kanne Kaffee aufzubrühen. Es war paradox, wenn man bedachte, wie dringend sie jetzt Schlaf benötigte, aber nichts in Kristinas Leben ergab viel Sinn im Augenblick. Sie war viel zu deprimiert, um einen klaren Gedanken fassen zu können.

Wenn sie schlief, würde sie träumen. Wenn sie wachblieb, würde sie an nichts anderes denken als an Max und daß sie ihn verloren hatte.

Sie wählte Daisys private Nummer, worauf sich das neue brasilianische Kindermädchen meldete. Mrs. Chandler, teilte die Frau ihr freundlich mit, sei unterwegs, aber sie würde ihr sagen, daß Kristina angerufen hatte.

Kristina seufzte und fühlte sich unendlich einsam, als sie auflegte.

Erst als sie sich Kaffee eingeschenkt hatte und die Treppe zu ihrem Schlafzimmer hinaufging, merkte sie, daß sie nicht allein im Haus war. Ein schwacher, eigenartiger, irgendwie gefährlicher Geruch hing in der Luft. Und irgend etwas schien sich verändert zu haben, obwohl dieser letztere ein sehr subjektiver Eindruck war, den sie mehr körperlich als geistig wahrnahm.

Sie hielt inne, fast schon an der Tür zu ihrem Schlafzimmer, und ihre Nackenhaare sträubten sich. Etwas von dem Kaffee schwappte über und verbrannte ihr die Hand, aber das Brennen nahm sie gar nicht wahr.

Ihr Besucher konnte weder Benecia noch Canaan sein – sie waren Vampire und schliefen also tagsüber. Dathan, der sich auch bei Tageslicht bewegen konnte, liebte dramatische Auftritte à la Valerian.

Wer dann …?

Kristina schloß für einen Moment die Augen und schluckte hart.

Natürlich. Es war nur ihre Haushälterin, Mrs. Prine, die aus dem Urlaub zurückgekehrt war.

Kristina betrat ihr Zimmer und blieb wie angewurzelt stehen, als sie in das grinsende Gesicht des jungen Mannes starrte, den sie vor einigen Monaten in einen Türstopper verwandelt hatte. Er lag auf ihrem Bett und reinigte sich die Fingernägel mit einem ihrer antiken Brieföffner.

Er deutete auf einen Stuhl, und sie sah, daß eins ihrer Nachthemden dort für sie bereitlag. Ein Erschaudern durchzuckte sie.

»Zieh das an, Süße«, sagte er. »Billy-Boy will dich darin sehen.«

Kristinas Antwort umfaßte nur zwei Worte und war alles andere als damenhaft.

»Genau das hatte ich vor«, antwortete Billy und richtete sich auf. Sie würde ihre weiße Satinbettdecke verbrennen müssen, nachdem er mit seinen schmutzigen Kleidern und fettigen Haaren darauf gelegen hatten. »Aber dir wird es leider nicht viel Spaß machen, Süße. Nur mir.«

»Nein«, sagte Kristina flach. Wenn ihr Leben enden sollte, hier in diesem Zimmer, in den Händen dieses Schurken, dann konnte sie nichts daran ändern. Aber sie würde ihm in keiner Weise entgegenkommen und sich wehren, bis sie starb.

»Komm her«, sagte er.

Das tat sie, aber nur, um ihm den dampfend heißen Kaffee ins Gesicht zu schleudern.

Billy schrie vor Wut und Schmerz, als sie sich umdrehte und auf die Treppe zustürzte.

Sie hatte schon halb das Wohnzimmer durchquert und rannte auf die Tür zu, die auf die Veranda führte, als er sie einholte, sie an den Haaren packte und an sich riß. Galle schoß ihr in den Mund, und der Schmerz in ihrem Schädel raubte ihr fast die Sicht.

Billy schüttelte sie so grob, daß ihr der Atem stockte und sie beinahe das Bewußtsein verlor.

»Laß mich los«, sagte Kristina und zwang sich, ruhig zu bleiben, »denn sonst verwandele ich dich in eine Kröte.«

Billy lachte. »Ich glaube, das hättest du längst getan, wenn du es könntest. Was ist los mit dir, du kleine Hexe? Hast du deine Zauberkräfte irgendwo verloren?«

Tränen des Zorns und der Hilflosigkeit brannten in Kristinas Augen. Sie wollte nicht die Braut des Hexers werden, aber sie wollte auch nicht sterben.

Dathan, dachte sie verzweifelt. *Hilf mir.*

Billy umklammerte das Büschel Haare, an dem er sie festhielt, noch härter, und riß es ihr fast aus. »Antworte!« herrschte er sie an.

Mit einem weiteren, derben Fluch hob Kristina das Knie und versuchte, es ihm in den Schritt zu stoßen.

Er schleuderte sie in Richtung Treppe, und sie stürzte auf die erste Stufe und prallte mit der Schulter auf. »Ich habe Pläne für dich«, sagte Billy mit einem Grinsen, das ihr den Magen umdrehte. Obwohl sie es haßte, so hilflos zu sein, war sie froh, Max' Angebot, das Haus zu durchsuchen, abgelehnt zu haben. Max war zwar viel größer und stärker als Billy, ganz zu schweigen davon, daß er erheblich intelligenter war, aber der kleine Ganove hätte ihn vielleicht irgendwie in Schach gehalten. Kristina zweifelte nicht daran, daß Billy bewaffnet war.

Sie warf ihm einen verächtlichen Blick zu und erhob sich langsam, wobei sie die Wand als Halt benutzte. Sie war atemlos vor Angst und kurz davor, sich zu erbrechen, aber das brauchte diese miese Ratte nicht zu wissen.

»Ich fürchte, du wirst deine Pläne ändern müssen«, sagte sie.

Er zog eine Pistole aus dem Hosenbund, die Kristina als jene erkannte, mit der er sie in der Nacht den Einbruchs bedroht hatte. Sie wünschte jetzt, sie hätte ihn gezwungen, sie zu essen. Die Idee war ihr damals schon gekommen, aber sie hatte sie als plump verworfen.

»Nein, Ma'am«, antwortete Billy und entsicherte den 38er. »Wir haben einiges zu erledigen. Es wird weh tun, es wird lange dauern, und – finde dich ruhig damit ab, Süße – es wird geschehen.« Er stand jetzt mit dem Rücken zum Küchenfenster und lehnte sich grinsend an die Spüle. »Zuerst wirst du dich ausziehen, und dann werde ich dich eine Weile betrachten. Vielleicht sogar ein bißchen Spaß mit dir haben. Dann wirst du dieses rosa Ding anziehen …«

Eine Bewegung vor dem Fenster erregte Kristinas Aufmerksamkeit – und dann zersprang klirrend die Scheibe, Glas flog in alle Richtungen, und Barrabas, der weiße Wolf, sprang knurrend und mit gebleckten Zähnen durch die Öffnung. Billy kreischte entsetzt, als das Tier ihn von hinten ansprang, ihn am Nacken packte und so heftig schüttelte, als wöge er nicht mehr als eine Ratte.

Mit großen Augen, sprachlos und wie gelähmt vor Schock, stand Kristina da und wagte nicht zu glauben, was sie sah.

Der ganze Raum war voller Blut und Scherben, und irgendwann hörte Billy auf zu schreien. Barrabas schleuderte ihn beiseite und trottete zu Kristina, zahm wie ein Schoßhündchen, um mit bluttriefender Schnauze ihre Beine zu beschnüffeln.

Schluchzend fiel sie auf die Knie, umschlang Barrabas mit beiden Armen und barg ihr Gesicht an seinem dicken Pelz. Billy lag reglos nur einige Schritte weit entfernt, und Kristina wußte, ohne ihn berührt zu haben, daß er tot war. Sie klammerte sich an den Wolf, der geduldig sitzenblieb, und wartete.

Sie wußte, daß sie die Polizei anrufen müßte, aber sie konnte sich nicht rühren, und ihr Kopf spielte ihr ganz eigenartige Streiche. In einem Augenblick war sie bei klarem Bewußtsein, im nächsten träumte sie. Die Zeiger der Uhr über dem Herd bewegten sich weiter, wann immer sie hinüberschaute, und irgendwann veränderte sich das Licht und wurde weicher und diffuser. Aus Gold wurde Lavendel, dann grau, dann schwarz. Ein kalter Wind blies durch das zerbrochene Fenster und trieb dicke Schneeflocken in die Küche.

So traf Valerian sie an – die Frau, den Wolf und die Leiche –, als er nur wenige Minuten nach Sonnenuntergang erschien.

Mit einem unterdrückten Fluch eilte er zu Kristina und zog sie in die Arme. »Was ist geschehen?« fragte er, und Kristina spürte, daß er zitterte.

»Der ... der Bronzeaffe«, stammelte sie. »Er war hier ... Barrabas sprang durchs Fenster ... Ich glaube ... er ist tot.«

Behutsam, als wäre sie ein kleines Kind, trug Valerian Kristina in das Wohnzimmer und legte sie dort aufs Sofa. Nachdem er sie mit seinem Umhang zugedeckt hatte, suchte er im Schrank, bis er eine Flasche Grand Marnier gefunden hatte. Als er ihr eine großzügige Portion Likör eingeschenkt und ihr befohlen hatte, ihn sofort zu trinken, ging der Vampir noch einmal in die Küche.

Sie hörte ihn leise mit dem Wolf reden, aber für den

Mann, dessen Blut den Boden und die Schränke bedeckte, hatte er kein Wort übrig.

»Er ist tot«, sagte er bloß, als er ins Wohnzimmer zurückkehrte.

Barrabas folgte ihm, und Kristina fiel auf, daß kein Blut mehr an seinem Fell und seiner Schnauze zu erkennen war. Es war anzunehmen, daß Valerian auch die Küche gesäubert hatte – die Leiche war sicher schon verschwunden, zusammen mit allen anderen Spuren des grausigen Geschehnisses. Denn dies war keine Angelegenheit, die man der Polizei erklären konnte.

»Bitte sag jetzt nicht: *Ich habe es dir gesagt*«, wisperte Kristina, in Erinnerung an die zahllosen Gelegenheiten, bei denen Valerian sie gewarnt hatte, ihre Magie mit Vorsicht anzuwenden.

Er lächelte und zog sich einen Stuhl heran. »Das werde ich nicht tun. Nicht, bis du das Schlimmste überstanden hast zumindest.«

»Hast du ... Ist er ... ?«

»Ja, Liebes«, bestätigte Valerian sanft. »Er ist fort. Und diesmal für immer.«

Kristina wurde fast übel vor Erleichterung. Sie streckte eine Hand nach Barrabas aus, und er kam zu ihr und leckte ihr liebevoll die Finger. »Danke, mein Freund«, sagte sie zu dem Tier. »Ich weiß nicht, woher du wußtest, daß ich dich brauchte, aber du hättest zu keiner besseren Zeit erscheinen können.«

Barrabas gab ein leises Winseln von sich und hockte sich auf die Hinterläufe.

»Und dir muß ich auch danken«, fügte sie hinzu und richtete den Blick auf Valerian.

Er warf ihr eine Kußhand zu. »Keine Ursache. Übrigens hat sich die Sache mit Dimity und Gideon inzwischen aufgeklärt.«

Kristina, die inzwischen etwas von dem Grand Marnier getrunken hatte, begann sich ruhiger zu fühlen. »Wirklich? Wie?«

»Das kann dir deine Mutter erzählen, da es hauptsächlich ihr Verdienst war. Sie wird bald kommen, denke ich. Sie müßte längst gespürt haben, daß du in Schwierigkeiten warst.« Er schaute auf die Uhr. »Ich muß jetzt auf Nahrungssuche gehen«, sagte er. »Falls du mich entbehren kannst, bis Maeve kommt, schicke ich Barrabas nach Hause und mache mich auf den Weg.«

»Ich komme allein zurecht , versicherte Kristina und wußte, daß es stimmte, trotz ihrer Probleme.

Valerian verschwand, nachdem er sie aufs Haar geküßt hatte, ohne seinen Umhang mitzunehmen. Er war gerade fort, als das Telefon klingelte.

»Hallo?« meldete Kristina sich.

»Kristina?« Es war Max, und obwohl er nur ein einziges Wort gesprochen hatte, erkannte sie an seiner Stimme, daß er furchtbar aufgeregt war. »O Gott, Kristina – ich brauche deine Hilfe. Meine Töchter sind verschwunden!«

KAPITEL 19

Max' Kinder waren verschwunden.

Kristinas persönliche Probleme waren vergessen angesichts dessen, was das bedeutete. »Was ist passiert?« flüsterte sie und hielt ganz unbewußt den Atem an, während sie Max' Antwort abwartete.

»Ich habe sie nach der Arbeit bei meinen Eltern abgeholt«, erwiderte er, und Kristina wußte, welche ungeheure Anstrengung es ihn kostete, die Ruhe zu bewahren. »Sie spielten in ihrem Zimmer. Ich bestellte telefonisch eine Pizza, und als sie geliefert wurde, rief ich die Kinder. Aber sie kamen nicht herunter, und so ging ich hinauf, um nach ihnen zu sehen. Aber sie waren nicht da – im ganzen Haus nicht.«

Kristina schloß gequält die Augen. »Hast du die Polizei benachrichtigt?«

»Selbstverständlich«, sagte Max. »Sie schicken jemanden herüber.«

»Was haben sie dazu gesagt – die Polizei, meine ich?«

Max stieß einen tiefen Seufzer aus. »Daß die Mädchen bestimmt bei einem Nachbarn sind oder sich irgendwo versteckt haben.«

Kristina verspürte eine Bewegung hinter sich und war erleichtert, als sie dort Dathan stehen sah, der stirnrunzelnd ihrer Unterhaltung lauschte.

»Ich werde tun, was ich kann, Max. Das war meine Schuld.«

»Wir können später darüber streiten, wessen Schuld es war erwiderte er. »Komm nur bitte her – ich weiß nicht, was ich tue, wenn ich Bree und Eliette nicht finde.«

»*Ich* werde sie finden«, antwortete Kristina und erwiderte den Blick des Hexers ruhig.

»Aber deine Magie ...«

»Ich habe jemanden, der mir helfen wird«, wandte sie leise ein. »Wir werden die Angelegenheit so schnell wie möglich klären, Max, das verspreche ich. Versuch nur, die Ruhe zu bewahren.«

Ohne ein Wort zu sagen, ergriff Dathan Kristinas freie Hand, als sie mit der anderen den Hörer auflegte.

»Benecia und Canaan, vermute ich«, beantwortete Kristina Dathans unausgesprochene Frage. »Gott, ich hoffe bloß, daß es noch nicht zu spät ist!«

Dathan umklammerte ihre Hand noch fester, und zusammen verschwanden sie.

Kristina war außer Atem, als sie sich, nur Sekunden später, wieder materialisierten.

Sie hatte eine Höhle tief im Erdinneren erwartet, wie jene in den Geschichten, die Maeve und Valerian ihr von der Bruderschaft, den verlorenen Vorfahren aller Vampire, erzählt hatten. Oder das Innere eines prächtigen Mausoleums. Statt dessen standen sie in einem sonnenbeschienenen Garten neben einem kleinen Bauernhaus.

Verwirrt blickte Kristina ihren zukünftigen Gatten an. »Benecia und Canaan sind hier? Aber das Licht ...«

»Ist nur eine Illusion«, erwiderte der Hexer. »Und höchstwahrscheinlich eine Falle.«

Benecia erschien in der offenen Tür des entzückenden kleinen Häuschens, ein engelhaftes Lächeln im Gesicht. »So«, sagte sie mit ihrem hellen Stimmchen, »du bist also doch gekommen.« Dabei schaute sie Dathan an, und nicht Kristina, die unsichtbar hätte sein können, so wie Benecia sie ignorierte.

»Ja«, erwiderte er in ausdruckslosem Ton. »Wo sind die Kilcarragh-Kinder?«

Benecia deutete auf das Haus. »Drinnen. Wir trinken gerade Tee. Komm herein und setz dich zu uns.«

Kristina schickte sich an, ins Haus zu gehen, aber Dathan hielt sie mit ausgestrecktem Arm zurück, und obwohl er nichts sagte, war sein Blick eine eindeutige Warnung.

Er verbeugte sich von der Hüfte abwärts – diese großartige Geste galt natürlich Benecia – und ging dann auf das Haus und seine abscheuliche kleine Herrin zu.

»Du hast mich wirklich lange warten lassen«, bemerkte Benecia schmollend. »Canaan sagte, nichts könne dich dazu verlocken, mir den Hof zu machen, aber ich wußte, daß sie sich irrte.«

»Du mußt mir gestatten, den Tee zu servieren, um meine Verspätung wiedergutzumachen«, schlug Dathan liebenswürdig vor. Sein Lächeln war nun überaus charmant; er war ein großartiger Schauspieler.

Benecias kornblumenblaue Augen schienen Kristina endlich zu bemerken, und ein boshafter Blick erschien darin. »Was macht *sie* hier?«

»Sie will die Kilcarragh-Kinder abholen«, antwortete Dathan, der dem kleinen Vampir inzwischen ganz nahe war und Kristina einen warnenden Blick zuwarf. »So war es doch abgemacht, meine Liebe? Ich nehme dich zur Frau, und du gibst uns die kleinen Mädchen zurück – unverletzt und unbeschadet.«

»Wie soll ich wissen, ob du dein Wort hältst?«

»Das kannst du nicht. Das ist eine der Gefahren, wenn man eine romantische Beziehung eingeht.« Er nahm ihre puppengleiche Hand, bückte sich und küßte ihre Fingerknöchel. »Hör auf, zu widersprechen, Liebling. Laß uns lieber auf unsere gemeinsame Zukunft anstoßen.« Mit einer eleganten Drehung einer Hand zauberte er einen goldenen Kelch herbei, vermutlich aus dem Mittelalter, der mit Smaragden, Rubinen, Diamanten und Amethysten besetzt war. Er glitzerte im unechten Sonnenschein.

Kristina wollte nicht Dathans unausgesprochenem Befehl gehorchen, zu bleiben, wo sie war; ihre sämtlichen Instinkte drängten sie, die Bastion zu stürmen, um sich mit eigenen Augen davon zu überzeugen, daß Bree und Eliette nichts zugestoßen war.

Max' Kinder, die Kinder, die ihr so ans Herz gewachsen waren. Aber sie wagte weder, sich zu rühren, noch etwas zu sagen.

Benecia begab sich mit zierlichen Schritten in das kleine Haus, und Dathan folgte ihr.

Mit angehaltenem Atem wartete Kristina ab, was jetzt geschehen würde.

Aber außer einer unheimlichen Stille war nichts zu hören.

Dann kamen Bree und Eliette heraus, sich an den Händen haltend und scheinbar unverletzt, obwohl sie wie Schlafwandlerinnen wirkten. Sie schauten zwar in Kristinas Richtung, schienen aber nichts zu sehen.

Dennoch breitete Kristina die Arm aus, und sie kamen zu ihr, langsam, verwirrt und noch immer tief in Trance. Sie ließ sich auf die Knie sinken und zog die Mädchen an sich, entsetzt über den Gedanken, daß es vielleicht bereits zu spät war, daß Benecia und Canaan den Kindern schon irreparablen Schaden zugefügt und den Prozeß ihrer Inbesitznahme bereits begonnen haben könnten.

Weinend zog Kristina Bree und Eliette noch fester in die Arme. Sie würde es sich nie, niemals verzeihen können, wenn sie sich nicht aus ihrer Trance erholten. Wenn ihre

Seelen ihnen geraubt worden waren, hatte sie, Kristina, für alle Zeit und in alle Ewigkeit die Schuld daran zu tragen.

Die Szenerie um sie herum war auf schaurige Weise idyllisch, fast wie einem Märchenbuch entsprungen, mit zwitschernden Vögeln, einer frischen Brise und blühenden Apfelbäumen in einem nahen Obstgarten. Ein Schmetterling schwirrte vorbei, und der Himmel war blau und wolkenlos.

Ein perfekter Frühlingstag an einem Ort, der gar nicht existierte.

»Bree? Eliette?« sprach Kristina die kleinen Mädchen an, deren Augen seltsam blicklos waren. Obwohl sie sich nicht gegen Kristinas Umarmung wehrten, erwiderten sie sie auch nicht.

Ein entsetzlicher Schrei aus dem kleinen Haus zerriß plötzlich die Luft, dem unmittelbar darauf ein zweiter folgte. Dann herrschte wieder Stille, noch beängstigender fast als die Schreie, die erklungen waren.

Kristina versteifte sich, aber falls Bree oder Eliette etwas gehört hatten, zeigten sie es nicht, sondern blieben reglos stehen wie zuvor und starrten irgendwo ins Leere.

Dathan kam jetzt aus dem Haus und blieb stehen, um die Tür hinter sich zu schließen. Sein Lächeln war fast ein bißchen keck, als er Kristinas Blick erwiderte, und er rieb sich die Hände wie jemand, der eine Aufgabe nicht nur erledigt, sondern sie auch zu seiner vollsten Zufriedenheit erledigt hatte. Und trotz der abgrundtiefen Erleichterung, die Kristina empfand, verspürte sie auch so etwas wie Bedauern.

Er hatte Benecia und Canaan vernichtet, wie versprochen, und damit Menschen und Ungeheuern zugleich einen großen Dienst erwiesen. Trotz allem jedoch waren sie *Kinder* gewesen, diese scheußlichen kleinen Bestien; ihr Tod stellte also einen Anlaß dar zur Trauer, obwohl sie in Wahrheit schon vor vielen hundert Jahren gestorben waren.

Der Hexer kam zu Kristina und deutete mit einer graziösen Geste auf das Häuschen. Der juwelenbesetzte Kelch, den er herbeigezaubert hatte, bevor er eingetreten war, um seinen grausamen Gnadenakt zu leisten, war nirgendwo zu sehen.

»Geh und überzeug dich selbst, Kristina. Das Versprechen, das ich dir gegeben habe, ist erfüllt.«

Kristina wollte es nicht sehen, wollte Bree und Eliette keine Sekunde lang allein lassen, aber sie wußte, daß sie ihre toten Widersacherinnen mit eigenen Augen sehen mußte. Denn wenn sie es nicht tat, würde sie sich ihr Leben lang die Frage stellen, ob sie wirklich ein für allemal vernichtet waren.

Kristina nickte und stand auf.

»Bree und Eliette …?«

Dathan warf Max' Töchtern einen liebevollen Blick zu. »Sie glauben, daß sie träumen.«

»Sie werden sich an nichts erinnern?«

Er seufzte. »In ihrem Unterbewußtsein werden sie wissen, daß sie etwas Seltsames erlebt haben. Mit viel Liebe und Fürsorge jedoch werden sie alles überwinden. Der Verlust ihrer Mutter war erheblich schlimmer.«

Kristinas Augen füllten sich mit Tränen, als sie auf diese beiden unschuldigen Kinder herabschaute. Sie hatten schon soviel durchgemacht in ihrem kurzen Leben, und ihr war ganz übel von der Erkenntnis, daß sie Benecia und Canaan nie begegnet wären, wenn sie, Kristina, nicht gewesen wäre.

Wieder hatte Dathan ihre Gedanken gelesen. »Du hast sie gerettet«, sagte er sanft. Seine Hand ruhte leicht auf ihrem Rücken, und er schob sie auf das Haus zu, das bereits an den Ecken und Kanten zu verschwimmen begann. »Bree und Eliette sind bei mir sicher. Geh hinein, Kristina. Bereite dem ein Ende.«

Widerstrebend ging sie weiter, schritt durch das offene Tor und über den geplatteten Pfad aufs Haus zu. Nachdem sie einmal tief ein- und wieder ausgeatmet hatte, stieß sie die Tür auf und trat ein.

Das Häuschen war eingerichtet wie ein Puppenhaus.

Ein Tisch war mit winzigem Porzellan und einem silbernen Teeservice gedeckt. Benecia und Canaan, zwei schaurige Gestalten aus verkohltem Fleisch und Asche, hockten zusammengesunken auf zweien der vier kleinen Stühle.

Dathans Kelch, an dessen Rand noch ein Tropfen Blut des Hexers glitzerte, stand zwischen ihnen. In Anbetracht ihres hohen Alters war es höchst unwahrscheinlich, daß sie sich durch einen Trick dazu hatten bringen lassen, zu trinken, was für einen Vampir das tödlichste aller Gifte war. Nein, dachte Kristina traurig, sie hatten gewußt, was sie da taten.

Benecia hatte sich Frieden und Vergessen herbeigesehnt.

Und Canaan war ihrer Schwester ganz ohne Zweifel freiwillig in die Finsternis gefolgt, weil sie den Tod ewiger Einsamkeit vorzog.

Kristina wandte sich ab und verließ das Häuschen.

Dathan, Bree und Eliette warteten im Garten. Der Hexer hielt jedes Kind in einem Arm – ihre Köpfe ruhten an seinen Schultern, und sie schliefen tief und fest. Für einen Moment lang erinnerte er Kristina an Valerian und die unendliche Zärtlichkeit, die dieser seinem adoptierten Sohn, Esteban, entgegenbrachte.

»Umarme mich ganz fest«, sagte Dathan, mit einem Blick, der sanft und zugleich traurig war, als er Kristina ansah.

Sie nickte und schlang die Arme um seinen Nacken.

Einen Moment später befanden sie sich alle in Max' Haus, in dem Zimmer, das Bree und Eliette sich teilten.

Dathan stand hinter Kristina, hielt sie in einer lockeren Umarmung, und sie wußte, daß er sie beide unsichtbar gemacht hatte.

Bree und Eliette, die inzwischen wieder aus ihrer Trance erwacht waren, saßen auf dem Boden zwischen ihren Betten, als wäre nichts geschehen, und spielten mit ihren Barbiepuppen.

»Hey!« rief Max von unten. »Die Pizza ist da. Vergeßt nicht, eure Hände zu waschen!«

Mit entzückten Ausrufen sprangen Bree und Eliette auf und stürmten aus dem Zimmer. Eine Träne rollte über Kristinas Wange, während sie ihren Schritten auf der Treppe lauschte.

»Du hast die Uhr um eine Stunde oder so zurückverstellt«, sagte sie, als sie zu dem schönen Gesicht des Hexers aufschaute. Wie wünschte sie, ihn lieben zu können, aber es war Max, dem ihr Herz gehörte, Max allein.

Dathan zuckte mit den Schultern. »Ich hielt es für besser so.«

Sie nickte. »Danke, Dathan«, flüsterte sie.

Er legte ihr die Hände auf die Schultern und küßte sie sanft auf die Lippen. Dann, im nächsten Augenblick, fand sie sich in ihrem eigenen Wohnzimmer in Seattle wieder. Der Hexer war nirgendwo zu sehen.

Das schrille Läuten des Telefons riß Kristina aus ihrer Benommenheit. Ihre Hand zitterte, als sie nach dem Hörer griff.

»Hi«, sagte Max.

Kristina hielt den Atem an, und ihr Herz schwoll so heftig an, daß es zu platzen drohte. »Hi«, antwortete sie.

»Hör mal, ich weiß, daß wir uns heute morgen nicht gerade sehr liebevoll getrennt haben …«

Kristina schloß die Augen, dankbarer als je zuvor für Dathans Zauberkräfte. Die Entführung hatte niemals stattgefunden, was Max und seine Töchter anging, und er brauchte auch nie etwas von ihrer Begegnung mit Billy Lasser zu erfahren. »Schon gut«, sagte sie. Sie hatten sich wieder und wieder in der vorangegangenen Nacht in der Berghütte geliebt, und das würde ihr Kraft vermitteln. »Eine Trennung ist niemals leicht.«

»Nein.« Seine Stimme klang fast schroff. Kristina liebte ihn so sehr, daß sie es fast nicht ertragen konnte. »Wir haben eine Menge Pizza hier«, sagte er. »Wie wäre es, wenn du zum Essen kämst?«

Kristina war ein emotionales Wrack, nach allem, was sie durchgemacht hatte, und so sehr sie Max und die Kinder liebte, brauchte sie etwas zu essen, ein heißes Bad und

Schlaf. Sie hätte es einfach nicht ertragen, einen Abend mit diesen drei Menschen zu verbringen, die sie als ihre Familie betrachtete, obwohl sie wußte, daß sie dazu verurteilt war, den Rest ihres Lebens als Dathans Gefährtin zu verbringen.

»Ich kann nicht, Max«, antwortete sie leise. »Bitte versteh das.«

»Das tue ich«, erwiderte er genauso leise und ohne den geringsten Sarkasmus in der Stimme.

Sie seufzte und strich sich mit der Hand durchs Haar. »Es gibt einiges, was ich dir sagen möchte«, entgegnete sie. »Ich liebe dich. Und du brauchst dir keine Sorgen mehr zu machen, weil dir und deinen Mädchen jetzt nichts mehr passieren kann.«

»Kristina ...«

»Das war es, Max«, unterbrach sie ihn. »Adieu.« Und damit legte sie den Hörer auf

Das Telefon begann sofort wieder zu klingeln, aber sie ignorierte das Geräusch, und schließlich verstummte es.

Es war mitten in der Nacht, als Kristina erwachte und spürte, daß sie nicht allein im Zimmer war. Nur leicht beunruhigt öffnete sie die Augen und sah, daß ihre Mutter am Fußende des Bettes stand.

Maeve lächelte. »Hallo, Liebes«, sagte sie.

Kristina richtete sich auf. »Alles in Ordnung bei dir?«

»Ich bin gekommen, um dir die gleiche Frage zu stellen. Valerian hat mir von dem Zwischenfall mit dem Bronzeaffen erzählt.«

Kristina erschauderte bei der Erinnerung daran. »Zum Glück ist es vorbei. Dank Barrabas.« Sie erinnerte sich noch an etwas anderes, was Valerian ihr gesagt hatte. »Ich hörte, daß du Dimity und Gideon gefunden hast.«

Maeve setzte sich auf die Kante von Kristinas Bett und strich ihr mit ihrer kühlen Hand das Haar aus der Stirn, wie sie es so oft getan hatte, als Kristina ein kleines Kind gewesen war. »In gewisser Weise ja«, bestätigte sie.

»Dimity hat einen Weg in eine parallele Dimension gefunden, wo sie als Frau statt als Vampirin leben kann.«

Kristina dachte ein bißchen traurig an Benecia, die sich das auch gewünscht hatte. »Und Gideon?«

»Ein Engel ist ein Engel und muß es immer sein. Er versuchte, ihr zu folgen, aber es gelang ihm nicht, und er ist untröstlich.«

»Er liebte Dimity«, sagte Kristina, die diese Geschichten oft als Kind gehört hatte. Und sie wußte auch, wie es war, jemanden zu lieben, den man nicht lieben durfte.

»Diese Art von Liebe bleibt Engeln versagt«, erklärte Maeve entschieden. »Aber mach dir keine Sorgen. Gideon wird es überwinden, und Dimity ist glücklich, wo sie ist.«

»Und Nemesis? Wie denkt er darüber?«

Maeve wirkte einen Moment lang grimmig. »Er ist wütend, aber da man Dimity nicht die ganze Schuld anlasten kann und damit allen anderen Vampiren, hat er seine Streitkräfte zurückgezogen.«

»Er hatte seine *Armeen versammelt*?« flüsterte Kristina. »Willst du damit sagen, daß wir – die ganze Welt – am Rande der Zerstörung standen?«

»Ja«, erwiderte Maeve ohne Zögern. »Aber diese Gefahr – obwohl sie unweigerlich wieder auftreten wird – ist jetzt gebannt. Du wirst Dathans Frau werden, nachdem er seinen Teil der Abmachung erfüllt hat?«

Kristina nickte. »Ich habe keine andere Wahl. Und ich bin ihm wirklich dankbar für das, was er getan hat.«

»Dankbarkeit ist kein ausreichendes Fundament für eine Ehe«, sagte Maeve.

»Ich weiß«, stimmte Kristina zu. »Aber ich habe keine andere Alternative.«

Maeve nahm ihre Hand. »Nein«, bestätigte sie. »Und ich auch nicht, unter diesen Umständen. Aber ich habe einiges erfahren, was ich dir unbedingt sagen muß – von Nemesis. Er war es, der mir damals mitteilte, daß ich ein sterbliches Kind gebären würde, noch bevor ich wußte, daß ich dich unter dem Herzen trug.«

»Was hat er gesagt?« fragte Kristina und wagte kaum zu atmen.

»Daß du von Max schwanger bist«, erwiderte Maeve.

Fassungslos ließ Kristina sich in die Kissen zurücksinken. Sie brachte kein Wort über die Lippen, so groß waren ihr Kummer und ihre Freude, und Tränen rollten über ihre Wangen.

»Das ist noch nicht alles«, fuhr Maeve leise fort. »In gewisser Weise hast du nur darauf gewartet, daß Max wieder in dein Leben tritt. Du hast wahrscheinlich schon erraten, daß er Gilbert Bradford war. Auf jeden Fall war das der Grund, warum du erst kürzlich begonnen hast zu altern. Du wolltest Schritt halten, sozusagen, mit Mr. Kilcarragh.«

Kristina stieß einen tiefen, leidgeprüften Seufzer aus. Sie war dem wahren Glück so nahe gekommen, so nahe daran gewesen, ihre schönsten Träume zu verwirklichen. »Vielleicht wird Dathan es sich anders überlegen, wenn er erfährt, daß ich das Kind eines anderen Mannes unter dem Herzen trage.«

Maeve wirkte eher skeptisch. »Ich kenne diesen Hexer. Obwohl er durchaus liebenswerte Eigenschaften hat, würde er keine Skrupel kennen, Max' Baby als sein eigenes anzunehmen. Dathan begehrt dich sehr, Kristina.«

»Kannst du mir nicht helfen, Mutter?«

Die schönen, tiefblauen Augen der Königin glitzerten von Tränen. »Ihr habt einen Pakt geschlossen. Ich darf mich da nicht einmischen.«

Kristina nickte und beugte sich vor, um ihre Mutter auf die Wange zu küssen. »Aber du wirst mich doch nicht verlassen? Wie damals, als ich Michael heiratete?«

»Das habe ich schon oft bereut«, gestand Maeve. »Nein, Liebes, ich werde immer für dich da sein, wenn du mich brauchst. Vielleicht wird es dir ja eines Tages gelingen, den Hexer zu lieben – es könnte nämlich durchaus sein, daß *er* dein Schicksal ist statt Max.«

Obwohl Kristina das nicht wollte, hatte sie diese Möglichkeit längst in Betracht gezogen. Bestimmt würde Max auch Sandy in einem anderen Leben wiederfinden, und jede andere Frau, die er zwischenzeitlich heiratete, würde nur eine vorübergehende Liebe sein. »Ja«, antwortete sie. »Es könnte sein, daß es Dathan und mir bestimmt ist, zusammenzusein, zumindest für eine Zeitlang. Aber lieben werde ich ihn nie.«

Maeve umarmte sie zärtlich. »Nein«, sagte sie verständnisvoll. »Aber es gibt noch andere Freuden. Und du wirst das Kind haben.«

»Weißt du etwas über das Baby – ob es ein Junge oder ein Mädchen wird? Sterblich oder unsterblich?«

Maeve wischte Kristinas Tränen mit einer Hand ab, die so kühl und glatt wie Marmor war. »Nemesis hat nur gesagt, daß du von Max ein Kind empfangen hast. Und ich habe ihn nicht darum gebeten, mehr zu sagen.« Die mächtige Königin küßte ihre Tochter auf die Stirn. »Und jetzt muß ich auf Nahrungssuche gehen. Schlaf schön und träume süß, mein Liebling.«

So sicher, als ob Maeve einen Zauberspruch geäußert hätte, versank Kristina augenblicklich in einen tiefen Schlaf.

Als sie am nächsten Morgen erwachte, schneite es noch immer, und sie fragte sich, ob sie nicht vielleicht wirklich nur geträumt hatte.

Bis sie in die Küche kam und dort Dathan antraf, gekleidet wie zu einer Hochzeit. Kristina verspürte nichts anderes als Verzweiflung, aber sein Schmunzeln veranlaßte sie, auf ihr langes Flanellnachthemd herabzuschauen und dann wehmütig den Blick zu ihrem zukünftigen Gatten zu erheben.

»Ich fürchte, mein Hochzeitskleid läßt einiges zu wünschen übrig«, sagte sie.

Dathan hob die rechte Hand, und als er sie wieder senkte, begann sich ein wunderschönes Kleid um Kristinas Körper zu formen. Es bestand aus feinster Seide, und der weite Rock war mit Tausenden von winzigen Perlen bestickt. Das Mieder war aus Spitze und mit kostbaren Diamanten besetzt.

»Eine schönere Braut hat es nie gegeben«, stellte Dathan fest.

Kristina schluckte. Dathan zauberte einen kleinen Handspiegel herbei, und sie sah, daß ihr Schleier an einem Diadem aus weißen Orchideen befestigt war.

»Na schön«, sagte sie resigniert. »Wo ist der Priester?«

Dathan zog eine Augenbraue hoch. »Den brauchen wir nicht.«

»Und wie sollen wir dann heiraten?«

»Indem wir uns einfach an den Händen fassen und uns gegenseitig ein Gelübde ablegen.«

»Hier?« fragte Kristina. »In der Küche?«

Dathan seufzte. »Wo du willst, mein Liebling. Nenn mir den Ort, und in einer Sekunde sind wir da.«

»Das ist unnötig«, warf eine dritte Stimme ein.

Sowohl Dathan wie Kristina blickten sich überrascht nach Valerian um, der nur wenige Schritte hinter ihnen stand. Was angesichts der Tatsache, daß es heller Tag war, sehr verblüffend war.

»Wie …?« stammelte Kristina.

»Nenn es Astralprojektion«, sagte Valerian mit einer ungeduldigen Geste seiner Hand. »Ich bin Magier, hast du das vergessen?« Sein Blick ruhte auf Dathan. »Es gibt eine Stelle bei menschlichen Zeremonien, die mir sehr gut gefällt«, sagte Valerian zu dem Hexer. »Der Priester sagt immer: ›Ist irgend jemand hier, der einen berechtigten Grund angeben kann, warum diese beiden Menschen nicht in heiliger Ehe verbunden werden sollten?‹«

Dathan errötete vor Ärger. »Ich bin kein Mensch«, gab er mit gefährlich ruhiger Stimme zu bedenken.

»Aber Kristina ist es«, wandte Valerian nüchtern ein. »Und ich kann auch einen guten Grund vorbringen. Sie liebt einen gewissen Max Kilcarragh und hat hundert Jahre darauf gewartet, seine Frau zu werden. In diesem Augenblick trägt sie sein Kind unter dem Herzen – ein Herz, in dem Max, und nicht du, Dathan, immer leben wird.«

Dathan schaute Kristina an. »Ist das wahr? Das mit dem Kind, meine ich?«

Kristina nickte und dachte, daß sie den Besuch ihrer Mutter von der Nacht zuvor doch nicht nur geträumt hatte.

»Wirst du mich niemals lieben können?« fragte der Hexer.

Eine überwältigende Trauer erfaßte Kristina. »Nein.«

»Wenn du Kristina liebst«, warf Valerian sehr sanft und sehr behutsam ein, »dann solltest du sie freigeben.«

»Wir hatten einen Pakt geschlossen!«

»Und nur du besitzt die Macht, diesen Pakt zu brechen«, gab Valerian ruhig zu bedenken.

»Verdammt!« stieß Dathan mit einem wütenden Blick auf den Vampir hervor. »Wie kannst du es wagen, von Pakten zu sprechen? Du hast mir einst eine Braut versprochen und statt dessen Roxanne Havermail wie einen tollwütigen Hund auf mich gehetzt!«

Valerian gab sich die größte Mühe, reumütig zu wirken, aber seine Augen funkelten belustigt. »Das war ein gemeiner Trick, das gebe ich zu. Erlaube mir, ihn wiedergutzumachen.«

Dathan betrachtete seinen Feind aus schmalen Augen. »Und warum sollte ich dir vertrauen?«

»Weil es um Kristinas Glück geht«, erwiderte der Vampir. »Sie ist wie meine eigene Tochter, und nur Daisy und Esteban bedeuten mir noch mehr. Ich würde dich in dieser Angelegenheit nicht täuschen.«

Dathan wandte sich um und schaute Kristina an. »Sie ist so schön«, meinte er bedauernd.

»Und sterblich«, sagte Valerian. »Es gibt eine Vampirin – ich habe sie selbst angelernt –, die sich Shaleen nennt. Triff mich heute nacht am Nordeingang zur All Soul's Cathedral in London, dann werde ich dir beweisen, daß ich nicht gelogen habe.«

»Wenn du mich getäuscht hast …«, murmelte Dathan.

Kristina hielt gespannt den Atem an.

»Wenn ich lüge, brauchst du nur zurückzukommen und Kristina mitzunehmen.«

Dathan dachte nach, während Kristina ihrem ›Schutzvampir‹ einen vernichtenden Blick zuwarf. Diese letzte Option war nicht in ihrem Sinne.

»Nun?« fragte Valerian schließlich.

Dathan seufzte. »Na schön«, gab er nach. Er küßte Kristina auf die Stirn und dann auf beide Augenlider. Als sie wieder aufschaute, war er fort und mit ihm Valerian. Das magische Hochzeitskleid hatte sich wieder in ihr Flanellnachthemd verwandelt.

»Jetzt sieh zu, wie du zurechtkommst, Aschenbrödel«, murmelte Kristina.

Sie wartete drei volle Tage, bis sie Max anrief, für den Fall, daß Dathans Rendezvous mit der Vampirin nichts ergeben sollte. Während jener Zeit sortierte sie alte Papiere und Dinge aus, die sie nicht mehr brauchte oder wollte, las die letzten ihrer Briefe an Phillie und verbrannte sie.

Die Vergangenheit war endgültig begraben.

»Hallo?« meldete sich Max, als Kristina ihn endlich anrief. Es war sechs Uhr abends, und sie hörte an den Geräuschen im Hintergrund, daß er das Abendessen zubereitete.

»Hi«, sagte sie lächelnd. »Hier spricht die mysteriöse Frau aus deiner jüngsten Vergangenheit.«

Er lachte. »Die Politesse, die mir heute morgen einen Strafzettel verpaßt hat?«

»Nein. Die Frau, mit der du dieses Wochenende im Bett warst.«

»Ach die.« Eine leise Hoffnung klang jetzt in seiner Stimme mit.

»Ich dachte, du würdest vielleicht gern vorbeikommen. Es gibt einiges, was wir besprechen müßten.«

»Gib mir eine halbe Stunde, um den Babysitter aufzutreiben«, erwiderte er.

Zwanzig Minuten später war er da.

Kristina zog ihn hinein, schlang die Arme um seinen Nacken und küßte ihn stürmisch.

»War es ernst gemeint, als du sagtest, du wolltest heiraten?« fragte sie, als Max, noch immer im Mantel, und Schnee im Haar, in fassungsloser Verblüffung vor ihr stand.

»Natürlich«, antwortete er. »Aber du hattest andere Pläne, wenn ich mich recht entsinne.«

»Sie haben sich geändert.«

»Du wirst also nicht den Hexer heiraten?«

»Ich werde dich heiraten, wenn du mich willst. Aber es gibt da etwas, was du vorher wissen solltest – ich möchte nicht, daß du dich dazu gezwungen fühlst. Ich will einen willigen Ehemann, Max Kilcarragh.«

»Und was soll das sein?« fragte er so zärtlich, daß es Kristina die Tränen in die Augen trieb.

»Ich bin schwanger, Max.«

Im ersten Moment sah er aus, als ob sie ihn geschlagen hätte. Sie begann sich schon zu sorgen, als ein Grinsen in einem seiner Mundwinkel erschien und sich dann langsam über sein ganzes Gesicht ausbreitete.

»Das ist das Zweitbeste, was ich heute höre«, meinte er, und trotz seines Lächelns schimmerten Tränen in seinen Augen.

»Was ist das Beste?« fragte Kristina, während sie seinen Reißverschluß hinabzog und ihre Hände unter seine Jacke schob.

»Daß du mich heiraten wirst. O Gott, Kristina – ich liebe dich!«

Sie nahm seine Hand. »Oben«, sagte sie. »Wenn wir nicht gleich hinaufgehen, enden wir vielleicht noch auf dem Boden in der Halle oder auf der Treppe …«

Sie schafften es noch gerade bis zu Kristinas Bett.

»Beeil dich, Max«, flüsterte sie, als sie ihre Kleider abgelegt hatten und er sich über sie beugte.

Er lächelte. »Kommt nicht in Frage«, erwiderte er und senkte den Kopf auf ihre Brust, um sie mit Lippen und Zunge zu liebkosen.

Kristina begann sich unter ihm zu winden und zu stöhnen. »Max«, keuchte sie, »wir *brauchen* kein Vorspiel – ich habe seit drei Tagen an nichts anderes gedacht!«

Er bewegte sich zu ihrer anderen Brust und berührte ihre zarte Spitze. »Gut«, murmelte er. »Das müßte es noch viel besser machen.«

Kristina war außer sich vor lustvoller Erregung, als Max endlich ihre Beine spreizte und behutsam in sie eindrang. Als sie ihn anflehte, sie nicht länger auf die Folter zu spannen, lachte er rauh und füllte mit einem tiefen, ungestümen Stoß endlich die quälende Leere in ihr aus.

Sie erreichten den Höhepunkt der Lust im selben Augenblick, und als sie danach erschöpft zurücksanken, schaute Max ihr lächelnd in die Augen.

»Sag mir, warum du es dir anders überlegt hast«, bat er. »Wieso du mich jetzt doch heiraten willst, meine ich.«

Sie berichtete ihm von Valerians Intervention, ohne jedoch die Sache mit Benecia und Canaan zu erwähnen. Es wäre sinnlos gewesen, Max damit zu belasten – die Erinnerung an Brees und Eliettes Verschwinden war aus seinem Gedächtnis ausgelöscht, und das war auch besser so.

»Wußtest du, daß ich auf dich gewartet habe? Daß das der Grund war, warum ich schließlich wieder sterblich wurde?«

Er küßte ihre Nasenspitze. »War ich es wert?«

Sie lächelte. »Bisher ja«, erwiderte sie und zog seinen Kopf zu sich herab, um ihn zu küssen.

EPILOG

Seattle, zehn Monate später …

Die Frage, ob Jaime Maxwell Kilcarragh mit magischen Kräften gesegnet war – oder verflucht –, war bisher noch ungeklärt. Er war jedoch ein kräftiger, gesunder Junge, der sehr geliebt wurde von seinen Eltern, seinen beiden älteren Schwestern und einer etwas sonderbaren, aber herzlichen Verwandtschaft.

Unten in dem großen Wohnzimmer des Hauses, das Max und Kristina kurz vor ihrer Heirat gekauft hatten, hörte Valerian frohes, glückliches Gelächter. Daisy, Esteban, Maeve und Calder waren dort versammelt, zusammen mit Max, Kristina und ihren Töchtern Eliette und Bree.

Der mächtige Vampir schloß für einen Moment die Augen und lauschte den Geräuschen fasziniert, denn sie waren wie Musik für ihn.

Das Baby erwachte, während er es nachdenklich betrachtete. Es war dunkel im Zimmer, nur der Mond erhellte es ein wenig. Valerian wußte, daß dieses Kind sicher war, und doch fühlte er sich verpflichtet, darauf aufzupassen, genau wie er einst über Kristina und vor langer, langer Zeit auch über Aidan Tremayne gewacht hatte.

Beim Gedanken an Aidan schloß er erneut die Augen, weil die Erinnerung an ihn noch immer schmerzlich war.

Als Valerian wieder aufschaute, war er nicht mehr allein im Raum. Esteban stand neben ihm, ein kräftiger kleiner Junge, der mit ernster Miene zu ihm aufschaute.

»Papa?« fragte er leise und nahm Valerians Hand. Er hatte so große Fortschritte gemacht, der Kleine, in so kurzer Zeit. Er sprach inzwischen gutes Englisch, schlief nicht mehr auf dem Fußboden und versteckte auch kein Essen mehr im Haus.

Valerian nahm ihn auf den Arm, weil er Estebans Unsicherheit spürte. »Pst«, sagte er leise. »Wir wollen das Baby doch nicht wecken.«

»Es gibt gleich Kuchen«, vertraute Esteban ihm flüsternd an, und seine großen braunen Augen verrieten Überraschung. Daisy erlaubte nur selten Süßes; sie war für gesunde Ernährung.

Es gab Momente, in denen Valerian froh war, daß er sich auf andere Art ernährte als die Sterblichen.

»Möchtest du welchen?« fragte der Junge und richtete den Blick noch einmal auf das Baby.

»Was willst du wirklich wissen?« entgegnete Valerian. Sie verstanden sich ausgezeichnet, dieser Vater und sein Sohn.

Esteban seufzte. »Magst du ihn lieber als mich?«

Valerian schüttelte den Kopf. »Nein.«

Das beruhigte den Jungen, und er begann auf Valerians Schoß zu zappeln. Wahrscheinlich hatte er Angst, die anderen könnten den Kuchen aufessen, bevor er seinen Teil gehabt hatte.

Mit einem leisen Lachen ließ Valerian ihn gehen.

Als er den Blick wieder auf die Wiege richtete, sah er, daß der Säugling seinen Blick erwiderte. Dann, mit dem Anflug eines Lächelns, schaute Jaime Kilcarragh zu dem Teddybären am Fußende seines Betts hinüber, hob eine winzige Hand und krümmte seinen Zeigefinger. Das Spielzeug war gerufen worden, und es kam gehorsam, um sich neben Jaime zu legen, der den Plüschbären an sich zog und wieder einschlief.

Lächelnd wandte Valerian sich ab und verließ das Kinderzimmer.

Das Abenteuer ist noch nicht vorbei, dachte er.

Nein, ganz sicher nicht – es hatte soeben erst begonnen.

ENDE